O LIVRO DAS COISAS PERDIDAS

Do Autor:

O livro das Coisas Pedidas
Noturnos

Série Samuel Johnson:

Os Portões:
um Romance Estranho para Jovens Estranhos

Sinos do Inferno

JOHN CONNOLLY

O LIVRO DAS COISAS PERDIDAS

6ª edição

Tradução
Cecília Prada

BERTRAND BRASIL
Rio de Janeiro | 2024

Título original: *The Book of Lost Things*

Capa: Elmo Rosa
Ilustração de capa: Rob Ryan

Editoração: DFL

Texto revisado segundo o
Acordo Ortográfico da Língua Portuguesa de 1990

2024
Impresso no Brasil
Printed in Brazil

CIP-Brasil. Catalogação na fonte
Sindicato Nacional dos Editores de Livros, RJ

C762l
6ª ed.

Connolly, John, 1968-
O livro das coisas perdidas/John Connolly; tradução Cecília Prada – 6ª ed. – Rio de Janeiro: Bertrand Brasil, 2024.
364p.

Tradução de: The book of lost things
ISBN 978-85-286-1547-0

1. Ficção fantástica irlandesa. I. Prada, Cecília. 1929-. II. Título.

12-0210

CDD – 828.99153
CDU – 811.111(41)-3

Todos os direitos reservados pela:
EDITORA BERTRAND BRASIL LTDA.
Rua Argentina, 171 – 3º andar – São Cristóvão
20921-380 – Rio de Janeiro – RJ
Tel.: (021) 2585-2000

Atendimento e venda direta ao leitor:
sac@record.com.br

Este livro é dedicado a uma pessoa adulta, Jennifer Ridyard, e a Cameron e a Alistair Ridyard, que em breve o serão. Pois em cada adulto mora a criança de outrora, e em cada criança há o adulto que ela será.

"Há um sentido mais profundo nos contos de fadas que me contavam na infância do que verdade em tudo o que é ensinado pela vida."

Friedrich Schiller (1759-1805)

"Tudo o que se pode imaginar é real."

Pablo Picasso (1881-1973)

I

DE TUDO O QUE FOI ENCONTRADO E DE TUDO O QUE FOI PERDIDO

RA UMA VEZ — pois é assim que todas as histórias deveriam começar — um garoto que perdera a mãe.

Para falar a verdade, ele a vinha perdendo havia muito. A doença que a estava matando era uma coisa nojenta e covarde, uma doença que a vinha devorando por dentro, consumindo sua luz interior e, consequentemente, deixando seus olhos um pouco menos brilhantes a cada dia que passava e a pele, mais lívida.

E à medida que ela lhe era roubada, pedacinho por pedacinho, o garoto sentia mais medo de perdê-la de vez. Queria que ela continuasse a viver. Ele não tinha irmãos ou irmãs e, apesar de amar o pai, na verdade, amava a mãe muito mais. Nem podia imaginar a vida sem ela.

Esse menino, que se chamava David, fez de tudo para manter a mãe viva. Rezou. Tentou ser um bom menino para que ela não fosse punida pelos erros que ele cometia. Andava pela casa pisando o mais levemente possível e até conseguia manter controlado o tom de voz quando estava brincando de guerra com seus soldadinhos. Criou um ritual e tentava segui-lo estritamente, porque achava que, em parte, o destino da mãe estava relacionado com as suas próprias ações. Quando se levantava, tratava sempre de pisar primeiro com o pé esquerdo, depois com o direito. Sempre contava até vinte quando escovava os dentes, parando exatamente no fim da contagem. Tocava as torneiras do banheiro e as maçanetas das portas um determinado número de vezes — os números ímpares eram ruins, os pares eram bons, especialmente os números dois, quatro e oito, embora não gostasse do número seis, porque, afinal, seis era duas vezes três, e o número três era o segundo algarismo do número treze — que era ruim pra valer.

Se batesse a cabeça em alguma coisa, tinha que batê-la de novo para formar um número par e, às vezes, tinha que continuar batendo e batendo uma porção de vezes, porque parecia que sua cabeça havia quicado contra a parede, estragando a contagem, ou então pensava que talvez o cabelo tivesse encostado sem querer na parede — acabava com os ossos doendo de tanto bater e ficava tonto e nauseado. Por um ano inteiro, durante o pior período da doença da mãe, a primeira coisa que fazia de manhã era retirar do seu quarto um monte de coisas, sempre as mesmas, e levá-las para a cozinha, operação que repetia toda noite: um pequeno livro dos melhores contos de Grimm e a mais do que manuseada revista de quadrinhos, *The Magnet*.* O livro tinha de ser colocado de maneira exata no centro da *Magnet*, e os dois tinham que ficar alinhados exatamente no canto do tapete do quarto, de noite, ou no assento

* Revista de quadrinhos inglesa muito popular. (N.T.)

de sua cadeira favorita na cozinha, de manhã. Era assim que David contribuía para que sua mãe continuasse a viver.

Todo dia, depois da escola, ficava sentado perto da cama dela, às vezes conversando, se ela estivesse se sentindo bem, mas outras vezes apenas a admirava enquanto dormia, contando cada uma de suas respirações penosas e ofegantes, de tanto que queria mantê-la consigo. Muitas vezes trazia um livro e, se estivesse acordada e a cabeça sem doer muito, a mãe lhe pedia que lesse em voz alta. Ela possuía alguns livros próprios — romances, livros de mistérios e uns livrões pesados, de capa preta e letra miúda —, mas preferia que ele lesse histórias muito mais antigas, sobre mitos, lendas e contos de fadas, histórias de castelos, aventuras, animais perigosos que falavam. David não a contrariava. Embora não fosse mais criança — tinha doze anos —, adorava esse tipo de história, ainda mais porque a mãe gostava de ouvi-las quando ele as contava.

Antes de adoecer, a mãe de David costumava dizer que as histórias eram vivas. Não do jeito que as pessoas são vivas, ou mesmo os cães e os gatos. As pessoas viviam quer a gente tomasse ou não conhecimento delas, enquanto os cães tinham a mania de se fazer notar no caso de não prestarmos muita atenção neles. Já os gatos eram, quando lhes convinha, mestres em fazer de conta que as pessoas não existiam... mas aí já é outra história.

Entretanto, com as histórias, havia uma diferença: tornavam-se vivas somente quando eram contadas. Não existiriam de fato, no nosso mundo, se não houvesse pessoas para lê-las em voz alta ou um par de olhos bem abertos seguindo-as à luz de uma lanterna, debaixo de um cobertor. Eram como sementes no bico de um pássaro, esperando para cair na terra, ou como as notas de uma canção escrita numa folha de papel, esperando por um instrumento que produzisse a música. Ficavam adormecidas, aguardando uma oportunidade para despertar.

Mas, assim que alguém começava a ler uma história, ela começava a se transformar. Poderia criar raízes na imaginação e transformar o leitor. As histórias *queriam* ser lidas, dizia, num murmúrio, a mãe de David. Precisavam disso. Era por isso que forçavam passagem do seu mundo para o nosso. Queriam que as fizéssemos viver.

Essas eram coisas que a mãe dizia a David antes de ficar doente. Muitas vezes tinha um livro nas mãos, quando falava assim, e corria as pontas dos dedos amorosamente pela capa, da mesma forma como, às vezes, tocava o rosto de David, ou o de seu pai, quando ele dizia ou fazia algo que lhe lembrava do quanto ela o amava. O som da voz da mãe era como uma canção para David, uma canção que estava sempre revelando novas formas de improvisação ou sutilezas que ele nunca ouvira antes. Conforme foi ficando mais velho — e a música tornou-se muito importante para ele (embora nunca tão importante como os livros) —, pensava que a voz da mãe já não era uma canção, mas uma espécie de sinfonia, capaz de infinitas variações sobre temas e melodias familiares, que mudavam segundo os sentimentos e caprichos dela.

À medida que os anos passavam, a leitura ia se tornando uma experiência mais solitária para David, até que a doença da mãe fez com que ambos voltassem para os tempos de sua infância, porém com os papéis invertidos. Antes mesmo de ela adoecer, às vezes ele entrava devagarinho num cômodo onde a mãe estava lendo e a saudava com um sorriso — sempre correspondido — antes de se sentar perto dela e mergulhar no próprio livro. Assim, mãe e filho, ambos perdidos em seus mundos interiores, partilhavam do mesmo espaço e do mesmo tempo. Olhando para o rosto da mãe enquanto ela lia, David podia saber se a história estava viva dentro dela — e ficava lembrando tudo o que a mãe lhe contara sobre histórias e contos, o poder que tinham sobre nós, e também sobre o poder que conseguíamos manter sobre elas.

David nunca se esqueceria do dia em que a mãe morreu. Estava na escola, aprendendo — ou não aprendendo — a metrificar um poema, e o seu espírito, ocupado com dátilos e pentâmetros, nomes que para ele eram como os daqueles estranhos dinossauros que habitavam a perdida paisagem pré-histórica. O diretor abriu a porta da sala de aula e foi falar com o professor de Inglês, Mr. Benjamin (ou Big Ben, como era chamado pelos alunos por causa do tamanho e do hábito de retirar um velho relógio das dobras do colete e anunciar, num tom profundo e sinistro, o lento passar do tempo aos indisciplinados discípulos). O diretor murmurou algo para Mr. Benjamin que assentiu solenemente. Quando o professor se voltou para encarar os alunos, seus olhos encontraram os de David e, quando falou, sua voz parecia mais suave do que nunca. Chamou o menino pelo nome e disse que estava dispensado da classe, devia arrumar a pasta e seguir o diretor. David compreendeu imediatamente o que havia acontecido. Compreendeu tudo, antes mesmo de o diretor levá-lo para a enfermaria. Antes mesmo que a enfermeira aparecesse com uma xícara de chá para acalmá-lo. Antes mesmo de o diretor se curvar na sua direção, meio rígido ainda, mas claramente tentando ser gentil. Antes mesmo que a xícara tocasse os seus lábios, as palavras fossem proferidas e o chá queimasse sua língua, lembrando-o de que ainda estava vivo enquanto a mãe, agora, estava completamente perdida para ele.

Nem mesmo os rituais que repetia incessantemente haviam sido suficientes para mantê-la viva. Mais tarde, ficaria se perguntando se, por acaso, deixara de executá-los de maneira apropriada, se, por acaso, havia contado mal na manhã daquele dia ou se deixara de acrescentar alguma ação às demais e então teria podido modificar as coisas. Agora não importava mais. Ela se fora. Ele devia ter ficado em casa. Quando estava na escola, sempre ficava preocupado porque, se estivesse longe da mãe, não poderia ter controle algum sobre a existência dela. Os rituais não funcionavam na escola. E eram mais difíceis de executar, porque a escola tinha regras e rituais próprios. David tentara usá-los como substitutos, mas não era a mesma coisa. Agora, sua mãe pagara por isso.

Foi somente então que David, envergonhado por ter fracassado, começou a chorar.

Os dias que se seguiram foram como uma espécie de neblina formada de vizinhos e parentes, de homens estranhos e altos que acariciavam o cabelo dele e lhe davam moedinhas, de mulheres grandalhonas e seus vestidos escuros, que o apertavam contra o peito, chorando, inundando sentidos com aromas de perfumes e naftalina. David ficava acordado até tarde da noite, acocorado num canto da sala de estar, enquanto os adultos trocavam histórias sobre a mãe que ele nunca conhecera, uma estranha criatura com uma vida inteiramente separada da dele: uma criança que não chorara quando a irmã mais velha morrera, porque ela se recusava a acreditar que alguém que lhe era tão valiosa podia desaparecer para sempre, nunca mais voltar; uma jovem que fugira de casa e desaparecera durante um dia inteiro porque o pai, num acesso de impaciência por alguma falta menor que ela cometera, dissera que ia entregá-la aos ciganos; uma bela mulher usando um vestido vermelho, roubada pelo pai de David bem debaixo do nariz de outro homem; linda, toda de branco no dia do casamento, quando espetara o polegar no espinho de uma rosa e deixara a marca do sangue secar no vestido para todos verem.

Quando, por fim, conseguia adormecer, David sonhava que fazia parte dessas histórias, que participava de cada estágio da vida da mãe. Não era mais apenas uma criança que ouvia contar histórias de outros tempos, mas uma testemunha de todas elas.

David viu a mãe pela última vez na funerária, antes de o caixão ser finalmente fechado. Ela parecia diferente, mas ainda a mesma. Parecia-se mais com seu antigo eu, a mãe que existira antes de adoecer. Estava maquiada como quando ia à igreja aos domingos ou quando ia com o pai de David jantar fora ou ao cinema. Trajava seu vestido azul favorito, com as mãos cruzadas sobre o ventre. Tinha um rosário entrelaçado nos dedos, mas os anéis haviam sido removidos. Os lábios estavam lívidos. David debruçou-se sobre ela e tocou sua mão com os dedos. Estava fria e úmida.

O pai postou-se a seu lado. Eram os únicos que haviam ficado na sala. Todos os demais já estavam do lado de fora. Um carro esperava para levar David e o pai à igreja. Um carro grande e preto. O motorista usava um quepe e não sorriu uma só vez.

— Pode lhe dar um beijo de despedida, filho — sugeriu o pai.

David observou-o. Os olhos do pai estavam molhados e tinham um halo vermelho. Chorara no primeiro dia, segurando David nos braços quando ele chegara da escola e prometendo que tudo iria ficar bem. Desde então, nunca mais chorara. David ficou olhando uma grande lágrima que se formava e deslizou pelo rosto do pai como se estivesse envergonhada. Voltou-se para a mãe. Inclinou-se sobre o caixão e beijou o rosto dela. Cheirava a produtos químicos e a algo mais, algo sobre o qual David não queria pensar. Ele podia sentir o gosto daquilo nos lábios da mãe.

— Adeus, mamãe — murmurou. Seus olhos ardiam. Queria fazer algo, mas não sabia exatamente o quê.

O pai colocou uma das mãos no ombro do filho, depois se abaixou também para beijar a mulher nos lábios, suavemente. Apertou seu rosto contra o dela e murmurou algo que David não conseguiu ouvir. Eles então a deixaram, e, quando o caixão apareceu novamente, carregado pelo agente funerário e seus assistentes, estava fechado, e o único sinal de que continha o corpo da mãe de David era a pequena placa de metal na tampa, com o nome dela e as datas de nascimento e morte.

Eles a deixaram sozinha na igreja naquela noite. Se pudesse, David teria ficado com ela. Imaginava se ela estaria se sentindo sozinha, se saberia onde estava, se já estava no céu — ou será que isso não acontecia antes de o padre dizer as palavras finais para que o caixão fosse baixado à terra? David não queria ficar pensando nela sozinha naquele lugar, contida por madeira, metal e pregos, mas também não conseguia falar disso com o pai. Ele não entenderia, e, de qualquer maneira, não iria adiantar nada. Não poderia ficar sozinho na igreja e, por isso, foi para seu quarto e tentou imaginar o que estava se passando com a mãe. Puxou as cortinas e fechou a porta para que o ambiente ficasse o mais escuro possível; então, enfiou-se debaixo da cama.

Era uma cama baixa, e o espaço embaixo dela era muito apertado. Ocupava um dos cantos do quarto, e David foi se comprimindo até tocar a parede com a mão esquerda. Então, fechou os olhos com força e ficou imóvel. Um pouco depois, tentou levantar a cabeça e deu uma cabeçada forte nas ripas do estrado que segurava o colchão. Fez força contra elas, mas estavam bem-pregadas e ajustadas. Tentou levantar a cama fazendo força com as duas mãos, mas era muito pesada. Sentiu cheiro de poeira e do seu urinol. Começou a tossir. Os olhos lacrimejavam. Decidiu sair, mas descobriu que era muito mais fácil entrar encolhido ali embaixo do que se esticar para sair. Deu um espirro, e a cabeça bateu com força contra a lateral da cama. Começou a entrar em pânico. Seus pés descalços tentavam avançar sobre o assoalho de madeira. Levantou as mãos e tateou as ripas, guiando-se por elas até chegar bastante perto da ponta do móvel para sair logo dali. Finalmente, conseguiu se levantar e encostou-se na parede, respirando profundamente.

A morte devia ser parecida com aquilo: ter de ficar confinado num espaço apertado, com um grande peso mantendo a gente ali, durante toda a eternidade.

A mãe de David foi enterrada numa manhã de janeiro. O solo estava duro, e todos os que assistiam ao enterro usavam luvas e sobretudos. Quando o caixão foi baixado, parecia demasiado curto. Em vida, a mãe sempre parecera muito alta. A morte a fizera pequena.

Nas semanas seguintes, David tentou perder-se em seus livros, porque as lembranças que tinha da mãe estavam inexoravelmente entrelaçadas com livros e leituras. Os livros dela considerados "adequados" foram passados para ele, que acabou tentando ler romances que não entendia e poemas que não rimavam. Às vezes, fazia perguntas ao pai sobre isso, mas ele parecia não se interessar muito por livros. Costumava passar todo o tempo que ficava em casa com a cabeça enterrada no jornal, enquanto pequenas nuvens de fumaça de cachimbo se erguiam acima das páginas, parecendo sinais enviados por índios. Sua obsessão eram os altos e baixos do mundo moderno, ainda mais naquele momento, quando os exércitos de Hitler se movimentavam através da Europa e as ameaças de ataques ao seu país se tornavam cada vez mais reais. A mãe de David havia contado certa vez que o pai dele costumava ler um montão de livros, mas perdera o hábito de se deixar levar pelas histórias. Agora preferia os jornais, com suas compridas colunas impressas, letras penosamente compostas a mão, mas que perdiam a importância quase no mesmo momento em que apareciam nas bancas — as notícias já se tornavam velhas e moribundas assim que eram lidas, de tão rapidamente que os novos fatos do mundo ao redor as superavam.

As histórias dos livros *odiavam* as histórias impressas nos jornais, dizia a mãe de David. As histórias dos jornais eram como peixes recém-pescados, dignos de atenção somente enquanto se mantinham frescos, o que não durava muito tempo. Elas se pareciam com os jornaleiros que apregoavam as edições vespertinas gritando com insistência, enquanto as histórias — as verdadeiras histórias, a literatura — eram como os bibliotecários, sérios mas solícitos, numa biblioteca bem sortida de volumes. As histórias contidas nos jornais eram tão pouco substanciais quanto a fumaça e viviam tanto quanto as efeméridas.* Não criavam raízes, eram como as ervas daninhas que se arrastam pelo chão, roubando a luz do sol de outras histórias, mais dignas. A mente do pai de David estava sempre ocupada com vozes agudas e rivais; cada uma delas se silenciava assim que ele lhes prestava atenção, só para que o clamor fosse imediatamente substituído por outro. Era isso que a mãe de David sussurrava com um sorriso para ele, enquanto o pai fechava a cara e mordia o cachimbo, consciente de que estavam falando dele, mas sem querer lhes dar o prazer de saber que o estavam irritando.

Foi assim que a tarefa de salvaguardar os livros da mãe foi dada a David, e ele os reuniu àqueles que ela comprara especialmente para ele. Eram contos de cavaleiros e soldados, de dragões e monstros marinhos, histórias folclóricas e contos de fadas, pois essas eram as histórias que a mãe amara na infância e que ele, por sua vez, costumava ler para ela à medida que a doença a dominava, reduzindo sua voz a um murmúrio e a respiração, ao ruído de uma velha lixa em madeira podre — até que, por fim, o esforço de respirar tornou-se demasiado penoso, e ela não mais respirou. Depois, David tentou evitar essas velhas histórias, pois tinham tamanha ligação com sua mãe que era difícil desfrutá-las, mas elas não se deixavam desprezar tão facilmente e começaram a chamá-lo. Pareciam reconhecer algo nele, algo curioso e fértil — ou, pelo menos, foi nisso que começou a acreditar. Primeiro, ele as ouviu conversando em voz baixa, e depois, em voz cada vez mais alta e imperiosa.

Essas histórias eram antigas, tão antigas quanto os seres humanos, e haviam sobrevivido por serem, justamente, muito poderosas. Eram his-

* Inseto cujo ciclo de vida dura apenas um dia. (N.T.)

tórias que ficavam ecoando na sua cabeça muito tempo depois dos livros terem sido fechados. Eram, ao mesmo tempo, uma fuga da realidade e uma realidade alternativa. Eram tão antigas e tão estranhas que existiam independentemente das páginas que ocupavam no livro. Como a mãe lhe dissera certa vez, o mundo das histórias antigas, dos clássicos contos de fadas, existia paralelamente ao nosso, mas, às vezes, o muro que separava os dois mundos se tornava tão fino e frágil que eles começavam a se fundir.

Foi assim que toda a confusão começou.

Foi quando as coisas ruins surgiram.

Foi quando o Homem Torto resolveu aparecer para David.

II

DE ROSA E DO DR. MOBERLEY, E DA IMPORTÂNCIA DOS DETALHES

OISA ESTRANHA: David se lembrava de ter sentido quase um alívio, logo que a mãe morreu. Não encontrava outra palavra para o seu sentimento, o que o fazia sentir-se mal. Sua mãe se fora, para nunca mais voltar. Não importava o que o padre dissera no sermão: que a mãe estava agora num lugar melhor, mais feliz, e que seu sofrimento terminara. Também não havia ajudado nada ouvir que sua mãe estaria sempre com ele, embora não a pudesse ver. Estado invisível, a mãe não poderia sair com ele em longos passeios nas noites de verão, desfilando nomes de flores e árvores do que parecia ser o seu aparentemente infinito conhecimento da natureza. Ou ajudar nos deveres de casa, com aquele seu perfume familiar entrando pelas narinas dele quando ela se curvava para corrigir um erro de ortografia ou para tentar achar o significado de um poema pouco conhecido. Ou ler nas frias tardes de domingo quando o fogo crepitava e a chuva batia nas janelas e no telhado, e a sala era tomada pela fumaça da lenha e pelo cheiro de bolo assando.

Mas, então, David se lembrou de que, naqueles últimos meses, sua mãe não pudera fazer nenhuma daquelas coisas. Os remédios que os médicos lhe davam faziam com que ficasse grogue e passasse mal. Não conseguia se concentrar nem mesmo na mais simples tarefa, e certamente não tinha a mínima condição de dar passeios longos. No fim, algumas vezes, David sequer estava certo de que ela sabia quem ele era. Começou a ter um cheiro peculiar — não era um cheiro ruim, mas estranho, como o de roupas velhas que não eram usadas há muito tempo. Durante a noite, ela chorava de dor, e o pai de David a segurava nos braços e tentava confortá-la. Quando piorava, chamavam o médico. Às vezes, estava tão mal que nem podia ficar no próprio quarto, e uma ambulância era solicitada para levá-la a um hospital que nem parecia ser verdadeiramente um hospital, pois lá ninguém parecia ficar curado e tampouco voltava para casa. Em vez disso, as pessoas iam ficando cada vez mais quietas, até que, por fim, só havia silêncio absoluto e leitos vazios.

Esse hospital, que não era bem um hospital, ficava muito longe da casa deles, mas o pai ia visitar a esposa dia sim, dia não, depois que voltava para casa do trabalho e jantava na companhia do filho. Pelo menos, duas vezes por semana, David ia com ele no velho Ford Oito, embora a viagem de ida e volta o deixasse com pouquíssimo tempo livre, depois de terminar suas lições de casa e jantar. O pai também ficava cansado, e David se perguntava de onde ele tiraria energia suficiente para levantar cedo no dia seguinte, preparar o café, mandá-lo para a escola antes de ir para o trabalho, voltar para casa, preparar o chá, ajudar o filho com qualquer lição que lhe parecesse mais difícil, visitar a mulher e voltar novamente para casa, dar um beijo de boa-noite em David e ficar lendo o jornal durante uma hora, antes de ir se deitar.

Uma vez, David acordou no meio da noite com a garganta muito seca e desceu para beber um pouco d'água. Ouviu um ressonar na sala e descobriu seu pai adormecido na poltrona, com as folhas do jornal esparramadas à sua volta e com a cabeça torta, em vez de apoiada no encosto. Eram três horas da madrugada. David não sabia o que fazer, mas acabou acordando o pai porque se lembrou de que ele próprio, certa vez, adormecera no trem, durante uma longa viagem, e por vários dias depois disso sofrera com dor no pescoço. O pai ficara surpreso e só um pouco zangado por ter sido acordado, mas logo se levantara da cadeira e subira para o quarto. Mas David teve certeza de que aquela não era a primeira vez que o pai dormira daquele jeito, todo vestido, num lugar não apropriado.

Assim, a morte da mãe parecia significar que não havia mais sofrimento para ela e também não haver mais longas viagens de ida e volta até aquele grande edifício amarelo onde as pessoas pareciam se dissolver no nada, e ninguém mais adormecendo em cadeiras ou jantares apressados. Em vez disso, havia somente aquela espécie de silêncio que se estabelece quando alguém leva para o conserto um relógio carrilhão e, depois de algum tempo, damos pela sua falta, porque o tique-taque suave e reconfortante desapareceu e sentimos bastante a falta dele.

Mas o sentimento de alívio desapareceu após alguns dias, e David, então, começou a sentir-se culpado de estar contente por não terem mais que se preocupar com todas as coisas que a doença da mãe exigira deles. Nos meses seguintes, essa culpa não desapareceu. Pelo contrário, ficou cada vez pior, e ele começou a desejar que a mãe ainda estivesse no hospital. Se ela estivesse lá, iria visitá-la todos os dias, mesmo que para isso tivesse de se levantar mais cedo para fazer seus deveres — pois agora já não suportava mais a ideia de viver sem ela.

O ambiente escolar tornou-se mais difícil para ele. Separou-se dos amigos, mesmo antes que o verão chegasse e sua brisa cálida os dispersasse como sementes de dentes-de-leão. Corriam boatos de que todas as crianças teriam que deixar Londres e ir viver no campo em setembro, quando o novo ano escolar começasse, mas seu pai prometera que ele não teria de ir embora. Afinal, agora só havia eles dois, e tinham que permanecer juntos.

O pai contratara uma senhora, Mrs. Howard, para manter a casa limpa, cozinhar alguma coisa e cuidar da roupa. Geralmente, ela ainda estava em casa na hora em que David chegava da escola, mas sempre ocupada demais para conversar com ele. Ela fazia um treinamento na Defesa Civil, para se tornar monitora em caso de bombardeio, e também precisava cuidar do marido e dos filhos, por isso não tinha tempo para bater papo com David ou perguntar como fora o seu dia.

Mrs. Howard ia embora assim que davam as quatro horas, e o pai de David não voltava do trabalho na universidade antes das seis — isso na melhor das hipóteses; vez ou outra, voltava ainda mais tarde. O que fazia com que David fosse obrigado a ficar trancado sozinho na casa vazia, somente em companhia do rádio e de seus livros. Às vezes, sentava-se no quarto que o pai e a mãe haviam compartilhado. As roupas dela ainda estavam guardadas num dos armários, vestidos e saias arrumados em fileiras tão perfeitas que até se pareciam com pessoas, quando ficávamos olhando fixamente para elas. David corria os dedos pelas roupas e as fazia farfalhar, lembrando-se de como elas se mexiam exatamente assim quando sua mãe as vestia. Depois, deitava-se, descansando a cabeça no travesseiro do lado esquerdo, que era justamente o lado que sua mãe usava para dormir, e tentava colocar a cabeça exatamente no mesmo lugar onde ela costumava descansar a dela. O que se podia ver por uma ligeira mancha que havia na fronha.

Este novo mundo era doído demais para ele suportar. Tentara bastante. Mantivera seus rituais. Contara tão cuidadosamente... Vivia de acordo com as regras, mas a vida o enganara. Este mundo não era igual ao mundo de suas histórias, no qual o bem era recompensado e o mal, punido. Se a menina se mantivesse na trilha e evitasse a floresta, estaria a salvo. Se alguém estivesse doente, como o velho rei de uma das histórias, seus filhos podiam ser enviados para o mundo, à procura de um remédio, a Água da Vida, e se apenas um deles fosse suficientemente corajoso e sincero, a vida do rei poderia ser salva. David fora corajoso. Sua mãe, mais corajosa ainda. No fim, a coragem não fora suficiente. Este mundo não recompensava a coragem. Quanto mais David pensava, menos queria fazer parte dele.

Ainda mantinha seus rituais, embora não tão rigidamente como outrora. Contentava-se em tocar duas vezes as maçanetas e torneiras, primeiro com a mão esquerda, depois com a direita, só para manter a contagem nos números pares. Ainda tentava colocar o pé esquerdo no assoalho primeiro, de manhã, ou nas escadas da casa, mas isso não era muito difícil. Não tinha certeza do que aconteceria se, por acaso, deixasse de obedecer completamente às regras. Supunha que isso poderia afetar seu pai. Talvez ele tivesse salvado a vida do pai, conservando seus rituais, mesmo que não tivesse conseguido salvar a da mãe. Agora, que só sobreviviam os dois, era importante não arriscar demais.

Foi aí que Rose entrou em sua vida, e os ataques começaram.

O primeiro ataque aconteceu na Trafalgar Square — uma praça central de Londres —, quando ele estava indo com o pai dar comida aos pombos, depois de um almoço de domingo no Café Popular, em Piccadilly. O pai contou que, em muito breve, o Café Popular teria que ser fechado, o que entristeceu David, pois o considerava um local importante.

A mãe de David morrera havia cinco meses, três semanas e quatro dias. Naquele dia, uma mulher juntara-se a eles, no almoço do Café Popular. O pai a apresentara a David como Rose. Era muito magra, cabelo comprido e preto e lábios muito vermelhos. As roupas pareciam caras e, nos lóbulos das orelhas e também no pescoço, brilhavam diamantes e ouro. Ela disse que costumava comer muito pouco, mas deu conta de todo o frango e ainda por cima mostrou que tinha lugar no estômago para uma grande fatia de pudim. Parecia familiar para David, e, no final das contas, ele descobriu que se tratava da diretora do tal hospital que não era bem um hospital, onde sua mãe morrera. O pai disse a David que Rose realmente cuidara de sua mãe, cuidara muito bem, inclusive, mas o menino concluiu que ela não cuidara o suficiente para que a mãe não morresse.

Rose tentou puxar conversa falando da escola e dos amigos, e do que ele gostava de fazer à noite, mas David mal conseguia responder. Não gostava do jeito como ela olhava para o seu pai, nem daquela mania dela de chamá-lo pelo primeiro nome. Não gostava também do modo como ela tocava a mão do pai quando ele dizia algo engraçado ou espirituoso. Não gostava nem mesmo do fato do pai estar tentando se mostrar engraçado e espertinho diante dela. Isso não estava certo.

Quando saíram do restaurante, Rose segurou o braço do pai de David, que caminhava um pouco à frente — pareciam satisfeitos por ele estar um tanto afastado. O garoto não entendia exatamente o que se passava — ou, pelo menos, tentava se convencer disso. Contentou-se, então, em pegar o saquinho de sementes que o pai lhe dera quando chegaram à Trafalgar Square e começou a usá-las para atrair os pombos. Estes revoavam obedientemente em direção à nova fonte de alimento, a penugem manchada pela sujeira e pela fuligem da cidade e os olhos vazios e estúpidos. O pai e Rose ficaram ali por perto, falando em voz baixa um com o outro. David chegou a ver que se beijavam timidamente, quando pensavam que ele não estava observando.

Foi aí que a coisa aconteceu. Em um momento, David estava com o braço esticado, e uma longa linha de sementes se estendia nele, enquanto dois pombos gordos picavam a sua manga; e, no momento seguinte, estava estendido no chão, com o casaco do pai sob a cabeça, enquanto alguns transeuntes curiosos — e os estranhos pombos — olhavam fixamente para ele, e nuvens volumosas passavam por trás de suas cabeças, como se fossem balões brancos. O pai disse que o menino havia desmaiado, o que fez David supor que ele devia ter razão, a não ser pelo fato de que agora havia vozes e murmúrios em sua cabeça — onde, antes, não havia nenhuma voz nem murmúrios. Lembrava-se vagamente de uma paisagem de bosque, onde se escutavam uivos de lobos. Ouviu Rose perguntar se podia fazer alguma coisa por ele e o pai de David responder que tudo estava bem, que levaria o filho para casa e o faria descansar. O pai chamou um táxi que os levou até onde estacionaram o carro. Antes de dar a partida, ele disse a Rose que telefonaria mais tarde.

Naquela noite, enquanto David estava no quarto, aqueles murmúrios dentro da cabeça somaram-se ao som que vinha dos livros. Foi obrigado a tapar as orelhas com o travesseiro para abafar o barulho daquela conversarada toda, enquanto as histórias mais antigas iam acordando e começavam a procurar lugares onde pudessem crescer.

O consultório do doutor Moberley ficava numa casa com terraço, numa rua arborizada, no centro de Londres. Um lugar muito tranquilo. Havia tapetes caros espalhados pelo ambiente, e as paredes eram decoradas com quadros de navios em alto-mar. Uma secretária idosa, de cabelo muito branco, ocupava uma escrivaninha na sala de espera, ajeitando papéis, datilografando cartas e atendendo aos telefonemas. David sentou-se num sofá grande perto dela, ao lado do pai. Em um canto, um carrilhão antigo marcava as horas. Nem David nem o pai falavam. Principalmente porque o aposento estava tão silencioso que tudo o que dissessem poderia ser ouvido pela senhora sentada à escrivaninha. Mas David tinha a impressão de que o pai estava zangado com ele.

Desde o episódio da Trafalgar Square haviam ocorrido mais dois ataques, cada qual mais longo, e cada um deles deixava novas estranhas imagens na cabeça de David: um castelo com estandartes desfraldados nas muralhas, uma floresta repleta de árvores, cujas cascas estavam vermelhas de tanto sangrar, e uma criatura que ele só vira de relance, encurvada e miserável, que vagava por entre as sombras desse estranho mundo, esperando. O pai o levara até o consultório do médico da família, o doutor Benson, mas este não conseguia encontrar nada de errado no menino. Mandou-o, então, a um especialista de um grande hospital, que examinou seus olhos com uma luz forte e também o crânio. Fez perguntas a David, depois muitas outras ao pai, algumas delas referentes à mãe do garoto e à sua morte. Tinham mandado que David esperasse fora do consultório enquanto conversavam — e, quando o pai saiu, parecia zangado. Foi assim que acabaram na sala de espera do consultório do doutor Moberley.

O doutor Moberley era um psiquiatra.

Uma campainha tocou ao lado da mesa da secretária, e ela se voltou para pai e filho, dizendo:

— Ele pode entrar, agora.

— Vai lá — disse o pai.

— Não vai entrar comigo?

O pai balançou a cabeça e David compreendeu que ele já devia ter tido uma conversa com o doutor Moberley, talvez pelo telefone.

— Ele quer ver você sozinho. Não se preocupe. Ficarei aqui até terminar.

David seguiu a secretária até a outra sala, que era muito maior do que a sala de espera e mobiliada com cadeiras e sofás macios. As paredes estavam repletas de livros, embora não fossem livros como aqueles que David lia, e, ao entrar, teve a impressão de ouvir os livros conversando uns com os outros. Não conseguia entender a maioria das coisas que diziam, mas falavam m-u-i-t-o d-e-v-a-g-a-r, como se tivessem que dizer algo extremamente importante, ou, então, como se a pessoa com quem estavam falando fosse muito burra. Alguns dos livros pareciam estar confabulado entre si, num tom arrastado, como os especialistas às vezes faziam no rádio, quando se dirigiam uns aos outros, rodeados por outros especialistas a quem queriam impressionar com sua inteligência.

Os livros deixaram David muito inquieto.

Um homenzinho de cabelo e barba grisalhos estava sentado por detrás de uma escrivaninha antiga que parecia grande demais para ele. Usava óculos retangulares amarrados a uma corrente de ouro, para não perdê-los. Uma gravatinha borboleta vermelha e preta estava amarrada bem-apertada no pescoço, e o terno era escuro e largo.

— Bem-vindo — saudou. — Sou o doutor Moberley. Você deve ser David.

David acenou afirmativamente. O doutor o convidou a sentar-se. Depois folheou um caderno que tinha sobre a mesa, puxando a barba enquanto lia o que quer que estivesse escrito naquelas páginas. Quando acabou, olhou para cima e perguntou a David como ele estava se sentindo. O garoto respondeu que estava ótimo. O médico perguntou se tinha certeza disso, e David respondeu que tinha absoluta certeza. O doutor Moberley disse que o pai de David estava bastante preocupado com ele e perguntou se sentia falta da mãe. David não respondeu nada. O médico se mostrou preocupado com os ataques e disse que, juntos, tentariam descobrir o que havia por trás daquilo.

O médico deu a David uma caixa de lápis e pediu-lhe para fazer o desenho de uma casa. O menino pegou um lápis de grafite e, cuidadosamente, desenhou as paredes e a chaminé, depois colocou algumas janelas e uma porta, antes de começar a acrescentar pequenas telhas curvas no telhado. Ficou muito concentrado no desenho das telhas, mas o doutor disse que já era o suficiente. Depois, olhou para o desenho e levantou o olhar para David. Perguntou se não pensara em usar lápis colorido. David respondeu que o desenho ainda não estava terminado e que, assim que todas as telhas estivessem no telhado, tinha a intenção de colori-las de vermelho. O doutor Moberley, usando o mesmo modo m-u-i-t-o v-a-g-a-r-o-s-o de falar dos seus livros, perguntou por que as telhas eram tão importantes.

David se perguntava se aquele tal de doutor Moberley era um médico de verdade. Os médicos precisavam ser muito espertos, porém o doutor Moberley não parecia ser assim tão esperto. M-u-i-t-o d-e-v-a-g-a-r, o menino explicou que, se o telhado não tivesse telhas, a chuva entraria na casa. As telhas eram, à sua maneira, tão importantes quanto as paredes. O doutor perguntou ao menino se tinha medo de que a chuva entrasse na casa. David respondeu que não gostava de ficar molhado. Do lado de fora isso não era tão ruim, especialmente se estivesse preparado para a chuva, mas a maioria das pessoas não usava nenhuma roupa especial para chuva quando estava dentro de casa.

O doutor Moberley parecia um pouco confuso.

Pediu, então, para David desenhar uma árvore. O menino pegou novamente o lápis, esforçou-se para fazer os galhos e depois começou a desenhar pequenas folhas em cada um deles. Estava somente no terceiro galho quando o médico o interrompeu. Dessa vez, o doutor fez uma expressão parecida com a que o pai de David tinha quando estava tentando resolver as palavras cruzadas no jornal. Como se, de repente, fosse se levantar apontando o dedo para o ar e gritando "eureca!", à maneira dos cientistas loucos nas histórias em quadrinhos — parecia não caber em si de tanta satisfação.

Em seguida, o médico perguntou um monte de coisas a David, sobre sua casa, sua mãe e seu pai. Perguntou novamente sobre os desmaios, se não conseguia lembrar-se de nada que poderia os estar provocando. Como é que se sentia, antes de sofrer um ataque? Antes de perder a consciência, sentia algum cheiro estranho? E logo depois, ficava com dor de cabeça? E antes do ataque, ela doía? E agora, a cabeça estava doendo?

Mas, afinal, segundo o ponto de vista de David, o médico não lhe fizera a pergunta principal, pois escolhera acreditar que os ataques faziam David perder totalmente a consciência, sem se lembrar de nada do que se passara durante esse tempo. O que não era verdade. David pensou que deveria contar ao médico sobre as estranhas paisagens que via quando tinha os ataques, mas o doutor já voltara a perguntar coisas sobre sua mãe — e ele não queria falar sobre ela novamente, muito menos com um estranho. O médico, então, fez uma pergunta sobre Rose, e sobre o que David pensava dela — coisa que o garoto não sabia responder. Ele não gostava de Rose, e também não gostava nem um pouco de o pai estar interessado nela, mas não queria dizer nada sobre isso, senão o médico podia contar tudo ao seu pai...

No fim da sessão, David estava chorando e nem mesmo sabia por quê. Na verdade, chorava tanto que seu nariz começou a sangrar — e ele sentia medo quando via sangue. Começou a gritar e a se debater. Caiu no chão e começou a tremer, enquanto uma luz branca relampejava na sua cabeça. Batia os punhos no carpete e ouviu o murmúrio desaprovador dos livros quando o doutor gritou pedindo ajuda e seu pai entrou correndo na sala. Então, tudo ficou escuro, pelo que pareceram somente alguns segundos, mas, na verdade, foi um bom tempo.

Ouviu uma voz de mulher vinda da escuridão e pensou que parecia a voz de sua mãe. Um vulto se aproximou, mas não era uma mulher. Era um homem, um homem todo torto, corcunda, de rosto comprido, que, por fim, emergia das sombras do seu mundo próprio.

E o homem sorria.

III

DA NOVA CASA, DA NOVA CRIANÇA E DO NOVO REI

OI ASSIM que as coisas se deram.

Rose estava grávida. Foi o que o pai contou a David enquanto comiam batatas fritas perto do rio Tâmisa, os barcos bem pertinho e aquela mistura de óleo diesel e algas no ar. Estavam em novembro de 1939. Nas ruas, mais policiais, e, em toda parte, homens fardados. Sacos de areia empilhavam-se contra as janelas, e grandes extensões de arame farpado, parecendo molas malignas, enrolavam-se em torno delas. Os jardins estavam salpicados de pequenos abrigos encurvados,* e havia trincheiras nos parques. Parecia que, em cada espaço disponível, brotavam cartazes brancos: lembretes

---

* Anderson shelter: abrigo de metal em forma de túnel, oferecido gratuitamente à população inglesa durante a Segunda Guerra. (N.T.)

das restrições relativas a luzes, proclamações do rei, todas as instruções necessárias a um país em guerra.

A maioria das crianças que David conhecia já havia deixado a cidade, entupindo as estações ferroviárias, usando etiquetinhas marrons de bagagem presas a seus casacos, a caminho de fazendas e cidades estranhas. Tal ausência fazia Londres parecer mais vazia e aumentava a angustiante sensação de expectativa que parecia governar a vida de todos os que haviam permanecido. Logo viriam os bombardeiros e, à noite, a cidade se cobriria com a mortalha da escuridão para lhes dificultar a tarefa. A cidade ficava tão escura que era possível distinguir bem as crateras da Lua, e o céu se mostrava abarrotado de estrelas.

Dirigindo-se ao rio, viram mais balões de barragem* sendo inflados no Hyde Park. Quando estivessem totalmente cheios, pairariam no ar, ancorados por pesados cabos de aço que impediriam os voos rasantes dos bombardeiros — o que significava que estes teriam de lançar suas bombas de uma altura maior. Era um modo de impedir que os pilotos atingissem os alvos com precisão.

Os balões tinham a forma de bombas gigantes. O pai de David disse que aquilo era irônico, e o menino perguntou o que ele queria dizer com irônico. Ora, disse o pai, era até engraçado que algo que supostamente deveria proteger a cidade de bombas e bombardeios se parecesse com uma bomba. David concordou. Também achava que aquilo era meio estranho. Ficou pensando nos homens que pilotavam os bombardeiros alemães, pilotos que tentavam evitar o fogo das baterias antiaéreas, curvados sobre o visor enquanto a cidade deslizava lá embaixo. Será que aqueles sujeitos pensavam nas pessoas que estavam nas casas e nas fábricas antes de lançar suas bombas? Lá daquela altura, Londres devia parecer

---

* Balões em forma de dirigível que dificultam a ação dos ataques aéreos, mais precisamente utilizados como obstáculos às hélices dos aviões. Usados sobretudo para proteger cidades populosas e pontos estratégicos na Segunda Guerra. (N.T.)

uma maquete: casas de brinquedo e miniaturas de árvores nas ruazinhas estreitas. Talvez aquele fosse o único jeito de se lançar uma bomba — pensando que nada daquilo era real, que ninguém ficaria queimado e morreria quando tudo explodisse nas calçadas.

David tentava imaginar-se num bombardeiro — um bombardeiro britânico, talvez um Wellington ou um Whitley —, voando sobre uma cidade alemã, com as bombas prontas. Será que ele conseguiria lançar sua carga? Afinal, era uma guerra. Os alemães eram maus. Todo mundo sabia disso. Haviam começado a guerra. Parecia uma briga no pátio da escola — se a gente começasse a briga, então era culpado e não podia se queixar de nada do que acontecesse depois. David ficou pensando que sim, que lançaria as bombas, mas não pensaria na possibilidade de haver gente lá embaixo. Somente fábricas e estaleiros, formas na escuridão, e todos os operários estariam a salvo sob suas cobertas quando as bombas caíssem e explodissem seus locais de trabalho.

Mas, de repente, pensou uma coisa.

— Papai? Se os alemães não conseguem ter uma pontaria certeira por causa dos balões, então suas bombas podem cair em qualquer lugar, não é? Quer dizer, ficam tentando atingir as fábricas, não é, mas não vão poder fazer isso, então vão lançar as bombas de qualquer jeito e esperar que acertem o alvo. Eles não vão retornar para casa e depois voltar aqui outra noite só por causa dos balões.

O pai levou alguns minutos para responder.

— Acho que nem se importam — disse, por fim. — O que querem é que as pessoas percam a cabeça e qualquer esperança. Se conseguirem explodir fábricas de aviões ou estaleiros na missão, tanto melhor. É assim que funciona a cabeça dessa gente violenta. Primeiro amolecem o inimigo, depois dão o golpe mortal.

Ele soltou um suspiro.

— David, nós temos que falar de uma coisa. Uma coisa importante.

Haviam acabado de chegar de mais uma das sessões com o doutor Moberley, durante a qual perguntara novamente ao menino se sentia falta da mãe. É claro que ele sentia. Que pergunta mais idiota. Sentia falta dela e ficava triste com isso. Não precisava de nenhum doutor para lhe dizer isso. De qualquer forma, sempre era muito difícil para ele entender a maioria das coisas que o médico dizia, em parte porque usava palavras desconhecidas, mas principalmente porque sua voz agora ficava quase totalmente abafada pelos murmúrios dos livros nas estantes.

Os sons emitidos pelos livros haviam se tornado cada vez mais nítidos para David. Ele sabia que o doutor Moberley não os podia ouvir do mesmo jeito; caso contrário, não poderia ficar trabalhando naquele consultório, sem enlouquecer. Às vezes, quando aprovavam alguma pergunta que o médico fazia, os livros murmuravam "hum..." em uníssono, como se fosse um coro masculino praticando uma nota só. Mas, se ele dissesse algo que não aprovavam, começavam a insultá-lo.

"Palhaço!"

"Charlatão!"

"Conversa fiada!"

"Esse cara é um idiota!"

Certa vez, um livro com o nome Jung gravado na capa em letras douradas mostrou-se tão indignado que se jogou da estante e ficou estendido no carpete, soltando poeira. O doutor Moberley levou um susto danado. David teve a tentação de lhe contar o que o livro estava dizendo, mas logo pensou que não seria uma boa ideia deixar o médico saber que ele podia escutar o que os livros diziam. David já ouvira falar de pessoas que eram "trancafiadas" por serem "ruins da cabeça" e não queria que isso acontecesse com ele. Bem, de todo jeito, agora já não era sempre que ouvia os livros falando. Somente quando estava perturbado por alguma coisa, ou zangado. Procurava ficar calmo, pensar o máximo possível em coisas boas, mas tinha uma hora que não dava — especialmente quando via o doutor Moberley. Ou Rose.

Agora lá estava ele, sentado perto do rio, e todo o seu mundo estava para mudar novamente.

— Você vai ter um irmãozinho... ou irmãzinha — disse o pai. — Rose vai ter um bebê.

David parou de comer as batatas fritas. Estavam com um gosto estranho. Sentiu uma pressão se formando no cérebro e, durante um momento, pensou que ia cair do banco e ter mais um daqueles ataques, mas algo o manteve firme.

— Você vai casar com a Rose? — perguntou.

— Acho que sim — disse o pai.

David ouvira uma conversa entre o pai e Rose sobre aquele assunto, na semana anterior, quando ela viera visitá-lo e ambos supunham que ele estivesse na cama. Mas David estava sentado na escada e ficara ouvindo o que diziam. Costumava fazer isso, mas sempre resolvia voltar para a cama quando eles paravam de falar e podia-se ouvir um barulhinho de beijo, ou então risinho gutural e baixo de Rose. Da última vez que ficara ouvindo, Rose falara sobre "umas pessoas" e sobre como "essas pessoas" estavam falando coisas. Ela não gostava do que andavam falando. Foi aí que o assunto do casamento surgira, mas David não conseguira ouvir mais nada, porque, naquele exato momento, seu pai saíra da sala para pôr a chaleira no fogo e, por muito pouco, o garoto conseguira evitar ser descoberto na escada. Ficara pensando que o pai devia ter suspeitado de algo, porque, alguns momentos mais tarde, ele subira para verificar se David estava no quarto. O menino ficara de olhos fechados, fingindo estar dormindo, o que parecera satisfazer ao pai. Mas estava nervoso demais para voltar para a escada e continuar escutando.

— Eu só quero que você saiba de uma coisa, David — dizia agora o pai. — Eu te amo, e isso não vai mudar nunca, não importa com quem a gente tenha de partilhar a vida daqui pra frente. Eu amei muito a sua mãe também, e sempre vou amá-la, mas ter Rose me ajudou bastante nestes últimos meses. Ela é uma boa pessoa, David. Gosta de você. Será que você pode dar uma chance a ela?

David nada respondeu. Engoliu em seco. Sempre quisera ter um irmão ou uma irmã — mas não daquele jeito. Queria que fosse filho de seu papai e de sua mamãe. E aquilo, agora, não estava certo. Não seria um irmão ou irmã de verdade. Viria de Rose — não seria a mesma coisa.

O pai colocou o braço em torno do ombro de David.

— Bom, você quer falar alguma coisa? — perguntou.

— Eu quero ir para casa, agora — respondeu David.

O pai manteve o braço no ombro do filho por dois ou três segundos, depois o largou. Parecia que seu braço pendia ligeiramente, como se alguém acabasse de retirar um pouco de vida dele.

— Tudo bem — disse, com tristeza. — Vamos para casa, então.

Seis meses mais tarde, Rose deu à luz um garotinho, e David deixou, com o pai, a casa onde crescera, para irem morar com ela e com o novo meio-irmão, Georgie. Rose vivia num casarão antigo no noroeste de Londres, de três andares e com grandes jardins na frente e nos fundos, todo rodeado pela floresta. O pai contou a David que a casa pertencera à família de Rose por gerações e era, pelo menos, três vezes maior do que a casa onde haviam habitado até então. No início, David não queria se mudar, mas o pai gentilmente lhe explicara os motivos da mudança. O novo endereço ficava mais perto do seu local de trabalho, onde, por causa da guerra, deveria dali por diante passar cada vez mais tempo. Se ficasse mais próximo do trabalho, ele poderia ver David com mais frequência e até mesmo almoçar em casa, de vez em quando. Disse também que a cidade estava ficando cada vez mais perigosa e que ali estariam um pouco mais seguros. Os aviões alemães continuavam a vir e mesmo o pai de David tendo certeza de que, no fim, Hitler seria derrotado, as coisas ainda ficariam muito piores, antes de ficarem melhores.

David não tinha certeza quanto ao que seu pai fazia para viver, naquela época. Sabia que ele era muito bom em matemática e que, havia até pouco tempo, fora professor numa grande universidade. Mas depois deixara o emprego e fora trabalhar para o Governo, numa velha casa de campo que ficava fora da cidade. Perto dali, havia barracas do exército, e soldados tomavam conta dos portões que levavam até a casa e patrulhavam todo o lugar. Em geral, quando David interrogava o pai sobre o seu trabalho, ele respondia que era algo que dizia respeito à verificação de números para o Governo. Mas, no dia em que se mudaram para a casa de Rose, o pai parecia sentir que, por algum motivo, o menino merecia uma explicação melhor.

— Eu sei que você gosta de histórias e de livros — disse, enquanto seguiam o caminhão de mudança para fora da cidade. — Acho que deve ficar se perguntando por que eu não gosto delas tanto quanto você. Bem, eu gosto de histórias, de alguma forma, e isso faz parte do meu trabalho. Você sabe como algumas vezes uma história parece ser sobre uma determinada coisa e, no final, é sobre outra inteiramente diferente? Quando há um sentido oculto nela que tem de ser descoberto?

— Como as histórias da Bíblia — disse David. Aos domingos, o padre frequentemente explicava a história da Bíblia que acabara de ser lida em voz alta. Não era sempre que David prestava atenção, porque a forma como contava era muito chata, mas era, surpreendente, o que o padre conseguia ver nas histórias que se mostravam bem simples. Parecia até que ele gostava de tornar as histórias mais complicadas do que eram, provavelmente porque assim poderia continuar a falar durante mais tempo. David não gostava muito de ir à igreja. Ainda estava zangado com Deus pelo que acontecera com sua mãe e por ter mandado Rose e Georgie para a sua vida.

— Mas algumas histórias não são para serem entendidas por qualquer um — continuou o pai de David. — Elas são somente para um punhado de pessoas e, por isso, seu sentido é escondido muito cuidadosamente. Isso pode ser feito usando-se palavras ou números, ou, às vezes, os dois combinados, mas o propósito é sempre o mesmo. É para impedir que outras pessoas interpretem essas histórias. A não ser que se conheça o código, elas não fazem sentido algum.

— Bem, os alemães usam códigos para transmitir mensagens. E nós também. Algumas são bem complicadas, já outras parecem muito simples, mas, na realidade, na maioria das vezes, essas são as mais complicadas de todas. Alguém deve tentar interpretar essas mensagens, e é isso que eu faço. Eu tento entender o significado oculto de histórias escritas por pessoas que não querem que eu as entenda.

Então, virou-se para David e colocou uma das mãos no seu ombro.

— Eu estou confiando em você, mas você não deve falar nunca para as outras pessoas sobre o que eu faço. — E levou um dedo aos lábios: — É segredo absoluto, meu chapa.

David imitou o gesto.

— Segredo absoluto — repetiu como se fosse um eco.

E continuaram a viagem.

O quarto de David era um cômodo pequeno, de teto baixo, que Rose escolhera para ele por estar tomado de estantes e de livros. E os livros do garoto viram-se obrigados a partilhar as prateleiras com outros livros, mais antigos ou mais estranhos. Ele os acomodou o melhor que pôde, chegando à conclusão de que seria preferível ordená-los por cor e tamanho, porque assim ficaria melhor. Dessa forma, seus livros tiveram que ficar misturados com os que já estavam ali, de tal modo que um livro de contos de fadas, por exemplo, tinha que ficar espremido entre uma história do comunismo e uma análise das derradeiras batalhas da Primeira Guerra Mundial. David tentou ler algumas páginas do livro sobre o comunismo, principalmente por não saber ao certo o que o comunismo realmente era (fora o fato de que seu pai parecia pensar que era mesmo uma coisa muito ruim). Leu bem umas três páginas antes de perder o interesse, porque quase dormiu com aquela falação sobre "controle dos trabalhadores sobre os meios de produção" e "ação predatória dos capitalistas". A história da Primeira Guerra Mundial era um pouco melhor, pelo menos por causa dos muitos desenhos de velhos tanques de guerra que haviam sido recortados de uma revista ilustrada e colados entre suas várias páginas. Havia também um vocabulário escolar francês, muito chato, e um livro sobre o Império Romano que também tinha ilustrações bem interessantes e que parecia se deleitar com a descrição das coisas cruéis que os romanos faziam com os outros povos e que os outros povos também faziam com os romanos, para retribuir o tratamento.

O livro de David sobre mitos gregos era do mesmo tamanho e da mesma cor de uma coletânea de poesia, o que o fazia, às vezes, pegar os poemas em vez dos mitos. E, no final das contas, alguns desses poemas não eram assim tão ruins de se ler, quando ele lhes dava uma chance. Um deles falava de uma espécie de cavaleiro — só que no poema era chamado de "Childe"* — e da sua busca por uma torre sombria e por um segredo que nela estava guardado. Mas esse poema não parecia terminar de uma forma muito adequada. O cavaleiro chegava até a torre, e pronto, isso era tudo. David queria saber o que havia de fato na torre e o que acontecera com o cavaleiro que a alcançara, mas o poeta obviamente achava que isso não era importante. O que fazia David imaginar que espécie de gente era aquela que escrevia poemas. Qualquer um podia ver que o poema só ficava realmente interessante quando o cavaleiro chegava na torre, mas, justamente naquele ponto, o poeta decidira ir embora para escrever qualquer outra coisa. Talvez pretendesse retomar o poema mais tarde e simplesmente se esquecera disso, ou então vai ver que não conseguira imaginar o monstro que habitaria a torre e que devia ser impressionante. David teve uma visão do poeta rodeado por pedaços de papel com um montão de ideias sobre monstros, riscadas ou rabiscadas:

~~Lobisomem~~
~~Dragão~~
~~Dragão realmente enorme~~
~~Bruxa~~
~~Bruxa realmente enorme~~
~~Bruxinha~~

---

* Termo já obsoleto da língua inglesa que se refere a um jovem nobre que ainda não tivesse sido nomeado cavalheiro. "Childe Roland to the Dark Tower Came" poema do inglês Robert Browning, 1855, que virou fala de *Rei Lear*, de Shakespeare. (N.T.)

Tentou dar forma à fera que devia haver no poema, mas não conseguiu. Era mais difícil do que pensava, porque nada parecia adequado. Tudo o que conseguia era invocar um ser semiformado, agachado num dos cantos cheios de teias de aranha de sua imaginação, onde todas as coisas que temia ficavam emaranhadas, deslizando umas sobre as outras na escuridão.

Percebeu que algo mudara no quarto assim que começara a preencher os espaços vazios das prateleiras, pois os livros mais novos pareciam muito inquietos ao lado das outras obras antigas, que tinham uma aparência intimidante e que falavam com ele num tom rouco e retumbante. Estas eram encadernadas em couro de bezerro ou de vaca, e algumas delas continham um tipo de conhecimento que há muito fora esquecido, ou que fora desmentido à medida que a ciência e os processos de pesquisa foram descobrindo novas verdades. Os livros com conhecimentos dessa natureza nunca haviam conseguido aceitar a própria desvalorização. Valiam agora menos do que os livros de histórias, porque estas haviam sido inventadas e eram falsas de propósito, ao passo que aqueles outros haviam sido escritos visando coisas mais elevadas. Homens e mulheres haviam trabalhado intensamente em sua criação, enchendo-os com a soma total de tudo o que sabiam e com tudo o que acreditavam saber sobre o mundo. O fato de eles estarem iludidos e de suas propostas terem em grande parte perdido o valor era, para os livros, um fardo quase impossível de carregar.

Um livro grande que proclamava, baseado numa análise profunda da Bíblia, que o fim do mundo ocorreria em 1783, havia ficado quase totalmente louco, recusando-se a acreditar que o ano de 1782 já havia terminado há tempos, pois aceitar isso seria admitir que seu conteúdo e sua própria existência não serviam senão como simples curiosidade. Um livro fininho sobre as civilizações de Marte, escrito por um homem que tinha um grande telescópio e um olho capaz de discernir sulcos de canais onde nenhum canal jamais existira, tagarelava constantemente sobre como os marcianos haviam abandonado a superfície de seu planeta e agora estavam construindo secretamente grandes máquinas. Estes livros acabaram ficando entre numerosos outros livros sobre a linguagem de sinais dos surdos, os quais, felizmente, não podiam ouvir nada do que estavam lhes dizendo.

Mas David também descobriu livros que eram parecidos com os seus. Havia volumes grossos e ilustrados de contos de fadas e de histórias folclóricas, com as cores ainda vivas, e foi neles que o menino se concentrou durante os primeiros dias em que passou na nova casa, deitado sobre o baú que ficava perto da janela e olhando, de vez em quando, para a floresta que se estendia adiante, como que esperando que os lobos, as bruxas e os ogros das histórias se materializassem subitamente lá embaixo, pois as descrições dos livros combinavam tão perfeitamente com as árvores ao redor da casa que era quase impossível acreditar que não falavam delas. Essa impressão era fortalecida pela natureza estrutural dos livros, pois algumas daquelas histórias haviam sido acrescentadas a mão e as ilustrações haviam sido criadas por alguém que certamente tinha muito talento artístico. David não conseguia encontrar nenhum nome que identificasse os autores daquelas coisas acrescentadas, e alguns dos contos não eram conhecidos por ele, embora ainda retivessem os ecos das histórias que sabia quase de cor.

Em uma delas, uma princesa era forçada por um feiticeiro a dançar durante a noite toda e a dormir de dia, mas, em vez de ser resgatada pela intervenção de um príncipe ou de um servo esperto, ela morria, somente para que seu fantasma pudesse voltar para atormentar o feiticeiro de tal forma que ele acabava se jogando num abismo e morria queimado pelo fogo interior da Terra. Uma garotinha era ameaçada por um lobo enquanto passeava na floresta e, fugindo dele, encontrava um lenhador que portava um machado — nessa história, porém, o lenhador não se contentava em matar o lobo e levar a menina de volta para a família, ah, nada disso. Ele cortava a cabeça do lobo, depois levava a menina para sua cabana, na parte mais cerrada e escura da floresta, e lá a conservava até que ela tivesse idade para se casar com ele, então a desposava numa cerimônia oficiada por uma coruja, embora nunca, durante todos seus anos de prisioneira, a menina tivesse deixado de chorar de saudades dos pais. Tinha filhos com o lenhador, que os criava para caçar lobos e procurar pessoas que se perdessem pelas trilhas da floresta. O lenhador dizia aos filhos que deviam matar os homens e roubar tudo o que houvesse de valor nos seus bolsos, mas as mulheres deviam ser levadas para ele.

David lia essas histórias dia e noite, bem enrolado nos cobertores para se proteger do frio, pois a casa de Rose nunca estava suficientemente aquecida. O vento penetrava pelas frestas dos caixilhos das janelas e pelas portas mal-ajustadas, levantando as páginas dos livros abertos como se procurasse dentro deles algum conhecimento de que necessitasse desesperadamente, por algum motivo pessoal. As grandes extensões de hera que recobriam a casa tanto na frente quanto nos fundos estenderam-se pelos muros durante décadas e seus brotos emergiam dos cantos superiores do quarto de David, ou ficavam grudados por baixo do peitoril das janelas. No início, ele tentara apará-los com a tesoura, descartando os excedentes, mas, após alguns dias, os brotos tornavam a surgir, parecendo cada vez mais espessos e compridos do que antes, agarrando-se cada vez mais tenazmente à madeira e ao reboco. Os insetos também exploravam os buracos dos muros, de modo que os limites entre o mundo natural e o mundo doméstico pareciam se dissolver. David encontrou besouros reunidos no armário e pequenas lacraias explorando a gaveta de meias. À noite, ouvia os camundongos correndo por baixo das tábuas. Parecia que a natureza estava disputando o quarto com ele.

Pior ainda: quando dormia, o garoto sonhava cada vez mais com a criatura que denominara Homem Torto, que caminhava através de florestas iguais àquela que se estendia abaixo da janela do quarto. Esse Homem Torto avançava até a borda do arvoredo, olhando fixamente para um gramado verde onde uma casa muito parecida com a de Rose se erguia. Ele falava com David, no sonho. Tinha um sorriso matreiro e suas palavras não faziam sentido.

"Nós estamos esperando você", dizia. "Bem-vindo, Sua Majestade. Saúdam todos o novo rei!"

IV

DE JONATHAN TULVEY E BILLY GOLDING, E DOS HOMENS QUE MORAVAM PERTO DOS TRILHOS DO TREM

O QUARTO DE DAVID era mesmo meio esquisito. O teto era bem baixo e irregular, inclinando-se em lugares onde não devia e fornecendo, assim, amplas oportunidades para que as trabalhadeiras aranhas tecessem suas teias. Mais de uma vez, David, ansioso por explorar os cantos mais escuros das prateleiras, se vira recoberto de fragmentos sedosos de teias no rosto e no cabelo, e lá estava a proprietária da teia, encolhida sinistramente num cantinho, perdida em pensamentos de vingança aracnídea. Em um canto do quarto, havia uma caixa de madeira para guardar brinquedos e, no outro, um grande armário. Entre eles ficava uma cômoda encimada por um espelho. O quarto fora pintado de azul-celeste; então, nos dias de sol, parecia fazer parte do mundo exterior, especialmente por causa da hera que brotava das paredes e dos insetos que ocasionalmente serviram de alimento para as aranhas.

Havia uma única janelinha que dava para o gramado e para o bosque. Se ficasse de pé no baú sob a janela, o menino podia ver também o campanário de uma igreja e os telhados das casas da aldeia próxima. A cidade de Londres ficava mais para o sul, mas poderia também ficar na Antártida, de tanto que as árvores e a floresta escondiam a casa do mundo exterior. O baú sob a janela era o lugar favorito de leitura para David. Os livros ainda falavam e murmuravam uns com os outros, e, se estivesse num dia bom, David conseguia silenciá-los com uma única palavra; de qualquer forma, tendiam a ficar quietos enquanto ele lia. Parecia até que ficavam felizes com o fato dele estar consumindo histórias.

Estavam no verão novamente, e David tinha muito tempo para ler. Seu pai tentara encorajá-lo a fazer amizade com as crianças que viviam por perto, muitas delas obrigadas, como ele, a sair da cidade, mas David não queria se misturar e, por sua vez, as crianças também percebiam nele algo triste e reservado que as mantinha afastadas. Os livros tomavam o lugar que seria dos amigos. Os livros antigos de contos de fadas em especial, tão estranhos e sinistros com aqueles acréscimos manuscritos e novas ilustrações, haviam aumentado a fascinação de David por esse tipo de histórias. Elas ainda o faziam se lembrar da mãe, mas de uma maneira agradável, e tudo o que conseguia fazê-lo se lembrar dela ajudava também a conservar Rose e o filho *dela*, Georgie, a distância. Quando ele não estava lendo, servia-se do baú na janela para ter uma visão perfeita de outra das curiosidades da propriedade: o jardim rebaixado rodeado pelo gramado, perto de onde a floresta começava.

O jardim lembrava uma piscina vazia, com quatro degraus de pedra que levavam a um retângulo verde, bordejado e decorado com ardósia. A grama era regularmente cortada por Mr. Briggs, o jardineiro, que vinha toda quinta-feira cuidar das plantas e dar uma mãozinha à natureza onde quer que fosse necessário, mas as partes de pedra do jardinzinho rebaixado estavam completamente abandonadas. Havia rachaduras profundas nos muros e, num dos cantos, as ardósias tinham se desgastado completamente, deixando um buraco suficientemente grande para David se espremer, se quisesse passar por ele. Mas uma criança nunca fizera mais do que enfiar a cabeça nele. O buraco era escuro, cheirava a mofo e estava cheio de toda espécie de criaturas escondidas correndo. Seu pai sugerira que o jardim rebaixado poderia fornecer espaço adequado para um abrigo antiaéreo, se, por acaso, isso se tornasse necessário, mas por ora havia se limitado a empilhar sacos de areia e placas onduladas de metal no depósito do jardim, para grande aborrecimento de Mr. Briggs, que agora era obrigado a navegar em torno dessas coisas cada vez que precisava pegar as suas ferramentas de jardinagem. O jardim rebaixado tornou-se o lugar de David fora da casa, especialmente quando queria fugir do sussurro dos livros ou das intrusões bem-intencionadas, mas mal-recebidas, de Rose na sua vida.

O relacionamento de David com Rose não era bom. Embora ele tentasse sempre ser educado, como o pai pedira, não conseguia gostar da madrasta e se ressentia pelo fato de ela agora fazer parte do seu mundo. Não era somente por ela tomar, ou tentar tomar, o lugar de sua mãe, embora isso já fosse uma coisa ruim. Ficava irritado com as tentativas de Rose de fazer os pratos favoritos dele para o jantar, apesar das limitações do racionamento. Ela queria que David gostasse dela, o que só o fazia gostar ainda menos.

David, porém, achava que a presença de Rose contribuía para que seu pai deixasse de se lembrar de sua primeira esposa. Ele já estava se esquecendo dela, de tão ligado que estava a Rose e ao novo bebê. O pequeno Georgie era uma criança exigente. Chorava muito e parecia estar sempre meio doente, de modo que o médico da localidade se tornara um visitante habitual na casa. Tanto o pai de David como Rose estavam apaixonados pelo bebê, mesmo se ele, noite após noite, roubasse o sono do casal, o que os deixava exaustos e de mau humor. O resultado: David ia ficando cada vez mais entregue às suas próprias manias, o que o fazia se sentir ao mesmo tempo agradecido pela liberdade que Georgie lhe proporcionara, mas também ressentido pela falta de atenção dos adultos às suas necessidades. Em todo caso, isso lhe dava mais tempo para ler — o que não era nada mal.

No entanto, à medida que a fascinação de David por aqueles livros antigos aumentava, também crescia seu desejo de descobrir mais coisas sobre o proprietário anterior, pois era óbvio que haviam pertencido a alguém muito parecido com ele. Por fim, conseguiu descobrir um nome, Jonathan Tulvey, escrito na parte interna da capa de dois dos livros, e ficou muito curioso para saber mais sobre a pessoa.

Então, um dia, engoliu sua antipatia por Rose e desceu até a cozinha, onde ela estava trabalhando. Mrs. Briggs, que era a governanta da casa e esposa de Mr. Briggs, o jardineiro, tinha ido visitar a irmã em Eastbourne, e Rose assumira, naquele dia, as tarefas dela. Podia-se ouvir o cacarejar das galinhas lá fora, no galinheiro. David ajudara Mr. Briggs a alimentá-las mais cedo e a verificar se os coelhos haviam feito algum dano na horta, bem como a procurar buracos no alambrado do galinheiro por onde pudesse passar alguma raposa. Na semana anterior, o jardineiro havia feito uma armadilha de laço, perto da casa, e matado uma raposa. O laço quase arrancara a cabeça dela, e David expressara um sentimento de pena pelo animal. Mr. Briggs o repreendera, explicando que uma única raposa podia matar todas as galinhas que eles tinham, se conseguisse entrar no galinheiro. Mesmo assim, o menino ficara perturbado com a visão da raposa morta, com a língua presa entre seus dentinhos pontiagudos e a pele rasgada no lugar em que ela forçara para se libertar do laço.

Antes de se sentar à cabeceira da mesa e perguntar a Rose como ia passando, David preparara um copo de limonada para si mesmo. Rose parou de lavar a louça e voltou-se para falar com ele, o rosto iluminado de prazer e surpresa. David planejara ser o mais amável possível com ela para poder descobrir o que queria. Mas Rose, que não estava habituada a conversar com ele sobre qualquer outra coisa que não fosse alimentação ou a hora de dormir, ou que não se restringisse apenas à troca de monossílabos secos, aproveitou imediatamente aquela oportunidade para reduzir a distância entre eles — de forma que o garoto sequer precisou usar ao máximo suas habilidades de sedução. Ela enxugou as mãos num pano de prato e sentou-se ao seu lado.

— Eu estou bem, obrigada — agradeceu. — Um pouco cansada, com o trabalhão que Georgie dá e todo o resto, mas isso já, já vai passar. As coisas estiveram meio complicadas, nos últimos tempos. Tenho certeza de que você também sente isso, nós quatro reunidos tão de repente. Eu fico contente de você estar aqui conosco. Esta casa é grande demais para uma pessoa só, mas meus pais fizeram questão de conservá-la na família. Isso era... importante para eles.

— Por quê? — perguntou David, tentando não se mostrar interessado demais. Não queria que Rose percebesse que o único motivo dele estar conversando com ela era descobrir mais coisas sobre a casa, principalmente sobre seu quarto e os livros que lá estavam.

— Bem — disse Rose —, esta casa pertence à minha família há muito tempo. Foi construída por meus avós, e todos os filhos que tiveram viveram aqui. Esperavam que a propriedade continuasse na família e que sempre houvesse crianças morando aqui.

— Os livros que estão no meu quarto eram deles? — perguntou David.

— Alguns. Outros pertenciam aos seus filhos: meu pai, minha tia, e...

Ela fez uma pausa.

— Jonathan? — sugeriu David, e Rose fez um sinal afirmativo com a cabeça. Ela pareceu ter ficado triste.

— Sim. Jonathan. Como você descobriu esse nome?

— Estava escrito em alguns dos livros. Eu fiquei imaginando quem seria.

— Era meu tio, o irmão mais velho do meu pai, mas eu nunca o conheci. O seu quarto era dele, e uma porção daqueles livros também. Desculpe... se não gosta deles. Eu achei que seria um belo quarto para você. Sei que é um pouco escuro, mas tem todas aquelas estantes, e, naturalmente, os livros. Eu devia ter pensado melhor nisso.

David ficou meio confuso.

— De jeito nenhum! Eu gosto do quarto e gosto dos livros também.

Rose virou-se para o outro lado. — É, não é nada, não. Não importa.

— Importa sim! — insistiu David. — Por favor, me conte.

Rose cedeu.

— Jonathan desapareceu quando tinha somente quatorze anos. Aconteceu há muito tempo e os meus avós conservaram o quarto exatamente do jeito que era então, esperando que, um dia, ele voltasse para casa. Mas nunca voltou. Outra criança desapareceu com ele, uma menina. Chamava-se Anna e era a filha de um amigo do meu avô que havia morrido, juntamente com a esposa, num incêndio. Meu avô decidiu levar Anna para viver com a nossa família. Tinha sete anos na época. Meu avô achou que seria bom para Jonathan ter uma irmãzinha e também para Anna ter um irmão mais velho que tomasse conta dela. De qualquer forma, acho que os dois fugiram, sei lá, e alguma coisa aconteceu e nunca mais foram vistos. Foi terrível, muito triste mesmo. Procuraram por eles durante bastante tempo. Nos bosques, no rio, e saíram perguntando em todas as cidades vizinhas. Chegaram a ir até Londres para colocar cartazes e descrições dos dois em todos os lugares possíveis, mas nunca apareceu ninguém para dar alguma pista das crianças.

"Com o passar do tempo, meus avós tiveram mais dois filhos, meu pai e Katherine, mas nunca se esqueceram de Jonathan e nunca deixaram de esperar que algum dia, quem sabe, tanto ele quanto Anna voltassem para casa. Meu avô, particularmente, nunca se recuperou dessa perda. Parecia se recriminar pelo que acontecera. Talvez pensasse que devia tê-los protegido melhor. Acho que foi por isso que ele morreu jovem. Quando minha avó estava morrendo, ela pediu a meu pai que não mexesse no quarto de Jonathan e que deixasse os livros nas estantes, para o caso de ele aparecer um dia. Ela nunca perdeu a esperança. Gostava também de Anna, mas Jonathan era o filho mais velho, e acho que nunca se passou um só dia sem que ela ficasse olhando pela janela do seu quarto, na esperança de vê-lo aparecer na trilha do jardim, envelhecido mas ainda seu filho, e contando alguma história maravilhosa sobre o desaparecimento.

"Meu pai fez o que vovó lhe havia pedido, deixou os livros no lugar em que estavam, e mais tarde, depois que meus pais morreram, também fiz isso. Eu sempre quis ter uma família só minha, e pensei que, se Jonathan amava tanto os seus livros, teria gostado de saber que, talvez, algum outro menininho ou menininha também gostaria deles, em vez de deixá-los apodrecer sem serem lidos. Agora, o quarto é seu, mas, se quiser mudar para outro, tudo bem. Temos muito espaço aqui."

— Como era Jonathan? O seu avô, alguma vez, falou dele?

Rose ficou pensativa.

— Bem, eu tinha a mesma curiosidade que você e ficava perguntando ao meu avô sobre ele. Estudei bem a personalidade de Jonathan, acho. Meu avô falava que ele era muito quieto. Gostava de ler, assim como você, sabe? De certo modo, é engraçado, ele gostava de contos de fadas, mas também tinha medo, as que mais o aterrorizavam eram as que mais gostava de ler. Tinha medo de lobos. Lembro que meu avô me disse isso, certa vez. Jonathan costumava ter pesadelos nos quais os lobos o perseguiam, e não eram lobos comuns; como vinham das histórias, eles podiam falar. Eram espertos e perigosos os lobos dos seus sonhos. O vovô tentou dar um fim naqueles livros, pois os pesadelos eram terríveis, mas Jonathan odiava ficar sem eles e, por isso, ele sempre acabava cedendo e os devolvia. Alguns desses livros eram bem antigos. Já eram antigos na época em que pertenciam a Jonathan. Acho até que alguns deles deviam valer bastante, só que alguém havia escrito neles, havia muito tempo. Havia também umas histórias e uns desenhos que não tinham nada a ver com aquelas obras. Meu avô achava que talvez fossem obra do homem que vendera os livros, um livreiro de Londres, homem estranho. Vendia muitos livros infantis e juvenis, mas acho que não gostava muito de crianças. Acho que só gostava de assustá-las.

Rose olhava fixamente através da janela, perdida em lembranças de seu avô e de seu tio desaparecido.

— Logo depois que Jonathan e Anna desapareceram, vovô voltou à livraria. Acho que ele pensava que as pessoas que tinham filhos compravam livros lá e que elas, ou os filhos, poderiam ter ouvido algo relacionado com os desaparecidos. Mas, quando chegou à rua da livraria, descobriu que ela não estava mais lá. O prédio tinha sido lacrado com tábuas. Ninguém vivia ou trabalhava mais ali, nem sabia dizer o que acontecera com o homenzinho que era o proprietário. Talvez houvesse morrido. O vovô disse que era um homem muito velho. Muito velho e muito estranho.

A campainha da porta da frente tocou, rompendo o clima de harmonia entre David e Rose. Era o carteiro, e Rose foi cumprimentá-lo. Ao voltar, perguntou a David se queria comer alguma coisa, mas ele disse que não. Já estava furioso consigo mesmo por ter baixado a guarda, mesmo se como resultado disso houvesse aprendido alguma coisa. Não queria que Rose pensasse que agora tudo estava bem entre eles, porque não era verdade, não mesmo. Então, voltou para o quarto e a deixou sozinha na cozinha.

No caminho, deu uma espiadinha em Georgie. O bebê estava profundamente adormecido no berço. Ao seu lado, no chão, havia uma máscara contra gases e um fole para enchê-la de ar. David tentou se convencer de que o bebê não tinha culpa de nada. Não pedira para nascer. Mesmo assim, não conseguia se forçar a gostar muito do irmão e sentia algo despedaçar-se dentro dele cada vez que via o pai carregando o recém-chegado. O bebê era como um símbolo de tudo o que ia mal, de quanto tudo mudara. Depois da morte da mãe, ficaram somente David e o pai, que haviam se aproximado mais, porque só tinham um ao outro. Agora, seu pai também tinha Rose e um novo filho. Mas David... bem, ele não tinha mais ninguém. Só podia contar consigo.

Deixou o bebê e voltou para sua pequena torre, onde passou o resto da tarde folheando os livros de Jonathan Tulvey. Sentou-se perto da janela, no baú, e ficou pensando que Jonathan também havia sentado ali, um dia. Ele andara por aqueles corredores, comera na mesma cozinha, brincara na sala de estar, dormira na mesma cama em que David dormia. Talvez estivesse ainda perdido lá em algum lugar do passado, fazendo essas mesmas coisas, e tanto ele quanto David talvez ocupassem o mesmo espaço, mas em diferentes períodos da história, e Jonathan talvez passasse como um fantasma invisível pelo mundo de David, sem tomar consciência de que toda noite partilhava sua cama com um estranho. Tal pensamento o fez ficar arrepiado, mas também lhe dava o prazer de pensar que dois meninos que se pareciam tanto poderiam, de certa forma, ter alguma ligação.

Ficou um tempão pensando no que teria acontecido com Jonathan e com a pequena Anna. Talvez houvessem fugido, mas David já tinha idade suficiente para compreender que havia muita diferença entre a espécie de fuga que acontecia nas histórias infantis e a realidade que deveria enfrentar um rapaz de quatorze anos com uma garotinha de sete a reboque. Não teriam demorado muito para sentir fome e cansaço — se algo os tivesse feito fugir —, e para se arrependerem do que haviam feito. O pai de David dissera, certa vez, que, se por acaso David se perdesse, deveria procurar um policial, ou pedir a um adulto para fazer isso. Mas não deveria se aproximar de homens que estivessem sozinhos. Deveria sempre ir até uma senhora, ou um casal, de preferência que tivessem crianças consigo. Prudência nunca é demais, avisava o pai. Será que isso acontecera com Jonathan e Anna? Teriam falado com a pessoa errada, alguém que não os quisesse ajudar a voltar para casa, mas, ao contrário, levá-los para mais longe, escondendo-os num lugar onde ninguém jamais os acharia? Por que alguém faria isso?

Quando se deitou, David sabia que havia uma resposta para essa pergunta. Antes de sua mãe partir para o hospital que não era bem um hospital, ele a ouvira conversando com seu pai sobre a tal história da morte de um rapaz da localidade, chamado Billy Golding, que desaparecera a caminho de casa, ao voltar da escola. Billy Golding não frequentava a escola de David nem eram amigos, mas ele o conhecia porque Billy era um excelente jogador de futebol e jogava no parque todo sábado de manhã. Diziam que um cara do Arsenal falara a Mr. Golding da possibilidade de Billy entrar para o time quando fosse mais velho, mas havia quem dissesse que o garoto inventara essa história, que não tinha nada de verdadeiro. Depois, Billy desapareceu e a polícia foi ao parque duas vezes, nos sábados de manhã, para falar com todos os que pudessem saber algo do paradeiro. Os policiais falaram com David e com seu pai, mas eles não puderam ajudar em nada e, depois do segundo sábado, a polícia nunca mais voltou ao parque.

Dois dias depois, David ouviu na escola que o corpo de Billy Golding fora encontrado nos trilhos da estrada de ferro.

Naquela noite, ao aprontar-se para dormir, David ouvira a conversa entre seu pai e sua mãe no quarto, e foi assim que soube que Billy estava nu quando foi achado e que a polícia prendera um homem que morava com a mãe num casebre não muito distante do lugar onde o corpo fora encontrado. David entendeu, pela maneira como os pais falavam, que alguma coisa muito ruim acontecera com Billy antes de morrer, algo que tinha a ver com o homem do casebre.

Sua mãe fizera um esforço especial, naquela noite, para ir do seu quarto ao do filho, com o intuito de lhe dar um beijo. Abraçou-o muito apertado e advertiu-o para não falar com homens estranhos. Disse que devia vir direto da escola para casa, sempre. E que, se um estranho, alguma vez, se aproximasse, oferecesse doces ou prometesse lhe dar um pombo como mascote, se ele o acompanhasse, então deveria continuar andando o mais rápido possível, e, se o homem tentasse segui-lo, deveria entrar na primeira casa para contar o que estava acontecendo. E, de maneira nenhuma, nunca, nunca mesmo, ele deveria acompanhar um estranho, fosse lá o que ele falasse. David disse que nunca faria isso. Havia uma dúvida em sua mente quando fizera a promessa à mãe, mas não dissera nada. Ela já estava bastante perturbada com tudo aquilo e David não queria que se preocupasse mais ainda, pois poderia proibi-lo de sair para brincar. Mas a pergunta que havia em sua mente, mesmo depois que a mãe apagara a luz e ele fora deixado na escuridão do seu quarto, era:

Mas e se o homem me obrigar a ir com ele?

Agora, em outro quarto, pensando em Jonathan e Anna, ele se perguntava se algum homem que vivia num casebre, um homem que vivia com a mãe e guardava doces no bolso, não os teria obrigado a ir com ele até os trilhos do trem.

E lá, na escuridão, o estranho teria brincado com as crianças, à sua maneira.

★ ★ ★

No jantar daquela noite, seu pai ficou falando novamente da guerra. Para David, não parecia que estavam em guerra. As batalhas eram travadas longe, ainda que pudessem assisti-las parcialmente no noticiário, quando iam ao cinema. As coisas eram muito mais monótonas do que David antecipara. Guerra parecia ser uma coisa excitante, mas, até então, a realidade fora muito diferente. Era verdade que esquadrões de Spitfires e Hurricanes passavam frequentemente sobre sua casa e que havia sempre batalhas sobre o Canal. Os bombardeiros alemães haviam realizado repetidos ataques aos aeroportos do Sul, chegando até a lançar bombas em St.Giles, Cripplegate, no East End (o que Mr. Briggs descrevia como "um típico comportamento nazista", mas que, como explicava o pai de David, de forma mais racional, era um esforço concentrado para destruir as refinarias de petróleo no porto do Tâmisa). David, no entanto, sentia-se distanciado de tudo aquilo. Não era como se a coisa estivesse acontecendo no seu quintal. Em Londres, as pessoas estavam guardando como suvenires peças de aviões alemães abatidos, mesmo que ninguém estivesse autorizado a se aproximar dos destroços. Os pilotos nazistas que precisavam ejetar representaram "o acontecimento" para os cidadãos britânicos. E lá onde residiam, mesmo estando a apenas oitenta quilômetros de Londres, tudo estava muito calmo.

O pai dobrou o exemplar do *Daily Express* e o colocou ao lado do prato. O jornal estava mais fino que de hábito — tinha somente seis páginas. O pai explicou que aquilo talvez se devesse ao racionamento de papel. *The Magnet* deixara de ser publicada em julho, privando David de Billy Bunter, mas havia ainda a *Boy's Own*,* a cada mês, que o menino sempre guardava cuidadosamente junto a seus livros sobre aviação.

---

* Outra publicação clássica inglesa de histórias para crianças. (N.T.)

—Vai ter que ir lutar? — perguntou David ao pai, quando o jantar terminou.

— Não, acho que não. Sou mais útil à guerra onde estou.

— Segredo absoluto — confirmou David.

O pai sorriu para ele.

— Sim, segredo absoluto.

David ainda ficava animado ao pensar que seu pai podia ser um espião ou, pelo menos, conhecer coisas sobre espionagem. Até então, essa era a única parte interessante da guerra.

Naquela noite, David ficou deitado na cama, olhando a luz do luar que passava através da vidraça. O céu estava limpo e a lua, muito brilhante. Após algum tempo, seus olhos se fecharam e ele sonhou com lobos e menininhas, e um velho rei num castelo em ruínas, profundamente adormecido em seu trono. Trilhos de estrada de ferro passavam ao lado do castelo e havia figuras se movendo por entre os longos talos de grama que cresciam entre os dormentes. Havia também um garoto e uma menina, e o Homem Torto. Eles desapareciam debaixo da terra, e David sentiu um cheiro de chiclete e bala e ouviu uma garotinha chorando, antes que sua voz fosse abafada pelo som de um trem que se aproximava.

V

DE INTRUSOS E DE TRANSFORMAÇÕES

O HOMEM TORTO, finalmente, surgiu no mundo de David no início de setembro.

O verão fora longo e tenso. O pai de David passara a maior parte do tempo no trabalho e mais de uma vez chegara a ficar duas ou três noites seguidas sem nem ir dormir em casa. De qualquer forma, era muito difícil retornar depois que a noite caía. Toda a sinalização da estrada tinha sido removida, para desencorajar os alemães, caso resolvessem invadir o país, e ele havia se perdido mais de uma vez enquanto dirigia voltando para casa de dia. Se tentasse dirigir à noite, com os faróis apagados, quem sabe aonde iria parar.

Rose estava achando a maternidade uma tarefa difícil. David ficava pensando sobre o que a própria mãe teria passado, e se ele teria dado tanto trabalho quanto o pequeno Georgie. Esperava que não. O estresse da situação havia feito com que a tolerância de Rose com David e com suas variações de humor diminuísse cada dia mais. Agora mal se falavam, e David podia ver que a paciência do pai com ambos estava por um fio. Na noite anterior, no jantar, ele explodira quando Rose tomara uma observação inocente de David por um insulto e os dois haviam começado a discutir.

— Por que vocês dois não descobrem um modo de convivência, pelo amor de Deus!!! — gritou o pai. — Não venho para casa para suportar isso. No trabalho, eu já tenho uma cota mais do que suficiente de tensão e de discussões.

Georgie, sentadinho em sua cadeira alta, começou a chorar.

— Agora veja só o que você fez — devolveu Rose. Atirou o guardanapo sobre a mesa e foi acudir Georgie.

O pai enterrou a cabeça nas mãos.

— Então a culpa é minha... — disse.

— Bem, minha é que não é — replicou Rose.

Os olhares dos dois voltaram-se simultaneamente para David.

— O quê? — reagiu ele. — Querem jogar a culpa em mim?

Ergueu-se de supetão da mesa, sem terminar de jantar. Ainda sentia fome, mas o cozido era feito principalmente de verduras com alguns repugnantes pedaços de linguiça barata espalhados, para quebrar a monotonia. Ele sabia que teria de comer o resto daquela comida no dia seguinte, mas nem se importou. Requentada, ela não poderia ter um gosto pior do que já tinha. Ao se dirigir para o quarto, ficou esperando ouvir a voz do pai chamá-lo de volta para terminar de jantar, mas ninguém o chamou. Sentou-se rígido na cama. Não podia esperar pelo final das férias de verão. Haviam conseguido uma vaga para ele numa escola não muito distante da casa, o que, pelo menos, seria melhor do que ter de passar cada um de seus dias com Rose e Georgie.

David não estava mais tendo sessões tão frequentes com o doutor Moberley, principalmente porque ninguém tinha tempo para levá-lo a Londres. De qualquer jeito, os ataques haviam cessado, ou, pelo menos, assim parecia. Não rolava mais pelo chão nem perdia a consciência, mas algo muito mais estranho e perturbador ocorria agora, mais estranho mesmo do que o sussurro dos livros, ao qual ele já quase se acostumara.

Estava sonhando acordado. Essa fora a única forma que encontrara para descrever. Eram como aqueles momentos, tarde da noite, em que a gente está lendo ou ouvindo rádio, e, de repente, fica tão cansado que dá uma cochiladinha rápida e começa a sonhar, mas é óbvio que não se percebe que se está dormindo, o que faz a gente achar que o mundo subitamente se tornou muito estranho. Quando David estava brincando no quarto, ou lendo, ou até mesmo andando pelo jardim, de repente tudo parecia brilhar. Os muros desapareciam, o livro caía de suas mãos, e o jardim era substituído por montanhas e árvores altas e cinzentas. Ele se sentia numa terra diferente, um lugar crepuscular cheio de sombras e de ventos frios, com um forte cheiro de animais selvagens. Às vezes, chegava mesmo a ouvir vozes. Pareciam-lhe um pouco familiares, quando o chamavam, mas, assim que tentava se concentrar nelas, a visão acabava e ele voltava ao seu mundo.

A coisa mais estranha era que uma daquelas vozes parecia ser a de sua mãe. Era a que falava mais alto e mais nitidamente. Chamava-o lá da escuridão. E dizia que estava viva.

Esse tipo de sonho era mais frequente no jardim rebaixado, mas David ficava tão agitado com isso que procurava ficar o mais longe possível daquela parte específica da propriedade. Na verdade, estava tão perturbado por essas visões que sentiu a tentação de falar a respeito com o doutor Moberley, se seu pai arranjasse algum tempo para marcar uma consulta. Talvez resolvesse falar ao médico também sobre os sussurros dos livros. As duas coisas poderiam estar ligadas — mas então, de repente, lembrou-se das perguntas que o doutor Moberley fizera sobre sua mãe e da ameaça que haviam feito de "interná-lo". Quando conversara com o médico sobre a saudade que sentia da mãe, ele respondera falando de dor e de perdas, e de como era natural que se tentasse superar esse sentimento. Ficar triste porque a mãe morrera era uma coisa, ouvir a voz dela chamando de dentro da escuridão de um jardim rebaixado e dizendo que estava viva por trás daquela construção em ruínas era muito diferente. David não tinha certeza de que o médico compreenderia. Ele não queria ser internado, mas aqueles sonhos eram apavorantes. Queria que parassem.

Faltavam poucos dias para o recomeço das aulas. David, cansado de ficar dentro de casa, resolveu dar um passeio no bosque atrás da propriedade. Apanhou um grande bastão de madeira e começou a abrir caminho através do matagal. Encontrou uma teia num arbusto e ficou tentando com alguns pequenos gravetos fazer a aranha sair dela. Atirou um deles bem no centro da teia, e ela não se moveu. Percebeu que era porque o graveto não se mexia. Eram os esforços que os insetos apanhados faziam para se libertar que atraíam a atenção da aranha, o que o fez pensar que talvez as aranhas fossem muito mais espertas do que qualquer animal tão pequeno tinha o direito de ser.

Voltou-se para olhar a casa e viu que a janela do seu quarto, com a hera que crescia nos muros rodeando-a quase totalmente, fazia com que o cômodo, mais do que nunca, parecesse parte integrante da natureza. Vendo a casa daquela distância, notou que a hera apresentava-se mais espessa justamente na janela do seu quarto, mal tocando qualquer das outras janelas, naquela parte da edificação. Não se estendia nem mesmo pelas partes inferiores da parede, como, em geral, acontece com esse tipo de trepadeira. Em vez disso, subira diretamente, fazendo um traçado reto e estreito até sua janela. A hera parecia saber exatamente para onde queria ir. Como aquele pé de feijão da fábula que levara o pequeno João até o gigante.

Naquele exato momento, um vulto moveu-se dentro do quarto do menino. Ele viu uma sombra passar perto da vidraça, usando uma roupa verde-floresta. No primeiro instante, pensou que fosse Rose, ou talvez Mrs. Briggs. Mas depois se lembrou de que a governanta fora até a aldeia próxima e que Rose raramente entrava no seu quarto, e nunca sem antes pedir licença. Também não era seu pai. A figura lá no quarto não correspondia em nada à do pai. Na verdade, pensou David, quem quer que fosse, era muito estranho, mesmo. Era um pouco corcunda. Parecia que seu corpo, de tanto esgueirar-se, havia ficado retorcido, com a coluna encurvada, os braços parecendo galhos tortos, o que fazia pensar que os dedos seriam como garras, prestes a agarrar qualquer coisa que aparecesse pela frente. O nariz era estreito e curvo, e na cabeça havia um chapéu, também retorcido. O vulto desapareceu da sua vista durante um momento, antes de reaparecer segurando um dos livros de David. Começou a folhear as páginas e descobriu algo interessante; então, parou e pareceu começar a ler.

Subitamente, David ouviu Georgie chorando no quartinho de bebê. O vulto deixou cair o livro e ficou ouvindo o choro. David viu os dedos da criatura estendidos no ar, como se Georgie estivesse dependurado à sua frente, como uma maçã prestes a ser colhida da árvore. O vulto parecia estar debatendo consigo próprio sobre o que deveria fazer em seguida, pois David viu que colocava a mão esquerda sobre o queixo pontudo e o acariciava suavemente. Enquanto pensava, deu uma olhada por cima do ombro para o bosque lá embaixo. Viu David e ficou congelado por um instante, antes de se jogar no chão, mas, naquele momento, o menino viu que seus olhos negros como carvão contrastavam com o rosto tão pálido, longo e fino que parecia ter sido esticado mecanicamente. A boca estava muito aberta, e os lábios eram muito, muito escuros, cor de vinho velho.

David saiu correndo em direção a casa. Irrompeu na cozinha, onde seu pai estava lendo o jornal.

— Pai, tem alguém no meu quarto! — gritou.

O pai o olhou curioso. — Como é que é?

— Tem um *homem* lá — insistiu David. — Eu estava passeando pelo bosque, olhei para cima, para a minha janela, e ele estava lá. Está de chapéu e tem um rosto muito comprido. Aí, ele ouviu o bebê chorar e parou o que quer que estivesse fazendo e ficou prestando atenção. Ele me viu olhando para ele e tentou se esconder. Por favor, papai, tem que acreditar em mim!

O pai franziu as sobrancelhas e abaixou o jornal.

— David, se isso é uma brincadeira...

— Não estou brincando, de verdade!

Seguiu o pai ao andar de cima, ainda segurando o bastão. A porta do quarto de David estava fechada, e o pai parou um momento, antes de abri-la. Depois, abaixou-se e girou a maçaneta. A porta se abriu.

Por um momento, nada aconteceu.

— Veja — disse o pai —, não há nada...

Algo o atingiu bem no rosto, fazendo-o soltar um grito. Ouviu-se um bater de asas agitado e o som de uma pancada, e, o que quer que fosse aquilo, bateu contra as paredes e a janela. Passado o choque inicial, David deu uma olhada por trás do pai e descobriu que o invasor era uma espécie de gralha,* uma pega de penas mescladas de preto e branco que tentava escapar do quarto.

— Saia e mantenha a porta fechada — ordenou o pai. — Esses pássaros são agressivos.

David obedeceu, embora ainda estivesse aterrorizado. Ouviu o pai abrir a janela e gritar para o pássaro, forçando-o a sair, até que finalmente não ouviu mais o barulho das asas. O pai abriu a porta, um tanto suado.

— Bem, nós dois levamos um baita susto — disse.

David olhou dentro do quarto. Havia algumas penas no chão, e isso era tudo. Nem sinal do pássaro, ou do estranho homenzinho que ele

* Magpie, espécie da família das gralhas cujo nome em português é pega-rabuda. (N.T.)

vira. Foi até a janela. A gralha estava empoleirada nas pedras em ruínas do jardim rebaixado. Parecia estar encarando David.

— Era somente uma gralha — disse o pai. — Foi isso que você viu.

David teve a tentação de discutir, mas sabia que o pai diria apenas que estava sendo tolo ao insistir que havia alguma coisa diferente no quarto, muito maior e pior do que um simples pássaro. Os pássaros não usam chapéus amarrotados nem tentam agarrar bebês adormecidos. David vira os olhos, o corpo corcunda e os dedos longos em forma de garras.

Olhou novamente para o pequeno jardim. A gralha se fora.

Seu pai deu um suspiro teatral.

— Você não está acreditando que era somente uma gralha, não é? — perguntou.

Ajoelhou-se para checar sob a cama. Abriu o guarda-roupa e deu uma olhada no banheiro anexo ao quarto. Até escrutinou as estantes, onde havia um buraco pequeno o suficiente para mal acomodar a mão de David.

— Está vendo, rapaz? — disse o pai. — Era apenas um pássaro.

Mas percebia que o menino não parecia convencido. Então, foram juntos examinar todos os quartos do andar de cima, e depois os pisos inferiores, até ficar claro que as únicas pessoas que havia na casa eram David, seu pai, Rose e o bebê. O que fez o pai voltar para seu jornal. De volta ao quarto, David apanhou um livro que estava no chão, perto da janela. Era um dos livros de Jonathan Tulvey e estava aberto na história da Chapeuzinho Vermelho. Tinha uma ilustração do lobo debruçado sobre a menininha, com sangue da avó nas garras, e com os dentes expostos, prestes a devorar a neta. Alguém, provavelmente Jonathan, havia feito uns rabiscos com um lápis preto sobre a figura do lobo, como se estivesse perturbado pela ameaça que representava. David fechou o livro e o devolveu à estante. Ao fazer isso, notou o silêncio que envolvia seu quarto. Não havia murmúrio algum. Todos os livros estavam quietos.

Ficou pensando que talvez o pássaro houvesse deslocado o livro — mas tinha uma coisa: um pássaro não poderia ter entrado num quarto com a janela fechada. Algum outro ser estivera lá, ele tinha certeza. Nas histórias antigas, as pessoas estavam sempre se transformando ou sendo transformadas em animais ou pássaros. Será que o Homem Torto não teria se transformado numa gralha para evitar ser descoberto?

Mas ele não fora para longe, não. Apenas voara até o jardim rebaixado e, então, desaparecera.

À noite, enquanto estava deitado na cama naquele estado entre o sono e a vigília, a voz da mãe, vinda do jardinzinho, chegou até ele, chamando-o pelo nome, pedindo que não a esquecesse.

E David sabia que estava se aproximando rapidamente a hora de penetrar aquele jardim e defrontar-se finalmente com o que havia lá.

VI

DA GUERRA E DO CAMINHO ENTRE MUNDOS

O DIA SEGUINTE, David e Rose tiveram uma briga feia — a pior de todas.

Já se pressentia isso havia muito. Rose estava amamentando o bebê, o que significava ter de levantar durante a noite quando ele chorava com fome. Mas, mesmo depois de ter sido alimentado, Georgie continuava agitado e chorando, e havia muito pouco que o pai pudesse fazer nessas ocasiões, mesmo se estivesse por perto. O que muitas vezes fazia surgir uma discussão entre o casal. Quase sempre começavam com uma coisinha de nada — um prato que seu pai se esquecera de guardar ou sujeira que entrava na cozinha grudada na sola dos seus sapatos — para rapidamente se transformar em verdadeiras batalhas verbais que acabavam com Rose em lágrimas e Georgie fazendo eco aos gritos da mãe.

David achava que seu pai parecia estar mais envelhecido e cansado do que nunca. E preocupava-se com ele. Sentia falta da presença do pai, também. Naquela manhã, a da briga feia, David estava parado perto da porta do banheiro, vendo-o fazer a barba.

— Realmente papai, você está trabalhando demais — disse o menino.

— É verdade.

— Parece que fica cansado o tempo todo.

— Estou cansado mesmo é de ver que você e Rose não conseguem se entender.

— Desculpe — disse David.

— Hum... — fez o pai.

Acabou de se barbear, limpou a espuma do rosto com a água da pia e depois se enxugou cuidadosamente com uma toalha rosa.

— Eu não vejo muito você agora — disse David. — Acho que é isso. Estou sentindo sua falta.

O pai sorriu para ele e deu um tapinha afável na sua orelha.

— É verdade — repetiu. — Mas todos nós temos de fazer sacrifícios, e há homens e mulheres que estão fazendo sacrifícios ainda maiores, fora do país. Estão arriscando suas vidas, e eu tenho o dever de fazer tudo o que posso para ajudá-los. É importante podermos descobrir o que os alemães estão planejando e o que suspeitam de nosso povo. Meu trabalho é esse. E não se esqueça de que temos sorte de estar aqui. Lá em Londres, as coisas estão muito mais difíceis.

Na véspera, os alemães haviam feito um grande ataque a Londres. A um dado momento, segundo o pai de David, havia cerca de mil aeronaves combatendo sobre a ilha de Sheppey. David ficou pensando como então estaria Londres naquele momento. Será que estaria repleta de edifícios incendiados, será que só haveria escombros no lugar onde antes estavam as ruas? Será que os pombos ainda estavam na Trafalgar Square? Ele achava que sim. Os pombos não tinham inteligência suficiente para se mudarem para qualquer outro lugar. Talvez seu pai estivesse com a razão, e eles tinham sorte de estar longe, mas uma parte de David pensava que deveria ser emocionante viver em Londres agora. Aterrorizante, às vezes, mas emocionante.

— Com o tempo, isso tudo vai terminar e, então, poderemos voltar a viver a nossa vida normal — disse o pai.

— Quando? — perguntou David.

O pai parecia perturbado.

— Não sei. Não vai ser logo, logo.

— Meses?

— Mais tempo, acho eu.

— Estamos ganhando a guerra, papai?

— Estamos resistindo, David. É o melhor que podemos fazer neste momento.

David separou-se do pai e foi se vestir. Reuniam-se para tomar o café da manhã antes de ele sair para trabalhar, mas o pai e Rose mal falavam um com o outro. David sabia que haviam brigado novamente e, por isso, quando o pai partiu, decidiu ficar mais longe de Rose do que nunca. Permaneceu um pouco no quarto, brincando com os soldadinhos, mas depois foi para a sombra que havia nos fundos da casa; queria ler.

Foi lá que Rose o encontrou. Embora o livro estivesse aberto sobre o peito de David, a atenção do menino estava focalizada em outra coisa. Fixava o extremo oposto do gramado, onde ficava o jardim rebaixado, mantendo o olhar no buraco que havia no muro de tijolos, como se esperasse ver algo movimentar-se lá dentro.

— Então você está aí — disse Rose.

David olhou para ela. Com o sol que batia nos olhos, foi obrigado a fazer uma careta.

— Algum problema? — perguntou.

Não tivera a intenção de falar daquele jeito. Parecia que estava sendo malcriado e desrespeitoso, mas não era isso, ou, pelo menos, não estava sendo mais malcriado do que de costume. Poderia ter dito, talvez, "Posso ajudá-la?", ou então ter respondido com um "sim", ou mesmo um "sim, estou", ou então simplesmente um "oi", mas, quando pensou nisso, já era tarde demais.

Rose tinha olheiras avermelhadas. A pele estava pálida, e parecia que havia mais rugas na testa e no rosto do que antes. Estava mais gorda, também, e David achava que o nascimento do bebê é que era o responsável. Perguntou ao pai se achava aquilo também, e ele respondera que nunca, mas nunca mesmo, dissesse nada a Rose, fosse lá por que fosse. O pai havia ficado muito sério ao falar no assunto. Na verdade, insistira na importância de David guardar consigo suas opiniões a respeito, porque aquilo "valia mais do que nossas vidas".

Agora, Rose, mais gorda, mais pálida e mais cansada, estava parada do lado de David, e, mesmo com a luz do sol batendo nos olhos, ele podia perceber o sentimento de raiva que ia crescendo nela.

— Como você *ousa* falar assim comigo! — exclamou ela. — Você fica sentado o dia inteiro com a cabeça enterrada nesses livros e não ajuda em nada nesta casa. Não pode nem falar de forma mais educada. Quem você pensa que é?

David estava quase pedindo desculpas, mas se conteve. Não era justo o que ela afirmava. Ele havia se oferecido para ajudá-la, mas Rose quase sempre o dispensava, principalmente porque ele aparecia sempre quando Georgie estava aprontando uma das suas ou quando ela estava ocupada com alguma outra coisa. Mr. Briggs cuidava do jardim, e David sempre tentava ajudá-lo a lavrar a terra, mas isso acontecia fora da casa, onde Rose não podia ver o que ele estava fazendo. Mrs. Briggs encarregava-se da limpeza e também da maioria dos trabalhos na cozinha, mas, sempre que David estava pronto a lhe dar uma mãozinha, ela o enxotava do cômodo, dizendo que ele era apenas mais um trambolho que a fazia tropeçar. Chegara, então, à conclusão de que o melhor para todos era que ele ficasse o máximo possível fora do caminho. De qualquer forma, aqueles eram os últimos dias das férias de verão. Devido à falta de professores, a escola adiara por alguns dias o início das aulas, mas seu pai tinha certeza de que, no máximo no início da semana seguinte, David estaria sentado à sua carteira. Dali até as férias do meio do ano, ele estaria na escola durante todo o dia e faria suas lições à noite. O seu dia de trabalho seria quase tão longo quanto o do pai. Por que, então, ele não poderia fazer um pouco o que queria, enquanto podia? A sua raiva ia num crescendo, como a de Rose. Levantou-se e viu que agora estava quase da altura da madrasta. As palavras começaram a jorrar da boca sem que ele tivesse tempo de pensar no que estava dizendo — uma mistura de meias-verdades e de insultos, todo o ódio que vinha reprimindo desde o nascimento de Georgie.

— Não... quem *você* pensa que é? — reagiu. — Você não é minha mãe e não pode falar assim comigo. Eu não queria vir morar aqui. Eu queria ficar com meu pai. Nós estávamos nos dando muito bem quando você chegou. Agora tem também o Georgie, e você só acha que eu sou alguém que está atrapalhando. Bem, você está no *meu* caminho, e está no caminho do meu pai. Ele ainda ama a minha mãe, como eu. Ele ainda pensa nela, e nunca vai amar você como a amou, nunca. Não importa o que você diga ou faça. Ele ainda ama a minha mãe. Ele. Ainda. Ama. *Ela*.

Rose partiu para cima dele. Atingiu-o na bochecha com a palma da mão. Não foi uma bofetada forte, e ela se conteve logo que percebeu o que estava fazendo, mas assim mesmo o impacto foi suficiente para fazer David balançar nos tornozelos. Seu rosto ardia e seus olhos estavam cheios de lágrimas. Ficou parado, boquiaberto pelo choque, mas depois deu um esbarrão em Rose e correu para seu quarto. Não olhou para trás nem mesmo quando ela o chamou, pedindo desculpas. Trancou a porta e recusou-se a abri-la quando ela começou a bater. Dali a pouco, ela foi embora e não voltou.

David permaneceu no quarto até o pai chegar. Ouviu os dois conversando, no vestíbulo. A voz dele elevou-se. Rose tentava acalmá-lo. David ouviu passos na escada — sabia o que vinha pela frente.

A porta do quarto quase foi arrancada das dobradiças pela força dos socos do pai.

— David, abra essa porta. Abra agora!

O menino obedeceu, fazendo a chave dar uma volta na fechadura, e depois se afastou apressadamente quando o pai, com o rosto quase roxo de raiva, entrou no quarto. Levantou a mão como se fosse bater no filho, mas depois pareceu mudar de ideia. Engoliu uma vez, respirou profundamente e balançou a cabeça. Quando tornou a falar, sua voz estava estranhamente calma, o que fez David ficar mais preocupado ainda do que com a raiva demonstrada anteriormente.

— Você não tem o direito de falar com Rose desse jeito — disse o pai. — Você deve mostrar respeito a ela, da mesma forma que demonstra a mim. As coisas têm sido difíceis para todos nós, mas isso não desculpa o seu comportamento. Ainda não decidi o que vou fazer com você, ou que castigo terá. Se não fosse tão tarde eu te mandaria imediatamente para o internato, para você ver como tem tido sorte de estar aqui.

David tentou falar:

— Mas Rose me deu um...

O pai levantou a mão.

— Não quero ouvir mais falar disso. Vai ver o que acontecerá se abrir a boca de novo. Por enquanto, você fique aqui no quarto. Amanhã não sairá de casa. Não irá ler nem brincar. A porta ficará aberta e, se eu te pegar lendo ou brincando, vou lhe dar uma surra de cinto. Vai ficar sentado na cama, pensando no que disse e em como irá se desculpar com a Rose quando, por acaso, tiver permissão de voltar a viver com pessoas civilizadas. Estou desapontado com você, David. Criei você para se comportar melhor do que isso. Nós criamos. Sua mãe e eu.

E com isso ele deixou o quarto. David se afundou na cama. Fizera mal em falar com Rose daquela maneira, mas ela também agira mal batendo nele. Enquanto se debulhava em lágrimas, começou a ouvir o murmúrio dos livros na estante. Acostumara-se tanto àquilo que quase deixara de ouvir, como acontece com o canto dos pássaros ou o sopro do vento nas árvores, mas, naquele momento, notou, aquele murmúrio estava aumentando, tornando-se cada vez mais alto. Sentiu um cheiro de queimado, como se houvesse fósforos acesos ou como acontecia quando saíam faíscas dos cabos dos bondes. Cerrou os punhos quando o primeiro espasmo chegou, mas não havia ninguém com ele para ver. Uma grande fenda abriu-se no quarto, rasgando o tecido deste mundo e permitindo que ele visse outro reino além deste. Havia um castelo, com flâmulas tremulando nas ameias e soldados marchando em fileiras através dos portões. Então, o castelo desapareceu e outro surgiu no lugar, dessa vez rodeado de árvores cortadas. Era um castelo muito mais escuro do que o primeiro, de contornos indefinidos e dominado por uma única torre, grande, que apontava para o céu como se fosse um dedo. A janela mais alta estava iluminada, e David percebeu que havia alguém lá. Era uma visão, ao mesmo tempo, estranha e familiar. Alguém o chamava com a voz da mãe, dizendo:

David, eu não estou morta. Venha me salvar.

David não sabia quanto tempo ficara inconsciente ou se, em certo ponto, havia simplesmente dormido, mas seu quarto já estava escuro quando abriu os olhos. Sentia um gosto ruim na boca e reparou que havia vomitado. Queria ir contar ao pai sobre o ataque, mas tinha certeza de que pouco conforto viria dele. Não se ouvia som algum na casa, e ele chegou à conclusão de que todo mundo devia estar dormindo. Um raio de luar brilhava sobre as fileiras de livros, mas estes agora estavam quietos, a não ser por ocasionais roncos que escapavam dos livros mais pesados e mais chatos. Em uma prateleira alta havia um volume sobre a história do carvão, abandonado e desprezado, que era particularmente desinteressante e tinha o chatíssimo hábito de ficar roncando muito alto e tossindo como um trovão, enquanto pequenas nuvens de fuligem se levantavam de suas páginas. David ouviu o livro tossir, mas percebeu que havia uma inquietação entre algumas obras mais velhas, as que continham aquelas histórias de fadas estranhas e sinistras de que ele gostava tanto. Sentia que estavam esperando que algo acontecesse, embora ele não soubesse bem o quê.

Com certeza, sonhara, embora não conseguisse se lembrar de nada do conteúdo do sonho. Mas uma coisa era certa: não tinha sido um bom sonho; tudo do que se lembrava era de um sentimento predominante de mal-estar e de uma coceira na palma de sua mão direita, como se ela tivesse sido esfregada com uma planta venenosa. Havia a mesma sensação num dos lados do seu rosto, e ele não podia deixar de sentir que algo desagradável o tocara enquanto estivera fora deste mundo.

Ainda estava totalmente vestido. Desceu da cama e se despiu no escuro para vestir um pijama limpo. Voltou para a cama e lutou um pouco com o travesseiro, virando de um lado e do outro para achar uma posição confortável que lhe permitisse voltar a dormir, mas isso não aconteceu. Deitado, com os olhos fechados, notou que sua janela ficara aberta. Não gostava de deixá-la aberta. Mesmo quando estava fechada, era difícil manter os insetos do lado de fora, e a última coisa que queria era que aquela gralha voltasse enquanto ele dormia.

Saiu da cama e aproximou-se cuidadosamente da janela. Algo se enroscou no seu pé descalço, e ele o levantou, assustado. Era uma gavinha da hera. Havia pedaços da planta pelas paredes internas do quarto, e dedos verdes estendiam-se sobre o armário, o carpete e a cômoda. Já falara disso com Mr. Briggs, e o jardineiro prometera trazer uma escada para podar a planta na parte externa da casa, mas até então, nada. David não gostava de tocar a hera. Ela até parecia estar viva, pelo jeito que se enroscava nas paredes do seu quarto.

Encontrou os chinelos e calçou os pés antes de caminhar pela hera até chegar à vidraça. Ao fazer isso, ouviu uma voz de mulher chamando:

— *David.*

— Mamãe...? — perguntou, inseguro.

— *Sim, David. Escute. Não tenha medo.*

Mas David estava com medo.

— *Por favor* — dizia a voz. — *Preciso da sua ajuda. Estou presa aqui. Estou presa neste lugar estranho e não sei o que fazer. Por favor, venha, David. Se você me ama, venha para cá.*

— Mamãe... Eu estou com medo.

A voz falou novamente, mas estava muito mais fraca agora:

— *David, eles estão me levando embora. Não deixe que eles me levem para longe de você. Por favor! Me siga e me leve para casa. Me siga no jardim.*

Ouvindo isso, David dominou seu medo. Pegou o roupão e correu o mais rapidamente que pôde sem fazer barulho, desceu as escadas e saiu para o gramado. Ficou parado na escuridão. Algo se agitou no céu noturno, e um estranho sussurro vinha lá de cima. David viu uma coisa que tinha um brilho esmaecido, como se fosse um meteoro em queda. Era um avião. O garoto guiou-se pela luz da aeronave até chegar aos degraus que levavam ao jardim rebaixado e desceu o mais rápido que pôde. Não queria parar porque, se parasse, poderia pensar no que estava fazendo, ficar realmente aterrorizado e desistir de tudo. Sentia as folhas de grama se dobrarem sob seus pés enquanto corria para o buraco no muro, enquanto aquela luz no céu se tornava cada vez mais brilhante. O avião agora parecia ser de um vermelho flamejante, e o barulho dos motores despedaçava a noite. David parou e viu que o avião estava descendo. Caía rapidamente, soltando fagulhas na queda. Era grande demais para ser um avião de combate. Era um bombardeiro. David conseguia adivinhar a forma de suas asas iluminadas pelo fogo e ouvir o desesperado martelar dos motores que ainda restavam, enquanto o avião caía. Ficava cada vez maior, até que, por fim, parecia encher todo o céu, tornando minúscula a casa, iluminando a noite com um fogo vermelho e alaranjado. Dirigia-se diretamente para o jardim rebaixado, as labaredas lambendo a cruz germânica na fuselagem — como se algo nos céus estivesse determinado a impedir que o garoto passasse de um mundo a outro.

Mas ele já havia feito sua escolha. Não podia hesitar. Esgueirou-se pelo buraco do muro, na escuridão, enquanto o mundo que deixara atrás de si transformava-se num inferno.

VII

DO LENHADOR E DA AÇÃO DO SEU MACHADO

S TIJOLOS E A ARGAMASSA da estrutura haviam desaparecido. Debaixo dos dedos de David havia agora tão somente uma espécie de cortiça áspera. Ele estava dentro do tronco de uma árvore, e, à sua frente, havia um buraco em forma de arco, além do qual se estendia uma floresta sombria. As folhas das árvores caíam, descendo em lentas espirais até o solo. Arbustos espinhentos e urtigas mordazes formavam um tipo de cobertura baixa, mas David não via nenhuma flor por perto. Era uma paisagem composta apenas de tons verdes e marrons. Tudo parecia iluminado por uma estranha meia-luz, como se a aurora estivesse se aproximando ou o dia quase terminando.

David ficou na escuridão do tronco, imóvel. A voz de sua mãe desaparecera e agora ouvia um som leve de folhas roçando umas nas outras e o barulhinho distante de água caindo sobre pedras. Não havia sinal algum do avião alemão e nenhuma indicação de que ele sequer houvesse existido. Ficou tentado a voltar correndo para a casa e acordar o pai para contar o que vira. Mas o que poderia dizer, e como é que o pai acreditaria nele, depois de tudo o que ocorrera naquele dia? Precisava arranjar provas, algo que pudesse levar consigo deste novo mundo.

Foi assim que resolveu sair do oco da árvore. Acima dele, o céu não tinha estrelas e as constelações estavam escondidas por nuvens densas. No início, o ar parecia fresco e limpo, mas, à medida que respirava mais profundamente, começou a sentir um odor diferente, menos agradável. Podia quase sentir com a língua uma sensação metálica, composta de cobre e de podridão. O que o fez lembrar o dia em que ele e o pai haviam encontrado um gato morto na beira de uma estrada, com a pele rasgada e as entranhas expostas. O cheiro daquele gato era muito parecido com o que sentia agora, na noite do novo mundo. Um arrepio que não era bem de frio correu pelo corpo de David.

Subitamente, ouviu às suas costas um estrondo assustador e sentiu a presença de algo. Atirou-se no solo e rolou para o lado, enquanto a árvore começava a se alargar, o oco do tronco aumentando até se parecer com a entrada de uma grande caverna forrada de cortiça. Dentro dessa caverna havia labaredas de fogo e, então, como se fosse uma boca se livrando de um pedaço insosso de comida, ela cuspiu parte da fuselagem queimada de um bombardeiro alemão, com o corpo de um dos homens da tripulação ainda preso nos destroços da cabine, a metralhadora apontada para David. Os restos do avião foram abrindo uma trilha negra e flamejante pelo solo, antes de pararem numa clareira ainda cuspindo fumaça e vapor, enquanto o fogo os consumia.

David levantou-se e começou a tirar as folhas e a terra da roupa. Tentou aproximar-se do avião em chamas. Podia ver pela cabine que era um Ju 88. Via o corpo despedaçado do artilheiro, agora já quase totalmente envolto pelas chamas. Pensou na possibilidade de haver outros sobreviventes. O corpo do aviador estava pressionado contra o vidro quebrado da cabine, e a boca de dentes brancos sorria na caveira carbonizada. David nunca vira, até então, a morte tão de perto — não como aquela, violenta, fétida e que transformava tudo em carvão. Não podia deixar de pensar nos últimos momentos do alemão, preso em seu assento flamejante, a pele queimando. Sentiu uma onda de piedade pelo morto, cujo nome nunca saberia.

Uma coisa passou zumbindo perto dele, como se fosse um inseto noturno, e sua passagem foi imediatamente seguida pelo barulho de algo rachando. Um segundo inseto também passou zumbindo, mas então David já havia se arremessado ao solo e estava se arrastando e procurando um abrigo, enquanto a munição da .303 espocava. Encontrou uma depressão na terra e atirou-se nela, cobrindo a cabeça com as mãos e tentando ficar tão colado ao chão quanto possível, até que o ruído dos projéteis cessasse. Somente levantou a cabeça quando teve a certeza de que toda a munição acabara. Levantou-se, atordoado, e ficou olhando as chamas e as centelhas no céu, bem lá em cima. Pela primeira vez, teve noção de como eram enormes as árvores daquela floresta, mais altas e mais largas até mesmo do que os carvalhos mais antigos da floresta próxima à sua casa. Os troncos eram inteiramente cinzentos e desprovidos de galhos até, pelo menos, uns trinta metros de altura, onde explodiam em copas maciças, mas quase sem folhas.

Um objeto preto, que parecia uma caixa, se separara da cabine do avião destroçado e agora estava, ainda fumegante, perto do lugar onde David se encontrava. Parecia uma velha câmera, mas tinha rodas num dos lados. Ele pôde distinguir a palavra *Blickwinkel* numa das rodas. Por baixo dela havia uma etiqueta que dizia *Auf Farbglas Ein.*

Era o visor do bombardeiro. David já vira em fotos. Os bombardeiros alemães haviam usado esse dispositivo para escolher seus alvos no solo. Talvez essa fosse a tarefa do homem que agora estava queimando nos destroços do avião, a de ver a cidade deslizando debaixo dele, enquanto se mantinha deitado na cabine. Parte da piedade que sentira pelo homem estava se esvaindo. Aquele visor fazia com que seu trabalho parecesse mais real, mais horrível. Pensava nas famílias que estavam nos abrigos antiaéreos, nas crianças chorando e nos adultos esperando que qualquer coisa que fosse atirada explodisse bem longe deles; ou das multidões amontoadas nas estações do metrô, ouvindo as explosões, com poeira e reboco caindo em suas cabeças enquanto as bombas sacudiam o chão, acima deles.

E esses eram os que tinham tido sorte.

Com um perfeito chute de pé direito, atingiu o visor, sentindo uma onda de satisfação ao ouvir o som de vidro quebrado vir de dentro dele, e ciente das lentes delicadas que havia despedaçado.

Passada a excitação, David colocou as mãos nos bolsos do roupão e tentou avaliar um pouco melhor o lugar onde se encontrava. A uns quatro ou cinco passos, viu quatro flores de um roxo brilhante que se destacavam da relva. Eram as primeiras coisas coloridas que vira, até então. As folhas eram amarelas e alaranjadas, e as corolas olhavam para ele como se fossem crianças adormecidas. Mesmo na escuridão da floresta, podia discernir suas pálpebras fechadas, as bocas ligeiramente entreabertas, os buracos gêmeos das narinas. Eram completamente diferentes de todas as flores que já vira na vida. Se pudesse colher uma para mostrar ao pai, talvez conseguisse convencê-lo de que aquele lugar realmente existia.

Aproximou-se das flores, amassando com os pés as folhas mortas. Estava bem próximo quando as pálpebras de uma delas se abriram, revelando olhinhos amarelos. Os lábios da flor também se abriram e ela emitiu um gritinho. No mesmo instante, as outras flores acordaram e, como se fossem todas uma única flor, enrolaram-se em suas folhas, revelando o lado inferior áspero, espinhoso, que tinha o brilho esmaecido de um resíduo pegajoso. Algo disse a David que seria má ideia tentar tocar naqueles espinhos. Pensou em urtigas, em hera venenosa. Plantas que já eram bastante perigosas; mas quem poderia saber quais venenos as plantas daquele lugar usariam para se defender?

David franziu o nariz. O vento estava soprando e levando embora o cheiro do avião queimado, substituindo-o por outro odor. O cheiro metálico que detectara antes era bem forte ali. Avançou um pouco mais pela floresta e viu uma formação irregular sob as folhas caídas, pontos azuis e vermelhos que sugeriam que havia algo muito mal-escondido. Era algo parecido com a forma de um homem. Aproximou-se e viu roupas e pelos debaixo delas. Franziu as sobrancelhas. Era um animal, um animal que usava roupas. Tinha dedos em forma de garras e pernas como as de um cão. David tentou ver o rosto, mas não havia um. A cabeça fora nitidamente separada do corpo recentemente, pois sobre o solo da floresta estendia-se um longo riozinho de sangue espesso.

Teve de tapar a boca para não vomitar. A visão de dois cadáveres em não mais de dois minutos estava revirando seu estômago. Afastou-se do corpo e voltou para a árvore. Ao fazer isso, o grande buraco que havia no tronco começou a desaparecer e a árvore, a encolher até voltar ao seu tamanho anterior. E, enquanto observava, a casca da árvore pareceu crescer, tapando o buraco, cobrindo inteiramente a passagem que havia para o mundo real. A árvore se transformara em apenas mais uma árvore numa floresta de árvores gigantescas, diferindo pouco umas das outras. David bateu com os dedos na madeira, fazendo pressão e esperando descobrir alguma maneira de reabrir a passagem do portal para sua vida anterior, mas nada aconteceu. Sentiu vontade de chorar, mas sabia que, se chorasse, tudo estaria perdido. Seria apenas um garoto medroso e incapaz de tomar decisões, e longe de casa, ainda por cima. Em vez de chorar, começou a olhar ao redor e descobriu a ponta de uma pedra grande e achatada saindo do meio da terra. Desenterrou-a e, usando a ponta mais aguda, começou a escavar o tronco da árvore — e mais uma vez, e outra, até que um pedaço se soltou, caindo no chão. David teve a impressão de que a árvore tremera, como se fosse uma pessoa depois de sofrer um impacto forte. A brancura da polpa interior ficou vermelha, e uma coisa muito parecida com sangue começou a sair do ferimento, fluindo pelos canais e sulcos da casca, até pingar no chão.

Uma voz disse:

— Não faça isso. As árvores não gostam.

David voltou-se. Um homem estava parado na sombra, perto dele. Era alto e grandalhão, ombros largos e cabelo preto curto. Estava usando botas de couro marrom que chegavam até os joelhos, e um casaco curto feito de peles e de couro cru. Os olhos eram muito verdes, e ele parecia quase uma parte integrante da floresta, em forma humana. Carregava um machado sobre o ombro direito.

David deixou cair a pedra.

— Desculpe — pediu. — Eu não sabia.

O homem olhava para ele, em silêncio.

— Certo — disse, por fim. — Acho que não sabia mesmo.

Avançou na direção de David, e o menino instintivamente recuou até sentir as mãos roçarem a árvore. Mais uma vez, ela parecia tremer sob seus dedos, mas a impressão não era tão forte quanto da vez anterior — como se a árvore estivesse ainda se recuperando gradualmente dos golpes que recebera e estivesse agora certa, na presença do estranho que se aproximava, de que não receberia mais nenhum golpe. Mas David não estava tão tranquilo com a aproximação do homem — carregava um machado que parecia ser do tipo que se usa para separar a cabeça do corpo.

O homem saiu da sombra, e David pôde examinar seu rosto mais de perto. Pensou que, apesar da aparência severa, o homem parecia também ser bondoso e que ali estava uma pessoa em quem poderia confiar. Começou a sentir-se mais tranquilo, embora mantivesse um olhar vigilante sobre aquele grande machado.

— Quem é você? — perguntou David.

— Posso lhe fazer a mesma pergunta — disse o homem. — Eu tomo conta destes bosques e nunca vi você aqui antes. Mesmo assim, vou responder: eu sou o Lenhador. Não tenho outro nome, ou, pelo menos, nenhum nome que importe.

O Lenhador aproximou-se do avião incendiado. As chamas estavam diminuindo agora, deixando a estrutura exposta. Parecia o esqueleto de um grande animal, abandonado ao fogo depois que a carne assada havia sido arrancada dos ossos. O artilheiro já não podia ser visto nitidamente. Tornara-se apenas mais uma forma escura num montão de metal e de partes mecânicas. O Lenhador balançou a cabeça, admirado, e depois se afastou dos destroços do avião e voltou para perto de David. Passou por ele e colocou a mão sobre o tronco da árvore ferida. Ficou olhando de perto os danos causados pelo garoto, depois deu umas palmadinhas nela, como se fosse um cavalo ou um cachorro. Ajoelhando-se, retirou um pouco do musgo das pedras que havia por ali e colocou-o no buraco da árvore.

— Tudo bem, camarada — disse para a árvore. — Vai cicatrizar rapidinho.

Acima da cabeça de David, os galhos se movimentaram durante um momento, embora todas as outras árvores estivessem imóveis.

O Lenhador voltou sua atenção para o menino.

— E agora — disse — é a sua vez. Qual é o seu nome e o que está fazendo aqui? Isto não é lugar para um menino ficar andando por aí, sozinho. Você veio nesta... coisa?

Fez um gesto na direção do avião.

— Não, essa coisa aí me seguiu. O meu nome é David. Eu atravessei por dentro do tronco da árvore. Havia um buraco, mas ele desapareceu. Foi por isso que eu estava escavando a casca. Achei que poderia abrir o meu caminho de volta, ou, pelo menos, marcar a árvore para poder encontrá-lo, de novo.

— Você atravessou por dentro da árvore? — perguntou o homem. — Mas de onde você veio?

— De um jardim. Havia uma pequena passagem num canto e eu descobri um modo de passar de lá para cá. Acho que ouvi a voz da minha mãe e a segui. Agora o caminho de volta desapareceu.

O Lenhador apontou novamente para os destroços do avião.

— E como você fez para trazer isso com você?!

— Estavam combatendo. Ele caiu do céu.

Se o Lenhador ficou surpreso com a informação, não deu a perceber.

— Há o corpo de um homem lá dentro — disse o Lenhador. — Você o conhecia?

— Era da tripulação, o artilheiro. Eu nunca vi esse homem antes. Era um alemão.

— Está morto, agora.

O Lenhador colocou novamente os dedos sobre a árvore, apalpando delicadamente a superfície, como se esperasse descobrir pelos estalos a existência de uma porta por baixo da casca.

— Como você disse, não tem mais nenhuma porta aqui. Mas você tinha razão de marcar esta árvore, embora seus métodos sejam bem desajeitados.

Remexeu nas dobras da jaqueta e tirou um rolo de barbante. Desenrolou-o até ter a certeza de que o barbante já estava de bom tamanho e amarrou-o ao tronco da árvore. De uma bolsinha de couro tirou uma substância cinzenta e pegajosa que espalhou sobre o barbante. O cheiro não era nada bom.

— Vai impedir que os animais e os pássaros piquem o barbante — explicou o Lenhador. Pegou, então, o machado. — É melhor vir comigo. Vamos decidir o que faremos com você amanhã, mas por enquanto é preciso que esteja em segurança.

David não se moveu. Podia ainda sentir o cheiro de sangue e de podridão no ar, e agora, vendo aquele machado de perto, teve a impressão de ver gotas de sangue em todo o seu comprimento. Nas roupas do homem também havia manchas vermelhas.

— Desculpe — disse, tentando parecer o mais inocente possível. — Mas, se cuida dos bosques, por que precisa de um machado?

O Lenhador olhou para David com uma expressão quase de quem estava se divertindo com ele, como se percebesse os esforços que o menino fazia para esconder a preocupação, mas ficou impressionado com a esperteza dele.

— O machado não é para os bosques — disse o Lenhador. — É para as coisas que vivem nos bosques.

Levantou a cabeça e cheirou o ar. Apontou o machado para o cadáver decapitado.

— Você sente esse cheiro? — perguntou.

David fez um sinal afirmativo.

— Eu já tinha visto esse cadáver. Foi você que fez isso?

— Fui eu.

— Parecia o corpo de um homem, mas não era.

— Não — disse o Lenhador. — Não era um homem. Mais tarde, poderemos falar disso. Não precisa ficar com medo de mim, mas há outras criaturas que nós dois devemos temer, e com razão. Venha, agora. Está na hora deles, o calor e o cheiro da carne queimada irá atraí-los para este lugar.

David, percebendo que não tinha escolha, seguiu o Lenhador. Sentia frio, os chinelos estavam úmidos, e por isso o Lenhador lhe deu sua jaqueta, levantando-o e carregando-o nas costas. Fazia muito tempo que alguém havia carregado David nas costas. Estava pesado demais para seu pai agora, mas não parecia ser um fardo para o Lenhador. Atravessaram a floresta, e as árvores pareciam se estender infinitamente diante deles. David tentava examinar as novas paisagens que via, mas o Lenhador andava muito rapidamente e o garoto mal podia se segurar nas costas dele.

Acima de suas cabeças, as nuvens se afastaram por um momento e a lua foi revelada. Estava muito vermelha, como se fosse um grande buraco na pele da noite. O Lenhador começou a andar ainda mais rápido, e suas passadas grandes pareciam devorar o chão da floresta.

— Devemos nos apressar — avisou o Lenhador. — Eles vão chegar logo.

Enquanto falava, um rugido muito forte veio da direção norte, e o Lenhador, então, começou a correr.

VIII

DE LOBOS, E DE CRIATURAS-PIORES-QUE-LOBOS

A FLORESTA PARECIA tomada por uma névoa de tons invernais esmaecidos: cinzentos, castanhos e verdes. Arbustos espinhosos rasgavam a jaqueta do Lenhador e a calça do pijama de David, e, em mais de uma ocasião, o garoto tivera de abaixar a cabeça para impedir que seu rosto fosse arranhado por galhos. O rugido cessara, mas o Lenhador não diminuíra a velocidade de sua corrida nem por um só momento. Não falava, o que obrigara David a ficar em silêncio também. Mas estava aterrorizado. Tentara olhar para trás por cima do ombro, mas o esforço quase o fizera perder o equilíbrio. Resolvera, assim, não repetir a tentativa.

Ainda estava no meio da floresta quando o Lenhador parou e ficou ouvindo. David quase perguntou qual era o problema, mas pensou duas vezes e achou melhor ficar quieto, tentando também ouvir o que causara a parada. Sentiu cócegas no pescoço ao mesmo tempo que seu cabelo ficou todo arrepiado, e teve certeza de que estavam sendo observados. Depois, ouviu um suave farfalhar de folhas à sua direita e de galho se quebrando à esquerda. Algo se movia atrás dele, como se alguém debaixo da terra estivesse tentando se aproximar o mais silenciosamente possível.

— Segure firme — pediu o Lenhador. — Estamos quase chegando.

Deu um pulo para o lado direito, saindo do terreno plano e entrando por uma moita de samambaias; no mesmo momento, David ouviu o barulho no bosque atrás deles. A corrida agora era para valer. De sua mão ferida, pingavam gotas de sangue no chão, e um rasgo na calça do seu pijama abrira-se, do joelho até o tornozelo. Perdeu um chinelo e o ar noturno parecia morder os dedos nus do seu pé. Os dedos doíam por causa do frio e da força que fazia para se segurar no Lenhador, mas o garoto não os afrouxou. Atravessaram outro caminho por entre os arbustos e estavam agora numa trilha rústica que se transformava em ladeira, dirigindo-se para o que parecia ser um jardim, lá embaixo. David deu uma olhada para trás e teve a impressão de ver duas órbitas brancas que brilhavam à luz do luar, e um pedaço de pele grossa e cinzenta.

— Não olhe para trás — instruiu o Lenhador. — Faça tudo, menos olhar para trás.

David virou o rosto para a frente imediatamente. Estava aterrorizado e lamentava muito ter seguido a voz de sua mãe. Era apenas um garoto usando pijama, chinelo e um velho roupão azul por baixo da jaqueta de um estranho, e sentia que o único lugar onde queria estar agora era em seu próprio quarto.

As árvores começavam a rarear, e David e o Lenhador saíram para um caminho de terra bem-cuidado, semeado com fileiras e fileiras de vegetais. Diante deles estava a mais estranha cabana que David já vira, rodeada por uma cerca baixa de madeira. Era construída com troncos tirados da floresta e tinha uma porta bem no meio da fachada, uma janela de cada lado, e um teto inclinado com uma chaminé de pedra numa das extremidades — mas essa era a única semelhança que a construção tinha com qualquer outra cabana. A silhueta contra o céu era parecida com a de um ouriço, pois estava recoberta de pontas de madeira e metal — entre os troncos, ou mesmo atravessando-os, havia pregos pontiagudos e hastes de ferro. À medida que se aproximavam da cabana, David podia ver também que havia pedaços de vidro e lascas de pedra afiada nas paredes e até mesmo no telhado, o que fazia com que ela brilhasse ao luar como se estivesse toda enfeitada com diamantes. As janelas tinham barras fortes, e grandes pregos atravessavam a porta, vindos do interior da casa — qualquer um que se chocasse com a cabana correria um grande risco de ser empalado. Não era uma cabana — era uma fortaleza.

Passaram pela cerca e estavam se aproximando da segurança da casa, quando uma forma surgiu por detrás dos muros e avançou contra eles. Parecia ser um grande lobo, a não ser pelo fato de usar uma camisa toda ornamentada, branca com dourado, e culote de um vermelho vivo. E então, enquanto David a observava, a figura levantou-se nas patas traseiras e ficou em pé como se fosse um homem, tornando claro que era mais do que um animal, pois as orelhas tinham uma forma parecida com a dos humanos, embora tivesse tufos de cabelo nas pontas, e o focinho fosse mais curto do que o de um lobo. Seus beiços estavam arregaçados mostrando os caninos, quando a criatura deu um rugido de advertência, mas era nos seus olhos que se podia notar melhor a luta que havia naquele ser entre o lobo e o homem. Os olhos não eram os de um animal. Eram inteligentes e também conscientes de si, repletos de fome e de desejo.

Naquele momento, outras criaturas semelhantes emergiram da floresta, algumas usando roupas — quase sempre jaquetas e calças rasgadas. Elas também se levantaram sobre as patas traseiras, mas havia muitas outras que eram apenas lobos comuns. Eram menores do que as demais criaturas e se conservavam sobre as quatro patas, parecendo selvagens e inconscientes para David. É claro que ele estava muito mais aterrorizado pelas que tinham semelhança com os homens.

O Lenhador deixou David descer para o chão.

— Fique perto de mim — ordenou. — Se algo sair errado, corra para a cabana.

Deu um tapinha amigável na parte inferior das costas de David, e o garoto sentiu alguma coisa escorregar para o bolso da jaqueta. O mais discretamente que pôde, deixou a mão deslizar para o bolso, fingindo que buscava aconchego por causa do frio. Sentiu que o objeto era uma grande chave de ferro. Fechou o punho e segurou-a firme, como se sua própria vida dependesse dela, o que, começou a perceber, bem poderia ser o caso.

O lobo-homem* que se encontrava perto da cabana encarou David atentamente, e seu olhar era tão amedrontador que o menino foi forçado a desviar os olhos para o chão, para a nuca do Lenhador, enfim, para qualquer lugar que não fossem aqueles olhos que lhe pareciam ao mesmo tempo familiares e estranhos. O lobo-homem tocou, com uma de suas longas garras, um ferro, numa das paredes da cabana, como se estivesse testando o seu poder de ferir, e, então, falou. A voz era profunda e baixa, interrompida por rosnados e cusparadas, mas David podia entender perfeitamente cada palavra que ele dizia.

— Já vi que você andou ocupado, Lenhador — disse. — Esteve fortificando sua toca?

— Os bosques estão mudando — respondeu o Lenhador. — Há estranhas criaturas por aí.

Ao responder, mudou o machado de uma mão para a outra, para segurá-lo com mais firmeza. O lobo-homem não demonstrava ter percebido

---

* *Wolf-man* no original. (N.T.)

a ameaça implícita daquele gesto. Limitou-se a rosnar concordando, como se ele e o Lenhador fossem apenas vizinhos cujos caminhos houvessem se cruzado inesperadamente enquanto passeavam pelo bosque.

— Esta terra toda está mudando — corrigiu o lobo-homem. — O velho rei já não consegue mais controlar o seu reino.

— Não sou suficientemente sábio para poder julgar tal questão — disse o Lenhador. — Eu nunca encontrei o rei, e ele não me consulta sobre a administração dos seus domínios.

— Talvez ele devesse — disse o lobo-homem. Parecia estar sorrindo, mas não havia nada de amigável nele. — Afinal, você cuida destes bosques como se fossem seu próprio reino. Não deveria esquecer que há outros que poderiam contestar o seu direito de governá-los.

— Eu trato qualquer criatura vivente deste lugar com o respeito que merece, mas é da ordem natural das coisas que o homem governe tudo.

— Então, quem sabe talvez tenha chegado o tempo de se levantar uma nova ordem — ameaçou o lobo-homem.

— Ah, é? E que ordem seria essa?

David percebeu a zombaria no tom de voz do Lenhador.

— Uma ordem de lobos, de predadores? O fato de você andar sobre as patas traseiras não faz de você um homem, e o fato de usar ouro nas orelhas não o transforma num rei.

— Poderiam existir muitos reinos, e muitos reis — disse o lobo-homem.

— Você não será o rei, aqui. E, se tentar, eu matarei você e todos os seus irmãos e irmãs.

O lobo-homem abriu as mandíbulas e rosnou. David começou a tremer, mas o Lenhador não moveu um dedo.

— Parece que você já está fazendo isso. Foi esse o trabalhinho que começou lá na floresta? — perguntou o lobo-homem, quase displicentemente.

— Estes bosques são meus. Eles são o meu trabalho.

— Estou me referindo ao corpo do pobre do Ferdinand, meu batedor. Parece que ele perdeu a cabeça.

— Era esse o nome dele? Não tive chance de perguntar. Ele estava preocupado demais em cortar a minha garganta para termos tempo de iniciar um bate-papo.

O lobo-homem lambeu os beiços.

— Pelo menos, ele estava com fome — disse. — Todos nós estamos. Seus olhos pularam do Lenhador para David, como haviam feito durante a maior parte da conversa, mas dessa vez demoraram-se um pouco mais no menino.

— Ele não vai ter mais que se preocupar com o apetite — disse o Lenhador. — Eu o livrei de um problema.

Mas Ferdinand fora logo esquecido. A atenção do lobo-homem estava agora inteiramente focalizada em David.

— E o que foi que você encontrou em suas andanças? — perguntou o lobo-homem. — Parece que descobriu uma criatura estranha, mas da sua própria espécie; *carne* fresca da floresta.

Um fio longo e fino de saliva escorria do seu focinho enquanto ele falava. Então, o Lenhador colocou a mão esquerda no ombro de David, aproximando-o dele com um gesto protetor, enquanto, na direita, segurava firmemente o machado.

— Este é o filho do meu irmão. Ele veio passar uma temporada aqui comigo.

O lobo caiu de quatro, com o pelo das costas todo eriçado. Começou a cheirar o ar.

— Mentira! — grunhiu. — Você não tem irmão nem família. Vive sozinho neste lugar, sempre viveu. Essa aí não é uma criança da sua terra. Ele tem um cheiro novo. Ele é... *diferente*.

— Ele é meu agora e eu sou seu guardião — ratificou o Lenhador.

— Houve um incêndio na floresta. Algo estranho estava ardendo por lá. Veio com ele?

— Não sei de nada.

— Se você não sabe, então, talvez o garoto saiba. E talvez ele possa nos explicar de onde essa coisa veio.

O lobo-homem fez um sinal para um de seus companheiros, e uma forma escura voou pelo ar e veio parar bem perto de David.

Era o crânio do artilheiro alemão, todo chamuscado e coberto de cinzas. O capacete havia derretido em sua cabeça, e, mais uma vez, David viu os seus dentes ainda cerrados numa careta mortuária.

— Não havia quase nada para se comer nele — disse o lobo-homem. — Tinha gosto de cinzas e de coisa azeda.

— Um homem não come outro homem — alfinetou o Lenhador, enojado. — Você tem demonstrado, pelas suas ações, qual é a sua verdadeira natureza.

O lobo-homem acocorou-se, quase colocando no chão as patas dianteiras.

— Não vai conseguir manter o garoto a salvo. Outros vão ficar sabendo. Dá ele pra gente, ofereceremos a ele a proteção da nossa alcateia.

Mas aqueles olhos desmentiam o que estava dizendo, porque tudo nele demonstrava sua fome e o que queria do menino. As costelas estavam aparentes sob a pelagem cinzenta e, por baixo da camisa branca, os membros já afinavam. Seus companheiros também se mostravam famintos. Estavam agora cercando David e o Lenhador quase completamente, incapazes de resistir àquela promessa de alimento.

Subitamente, fez-se um movimento indistinto à direita, e um dos lobos da espécie menor, impelido pelo apetite animalesco, deu um salto. O Lenhador girou, levantou o machado e ouviu-se um único grito agudo antes de o lobo cair morto no chão, com a cabeça quase separada do corpo. A alcateia unida deu um uivo, e os lobos ficaram se retorcendo e revolvendo, excitados e desesperados. O lobo-homem ficou olhando para o animal caído, depois se voltou para o Lenhador, mostrando todos os seus dentes sedentos e os pelos do dorso totalmente eriçados. David pensou que certamente ele os atacaria e que o resto dos animais o seguiria para despedaçá-los. Mas, em vez disso, a parte da criatura que tinha traços humanos pareceu superar a parte animal e a fez controlar a raiva.

O lobo-homem levantou-se novamente nas patas traseiras e balançou a cabeça.

— Eu ordenei que não atacassem, mas estão famintos. Há novos inimigos e novos predadores disputando o alimento. Mas esse aí não era como nós, Lenhador. Nós não somos animais. Esses aí não conseguem controlar suas necessidades.

O Lenhador e David estavam recuando na direção da cabana, tentando se aproximar da promessa de segurança oferecida por ela.

— Não se deixe enganar, criatura — disse o Lenhador. — Isso de "nós" não existe. Eu tenho mais em comum com as folhas das árvores e com a terra do solo do que com você e os da sua espécie.

Alguns dos lobos já haviam avançado e, arrastando o companheiro abatido, começavam a devorá-lo, mas não eram os que usavam roupas. Estes olhavam frustrados para o cadáver, mas conseguiam se controlar, como o líder. Um sentimento que não duraria muito, pensou David, que podia perceber o frêmito das narinas dos animais com o cheiro do sangue. Tinha certeza de que, se o Lenhador não o estivesse protegendo, os lobos-homens já o teriam despedaçado. Os lobos da espécie inferior eram canibais que ficariam satisfeitos comendo os da sua própria espécie, mas o apetite dos que se pareciam com homens era ainda pior.

O lobo-homem ficou pensando um momento na resposta do Lenhador. Protegido pelo corpo do homem, David já havia tirado a chave do bolso e estava se preparando para inseri-la na fechadura.

— Se não há laço algum entre nós — começou o lobo-homem pensativo —, então estou com a consciência limpa.

Deu uma olhada para a alcateia e uivou.

— É hora da *comida* — resmungou.

David enfiou a chave no buraco da fechadura e começou a girá-la no mesmo instante em que o lobo-homem, tombando sobre as quatro patas e com o corpo retesado, se preparou para dar o bote.

Um súbito grito de socorro veio de um dos lobos que estava no limite da floresta. O animal voltou-se para se defrontar com uma ameaça que ainda não era visível, chamando a atenção do restante da alcateia. Até o líder ficou distraído durante alguns segundos cruciais. David arriscou um olhar e viu uma figura se movendo contra o tronco de uma árvore e enrolando-se como uma cobra. O animal afastou-se do tronco, gemendo baixinho. Enquanto estava distraído, uma extensão de hera verde desceu de um galho baixo da árvore e enrolou-se no seu pescoço. Cingiu-o com força e depois o puxou, elevando-o no ar, enquanto as pernas do animal se debatiam em vão e ele começava a sufocar.

Naquele momento, toda a floresta pareceu subitamente ganhar vida numa confusão de fios verdes retorcidos, com as gavinhas das plantas enrolando pernas, focinhos e gargantas, jogando os lobos e os lobos-homens para o ar ou prendendo-os no chão e comprimindo-os com força cada vez maior, até cessarem de se debater. Imediatamente, os lobos começaram a lutar, rosnando e mordendo, mas mostravam-se impotentes diante de um inimigo como aquele. Os que ainda estavam livres já tentavam fugir. David ouviu a chave girando na fechadura. A cabeça do líder da alcateia balançava para a frente e para trás, mostrando que ele estava indeciso entre o desejo de carne e seu instinto de sobrevivência. Havia grandes extensões de hera movendo-se em sua direção, arrastando-se pelo solo úmido. O lobo-homem tinha que escolher rapidamente entre a luta e a fuga. Finalmente, com um uivo furioso para o Lenhador e para David, voltou-se e saiu correndo na direção sul, no mesmo momento em que o Lenhador empurrava David pela fenda da porta, para a segurança da cabana. A porta fechou-se com um estrondo atrás deles e extinguiu os sons dos uivos e dos gemidos dos moribundos, nos limites da floresta.

IX

DOS LOUPS E DE COMO ELES SURGIRAM

NQUANTO UMA CÁLIDA LUZ alaranjada envolvia a pequena cabana, David foi até um das janelas gradeadas. O Lenhador, antes de começar a empilhar madeira na lareira de pedra e atiçar o fogo, certificara-se de que a porta de entrada estava bem fechada e de que os lobos haviam fugido. Não demonstrava estar abalado pelo que acontecera lá fora. Na verdade, parecia extraordinariamente calmo, e parte dessa calma envolvera também David, que devia ter ficado aterrorizado, até mesmo traumatizado. Afinal, fora ameaçado por lobos falantes, testemunhara o ataque de uma hera viva, e a cabeça chamuscada de um aviador alemão aterrissara a seus pés, parcialmente comida por dentes pontiagudos. Mas, em vez disso, estava apenas espantado e tomado por curiosidade.

Os dedos das mãos e pés do garoto formigavam. O nariz começou a escorrer por causa do aumento da temperatura, e, então, resolveu tirar a jaqueta que o Lenhador lhe havia emprestado. Assoou o nariz na manga do próprio roupão e depois se sentiu um pouco envergonhado por ter feito aquilo. O roupão, que agora tinha uma aparência lastimável, era o principal item de indumentária que possuía, e parecia-lhe um absurdo contribuir de alguma forma para o seu estado de decrepitude atual. Além do roupão, tinha um chinelo, a calça de pijama rasgada e enlameada, e a camisa do pijama que ainda parecia nova, em comparação com os demais itens.

A janela que escolhera estava bloqueada com venezianas internas por trás das grades, mas tinha uma fenda horizontal estreita para permitir que se pudesse observar o exterior. Por essa fenda, pôde ver os cadáveres dos lobos sendo arrastados para a floresta, alguns deixando rastros de sangue.

— Eles estão cada vez mais ousados e espertos, e mais difíceis de se matar — constatou o Lenhador, que se juntara a David na janela. — Há um ano não arriscariam atacar a mim ou a alguém que estivesse sob a minha proteção, mas agora estão mais numerosos do que nunca, sua população aumentando a cada dia. Logo vão levar a sério a ameaça de assumir o poder do reino.

— A hera os atacou — disse David, que ainda não conseguia acreditar no que vira.

— A floresta, ou, pelo menos, esta floresta, tem meios de se proteger — revelou o Lenhador. — Esses animais não são naturais, são uma ameaça à ordem natural das coisas. A floresta não quer nenhum deles. É algo que tem a ver com o rei, acho eu, com a perda de seus poderes. O mundo está se desintegrando e a cada dia se torna mais estranho. Os Loups* são as

* Referência a um personagem do folclore francês, o *Loup-garou*, mistura de lobo com homem. (N.T.)

criaturas mais perigosas existentes, pois têm o que há de pior no homem e no lobo, disputando a supremacia do comportamento.

— Loups? — perguntou David. — É assim que devem ser chamados?

— Não são lobos de verdade, embora tenham algo deles. Nem são homens, embora andem em duas pernas quando isso serve aos seus propósitos e o líder se enfeite e use joias e roupas finas. Ele se autodenomina Leroi, e é tão inteligente quanto ambicioso, e tão esperto quanto cruel. Agora quer declarar guerra contra o rei. Tenho ouvido histórias dos viajantes que andam por esses bosques. Falam de grandes alcateias se movimentando pelo país, lobos brancos do norte e lobos negros do leste, todos atendendo ao chamado dos lobos cinzentos, seus irmãos, e dos líderes, os Loups.

E, enquanto David se sentava perto do fogo, o Lenhador começou a lhe contar uma história.

O PRIMEIRO CONTO DO LENHADOR

Era uma vez, uma menina que vivia perto de uma floresta. Era inteligente e cheia de vida, e usava um manto vermelho para que, se por acaso se perdesse, pudesse ser descoberta facilmente — o manto sempre seria bem visível sobre o fundo das árvores e dos arbustos. À medida que os anos passavam e ela ia se tornando uma mulher, ficava mais bonita. Muitos homens queriam se casar com ela, mas ela os rejeitava. Ninguém era suficientemente bom para ela, pois era mais inteligente do que todos e não se sentia desafiada por eles.

A avó morava numa cabana situada dentro da floresta, e a garota a visitava sempre, levando num cestinho pão e carne, e passando um tempo juntas. Enquanto a vovozinha dormia, ela, com seu manto vermelho, ia passear por entre as árvores, experimentando morangos silvestres e outros frutos estranhos da floresta. Um dia, resolveu passear num lugar sombrio, e um lobo apareceu. Ele percebeu a presença da menina e tentou esgueirar-se sem ser visto, mas os sentidos dela eram aguçados. Percebendo o lobo, encarou o animal bem dentro dos olhos e apaixonou-se pela sua estranheza. Quando o lobo lhe deu as costas, ela o seguiu, entrando mais fundo na floresta, como jamais fizera. Ele tentou despistá-la em lugares onde não havia nenhuma trilha para ser seguida, nenhum caminho à vista, mas a menina era esperta demais e continuou a persegui-lo metro após metro. Por fim, o lobo ficou cansado com aquela perseguição e voltou-se para encará-la. Mostrou os caninos e deu um uivo de advertência, mas a menina não demonstrou medo algum.

"Lobo encantador", murmurou, "não precisa ficar com medo de mim."

Estendendo a mão, colocou-a sobre a cabeça do animal. Passou os dedos em seu pelo, tranquilizando-o. E o lobo viu que a garota tinha olhos muito bonitos (para melhor vê-lo), mãos suaves (para melhor acariciá-lo) e lábios macios e vermelhos (para melhor sentirem o seu gosto). Ela se inclinou e beijou o lobo. Tirou o manto vermelho e colocou de lado seu cestinho de flores, deitando-se com o animal. Dessa união, veio uma criatura que era mais humana do que lupina. Era o primeiro da raça dos Loups, chamava-se Leroi, e mais desses nasceriam depois. Outras mulheres vieram, induzidas pela garota do manto vermelho. Ela percorria as trilhas da floresta, seduzindo as moças que passavam por ela com promessas de frutinhas maduras e suculentas, e de uma fonte de água tão pura que tinha o poder de rejuvenescer a pele. Às vezes, ela ia até os arredores de uma cidade ou aldeia e ficava esperando até que passasse uma menina, para então atraí-la para a floresta, com falsos pedidos de socorro.

Algumas delas, porém, a seguiam voluntariamente, pois há mulheres que sonham em deitar-se com lobos.

Nenhuma delas foi vista novamente, pois, com o passar do tempo, os Loups se voltaram contra as que os haviam criado e as devoraram à luz do luar.

Foi assim que surgiram os Loups.

Quando acabou de contar a história, o Lenhador foi até uma cômoda de carvalho que havia no canto, perto da cama, e pegou uma camisa que servia para David, bem como uma calça que só era um pouco comprida demais, e sapatos um pouco largos, embora pudessem ser usados confortavelmente com um par de meias de lã. Os sapatos eram de couro e não pareciam ser usados havia muitos anos. David ficou pensando de onde teriam vindo, pois era claro que haviam pertencido a alguma criança, mas, quando tentou perguntar a procedência ao Lenhador, ele virou as costas e foi procurar pão e queijo para comerem.

Enquanto comiam, o Lenhador fez perguntas mais incisivas a David sobre como viera para a floresta e sobre o mundo que havia deixado. Havia muito para contar, mas o Lenhador parecia mais interessado em ouvir coisas sobre a família do menino, como a história de sua mãe, do que sobre a guerra e as máquinas voadoras.

— Você disse que ouviu a voz de sua mãe — ele quis saber. — Mas se ela está morta, como pode ser?

— Não sei — respondeu David. — Mas era ela. Eu sei que era.

O Lenhador parecia duvidar.

— Há muito que eu não vejo uma mulher atravessar a floresta. Se ela está aqui, deve ter descoberto outra forma de entrar neste mundo.

E contou a David como era o lugar onde ele estava agora. Falou do rei, que reinara durante um período muito longo, mas perdera o controle do reino quando ficara velho e cansado, e que agora era praticamente um recluso em seu castelo, que ficava a leste. Falou mais sobre os Loups e do desejo deles de reinar sobre os outros, como os homens faziam, e de novos castelos que haviam aparecido em lugares distantes do reino, lugares sombrios onde o mal habitava. Falou também de um malandro pregador de peças, um espertalhão,* que não tinha nome e não se parecia com nenhuma outra criatura do reino, pois até mesmo o rei o temia.

— É um homem todo torto? — perguntou subitamente David. — Ele usa um chapéu torto?

O Lenhador parou de mastigar o pão.

— E como você ficou sabendo disso? — perguntou.

---

* *Trickster* no original. (N.T.)

— Eu vi ele — respondeu David. — Esteve no meu quarto.

— Então é o próprio — disse o Lenhador. — Ele rouba crianças, e elas nunca mais são vistas.

Havia tamanha tristeza e, ao mesmo tempo, tamanha indignação na maneira como o Lenhador falava do Homem Torto que David ficou pensando se Leroi, o líder dos Loups, não estaria errado. Talvez o Lenhador, um dia, tivesse tido uma família, e algo muito, mas muito ruim mesmo houvesse acontecido, e por isso ele estivesse tão sozinho, agora.

X

DE MALANDROS E DE MALANDRAGENS

AQUELA NOITE David dormiu na cama do Lenhador. Ela cheirava a frutinhas secas, pinhão, e tinha um odor animal que vinha dos couros e das peles usadas pelo homem. Ele cochilava sentado numa cadeira, perto do fogo, com seu machado bem próximo para o que desse e viesse, e seu rosto era moldado em sombras móveis desenhadas pela luz do fogo que se extinguia.

O menino demorou muito para pegar no sono, mesmo depois de o Lenhador assegurar que a cabana era um lugar seguro. As fendas nas janelas haviam sido cobertas, e havia até uma placa de metal com furos pequenos colocada na parte interna da chaminé, para impedir que os animais da floresta penetrassem por ali. Os bosques lá fora estavam silenciosos, mas não era um silêncio de paz e descanso. O Lenhador contara a David que a floresta, à noite, se transformava — criaturas híbridas e seres vindos do subsolo a povoavam assim que o crepúsculo terminava, e a maior parte dos animais noturnos ou fora exterminada ou aprendera a se manter mais vigilante do que nunca em relação a predadores.

David tinha consciência de estar experimentando uma estranha mistura de emoção. Sentia medo, naturalmente, e um remorso doloroso por ter sido suficientemente tolo de deixar a segurança de sua casa para entrar naquele novo mundo. Queria voltar à vida que conhecia, por mais difícil que pudesse ser, mas, ao mesmo tempo, queria saber um pouco mais sobre aquela terra. Sem contar que ainda não encontrara uma explicação para o som que ouvira — a voz de sua mãe. Será que era isso o que acontecia com os mortos? Será que atravessavam aquele lugar ao se encaminharem para um novo lugar? Sua mãe estaria presa ali? Teriam cometido algum engano? Talvez ela não devesse ter morrido e agora poderia estar tentando manter-se ali, esperando que alguém a encontrasse e a levasse de volta para os seres que amava. Não, David não podia voltar, não ainda. A árvore estava marcada e ele encontraria o caminho de volta pra casa, assim que descobrisse a verdade sobre sua mãe e o papel que aquele seu mundo atual representava na existência dela.

Ficou imaginando se o pai já teria dado falta dele. Um pensamento que encheu seus olhos de lágrimas. O impacto do bombardeiro alemão deveria ter acordado todo mundo, e, certamente, o jardim já teria sido isolado e lacrado pelo exército dos voluntários da defesa aérea. Sua ausência já devia ter sido notada. Naquele momento, todos deveriam estar procurando por ele. Sentiu uma espécie de satisfação ao pensar que, graças à sua ausência, tornara-se mais importante na vida do seu pai. Agora, talvez o pai se preocupasse mais com ele e menos com o trabalho ou com códigos, ou mesmo com Rose e Georgie.

Mas e se não houvessem dado falta? E se a vida tivesse ficado mais fácil para eles, agora que desaparecera? Seu pai e Rose poderiam iniciar uma nova família, sem se preocupar com os vestígios dos que haviam morrido, a não ser uma vez por ano, no aniversário do falecimento. Com o tempo, porém, até essa lembrança esmaeceria e ele seria esquecido quase completamente — só lembrado de vez em quando — como a recordação daquele tio de Rose, Jonathan Tulvey, que somente fora ressuscitado pelas perguntas feitas por David.

Tentou não pensar nessas coisas e fechou os olhos. Conseguiu dormir, afinal, e sonhou com o pai, com Rose e com seu meio-irmão, e também com as coisas que surgiam de debaixo da terra, esperando que o medo dos outros lhes desse forma.

E, nos cantos mais sombrios dos seus sonhos, uma sombra dava cambalhotas, atirando seu chapéu torto no ar, alegremente.

David acordou com o barulho que o Lenhador fazia, preparando o café da manhã. Sentados à mesinha encostada na parede mais afastada da porta, comeram pão branco, duro, e beberam chá preto, forte, em canecas toscas. Lá fora, havia somente o mais esmaecido vestígio de luz no céu. David pensou que ainda devia realmente ser muito cedo, tão cedo que nem o sol surgira ainda, mas o Lenhador disse que não via o sol havia muito tempo e que aquela era a pouca luz que existia neste mundo. O que fez o menino pensar que talvez houvesse viajado para bem longe, para o norte, onde a noite durava meses e meses durante o inverno. Mas, mesmo no Ártico, os invernos longos e escuros eram contrabalançados por dias de luz contínua no verão. Não, ali não era nenhuma região do norte da Terra. Era Algum Outro Lugar.

Depois de comerem, David lavou o rosto e as mãos numa tigela e tentou escovar os dentes com o dedo. Quando acabou a limpeza, executou seus pequenos rituais de tocar e contar, e, somente ao notar um silêncio estranho na sala, percebeu que o Lenhador o estava observando da cadeira.

— O que você está fazendo? — perguntou o Lenhador.

Era a primeira vez que alguém lhe fazia uma pergunta daquela, e ele ficou paralisado um momento, antes de tentar fornecer uma desculpa plausível para seu comportamento. No fim, decidiu ser sincero.

— São rituais — disse simplesmente. — É a minha rotina. Comecei a fazer isso para tentar preservar minha mãe de qualquer mal. Pensei que isso pudesse ajudá-la.

— E ajudou?

David balançou a cabeça.

— Não, acho que não. Ou talvez até tenha ajudado, mas não o suficiente. Talvez você ache estranho. Talvez você *me* ache estranho, por fazer essas coisas.

Ele estava com medo de olhar para o Lenhador, com medo do que poderia ver nos olhos dele. Então, manteve o olhar fixo na tigela e viu o seu reflexo distorcido na água.

Depois de algum tempo, o Lenhador falou suavemente:

— Nós todos temos nossas próprias rotinas. Mas elas devem ter um propósito e dar um resultado que possamos ver e que nos conforte, ou então são inúteis. Sem isso, elas são como os passos incessantes de um animal enjaulado. Se não são loucura em si, são um prelúdio a ela.

O homem ficou em pé e mostrou seu machado a David.

—Veja uma coisa — disse, apontando com o dedo para a lâmina. — Todas as manhãs eu me certifico de que meu machado está limpo e afiado. Dou uma olhada na casa para ver se todas as portas e janelas estão trancadas. Cuido da terra, livrando-a das ervas daninhas e mantendo o solo úmido. Ando pela floresta limpando as trilhas que devem ser mantidas abertas. Onde as árvores foram danificadas, faço o possível para consertar o que foi estragado. Essa é a *minha* rotina, e tenho prazer em executar bem minhas tarefas.

Colocou a mão gentilmente sobre o ombro de David, e o menino notou a expressão de compreensão em seu rosto.

— As regras e rotinas são boas, mas devem nos dar satisfação. Será que você pode verdadeiramente afirmar que fica satisfeito com essa sessão de toques e de contagem que faz?

David balançou a cabeça. — Não — disse —, mas fico aterrorizado quando não consigo fazer isso. Tenho medo do que poderia acontecer.

— Trate, então, de descobrir uma rotina que permita a você se sentir seguro ao fazê-la. Você me disse que tem um novo irmão... olhe para ele todo dia de manhã. Olhe para seu pai, para sua madrasta. Cuide das flores no jardim ou dos vasos que ficam no peitoril da janela. Procure aqueles que são mais fracos do que você e tente confortá-los, se possível. Que essas sejam a sua rotina e as regras que vão governar a sua vida.

David concordou, mas desviou o rosto do olhar do Lenhador, para esconder o que podia ler nele. Talvez o Lenhador estivesse com a razão, mas David não conseguia fazer nada por Rose e por Georgie. Poderia tentar executar outras tarefas mais fáceis, mas cuidar da segurança daqueles intrusos na sua vida era demais.

O Lenhador apanhou as roupas usadas de David — o roupão rasgado, o pijama sujo, o único pé do chinelo, enlameado — e colocou-as num saco. Jogou o saco sobre o ombro e destrancou a porta.

— Aonde vamos? — perguntou David.

— Vamos devolver você ao seu território.

— Mas o buraco da árvore desapareceu.

— Então, vamos tentar fazer com que reapareça.

— Mas eu ainda não encontrei minha mãe — disse David.

O Lenhador olhou melancolicamente para ele.

— Sua mãe está morta. Você mesmo me contou.

— Mas eu a ouvi! Eu ouvi a voz dela.

— Pode até ser, ou algo parecido — disse o Lenhador. — Não tenho a pretensão de conhecer todos os segredos desta terra, mas posso lhe dizer que é um lugar perigoso, e cada dia que passa está se tornando pior. Você deve voltar. O Loup Leroi tinha razão numa coisa: eu não tenho como protegê-lo. Mal posso proteger a mim mesmo. Então, venha; é uma boa hora para viajar, pois as criaturas noturnas estão em sono mais do que profundo e os piores animais que aparecem durante o dia ainda não acordaram.

Assim, David, percebendo que não tinha outra escolha, seguiu o Lenhador, da cabana até a floresta. De vez em quando, o homem parava e ficava à escuta, com a mão levantada num sinal para que o menino parasse e ficasse imóvel.

— Onde estão os Loups e os lobos? — perguntou David de repente, depois que haviam andado por cerca de uma hora. Os únicos sinais de vida que vira eram os pássaros e os insetos.

— Temo que não estejam muito longe — respondeu o Lenhador. — Estão procurando alimento em outras partes da floresta, onde correm menos risco de ser atacados, porém, mais tarde, tentarão sequestrar você novamente. É por isso que deve ir embora antes que voltem.

David ficou todo arrepiado só de pensar em Leroi e seus lobos atacando-o, despedaçando suas carnes com aqueles dentes e garras. Estava começando a entender o custo que teria de pagar para poder procurar a mãe por ali, mas parecia que a decisão de voltar para casa já havia sido tomada pelo Lenhador em seu lugar, pelo menos por ora. Poderia sempre voltar para lá, se quisesse. Afinal, se o jardim rebaixado não tivesse sido completamente destruído pelo avião alemão, ele sabia como voltar.

Chegaram ao conjunto de árvores enormes, exatamente onde David conseguira penetrar o mundo do Lenhador. Este parou tão de repente que o garoto quase se chocou com ele. Com extrema cautela, o menino deu uma olhada em torno das costas do homem, para ver o que o fizera parar daquele jeito.

— Oh, não! — exclamou David.

Até onde sua vista alcançava, cada árvore estava marcada com um barbante, e cada barbante — era o que cheirava o nariz de David —

estava encharcado com o mesmo odor estranho da substância que o Lenhador usara para impedir que os animais se aproximassem. Impossível dizer qual era a árvore com o portal que o trouxera do seu mundo para aquele. David caminhou um pouco por ali, tentando descobrir o tal buraco de onde havia emergido, mas cada árvore era igualzinha às demais, cada casca tão lisa quanto as outras. Até parecia que os buracos que distinguiam cada árvore haviam sido alterados ou preenchidos. A pequena trilha que se estendia pela floresta também havia desaparecido, e por isso o Lenhador perdera as referências que o fariam prosseguir. Nem mesmo os destroços do bombardeiro alemão podiam ser vistos, e o sulco que cavara na terra também havia sido preenchido. David pensou que, certamente, haviam sido necessárias centenas de horas e muitos, muitos trabalhadores, para fazer aquilo. Como podia ter sido feito numa única noite e sem deixar nem mesmo uma pegada no solo?

— Quem poderia ter feito aquilo? — perguntou.

— Algum malandro — respondeu o Lenhador. — Um homem todo torto, com um chapéu torto.

— Mas por quê? Por que ele não tirou apenas a corda que você amarrou? Será que não teria dado o mesmo resultado?

O Lenhador ficou um pouco pensativo, antes de responder.

— Sim — concluiu, afinal. — Mas não seria tão divertido para ele, não teria dado uma história tão interessante.

— Uma história? O que quer dizer com isso?

— Você faz parte de uma história — disse o Lenhador. — Ele gosta de inventar histórias. Gosta de colecionar histórias, para então contá-las. E esta pode ser uma excelente história.

— Mas como vou voltar pra casa? — perguntou David. Agora que não havia mais como voltar, sentia subitamente uma enorme vontade de sair dali, mas, quando o Lenhador parecia estar tentando forçá-lo a voltar, David não queria nada além de ficar no novo país e procurar sua mãe. Era uma coisa esquisita aquela.

— Ele não *quer* que você volte para casa — disse o Lenhador.

— Eu nunca fiz nada contra ele — disse David. — Por que ele está tentando me manter aqui? Por que está sendo tão cruel?

O Lenhador balançou a cabeça:

— Eu não sei — respondeu.

— Então, quem é que sabe? — perguntou David, quase gritando de frustração. Estava começando a querer alguém a seu lado que soubesse mais do que o Lenhador, que servia muito bem para decapitar lobos e dar alguns conselhos que ninguém pedira, mas que não parecia estar muito em dia com os acontecimentos do seu próprio país.

— O rei — disse, por fim, o homem. — O rei poderia saber.

— Mas eu pensei que você tinha dito que ele não controlava mais nada, que ninguém o via fazia muito tempo.

— Isso não quer dizer que ele não tenha conhecimento do que está acontecendo — ponderou o Lenhador. — Dizem que o rei tem um livro, um Livro das Coisas Perdidas. É o objeto que mais estima. Ele o guarda escondido na sala do trono do palácio, e ninguém mais tem permissão para lê-lo. Ouvi dizer que esse livro contém toda a sabedoria do rei e que, em tempos de aflição ou em momentos de dúvida, ele recorre ao livro buscando orientação. Talvez haja nele uma resposta para a sua pergunta, de como fará para voltar para casa.

David tentou ler a expressão do rosto do Lenhador. Não sabia bem por quê, mas tinha uma forte sensação de que o homem não estava dizendo toda a verdade sobre o rei. Antes que pudesse perguntar mais, o Lenhador atirou o saco que continha as roupas do menino numa moita de arbustos e começou a voltar pelo caminho por onde tinham vindo.

— Uma coisa a menos para carregar na viagem — disse. — Temos um longo caminho a percorrer.

E, com um último e dolorido olhar para a floresta de árvores anônimas, David voltou-se e seguiu o Lenhador, tomando a direção da cabana.

Depois que foram embora e tudo estava muito quieto, um vulto emergiu por trás das raízes de uma árvore antiga e poderosa. O dorso da figura era corcunda, os dedos retorcidos, e havia um chapéu torto na cabeça. A figura movimentou-se rapidamente pelo chão, até chegar a uma moita de arbustos pontilhada de frutinhas redondas, doces e congeladas, mas ignorou as frutas, preferindo o saco rude e sujo que estava entre as folhas. Procurou dentro dele, tirou a parte de cima do pijama de David e ficou esfregando o pano no rosto, aspirando profundamente o seu cheiro.

— Menino perdido — murmurou para si mesmo — e criança perdida para chegar.

Então, agarrou o saco e foi engolido pelas sombras da floresta.

XI

DAS CRIANÇAS PERDIDAS NA FLORESTA E DO QUE ACONTECEU COM ELAS

AVID E O LENHADOR voltaram para a cabana, sem incidentes. Fizeram provisões de alimentos, organizando tudo em duas sacolas de couro, e encheram um par de cantis de lata com a água que corria num riacho, atrás da casa. David viu o Lenhador ajoelhar-se à beira da margem para examinar algumas marcas que havia no solo molhado, mas sem fazer comentário algum. David também deu uma olhada nelas ao passar e pensou que pareciam marcas deixadas por um cachorro de grande porte, ou por um lobo. Havia ainda um pouco de água no fundo de cada pegada, o que o fez concluir que deviam ser recentes.

O Lenhador pegou o machado, um arco, uma aljava cheia de flechas e um facão. Finalmente, pegou também uma espada de lâmina curta, que estava num baú. Parou somente um minuto para assoprar a poeira que se acumulara sobre a arma e entregou-a a David, junto com um cinto de couro onde devia dependurá-la. David nunca antes segurara uma espada de verdade, e o seu conhecimento de esgrima não ia muito além de brincadeiras de pirata com pedaços de pau. Ter uma verdadeira espada dependurada na cintura o fez sentir-se mais forte e um pouco mais destemido.

O Lenhador trancou a cabana, depois colocou a palma da mão sobre a porta e abaixou a cabeça, como se estivesse rezando. Parecia triste, e David achou que talvez, por alguma razão, ele estivesse pensando que nunca mais veria seu lar de novo. Depois, entraram na floresta, dirigindo-se para o nordeste, e mantiveram uma marcha constante, enquanto aquela luminosidade doentia que parecia ser a luz do dia iluminava o caminho. Após algumas horas, David sentiu-se muito cansado. O Lenhador permitiu que descansasse, mas somente durante pouco tempo.

— Temos que sair da floresta antes que a noite caia — disse a David, e o menino nem precisou perguntar por quê. Ele já estava morrendo de medo de ouvir o silêncio dos bosques ser despedaçado pelos uivos de lobos e dos Loups.

Enquanto caminhavam, David teve a oportunidade de examinar os arredores. Não reconhecia nenhuma das árvores que via, embora aspectos de algumas delas lhe fossem familiares. Uma árvore parecida com um antigo carvalho tinha pinhões balançando por detrás de suas folhas de um verde vivo. Uma outra tinha o tamanho e a forma de uma grande árvore de Natal, e a base de suas folhas prateadas era pontilhada com cachos de frutinhas vermelhas. A maioria das árvores estava desfolhada. De vez em quando, David conseguia vislumbrar algumas flores parecidas com crianças, de olhos bem abertos e curiosos. Mas, ao menor sinal de alguém se aproximando, elas se enrolavam em suas folhas, protegendo-se e tremendo, até que a ameaça houvesse passado.

— Como se chamam essas flores? — perguntou.

— Elas não têm nome — respondeu o Lenhador. — Às vezes, as crianças se afastam do caminho e acabam se perdendo na floresta, e nunca mais são vistas. Morrem ali, devoradas pelos animais selvagens ou são assassinadas por homens malvados, e o solo fica encharcado de sangue. Com o tempo, uma dessas flores desabrocha, em geral muito longe de onde a criança deu o último suspiro. Formam cachos, como se fossem crianças amedrontadas. São a maneira que a floresta encontrou para se lembrar delas, acho. A floresta sente a perda de uma criança.

David já havia compreendido, àquela altura, que o Lenhador geralmente não falava, a não ser que puxasse conversa com ele. Portanto, cabia a ele fazer perguntas, que o homem respondia da melhor forma possível. Ele tentava dar a David algumas noções da geografia do lugar onde se encontravam: o castelo do rei ficava a muitos quilômetros dali, para o leste, e a área era escassamente habitada, a não ser pelos ocasionais povoados que mal chegavam a perturbar a paisagem; um abismo profundo separava a floresta do Lenhador dos territórios situados a leste, e eles teriam de transpô-lo para continuar a viagem até o castelo do rei; em direção ao sul, havia um mar negro e grande, mas raros eram os que se aventuravam até lá. Era o domínio dos animais selvagens, dos dragões aquáticos, e constantemente varrido por tempestades e ondas enormes. A norte e a oeste havia cadeias de montanhas, mas na maior parte do ano eram intransponíveis, pois os cumes estavam sempre cobertos de neve.

Enquanto caminhavam, o Lenhador ia contando mais sobre os Loups.

— Nos velhos tempos, antes da chegada dos Loups, os lobos eram criaturas previsíveis — explicava. — Cada alcateia raramente excedia mais de quinze ou vinte indivíduos e se localizava num território onde viviam, caçavam e se reproduziam. Então, começaram a aparecer os Loups, e tudo mudou. As alcateias foram aumentando; formaram-se alianças; os territórios se expandiram ou deixaram de ter qualquer significado; e a crueldade surgiu. No passado, talvez metade de todos os filhotes de lobos morria. Necessitavam de mais comida do que seus pais, e, se houvesse escassez de alimentos, morriam de fome. Às vezes, eram mortos pelos próprios pais, mas somente se mostrassem sinais de doença ou de loucura. A maior parte dos lobos era constituída de bons pais, que partilhavam com seus filhotes o que caçavam e que zelavam por eles, dando-lhes afeição e todos os cuidados.

"Mas os Loups trouxeram com eles uma nova maneira de se lidar com os filhotes: somente os mais fortes agora são alimentados, nunca mais do que dois ou três por ninhada, e muitas vezes nem mesmo isso. Os fracos são devorados. Dessa forma, o grupo permanece forte, mas esse comportamento alterou sua natureza. Agora se voltam uns contra os outros e não há mais lealdade entre eles. Somente as regras impostas pelos Loups os mantêm sob controle. Sem os Loups, eles seriam o que sempre foram, acho eu."

O Lenhador também ensinou a David como poderia distinguir entre os machos e as fêmeas. Estas tinham testa e focinhos mais estreitos. O pescoço e os ombros eram mais finos, as pernas mais curtas, mas quando jovens eram mais velozes do que os machos da mesma idade, o que as tornava melhores caçadoras e inimigas mais mortais. Nas alcateias normais, as fêmeas, muitas vezes, eram as líderes, porém, mais uma vez os Loups haviam interferido na ordem natural das coisas — até havia fêmeas entre eles, mas somente Leroi e seus lugares-tenentes tomavam as decisões mais importantes. Talvez essa fosse uma de suas fraquezas, sugeriu o Lenhador. A arrogância os levara a voltar as costas para milhares de anos de instinto feminino. Agora eram levados somente pelo desejo de poder.

— Os lobos nunca largam uma presa — contou o Lenhador. — A não ser que estejam exaustos. Podem correr uns quinze ou vinte quilômetros, a uma velocidade superior à alcançada por um homem, e trotar por uns oito quilômetros mais, antes de terem que descansar. Os Loups, de alguma forma, acabaram ficando menos velozes, por terem escolhido andar em duas patas, e não são mais tão ágeis como antes, mas a pé ainda não somos páreo para eles. Tomara que achemos cavalos, ao chegar ao nosso destino, à noite. Há um homem lá que negocia cavalos, e eu tenho ouro suficiente para comprar montarias para nós.

Não havia trilhas a seguir. Precisavam confiar no conhecimento que o Lenhador tinha da floresta. À medida que se distanciavam mais e mais da casa, o homem parava mais frequentemente, examinando manchas de umidade e as formas que o vento havia cavado nas árvores, para ter certeza de que estavam na direção certa. Durante todo esse tempo, passaram somente por uma outra habitação, em ruínas. David teve a impressão de que, na verdade, aquela casa havia derretido, e não deteriorado, e somente a chaminé de pedra permanecia de pé, escurecida mas intacta. Ele podia ver vestígios de materiais que haviam fundido e endurecido sobre as paredes e nos espaços deformados onde as janelas haviam desabado. A rota que seguiam os fez se aproximarem bem da casa, e o menino pôde tocar a estrutura, percebendo que essas manchas eram pedaços de uma substância marrom e melosa, embebida nas paredes. Esfregou a mão no batente da porta e depois tentou retirar a substância com um prego. Reconheceu a textura e o cheiro difuso que chegou até ele.

— É chocolate! — exclamou. — Misturado com biscoito de gengibre.

Tirou um pedaço maior da parede e estava a ponto de comê-lo quando o Lenhador o arrancou de suas mãos.

— Não! — alertou. — Pode ter uma aparência boa e cheirar a doce, mas tem um veneno próprio.

E resolveu contar a David outra história.

O SEGUNDO CONTO DO LENHADOR

Era uma vez, duas crianças, um menino e uma menina. O pai havia morrido e a mãe tinha se casado novamente, mas com um homem mau. Ele odiava as crianças e se sentia incomodado com a presença delas na casa. Começou a odiá-las ainda mais quando as colheitas fracassaram e chegou uma época de fome, pois elas consumiam alimentos valiosos, que ele preferiria comer sozinho. Ele reclamava de todo pedacinho de comida que tinha que dar aos enteados, e, quando sua própria fome aumentou, começou a sugerir à mulher que deveriam comer as crianças para não morrerem, pois, quando os tempos fossem melhores, ela sempre poderia dar à luz mais filhos. A mulher ficou horrorizada, temendo o que o marido pudesse fazer às crianças quando ela não estivesse presente. Compreendia, porém, que logo não seria mais capaz de alimentar os filhos. Então, ela os levou para o interior de uma floresta, onde os abandonou, para que procurassem alimento sozinhos.

As crianças estavam aterrorizadas e, na primeira noite, choraram até adormecer, mas com o tempo começaram a conhecer a floresta. A menina era mais sabida e mais forte que o menino. Foi ela que aprendeu a colocar armadilhas para pequenos animais e pássaros, e a roubar ovos dos ninhos. O menino preferia ficar vagando ou sonhando acordado, esperando que a irmã continuasse a providenciar o que quer que fosse para alimentá-los. Ele sentia falta da mãe e queria voltar para ela. Em alguns dias, não conseguia fazer nada, a não ser chorar desde a aurora até a noite. Desejava voltar para a sua vida de antes e não se esforçava para se adaptar à nova vida.

Um dia, não respondeu quando a irmã o chamou pelo nome. Ela resolveu então procurá-lo, deixando uma trilha de flores por onde passava, para que pudesse sempre voltar para o seu pequeno depósito de alimentos. E foi andando até chegar à borda de uma pequena clareira, onde viu a casa mais extraordinária de sua vida. As paredes eram feitas de chocolate e de biscoito de gengibre. O telhado era feito com telhas de bala de leite, e o vidro das janelas era de açúcar cristal. Havia amêndoas recobertas de glacê e frutas cristalizadas incrustadas nas paredes.

Tudo naquela casa falava de doçura e estimulava a gula. O irmão estava pegando nozes das paredes e tinha a boca suja de chocolate, quando ela finalmente o encontrou.

— Não fique preocupada — disse ele. — Não tem ninguém em casa. Experimente só. É delicioso.

Estendeu um pedaço de chocolate para a irmã, mas ela relutou em pegá-lo. As pálpebras do menino estavam semicerradas, de tão admirado que estava pelo sabor maravilhoso daquela casa. A irmã tentou abrir a porta, mas estava trancada. Olhou através do vidro da janela, mas as cortinas estavam fechadas e não conseguiu ver o interior. Ela não queria comer, pois havia algo na casa que a inquietava, mas o cheiro do chocolate era bom demais. Permitiu-se, então, experimentar um pedacinho. O gosto era melhor ainda do que imaginara, e seu estômago pedia mais. Juntou-se, então, ao irmão, comeram até se empanturrarem e depois caíram num sono profundo.

Quando acordaram, não estavam mais deitados na grama, debaixo das árvores da floresta. Estavam dentro da casa, presos numa gaiola que pendia do teto. Uma mulher alimentava um forno com lenha. Era velha e fedorenta. Perto dela, no chão, havia pilhas de ossos — eram os restos das outras crianças que haviam sido aprisionadas.

— Carne fresca! — murmurava a velha. — Carne fresca para o forno da velha Gammer.

O menininho começou a chorar, mas a irmã o fez ficar quieto. A mulher se aproximou e ficou olhando para eles por entre as grades da gaiola. Seu rosto estava todo coberto de verrugas negras, e os dentes eram gastos e retorcidos como se fossem velhas lápides de um sinistro cemitério.

— Então, qual de vocês será o primeiro? — perguntou.

O menino tentou esconder o rosto, como se assim conseguisse afastar dele a atenção da velha. Mas sua irmã era mais corajosa.

— Eu vou primeiro — disse. — Sou mais gordinha do que meu irmão e vou dar um assado melhor. Enquanto estiver me comendo, poderá fazê-lo engordar, para que ele possa alimentar você durante mais tempo, quando o cozinhar.

A velha deu uma risada satisfeita.

— Menina esperta — rosnou. — Mas não é tão inteligente que possa evitar o prato de Gammer.

Abriu a porta da gaiola e esticou a mão, agarrando a menina pela nuca e arrastando-a para fora. Depois trancou novamente a gaiola e levou sua presa até o forno. Ele ainda não estava suficientemente quente, mas logo ficaria.

— Eu não vou caber aí — avisou a menina. — É pequeno demais.

— Bobagem — disse a velha. — Já coloquei gente maior do que você aqui e assei muito bem.

A menina parecia continuar a duvidar.

— Mas eu tenho pernas compridas e muita gordura. Não, eu nunca vou conseguir entrar nesse forno. E, se você me apertar nele, nunca vai conseguir me tirar de lá.

A velha agarrou a menina pelos ombros e a sacudiu.

— Vejo que me enganei. Você é uma menina tola e ignorante. Olhe, vou lhe mostrar como esse forno é grande.

Subiu no forno e enfiou nele a cabeça e os ombros.

— Está vendo? — disse, sua voz ecoando de dentro do forno. — Tem lugar de sobra até para mim, quanto mais para uma pirralha como você.

A menina se lançou sobre a velha e empurrou-a com força para dentro do forno, batendo a porta. A velha tentava abri-la com chutes, mas a menina foi mais rápida e correu o ferrolho (pois a velha não queria que uma criança conseguisse escapar do forno quando começasse assar), deixando a desgraçada trancada. Então, alimentou o fogo com mais lenha, e a velha começou a cozinhar lentamente, gritando feito louca, uivando e ameaçando a menina com as piores torturas. O forno estava tão quente que toda a gordura do seu corpo começou a derreter, com um cheiro tão horrível que a menina podia senti-lo. A velha ainda lutava quando a pele começou se separar da carne, e a carne dos ossos, até que, por fim, ela morreu. Então, a menina tirou lenha do fogo e distribuiu brasas em torno da cabana. Levou o irmãozinho pela mão enquanto a casa derretia. Somente a chaminé ficou de pé. As crianças nunca mais voltaram lá.

Nos meses seguintes, a menina foi ficando cada vez mais feliz na floresta. Construiu um abrigo e, com o tempo, ele se transformou numa casinha. Aprendeu a se defender bem e, à medida que os dias passavam, pensava cada vez menos em sua vida de outrora. Mas o irmão não estava feliz e queria muito voltar a viver com a mãe. Após um ano e um dia, ele deixou a irmã e voltou para seu antigo lar, mas sua mãe e seu padrasto já haviam partido há muito tempo e ninguém sabia informá-lo sobre o paradeiro. Ele voltou para a floresta, mas não para sua irmã, pois tinha ciúmes dela e estava ressentido. Em vez disso, descobriu uma trilha nos bosques que estava bem-cuidada e limpa de raízes e de ervas daninhas e que tinha moitas cobertas de frutinhas suculentas. Ele a seguiu, comendo algumas dessas frutinhas enquanto caminhava, sem notar que, atrás dele, a trilha ia desaparecendo a cada passo que dava.

Depois de algum tempo, chegou a uma clareira onde havia uma casinha muito bonita, com hera nas paredes e flores ao redor da porta. Havia fumaça saindo da chaminé. Sentiu um cheiro de pão assando e viu que, no peitoril da janela, havia um bolo esfriando. Uma mulher apareceu na porta, bonita e alegre como, um dia, fora sua mãe. Ela acenou para ele, convidando-o a entrar, o que ele fez.

— Venha, venha — chamou a mulher. — Você parece cansado e as frutinhas não são suficientes para alimentar um menino que está crescendo. Estou fazendo um assado e tenho uma cama macia onde você poderá descansar. Fique o quanto quiser, pois não tenho filhos e há muito eu queria um filho que pudesse considerar meu.

O menino colocou as frutas de lado, enquanto a trilha desaparecia totalmente atrás dele, e seguiu a mulher até a casa, onde havia um grande caldeirão fervendo no fogo. Uma faca muito afiada estava esperando o menino, sobre uma tábua de carne.

E o menino nunca mais foi visto.

XII

DE PONTES E ENIGMAS, E DAS MUITAS CARACTERÍSTICAS REPELENTES DOS TROLLS

FRACA LUZ DO DIA ia diminuindo enquanto o Lenhador finalizava a história. Ele olhou para o céu, como se estivesse esperando que a escuridão demorasse um pouco mais para chegar, e subitamente parou de andar. O garoto seguiu seu olhar. Acima das cabeças deles, bem no nível da copa das árvores, David viu uma forma negra fazendo círculos e teve a impressão de ter ouvido um grasnado distante.

— Maldição — sibilou o Lenhador.

— O que foi? — perguntou David.

— Um corvo.

O homem tirou o arco que levava nas costas e fixou uma flecha na corda. Ajoelhou-se, fez pontaria e disparou. Acertou em cheio. O corvo sacudiu-se no ar assim que a flecha trespassou seu corpo, depois tombou sobre o solo, próximo do lugar onde David se encontrava. Já caiu morto, e a ponta da flecha estava vermelha com seu sangue.

— Por que o matou? — perguntou David.

— O corvo e o lobo caçam juntos. Este aqui estava conduzindo a alcateia até nós. Os lobos dariam nossos olhos para ele, como recompensa.

Olhou na direção de onde vinham.

— Agora eles têm que se orientar somente pelo cheiro, mas não se engane, estão se aproximando. Precisamos nos apressar.

Continuaram a caminhar mais depressa, como se eles próprios fossem lobos caçadores, até chegarem no limite da floresta e emergirem num platô elevado. À frente, havia um grande abismo, gigantescamente profundo e com uns quinhentos metros de largura. Um rio, estreito como um fio de prata, passava lá embaixo, e David ouviu gritos, que poderiam ser de um pássaro, ecoando pelas paredes do cânion. Debruçou-se com muito cuidado na borda do abismo, esperando poder ver melhor de onde vinha aquele barulho. Observou um vulto muito maior do que o de qualquer pássaro que jamais vira, deslizando pelo ar, levado pelos ventos que sopravam no cânion. O vulto tinha pernas nuas, quase humanas, embora os dedos dos pés fossem alongados e curvos como as garras de uma águia. Os braços estavam estendidos e deles pendiam grandes pregas de pele que lhe serviam de asas. O cabelo longo e branco flutuava ao vento. Enquanto David escutava, o estranho ser começou a cantar. Sua voz era muito aguda e bela, e as palavras podiam ser ouvidas nitidamente:

Tudo que cai vira gororoba,
De tudo que tomba não deixo sobra,
Onde o Brood escolheu morar,
Os pássaros temem até piar.

Seu canto foi retomado por outras vozes, num eco, e David pôde perceber que havia muitas outras criaturas se movimentando pelo cânion. A que estava mais perto dele executou um looping, ao mesmo tempo gracioso e estranhamente ameaçador, e David vislumbrou seu corpo nu. Ficou tão envergonhado e sem jeito que desviou o olhar imediatamente.

Era uma forma feminina: velha, com escamas em vez de pele, mas, ainda assim, feminina. O garoto arriscou uma segunda olhada e viu a criatura descendo em círculos cada vez menores, até que as asas se dobraram, ajustando-se à sua figura, e depois despencando rapidamente, com as garras dos pés estendidas enquanto se dirigia diretamente para a parede do cânion. A criatura tocou na pedra, e David viu que havia alguma coisa se debatendo entre suas garras — era uma espécie de pequeno mamífero de pelo marrom, pouco maior que um esquilo. Suas patas se debatiam no ar enquanto estava sendo arrancado da rocha. O predador mudou de direção, encaminhando-se para uma elevação que havia atrás de David, para ali se alimentar, soltando gritos triunfantes. Alguns de seus rivais, alertados pelos gritos, se aproximaram, esperando roubar seu alimento, mas a criatura bateu as asas em advertência, e eles foram embora. David conseguiu examinar a face do animal enquanto ele pairava no ar — parecia a de uma mulher, mas era mais comprida e fina, com uma boca sem lábios que deixava os dentes expostos permanentemente. Naquele momento, os dentes se cravavam na presa, arrancando grandes pedaços de pele ensanguentada e devorando-os.

— Um Brood — contou o Lenhador, que estava ali perto. — Outro mal novo que devasta esta parte do reino.

— Harpias* — disse David.

— Você já viu essas criaturas antes? — perguntou o Lenhador.

---

* Harpias; da mitologia grega. Pássaros monstruosos, com rosto e seios de mulher. (N.T.)

— Não. Não de verdade.

Mas li sobre elas. Vi as ilustrações no meu livro de mitos gregos. Não sei por que tenho a impressão de que não pertencem a esta história, mas estão aqui...

David sentiu-se mal. Afastou-se da borda do cânion, tão profundo que lhe provocava vertigens.

— Como faremos para atravessar? — perguntou.

— Há uma ponte a mais ou menos um quilômetro abaixo — revelou o Lenhador. — Vamos chegar lá antes de escurecer.

Conduziu o menino ao longo do cânion, ficando sempre próximo à borda da floresta, para que não houvesse perigo de tropeçarem e se precipitarem naquele abismo horrível onde os Brood os esperavam. David podia ouvir a batida das asas dos monstros e mais de uma vez teve a impressão de ter visto uma das criaturas subir furtivamente até a beirada do abismo para vir espreitá-los de forma bastante sinistra.

— Não tenha medo — avisou o Lenhador. — São muito covardes. Se caísse, elas agarrariam você no ar, brigando entre si e despedaçando você, mas não terão coragem de atacar enquanto estiver no chão.

David entendeu, mas mesmo asim não se sentiu tranquilo. Naquela terra, parecia que a fome inevitavelmente superava a covardia, e as harpias, tão magras como os lobos, pareciam mesmo famintas.

Depois de andarem um tempinho com as batidas das asas das harpias ecoando suas passadas, avistaram duas pontes que se estendiam sobre o abismo. Eram idênticas. Feitas de corda, com placas desiguais de madeira servindo de piso, e não pareciam lá muito seguras para David.

O Lenhador olhou para elas, perplexo.

— Duas pontes!?! — exclamou. — Sempre houve somente uma ponte neste lugar.

— Bem, agora são duas — observou David, com naturalidade. Ter de escolher entre dois modos de cruzar o cânion não lhe parecia uma imposição terrível. Talvez fosse um lugar muito movimentado. Afinal, não parecia haver qualquer outra forma de atravessar aquele abismo, a menos que se pudesse voar e se estivesse preparado para correr riscos com as harpias.

O menino ouviu moscas zumbindo por perto e seguiu o Lenhador até uma pequena depressão que não se podia ver do abismo. Havia ali as ruínas de uma cabana e de alguns estábulos, mas era evidente que a propriedade estava deserta. Do lado de fora de um dos estábulos jazia a carcaça de um cavalo, com a maior parte da carne já limpa dos ossos. David ficou olhando enquanto o Lenhador examinava os estábulos e a casa, cuja porta estava aberta. O homem voltou para junto de David, cabisbaixo.

— O dono dos cavalos desapareceu — disse. — Parece que fugiu com os poucos animais que sobreviveram.

— Foram os lobos? — perguntou David.

— Não, foi alguma outra coisa.

Voltaram para a borda do abismo. Uma das harpias circulava por ali, observando-os, batendo as asas cadenciadamente para se manter no mesmo lugar. Ficou naquela posição um instante a mais do que devia, então, subitamente, seu corpo teve um espasmo, e a assassina ponta de prata de um arpão penetrou seu peito, enquanto um pedaço de corda ancorava a haste da arma a um ponto, lá embaixo, na muralha de pedra do cânion. A harpia agarrou o arpão, como se, de alguma maneira, pudesse lutar para livrar o corpo e fugir, mas a batida de suas asas começou a falhar e ela mergulhou no abismo, retorcendo-se e dando voltas, até que a corda acabou e ela foi projetada com força contra a rocha, com um som baixo porém retumbante. Da borda do abismo, David e o Lenhador observaram a harpia morta ser içada para uma cavidade na muralha, enquanto as farpas do arpão impediam seu cadáver de deslizar. Finalmente, o corpo chegou à entrada da caverna e foi puxado para dentro.

— Olhe só!!! — exclamou David.

— Trolls* — disse o Lenhador. — Isso explica a segunda ponte.

Ele se aproximou das estruturas gêmeas. Entre elas havia uma placa de pedra na qual algumas palavras, embora grosseiras, haviam sido gravadas com muito esmero:

Num, a verdade não mente,
Noutro, a verdade é mentida.
Num, a morte é presente.
Noutro, não se perde a vida.
Uma pergunta somente,
a fim de que venha a saída.

— É um enigma — concluiu David.

— Mas o que quer dizer? — perguntou o Lenhador.

A resposta tornou-se logo evidente. David nunca imaginara que pudesse ver um troll, embora sempre tivesse se sentido fascinado por eles. Na sua imaginação, existiam como figuras sombrias que moravam debaixo das pontes, provocando os viajantes e esperando poder comê-los se vacilassem. Mas os vultos que escalaram a borda do cânion levando tochas acesas nas mãos não eram exatamente o que ele esperava. Eram menores que o Lenhador, mas muito largos, e a pele parecia a de um elefante, áspera e toda enrugada. Ao longo da coluna essas criaturas traziam placas ósseas levantadas, como as do dorso dos dinossauros, mas seus focinhos eram parecidos com os dos macacos; de macacos muito feios, aliás, e que pareciam sofrer de uma acne resistente, mas, sem dúvida, macacos. Cada troll assumiu posição diante de uma das pontes, com sorrisos macabros. Tinham olhinhos vermelhos que brilhavam sinistramente na escuridão que já era quase total.

---

* Trolls são criaturas antropomórficas do folclore escandinavo. Vivem em cavernas ou em grutas subterrâneas. Sua aparência e tamanho variam conforme as histórias. (N.T.)

"Duas pontes e duas estradas", observou David. Estava pensando em voz alta, mas conseguiu controlar-se antes de passar qualquer informação aos dois trolls, resolvendo guardar seus pensamentos para si até chegar a alguma conclusão. Os trolls já estavam em vantagem. O menino não queria lhes dar mais nenhuma.

O enigma significava nitidamente que uma das pontes não oferecia segurança e que conduziria imediatamente o viajante à morte, fosse nas mãos das harpias ou nas dos próprios trolls. Ou então, se por acaso os dois grupos de criaturas deixassem de agir rapidamente, o viajante poderia não aguentar o trajeto tão longo e despencar abruptamente no abismo. Na realidade, David achava que ambas as pontes eram inseguras, mas tinha que admitir que o enigma devia conter alguma verdade. Do contrário, não faria sentido algum colocar um enigma assim.

Num, a verdade não mente e noutro, é mentida... David conhecia isso. Já encontrara esse enigma em algum lugar, antes. Provavelmente numa história. Ah!, já se lembrava... Uma pessoa podia contar somente mentiras, e a outra podia falar somente a verdade. Portanto, era possível perguntar qual a ponte que se deveria tomar, mas ele — ou ela, pois o menino não tinha certeza se os trolls eram machos ou fêmeas — poderia não estar falando a verdade. Havia também uma solução para isso, só que David não conseguia lembrar qual era. Como era mesmo?

A luz do dia desaparecera completamente e um uivo prolongado subiu da floresta. Parecia muito próximo.

— Temos que atravessar! — alertou o Lenhador. — Os lobos já encontraram nosso rastro.

— Primeiro, precisamos descobrir qual a ponte certa — explicou David. — Não acho que esses trolls vão nos deixar passar, sem que antes a gente tente matar a charada, e se tentarmos forçar passagem e escolhermos a ponte errada...

— Então, não precisaremos nos importar com os lobos — concluiu o Lenhador, terminando a frase por ele.

— Mas há uma solução para esse enigma — disse David. — Eu sei que há. Só tenho que lembrar qual é.

De repente, ouviram um barulho de galhos sendo quebrados na floresta. Os lobos se aproximavam.

— Uma pergunta — murmurou David.

O Lenhador ergueu o machado com a mão direita e, com a esquerda, tirou sua faca. Ele estava defronte do limite do arvoredo, pronto a atacar o que quer que emergisse da floresta.

— Já sei! — exclamou David. — Acho que sei... — acrescentou em voz baixa.

Aproximou-se do troll que estava à esquerda. Era um pouco mais alto do que o outro e cheirava um pouco menos mal, o que não significava muito.

David respirou fundo.

— Se eu pedisse àquele outro troll que me mostrasse qual é a ponte da direita, qual delas ele apontaria? — perguntou.

Fez-se um silêncio. O troll franziu as sobrancelhas, fazendo com que algumas das feridas de seu focinho ressaltassem da maneira mais desagradável. David não fazia ideia há quanto tempo a ponte fora construída, ou quantos viajantes já a haviam atravessado, mas teve a impressão de que ninguém fizera ainda uma pergunta daquelas ao troll. Finalmente, ele pareceu desistir de compreender a lógica de David e apontou para a da esquerda.

— É a ponte da direita — disse David ao Lenhador.

— Como pode ter certeza disso? — perguntou o homem.

— Porque, se o troll a quem perguntei é o mentiroso, então o outro é o que fala a verdade, e teria apontado para a ponte certa, enquanto o mentiroso mentirá, levando-se em consideração que eles sabem o que é direita e esquerda. Então, se o que diz a verdade fosse apontar para a ponte da direita, o mentiroso diria que a ponte certa era a da esquerda. Mas, se o troll a quem fiz a pergunta tem que dizer a verdade, então o outro é que é o mentiroso, e apontaria para a ponte errada. De qualquer forma, a da esquerda é a ponte falsa.

David não pôde reprimir um sorriso de prazer, apesar dos lobos que se aproximavam, da presença dos sinistros trolls e dos gritos das harpias. Ele se lembrara do enigma e da solução. Era como o Lenhador havia dito: alguém estava tentando criar uma história e David era parte dela, mas a própria história era composta por outras histórias. David lera sobre trolls e harpias, e muitas das histórias antigas tinham figuras de lenhadores. E até mesmo animais que falavam, como os lobos, apareciam nelas.

— Vamos — disse David ao Lenhador. Ele se aproximou da ponte que estava à direita, e o troll que estava parado diante dela pulou pro lado para permitir que ele passasse. O menino colocou um pé na primeira tábua e segurou-se com firmeza nas cordas. Agora que sua vida dependia da escolha, sentiu-se um pouco menos seguro, e a visão das harpias deslizando logo ali, sob seus pés, o deixava ainda mais angustiado. Mas ele escolhera e não havia volta. Deu um segundo passo, depois mais outro, sempre agarrado à corda e tentando não olhar para baixo. Estava progredindo bem quando percebeu que o Lenhador não o seguia. David parou no meio da ponte e olhou para trás.

A floresta parecia viva, iluminada pelo olhar dos lobos. David podia vê-los brilhando à luz das tochas. Agora se moviam, emergiam lentamente, avançando sobre o Lenhador. Os mais primitivos lideravam o bando, enquanto os outros, os Loups, mantinham-se atrás, esperando que seus irmãos e irmãs inferiores dominassem o homem armado, antes de se aproximarem. Os trolls haviam desaparecido, conscientes de que de nada valeria discutir enigmas com animais selvagens.

— Não! — gritou David. — Venha! Você pode passar.

Mas o Lenhador não se mexia. E gritou para David:

— Continue, vá depressa. Vou segurá-los aqui o mais possível. Quando chegar do outro lado, corte as cordas. Está me ouvindo? Corte as cordas!

David balançou a cabeça.

— Não! — repetiu. Ele estava chorando. —Você tem que vir comigo. Eu preciso que venha comigo.

Então, como se fossem uma coisa só, os lobos atacaram.

— Corra! — gritou o Lenhador, enquanto seu machado girava e a lâmina de sua faca brilhava. Quando o primeiro lobo foi abatido, David viu um jorro fino, que parecia um chafariz de sangue, no ar. Então, todos se reuniram em torno do Lenhador, investindo contra ele e o mordendo, e alguns tentando descobrir um modo de ultrapassá-lo para perseguir o menino. Dando um último olhar por sobre o ombro, David começou a correr. Ainda não alcançara a metade da ponte e, a cada movimento que fazia, ela balançava terrivelmente. O som dos seus passos ecoava pela garganta do desfiladeiro. Mais à frente, esse som somou-se ao de outras passadas pela madeira. David olhou para a sua esquerda e viu que três de seus perseguidores haviam entrado na ponte vizinha, na esperança de cortar caminho até a outra extremidade, pois não conseguiam passar pelo Lenhador, que estava guardando a primeira ponte. As criaturas se aproximavam rapidamente. Um deles, um Loup que conduzia a retaguarda do bando, usava uns trapos do que fora um vestido branco, e dos lóbulos de suas orelhas pendiam brincos de ouro. Das mandíbulas, escorria saliva enquanto corria, e ele a lambia com a língua.

— Corra — desafiou o animal com uma voz que mais parecia a de uma menina. Deu uma mordida no ar. — Por mais que corra, você vai ter o mesmo sabor gostoso lá do outro lado da ponte.

Os braços de David doíam com o esforço de segurar as cordas, e o balanço da ponte o fazia sentir-se tonto. Agora os lobos quase o alcançavam. Ele nunca conseguiria chegar antes deles ao outro lado da ponte.

E, de repente, algumas ripas da ponte falsa se partiram, e o lobo que liderava os outros mergulhou no abismo. David ouviu o sibilar de um arpão, e o animal foi flechado em cheio no abdômen e puxado pelos trolls para a muralha do cânion.

O lobo que o seguia parou tão repentinamente que a Loup fêmea quase o atropelou. No lugar onde seu irmão caíra, havia agora um grande buraco de quase dois metros. Mais arpões sibilavam no ar, pois os trolls não estavam mais esperando que suas presas despencassem da ponte. Os lobos tinham entrado na ponte errada e por isso haviam provocado a própria desgraça. Mais uma haste farpada encontrou seu alvo, e o segundo lobo foi puxado através das fendas nas cordas, retorcendo-se atormentado no aço, enquanto agonizava. Somente o Loup sobrevivera. Ele contraiu todo o corpo e deu um salto atravessando o buraco que havia no caminho e aterrissando do outro lado, em segurança. Escorregou de leve, mas logo se recuperou antes de elevar-se sobre as patas traseiras com um uivo de triunfo, já fora do alcance das armas dos trolls —, porém, uma sombra descia sobre ele, envolvendo-o.

A harpia era maior do que todas as outras que David vira, mais alta, mais forte e também mais velha. Ela atingiu o Loup com força suficiente para fazê-lo girar sobre as cordas. Somente as garras da harpia, cravadas profundamente na carne do Loup durante o ataque, impediram que ele caísse no abismo. O Loup agitava as patas e as mandíbulas se fecharam no vazio quando tentou morder a harpia. A luta já estava perdida para ele. Horrorizado, David viu que uma segunda harpia reunira-se à primeira, enterrando suas garras no pescoço do Loup. As duas fêmeas monstruosas o puxavam em direções opostas, ruflando rapidamente suas asas e partindo-o literalmente ao meio.

O Lenhador ainda estava tentando conter a alcateia, mas sua luta era também uma batalha perdida. David viu como ele golpeava e esfaqueava o que parecia ser uma muralha móvel de peles e caninos, até que finalmente tombou e os lobos o dominaram.

— Nããão! — gritou David. Embora estivesse dominado pela raiva e pela tristeza, de alguma forma encontrou ainda forças para recomeçar a correr... e, então, viu dois Loups pularem sobre o cadáver do Lenhador, liderando um par de lobos que avançavam sobre a ponte. Podia ouvir o estrépito de suas patas sobre as tábuas — o peso dos seus corpos fazia a ponte oscilar. David chegou à extremidade do abismo, tirou sua espada, disposto a enfrentar os animais que avançavam. Eles já se aproximavam da metade da ponte e aceleravam para o ataque. Os quatro nós das cordas da ponte estavam fixados num par de postes grossos, enterrados bem fundo na pedra, debaixo dos pés dele. Pegou a espada e deu um golpe no primeiro nó, cortando-o quase todo. Deu outro golpe e a corda se partiu, fazendo com que a ponte tombasse subitamente para o lado direito e mandando dois dos lobos para o fundo do cânion. O menino ouviu as harpias gritando de prazer, enquanto o ruflar de suas asas se tornava mais audível.

Havia ainda dois Loups sobre a ponte e, de alguma forma, eles tinham conseguido enganchar as patas dianteiras em torno da corda remanescente. Agora, de pé sobre as patas traseiras e segurando-se nas cordas da esquerda, continuavam a avançar na direção de David. Ele deu um novo golpe com a espada no segundo nó e ouviu os Loups uivarem, alarmados. A ponte oscilou e as cordas se soltaram sob a sua lâmina. Fez um movimento preparando o golpe final contra a corda, olhou para os Loups, depois levantou os braços e desferiu o golpe com toda a força que conseguiu reunir. A corda rompeu-se totalmente, e agora não havia mais nada a que os Loups pudessem se agarrar. Debaixo dos seus pés havia apenas as tábuas da ponte. Despencaram no abismo, soltando ganidos altos.

David olhou para a extremidade oposta do abismo. O Lenhador desaparecera. Havia um rastro de sangue no chão, marcando o lugar onde ele fora arrastado para a floresta pelos animais. Somente o líder dos Loups, o elegante Leroi, continuava lá. Estava de pé, em sua calça vermelha e sua camisa branca, olhando para David com um ódio indisfarçável. Levantou a cabeça e uivou, lamentando os membros perdidos da sua alcateia, mas não foi embora. Em vez disso, continuou a observar David até o menino, por fim, deixar a ponte e desaparecer numa pequena elevação do terreno, chorando baixinho pelo Lenhador que salvara sua vida.

XIII

DE ANÕES E DE SUA NATUREZA ÀS VEZES MAL-HUMORADA

AVID ENCONTRAVA-SE numa estrada branca e íngreme, pavimentada com brita e pedra. Não era uma estrada reta, pois contornava os obstáculos que encontrava: um pequeno riacho aqui, uma elevação rochosa ali. De cada lado da estrada havia uma vala, de onde começava uma área de ervas e grama que acabava encontrando uma fila de árvores. Elas eram menores e mais espalhadas do que na floresta que recentemente deixara, e ele podia ver os delineamentos das colinas rochosas que se erguiam por trás do arvoredo. Sentiu-se subitamente muito cansado. Agora que a perseguição terminara, toda a sua energia havia se esvaído. Tudo o que ele queria era poder dormir, mas tinha medo de adormecer no campo aberto ou então de se aproximar demais do abismo. Precisava encontrar um abrigo. Os lobos não o perdoariam pelo que acontecera nas pontes. Descobririam outro jeito de atravessar o abismo e voltariam a farejar seu rastro. Instintivamente, David levantou os olhos para o céu, mas não pôde ver pássaros seguindo a sua trilha lá de cima, nem corvos traiçoeiros esperando para revelar sua presença aos predadores que estavam a caminho.

Para se reenergizar, comeu um pedacinho de pão que grudara na mochila e bebeu bastante água. Isso o fez sentir-se melhor por uns instantes, mas, ao ver a mochila e o alimento cuidadosamente acondicionado, lembrou-se do Lenhador. Seus olhos se umedeceram novamente, mas recusou-se a se permitir o luxo do choro. Levantou-se, colocou seu fardo nos ombros e quase tombou sobre um anão que acabara de subir para a estrada, vindo da vala baixa da esquerda.

— Olhe por onde anda! — reclamou o anão. Tinha cerca de um metro de altura e usava túnica azul, calça preta e botas também pretas que chegavam até os joelhos. Exibia um chapéu pontudo azul, em cujo bico havia um sininho que já não fazia mais barulho algum. Suas mãos e seu rosto estavam pegajosos de sujeira e ele levava uma picareta sobre um dos ombros. O nariz era totalmente vermelho e a barba, curta e branca, parecia ter ainda pedaços de alimentos misturados aos fios.

— Desculpe — pediu David.

— Deve mesmo se desculpar.

— Eu não vi você.

— Oh, e o que isso quer dizer? — ralhou o anão, sacudindo sua picareta ameaçadoramente. —Você julga as pessoas pelo tamanho? Está, por acaso, dizendo que eu sou *baixinho*?

— Bem, mas... você é baixinho — disse David. — Não que haja algo de errado nisso — acrescentou apressadamente. — Eu também sou, comparado a certas pessoas.

Entretanto, o anão não estava mais ouvindo e começara a gritar para uma coluna de criaturas encolhidas que se dirigiam para a estrada.

— Ei, camaradas! O abestado aqui está dizendo que eu sou baixinho.

— Que descarado! — exclamou uma voz.

— Segura esse tonto até a gente chegar aí, camarada — disse outra voz que depois pareceu reconsiderar o que dizia. — Espera aí, qual é o tamanho dele?

O anão examinou David.

— Não é muito grande, não. Do tamanho de um anão e meio. No máximo, um anão e dois terços.

— Certo, a gente dá uns tabefes nele — veio a resposta.

Subitamente, David viu-se cercado por homenzinhos pequenos e infelizes que murmuravam coisas sobre "direitos", "liberdades" e "basta". Estavam todos sujos e usavam o mesmo tipo de chapéu com sininhos quebrados. Um deles chutou o tornozelo de David.

— Ai! — reclamou o garoto. — Isso dói.

— Agora você sabe como os nossos sentimentos, hum... sentem — disse o primeiro anão.

A mão pequena e pegajosa de um deles mexeu na mochila de David. Outra tentou roubar sua espada. Uma terceira parecia estar cutucando suas partes mais moles, só por divertimento.

— Chega! — gritou David. — Parem com isso!

Virou sua mochila rapidamente e sentiu quase prazer em vê-la atingir um par de anões que imediatamente caíram na vala e ficaram rolando por algum tempo, quase teatralmente.

— Por que fez isso?!? — perguntou o primeiro deles. Parecia totalmente chocado.

—Você estava me chutando.

— Estava nada.

— Estava. E alguém tentou roubar a minha mochila.

— Tentou nada.

— Ai, ai, isso é ridículo — disse David. — Vocês fizeram, sim, e sabem muito bem que fizeram.

O anão abaixou a cabeça e ficou chutando a estrada, enviando uma pequena nuvem de poeira branca para o ar.

— Ah, tá bom, devo ter feito sim. Desculpe.

— Tudo bem — disse David.

Inclinando-se, ajudou os anões a erguer da vala seus dois camaradas. Ninguém ficara ferido. Na realidade, agora que tudo acabara, até parecia que os anões tinham se divertido com as peripécias daquele encontro.

— Isso me lembra a Grande Luta — disse um deles. — Não é verdade, camarada?

— Sem dúvida, camarada — replicou um outro. — Os trabalhadores precisam resistir à opressão sempre que for preciso.

— Hum, mas eu não estava realmente oprimindo vocês — disse David.

— Mas poderia estar se quisesse — disse o primeiro anão. — Certo?

Lançou um olhar patético para David. O que ele realmente queria, analisou o garoto, é que alguém tentasse oprimi-lo, mas, de fato, não conseguisse.

— Bem, mas se você acha... — disse David, só para fazer o anão ficar feliz.

— Hurrah! — gritaram os outros anões, em uníssono. — Não temos nada a perder, a não ser nossos grilhões.

— Mas vocês não têm grilhões — disse David.

— São grilhões *metafóricos* — explicou o primeiro anão. E confirmou com a cabeça, como se tivesse acabado de dizer algo muito profundo.

— Aaah, tá — concordou David. Para ser sincero, ele não tinha muita certeza do que eram "grilhões metafóricos". Na verdade, nem sequer tinha entendido direito do que é que os anões estavam falando. Ele só conseguira perceber que, ao todo, eram sete, disso tinha certeza.

— Vocês têm nomes? — perguntou.

— Nomes? — replicou o primeiro anão. — *Nomes?* Claro que temos. Eu... — deu uma tossidinha de pessoa importante — eu sou o Camarada Irmão Número Um. Esses são os Camaradas Irmãos Números Dois, Três, Quatro, Cinco, Seis e Oito.

— O que aconteceu com o Sete? — perguntou David.

Fez-se um silêncio embaraçoso.

— Nós não falamos sobre o Ex-Camarada Irmão Número Sete — disse o Camarada Irmão Número Um, com naturalidade. — Ele foi oficialmente excluído dos registros do Partido.

— Foi trabalhar para a mamãe dele — explicou o Camarada Irmão Número Três, prestativo.

— Uma capitalista! — cuspiu o Irmão Número Um.

— Uma padeira — corrigiu o Irmão Número Três. Ele ficou nas pontas dos pés e cochichou para David: — Nós não temos mais permissão de falar com ele. Não podemos nem mesmo comer os brioches da mãe dele, nem mesmo os dormidos, que ela vende pela metade do preço.

— Eu ouvi o que você disse — rugiu o Irmão Número Um. — Nós podemos fazer os nossos próprios pães — acrescentou, irritado. — Não precisamos dos brioches feitos por um traidor da classe.

— É isso mesmo! — bradou o Irmão Número Três. — Estão sempre duros, e depois *ela* reclama.

O aparente bom humor dos anões instantaneamente desapareceu. Pegaram suas ferramentas e se prepararam para ir embora.

— Temos que ir andando — avisou o Irmão Número Um. — E... passar bem, camarada. Olhe, você é um camarada, não é?

— Acho que sim — disse David. Não tinha certeza, mas não queria se arriscar a uma nova desavença com os anões. — Será que, sendo um camarada, posso comer uns pãezinhos?

— Contanto que não sejam os assados pelo Ex-Camarada Irmão Número Sete...

— Ou pela mamãezinha dele — acrescentou sarcasticamente o Irmão Número Três.

— ... você pode comer o que quiser — concluiu o Irmão Número Um, levantando um dedo para advertir o Irmão Número Três.

Os anões começaram a marchar de volta para a vala, do outro lado da estrada, seguindo uma trilha íngreme que levava ao arvoredo.

— Desculpe — disse David. — Será que eu poderia passar a noite com vocês? Estou perdido e muito cansado.

O Camarada Irmão Número Um parou.

— Ela não vai gostar disso — avisou o Irmão Número Quatro.

— Mas ela está sempre se queixando de não ter ninguém com quem conversar — lembrou o Irmão Número Dois. — Talvez ela fique de bom humor, ao ver um rosto novo.

— De bom humor — disse o Irmão Número Um, num tom meio melancólico, como se estivesse saboreando mentalmente o gosto de um sorvete provado há muito tempo. — Tem razão, camarada — disse a David. — Venha conosco. Vamos cuidar bem de você.

David ficou tão feliz que poderia ter pulado de alegria.

Enquanto caminhavam, David ia aprendendo mais coisas sobre os anões. Pelo menos, achava que poderia estar aprendendo mais sobre eles, porém não conseguia entender tudo o que lhe diziam. Havia umas coisas complicadas sobre "a posse dos meios de produção pelos trabalhadores" e "os princípios do Segundo Congresso do Terceiro Comitê". Mas nada sobre o Terceiro Congresso do Segundo Comitê, o qual, aparentemente, terminara com uma briga em relação a quem ia lavar as xícaras mais tarde.

David tinha alguma ideia de quem "ela" podia ser, mas achou que seria mais educado perguntar.

— Tem uma moça morando com vocês? — perguntou ao Irmão Número Um.

O burburinho de conversa dos outros anões cessou imediatamente.

— Tem, infelizmente — respondeu o Irmão Número Um.

— Com todos os sete? — continuou David. Não sabia bem por quê, mas havia algo de ligeiramente estranho a respeito de uma mulher que vivia com sete homenzinhos.

— Em camas separadas — ressaltou o anão. — Sem brincadeirinhas.

— Nossa, que coisa — disse David, tentando imaginar a que tipo de brincadeirinhas o anão estava se referindo, mas decidiu que era melhor nem pensar. — Olha só, o nome dela não é... por acaso... Branca de Neve?

O Camarada Irmão Número Um parou repentinamente, provocando um atropelo de camaradas às suas costas.

— Não vai me dizer que é amiga sua, é? — perguntou, desconfiado.

— Não, absolutamente — disse David. — Eu nunca a encontrei. Posso ter ouvido falar dela, nada além disso.

— Hum... — fez o anão, aparentemente satisfeito, e recomeçou a andar. — Todo mundo já ouviu falar dela: Oooh, Branca de Neve que vive com os anões e transforma suas vidas num inferno. Nem matá-la direito conseguiram... ah, claro, todo mundo conhece a história da Branca de Neve.

— Como é que é? Matá-la? — perguntou David.

— A maçã envenenada — revelou o anão. — O plano não saiu muito bem. Erramos na dosagem; pra baixo.

— Eu pensava que havia sido a madrasta malvada.

— Você não lê jornal, não é? — perguntou o anão. — Descobriram que a madrasta malvada tinha um álibi.

— Devíamos realmente ter verificado antes — lamentou o Irmão Número Cinco. — Parece que ela estava fora, envenenando uma outra sirigaita naquela hora. A chance era de uma em um milhão, realmente. Nossa maldita falta de sorte.

Foi David, naquele momento, que teve que parar.

— Quer dizer que *vocês* tentaram envenenar a Branca de Neve?

— A gente só queria dar um sonífero em dose dupla, botar ela pra dormir um pouquinho — disse o Irmão Número Dois.

— Um poucão! — retificou o Número Três.

— Mas por quê? — perguntou David.

— Você vai ver — disse o Irmão Número Um. — Seja como for, fizemos ela comer uma maçã, pobrezinha, coitadinha, que peninha da Branca de Neve, *nós-vamos-sentir-tanto-a-falta-dela-mas-a-vida-continua*. A gente colocou a moça numa lápide, toda rodeada de flores e de coelhinhos chorosos, sabe, com tudo quanto é enfeite possível, e então veio um maldito príncipe e tascou um beijo nela. Nós nem mesmo temos um príncipe por estas bandas! Ele apareceu, ninguém sabe de onde, num maldito pangaré branco. No instante seguinte, ele já havia desmontado e estava procurando a Branca de Neve feito um cão de caça entrando numa toca de coelho. *Nem faço ideia* do que ele realmente pretendia, vagueando por aí de bobeira, beijando mulheres desconhecidas que por acaso estivessem adormecidas.

— Um pervertido! — sacramentou o Irmão Número Três. — Devia é estar trancafiado.

— De qualquer forma, o príncipe irrompe na cena em seu cavalo branco que mais parecia estar vestindo um pulôver gigante, se mete em assuntos que não lhe dizem respeito, e, quando se vai ver..., ela já está acordada e, ai de nós, num mau humor dos diabos! O príncipe nem chegou a ouvir metade das coisas que ela disse, depois de ela ter começado a dar uma bronca por ele ter "tomado liberdades". Cinco minutos ouvindo aquilo e, em vez de se casar com ela, o *galã* já montava novamente em seu cavalo e desaparecia no poente. Nunca mais foi visto. Nós jogamos a culpa de toda a história da maçã na malvada da madrasta, tudo bem, mas se há uma lição para ser aprendida com tudo isso é que a gente tem que verificar se a pessoa que vai ser erroneamente acusada de cometer um crime estava realmente apta — digamos assim. Houve um julgamento, fomos condenados, mas a sentença ficou suspensa por motivo de provocação, combinada com insuficiência de provas, e fomos advertidos de que, se qualquer coisa acontecesse com a Branca de Neve dali por diante, até mesmo se ela se machucasse com um prego, seria culpa nossa.

O Camarada Irmão Número Um fez o gesto de decapitado, para o caso de David não ter entendido o que realmente queria dizer.

— Sério?!? — impressionou-se David. — Mas não foi essa a história que eu ouvi.

— História! — O anão deu um risinho zombeteiro. — Aposto que você vai começar a falar daquele "viveram felizes para sempre". Acha que parecemos felizes? Não tem nada desse negócio de "felizes para sempre" para nós. "Desgraçadamente para sempre" seria mais adequado.

— Nós devíamos tê-la abandonado aos ursos — disse o Irmão Número Cinco, carrancudo. — Os ursos é que sabem matar bem, e como sabem.

— Cachinhos dourados* — disse o Irmão Número Um, concordando. — Isso, sim, é um clássico, isso, sim.

— Ela era terrível — relatou o Irmão Número Cinco. — Nem dava pra culpar os pobres dos ursos, não mesmo!

— Esperem um pouco — disse David. — Cachinhos Dourados fugiu da casa dos ursos e nunca mais voltou pra lá.

Ele parou de falar. Os anões agora estavam olhando para ele como se fosse um tanto retardado.

— Não foi assim? — acrescentou o menino.

— Ela ficou apaixonada pelo mingau deles — sussurrou o Irmão Número Um, como se estivesse confiando um grande segredo a David. — Não parava de encher o bucho. Com o passar do tempo, os ursos se cansaram dela e... bem, foi isso. "Ela fugiu para o bosque e nunca mais voltou para a casa dos ursos." Até parece que foi mesmo assim.

* "Goldilocks" (Cachinhos Dourados) é personagem da história folclórica inglesa *Goldilocks and the Three Bears*, de Robert Southey, publicada pela primeira vez em 1837 e que até hoje conta com inúmeras versões. (N.T.)

— Vocês estão dizendo que... os ursos mataram a pobrezinha? — perguntou David.

— *Comeram* — corrigiu o Irmão Número Um. — Com mingau de aveia. Isso é o que significa, nestas bandas, a expressão "fugiu e nunca mais foi vista". Quer dizer, virou mingau!

— Hum, e o que quer dizer "felizes para sempre?" — perguntou David, meio inseguro. — Hein?

— Digerido rapidamente — revelou o Irmão Número Um.

E assim chegaram à casa dos anões.

XIV

DE BRANCA DE NEVE, QUE NÃO É FLOR QUE SE CHEIRE, NÃO MESMO

OCÊS ESTÃO ATRASADOS!

Os tímpanos de David ressoaram como sinos, quando o Irmão Número Um abriu a porta da frente da cabana e anunciou, nervosíssimo: "Uuuu-U... Estamos em casaaa!", naquela vozinha cantada que o pai do menino, às vezes, usava para falar com a mulher quando chegava tarde do bar e sabia que haveria encrenca.

— Não me venham com melosidades — chega a resposta. — Por onde vocês andaram? Estou *morreeendo* de fome. Meu estômago está colado nas costas.

David nunca ouvira uma voz como aquela. Era uma voz de mulher, mas conseguia ser, ao mesmo tempo, profunda e aguda, como aquelas enormes montanhas que devem estar no fundo do oceano, só que não tão molhada.

— Eh-eh, só quem pode resmungar aqui é o meu estômago — reclamou a voz. — Ei, você, escuta.

Uma grande e branca mão se estendeu e agarrou o Irmão Número Um pelo cangote, levantando-o e puxando-o para dentro da casa, colocando-o à sua cintura.

— Ah, sim... lógico — respondeu o Irmão Número Um, após um ou dois minutos. A voz um tanto abafada. — Posso *ouvir* agora.

David deixou que os outros anões entrassem na cabana na sua frente. Andavam como prisioneiros que acabaram de saber que o carrasco ainda dispunha de um pouco de tempo para algumas decapitações a mais, antes de ir para casa tomar seu chá. David deu uma olhada demorada para a sombria floresta que haviam deixado e ficou imaginando se não seria melhor tentar a sorte lá fora.

— Fecha essa porta!!! — ordenou a voz. — Estou gelada... batendo os dentes, caramba!

David, sentindo que não tinha outra escolha, entrou na cabana e fechou a porta com firmeza.

De pé à sua frente estava a maior e mais gorda dama que já vira. O rosto empapado de maquiagem. O cabelo era preto, puxado para trás e amarrado com uma faixa de algodão coloridíssima, e os lábios estavam pintados de roxo. Usava um vestido rosa tão grande que conseguiria abrigar um pequeno circo. O Irmão Número Um se encontrava achatado contra as pregas daquele vestido, para melhor ouvir os estranhos ruídos que emitia o barrigão que havia por baixo dele. Os pezinhos do anão quase tocavam o chão. O vestido estava enfeitado com tal quantidade de fitas e botões que David não entendia como a dama conseguia se lembrar de quais eram os que serviam para tirar o vestido e quais serviam apenas de enfeite. Os pés da mulher estavam esmagados dentro de um par de chinelos de seda, pelo menos, três números abaixo do seu, e os anéis quase se perdiam em meio a tanta carne.

— Quem é? — perguntou a mulher.

— Ele... é... uma companhia — apressou-se a responder o Irmão Número Um.

— Companhia? — estranhou a dama, soltando no chão o Irmão Número Um como se fosse apenas um brinquedo velho. — Bem, por que não me avisou que estava trazendo uma companhia? — Ela arrumou o cabelo e sorriu, expondo os dentes manchados de batom. — Eu teria me vestido, me arrumado.

David ouviu o Irmão Número Três sussurrar algo para o Irmão Número Oito. As palavras "nada" e "melhora" mal foram percebidas. Infelizmente, porém, elas eram suficientemente audíveis para a dama. E o Irmão Número Três recebeu um cascudo na cabeça.

— Abre o seu olho — ralhou ela. — Tampinha atrevido!

Depois, estendeu a manzorra branca para David e fez uma pequena reverência.

— Branca de Neve — disse. — Terei muito prazer em conhecê-lo. Com certeza.

David apertou a mão dela e observou espantado como seus dedos foram engolidos pela palma da gorducha, que mais parecia um suspiro gigante.

— Eu sou David — apresentou-se.

— Belo nome — disse Branca de Neve, dando uma risadinha e escondendo o queixo no peito. Essa ação criou tantas dobras de gordura que parecia que sua cabeça estava derretendo. — Você é um príncipe?

— Não, não sou, lamento.

Ela parecia ter ficado desapontada. Soltou a mão de David e tentou brincar com um de seus anéis, mas ele estava tão apertado que nem se mexeu.

— Um nobre, talvez?

— Não.

— Filho de nobre, com uma belíssima herança à sua espera quando completar dezoito anos?

David fingiu que precisava pensar um pouco para dar a resposta.

— Hum... Não, de novo.

— Bem, então quem, diabos, você é, afinal? Não me diga que é mais um dos *chatéééerrimos* companheiros que vêm aqui falar de proletariado e de opressão. Eu já avisei pra vocês: acabaram as conversas sobre revoluções, *pelo menos* enquanto eu ainda não tiver tomado meu chá.

— Mas nós somos, de fato, oprimidos — protestou o Irmão Número Um.

— É claro que vocês são oprimidos! — exclamou Branca de Neve. —Vocês não têm nem um metro — e soltou uma gargalhada sarcástica. Agora vá preparar o meu chá, antes que eu perca o pouco bom humor que ainda me resta. E tirem essas botas imundas. Não quero que deixem um montão de lama no meu chão limpinho. Vocês faxinaram ontem.

Os anões tiraram as botas e as deixaram perto da porta juntamente com suas ferramentas, e depois fizeram uma fila para lavar as mãos numa piazinha, antes de começarem a preparar a refeição da noite. Fatiaram pão e picaram verduras, enquanto dois coelhos eram assados no forno à lenha. O cheiro era tão bom que David ficou com a boca cheia d'água.

— Acho que você está querendo comer, não é? — disse Branca de Neve para David.

— É, estou faminto.

— Bem, pode dividir um coelho *com eles*. E nem pense em crescer o olho pro meu.

Branca de Neve refestelou-se numa grande poltrona, perto do fogo. Encheu as bochechas de ar e deu um suspiro alto.

— Eu odeio isso aqui — disse entre dentes. — É tudo tão chatinho...

— Por que, então, não vai embora? — perguntou David.

— Ir embora? E pra onde eu iria, meu filho?

— Para a *sua* casa.

— Meu pai e minha madrasta se mudaram. Disseram que a nova casa é pequena demais para mim. De qualquer forma, são insuportáveis...

e se é pra aturar gente insuportável, prefiro ficar aqui do que com eles.

— Entendo — disse David, pensando se seria conveniente levantar o assunto do caso judicial e da tentativa de envenenamento. Tinha muito interesse no caso, mas não sabia se seria educado ficar perguntando coisas. Afinal, ele não queria complicar ainda mais a vida dos anões.

No fim, Branca de Neve acabou decidindo por ele. Ela se inclinou e murmurou, numa voz que parecia o ruído de duas pedras esfregadas uma contra a outra:

— Bem, agora eles têm que cuidar de mim. O juiz disse que eles têm que fazer isso, por terem tentado me envenenar.

David tinha certeza de que não viveria com alguém que já tivesse tentado envenená-lo. Mas achou que Branca de Neve não estava preocupada com a possibilidade de os anões tentarem de novo. Se fizessem isso, seriam mortos, muito embora a cara do Irmão Número Um obrigasse David a suspeitar de que, depois de ter que conviver uns tempos com Branca de Neve, a morte poderia até ser bem-vinda.

— Mas você não quer encontrar um belo príncipe? — perguntou David.

— Eu já encontrei um belo príncipe — respondeu Branca de Neve, lançando um olhar sonhador através da janela. — Ele me despertou com um beijo, mas logo teve que partir. Ele me disse que voltaria depois de matar um dragão ou algo parecido.

— Deveria ter ficado aqui para primeiro dar cabo do dragão que mora nesta casa — murmurou o Irmão Número Três. Branca de Neve atirou um toco de lenha nele.

— Está vendo o que eu tenho que aturar? — voltou-se para David. — Me deixam sozinha o dia inteiro enquanto vão trabalhar na mina, e depois eu tenho que ficar ouvindo ladainhas assim que voltam pra casa. Eu nem sei por que se importam tanto com a tal da mina. Nunca encontram nada lá!

David viu os anões trocarem um olhar ao ouvirem o que Branca de Neve estava dizendo. Julgou mesmo ter ouvido o Irmão Número Três dar uma risadinha, mas logo o Irmão Número Quatro deu um pontapé no tornozelo dele e lhe disse para ficar quieto.

— E agora tenho que ficar aqui com este bando, até que o meu príncipe encantado volte — disse Branca de Neve. — Ou até que outro príncipe venha e decida se casar comigo. O que acontecer primeiro!

Ela mordeu um canto de unha do dedo mínimo e o cuspiu no fogo.

— Agora — começou ela, para encerrar o assunto — ONDE ESTÁ O MEU CHÁÁÁ!?!

Cada xícara, panela, frigideira e prato da cabana tremeram. Poeira caiu do teto. David viu uma família de camundongos evacuar o buraco onde vivia e desaparecer por uma rachadura da parede, para nunca mais voltar.

— Eu preciso gritar quando estou com fome — disse Branca de Neve. — Vamos. Alguém traz o meu coelho...

Comeram em silêncio, exceto pelos ruídos de mastigar, chupar os dentes, raspar o prato e arrotar que vinham da cabeceira da mesa onde estava Branca de Neve. Ela realmente exagerava na comida. Devorou um coelho e, então, começou a pegar comida do prato do Irmão Número Seis, sem pedir licença. Em seguida, comeu um pão inteiro e metade de um queijo fedorento. Bebeu canecos e mais canecos da cerveja que os anões fabricavam no próprio galpão e terminou seu banquete com duas generosas fatias do bolo de frutas que havia sido assado pelo Irmão Número Um, e ainda ficou se queixando de que uma passa havia quebrado um de seus dentes.

— Eu já disse pra você usar somente as sem caroço — sussurrou o Irmão Número Dois ao Irmão Número Um, que fechou a cara.

Quando não havia mais nada para comer, Branca de Neve saiu cambaleando da mesa e desabou na sua poltrona perto do fogo, onde instantaneamente adormeceu. David ajudou os anões a tirar a mesa e lavar os pratos, e depois se juntou a eles num canto, onde todos começaram a fumar cachimbos. O tabaco exalava um cheiro de meias velhas e úmidas queimando. O Irmão Número Um ofereceu partilhar seu cachimbo com David, mas este declinou a oferta muito educadamente.

— A mina de vocês é de quê? — perguntou.

Vários anões começaram imediatamente a tossir, e David notou que nenhum deles queria olhá-lo nos olhos. Somente o Irmão Número Um parecia estar com vontade de responder à pergunta do menino.

— É de uma espécie de carvão.

— Como assim?

— Bem, uma espécie de carvão. Uma substância que, de alguma maneira, já foi carvão.

— Uma substância carvo*osa* — disse o Irmão Número Três, querendo ajudar.

David ficou pensativo.

— Hum... vocês querem dizer diamantes?

Sete pessoinhas imediatamente pularam sobre ele. O Irmão Número Um cobriu a boca de David com uma de suas mãozinhas e disse:

— Não fale *essa* palavra aqui. *Nunca.*

David concordou com a cabeça, e os anões o soltaram assim que se certificaram de que ele compreendera a gravidade da situação.

— Então, não contaram a Branca de Neve sobre essa coisa... carvo*osa*, não é?

— Não — disse o Irmão Número Um. — Ela nunca chegou nem perto da mina.

— Vocês não confiam nela?

— Você confiaria? — perguntou o Irmão Número Três. — No inverno passado, quando quase não havia alimento algum, o Irmão Número Quatro acordou em tempo de descobrir que ela estava mordiscando o pé dele.

O Irmão Número Quatro balançou a cabeça, confirmando que aquilo não era senão a verdade.

— Ainda tenho as marcas — contou.

— Se descobrisse qual é a mina que estamos explorando, ela nos tiraria gema por gema — continuou a contar o Irmão Número Três. — Então, seríamos ainda mais oprimidos do que já somos. E mais pobres.

David deu uma olhada em torno, avaliando a cabana. Não havia nada que nela valesse a pena. Tinha dois cômodos: aquele onde estavam e um quarto de dormir do qual Branca de Neve se apossara. Os anões dormiam todos juntos numa cama, num canto ao lado do fogão, três de um lado e quatro do outro.

— Se ela não estivesse aqui, bem que poderíamos dar uma arrumada na casa — disse o Irmão Número Um. — Mas, se começarmos a gastar dinheiro, ela vai acabar desconfiando, por isso é melhor deixar tudo como está. Não podemos nem comprar mais uma cama.

— Mas não há vizinhos por aqui que saibam da existência da mina? Ninguém desconfia de nada?

— Bem, nós sempre fizemos as pessoas saberem que ganhávamos pouco, na mina — disse o anão. — Apenas o suficiente para nos manter. Mineração é um trabalho difícil e ninguém quer fazê-lo, a não ser quando tem certeza de que vai ficar muito rico. Enquanto nós abaixarmos a cabeça e não fizermos extravagâncias, gastando dinheiro com roupas finas ou correntes de ouro...

— Ou camas — disse o Irmão Número Oito.

— Ou camas — concordou o Irmão Número Um. — Então, tudo estará bem. O que acontece é que já não somos mais jovenzinhos e agora seria bom poder viver com mais conforto, talvez até nos permitindo alguns luxos.

Os anões olharam para Branca de Neve que roncava na poltrona, e todos deram um suspiro em uníssono.

— Na verdade, temos a esperança de poder subornar alguém para que a tome de nossas mãos — admitiu, por fim, o Irmão Número Um.

— Quer dizer... pagar alguém para se casar com ela?

— É claro que o cara teria que estar desesperado, mas nós conseguiríamos fazer a coisa valer a pena — disse o Irmão Número Um. — Bem, não tenho certeza se haverá diamantes suficientes em toda a Terra para compensar o fato de ter que viver com ela, mas nós daríamos ao cara uma pilha de dinheiro, para facilitar que ature a mala. Ele poderia comprar alguns bons tampões para os ouvidos e uma cama super king-size.

Naquela altura, alguns dos anões já estavam cabeceando de sono. O Irmão Número Um pegou uma vara longa e aproximou-se, muito nervoso, de Branca de Neve.

— Ela detesta ser acordada — explicou para David. — Descobrimos que desse modo fica mais fácil para todos nós.

Com a ponta da vara cutucou Branca de Neve. Nada aconteceu.

— Acho que você deve cutucar com mais força — sugeriu David.

O anão cutucou Branca de Neve com mais força. O que pareceu funcionar, pois ela imediatamente agarrou a vara e deu um golpe bem forte com ela, quase enviando o Irmão Número Um diretamente para o fogo que ardia na lareira, mas ele conseguiu soltá-la e acabou desabando sobre o balde de carvão.

— Xkzhg! — grunhiu Branca de Neve. — Saco...

Limpou um pouco de baba do canto da boca, levantou-se da poltrona e precipitou-se para o quarto.

— Bacon de manhã — disse. — Quatro ovos. E uma linguiça. Não, pensando bem, ponham oito linguiças.

E com isso, bateu a porta atrás de si, caindo sobre a sua cama e adormecendo profundamente, de imediato.

* * *

David se sentou, todo enrolado, na poltrona perto do fogo. A casa tremia com os roncos da Branca de Neve e dos anões, um arranjo complexo de bufos, assovios e tosses roucas. Pensou no Lenhador e no rastro de sangue que conduzia ao fundo da floresta. Lembrou-se de Leroi e do que transparecia em seus olhos. Sabia que não poderia ficar mais de uma noite com os anões. Tinha de continuar a caminhada. Tinha de chegar até onde estava o rei.

Levantou-se da cadeira e foi até a janela. Não conseguia enxergar nada lá fora, de tão espessa e sombria que era a escuridão. Ficou à escuta, mas só conseguiu ouvir o pio de uma coruja. Não esquecera o que o levara àquele lugar, mas a voz de sua mãe não voltara desde que entrara no novo mundo. Só poderia achá-la se ela voltasse a chamá-lo.

— Mãe... — murmurou —, se você está aí fora, eu preciso da sua ajuda. Não posso encontrar você, se não me guiar.

Mas não recebeu resposta alguma.

Voltou para a poltrona e fechou os olhos. Adormeceu e sonhou com seu quarto, com o pai e a nova família, mas eles não estavam sozinhos na casa. No sonho, o Homem Torto andava sem fazer barulho pelo corredor até chegar ao quarto de Georgie, onde ficava muito tempo olhando para o bebê, antes de deixar a casa e voltar para o próprio mundo.

XV

DA MENINA-BAMBI

RANCA DE NEVE ainda estava roncando na sua cama quando David e os anões saíram, na manhã seguinte. Os homenzinhos pareciam ficar muito mais animados à medida que se distanciavam dela. Caminharam junto com David até chegarem à estrada branca, e todos ficaram ali ao seu redor, meio sem jeito, cada qual procurando a melhor maneira de dizer adeus.

— É óbvio que não podemos contar para você onde fica a mina — disse o Irmão Número Um.

— Claro, eu entendo.

— Isso é... meio... segredo.

— Sim, naturalmente.

— Porque não queremos que um qualquer venha meter o nariz aqui.

—Vocês têm toda razão.

O Irmão Número Um ficou pensativo enquanto puxava a própria orelha.

— Fica bem ali atrás daquele morro maior, à direita — revelou, de repente. — Há uma trilha que vai até lá. Mas é muito bem-escondida, de modo que você precisa ficar procurando para achar. Está marcada com um olho talhado numa árvore. Pelo menos, acho que está talhado lá. Nunca se sabe, com todas essas árvores... Isso é somente no caso de, sei lá, você querer fazer uma visitinha.

O rosto do homenzinho se iluminou.

—Ah! — exclamou. — Uma visitinha... ouviu o que eu disse? Você sabe, uma visitinha, como a de amigos, e também uma "visitinha", como a de um bando de anões. Ouviu?

David sacou a brincadeira e riu, como era esperado.

— Agora, lembre-se de uma coisa — continuou o Irmão Número Um. — Se encontrar algum príncipe, ou um jovem nobre, ou se vir qualquer um que pareça desesperado o bastante para querer se casar com uma rolha de poço por dinheiro, você manda pra nós, combinado? E fica vigiando pra ele ficar nesta estrada até a gente aparecer. Não queremos que ele vá sozinho até a cabana porque, bem, você sabe...

— Pode ficar assustado e fugir — terminou David, adivinhando o final da frase.

— É isso aí. Bom, boa sorte e siga esta estrada. Há uma aldeia a um dia ou dois daqui, e é provável que você encontre lá alguém que possa ajudá-lo no restante da jornada. Mas não fique tentado a sair desta estrada, por qualquer coisa que veja. Nesses bosques há um montão de troços ruins que sabem muito bem como seduzir as pessoas até elas caírem em suas garras. Portanto, veja bem por onde anda.

Dito isso, a pequena companhia de homenzinhos separou-se de David, desaparecendo na floresta. David ouviu que, enquanto caminhavam, eles entoavam uma canção que o Irmão Número Um fizera, para cantarem no caminho para o trabalho. Não era grande coisa como melodia, e parecia que o Irmão Número Um tivera alguma dificuldade para encontrar uma rima para "coletivização do trabalho" e para "opressão pelos sedentos cães do capitalismo". Mas, quando a canção dos anões se perdeu na distância, David se sentiu sozinho e triste, naquela estrada silenciosa.

Gostara muito dos anões. Percebeu que, apesar de, às vezes, não ter ideia das coisas sobre as quais eles falavam, até que eram bem divertidos, sendo eles o que eram, isto é, um grupo de gente pequena obcecada por problemas de classes sociais e com tendências assassinas. De qualquer forma, sentiu-se muito sozinho sem eles. Embora aquela estrada fosse claramente uma via principal, ele parecia ser o único a usá-la. Em um ou outro lugar descobria rastros de outros viajantes que também haviam passado por ali — vestígios de uma fogueira extinta há muito; um pedaço de cinto de couro mordido numa das extremidades por um animal faminto. Mas parecia que essas coisas seriam os únicos vestígios de ser humano que encontraria naquele dia. A luz crepuscular constante, que só se alterava de manhãzinha ou tarde na noite, consumia seu vigor e diminuía sua disposição, impossibilitando-o de fixar a atenção no que quer que fosse. Parecia até, às vezes, que adormecia de pé, pois tinha sonhos ou visões momentâneas, nas quais o Dr. Moberley se debruçava e parecia falar com ele. E períodos de perda de consciência, durante os quais acreditava estar ouvindo a voz do pai. Então, acordava repentinamente, quando seus passos já haviam se afastado da estrada e o levavam, de pernas quase travadas, das pedras para a grama.

Percebeu que estava faminto. Comera de manhã, com os anões, mas agora sua barriga roncava e doía. Ainda havia comida na mochila, e os anões tinham acrescentado aos seus suprimentos alguns pedaços de frutas secas, mas ele não sabia o quanto ainda teria de andar até chegar ao castelo do rei. Mesmo os anões não tinham podido ajudá-lo nisso. Que ele soubesse, o rei não tinha muito a ver com a administração do próprio reino. O Irmão Número Um contara a David que alguém viera, certa vez, até a cabana dizendo ser um coletor real de impostos, mas, depois de uma hora na companhia de Branca de Neve, a tal pessoa saíra, esquecendo lá seu chapéu, e nunca mais voltara. Os únicos fatos que o Irmão Número Um podia confirmar sobre o rei era que (provavelmente) havia um rei e também um castelo, em algum lugar lá para o fim da estrada que David agora seguia, embora o próprio Irmão nunca o houvesse visto. E assim David foi caminhando, com a mente bastante dispersa e a barriga roncando, enquanto a estrada branca brilhava à sua frente.

Em uma das vezes em que quase despencou na vala, David viu maçãs penduradas nos galhos de uma árvore, numa clareira perto da borda da floresta. Pareciam verdes, só que mais para maduras, e o menino sentiu a boca encher de água. Mas lembrou-se da recomendação dos anões — que se mantivesse sempre no caminho e que não se deixasse tentar pelos dons da floresta... Mas que mal faria pegar algumas maçãs numa árvore? Ainda poderia ver a estrada, lá da árvore, e, com o auxílio de algum galho caído, provavelmente conseguiria colher um número suficiente de frutas para durar um dia, ou talvez até mais. Parou e ficou escutando, mas não ouviu nada. A floresta estava quieta.

David saiu da estrada. O solo era macio e seus pés faziam um ruído desagradável a cada passo que dava. Ao se aproximar da árvore, viu que as maçãs que pendiam na ponta dos galhos eram muito menores e menos maduras do que as que estavam lá em cima, bem no centro, onde cada uma era tão grande como o punho de um homem. Poderia apanhá-las, se trepasse na árvore, e isso era uma coisa que fazia muito bem. Levou apenas alguns minutos para subir pelo tronco e logo estava encarapitado num galho, mordendo uma maçã que se mostrara incrivelmente doce. Fazia algumas semanas desde que havia comido uma maçã, isto é, desde a vez em que um fazendeiro local havia presenteado Rose com algumas delas, "para os pequenos". Eram maçãs miúdas e ácidas, mas aquelas, agora, estavam esplêndidas. O sumo escorria-lhe pelo queixo, enquanto mantinha a fruta bem firme na boca.

Devorou o último pedaço da maçã, jogou fora os caroços e depois pegou mais uma. Comeu aquela bem mais devagar, lembrando-se do que a mãe lhe dizia sobre comer maçãs em demasia — davam dor de barriga. David sabia que empanturrar-se com o que quer que fosse era uma boa receita para ficar doente, mas não tinha certeza se isso também poderia se aplicar a quem, como ele, não houvesse comido praticamente nada o dia inteiro. Tudo o que sabia é que as frutas estavam ótimas e que sua barriga se sentia muito grata.

Já estava na segunda metade da segunda maçã quando ouviu algo lá embaixo. Alguma coisa se aproximava velozmente, vindo da sua esquerda. Podia ver movimentos nos arbustos, e vislumbrou um tufo de pelagem castanha que se escondia. Parecia um veado, embora David não conseguisse ver a cabeça. E estava em fuga. David pensou imediatamente nos lobos. Aproximou-se mais ainda do tronco da árvore, tentando fazer dele um escudo. Mas, enquanto fazia isso, imaginou se, por acaso, os lobos não sentiriam o seu cheiro no solo, lá embaixo, ao passarem. Ou, então, talvez o interesse que tinham pelo veado poderia prejudicar o faro, no que se referia a ele próprio.

Alguns segundos mais tarde, o animal saiu do esconderijo e entrou na clareira, bem debaixo da árvore onde David estava. Ficou imóvel um momento, indeciso sobre que direção deveria tomar, e, naquele instante, o garoto pôde ter uma visão clara da cabeça da criatura. Uma visão que o espantou, porque aquela não era uma cabeça de veado, mas sim a de uma menininha de cabelo louro e olhos verde-escuros. Podia ver onde o pescoço humano terminava e onde o corpo de veadinho começava, pois uma cicatriz vermelha marcava o lugar onde os dois seres haviam sido unidos. A menina olhou para cima, assustada com o barulho feito por David, e os olhos dos dois se encontraram.

— Me ajude! — suplicou a menina. — Por favor!

Entretanto, os sons de perseguição estavam se aproximando e David pôde ver um cavalo e um cavaleiro que vinham diretamente para a clareira, o cavaleiro com seu arco armado e pronto para soltar uma flecha. A menina-bambi também os ouviu, pois suas pernas traseiras ficaram tensas e ela deu um salto para se refugiar na floresta. Mas estava ainda no ar quando a flecha a atingiu no pescoço. O golpe atirou seu corpo para a direita, onde ela caiu e ficou se contorcendo no solo. A boca abria e fechava enquanto tentava dizer suas últimas palavras. As patas traseiras se agitaram por um momento na terra, o corpo estremeceu, e ela ficou imóvel.

O cavaleiro entrou trotando na clareira, montado em seu grande cavalo negro. Usava um capuz e estava vestido com as cores outonais da floresta, todos os tons de verde e de amarelo-âmbar. Na mão esquerda, segurava um arco curto, e uma aljava com flechas pendia do ombro. Desmontou, tirou uma longa lâmina de uma bainha que estava sobre a sela e se aproximou do corpo que jazia no solo. Levantou a lâmina e deu um golpe, e mais outro, no pescoço da criatura. David virou o rosto quando viu o primeiro golpe, tapou a boca com a mão e fechou os olhos, bem-apertados. Quando teve coragem para olhar de novo, a cabeça da menina havia sido decepada do corpo de veado e o caçador a arrastava pelo cabelo, enquanto um rastro escuro de sangue escorria do pescoço sobre o solo da floresta. Usando o cabelo, o caçador amarrou a cabeça na sela, deixando-a pender sobre o flanco do cavalo, e depois colocou a carcaça atravessada sobre sua montaria, antes de se preparar para montar novamente. O pé esquerdo já estava levantado quando ele parou e ficou olhando o solo. David seguiu seu olhar e viu a parte descartada da maçã que estava perto das pegadas do animal. O caçador abaixou o pé e ficou olhando para os restos da fruta, e, então, fazendo um único e rápido movimento, tirou uma flecha da aljava e fixou-a no arco. A ponta da flecha visava a macieira e se imobilizou apontando diretamente para David.

— Desça daí — ordenou o caçador, com a voz ligeiramente abafada pelo lenço que usava em torno da boca. — Desça daí ou eu vou atirar em você.

David não teve outra escolha senão obedecer. Achou que ia começar a chorar. Tentava desesperadamente se controlar, mas sentia ainda o cheiro do sangue da menina-bambi no ar. Sua única esperança era que o caçador considerasse que já bastava de divertimento naquele dia e o poupasse.

David chegou ao pé da árvore. Por um instante, teve a tentação de sair correndo e refugiar-se na floresta, mas foi uma ideia que rejeitou quase imediatamente. Um caçador que podia matar um veado saltitante de um cavalo em movimento certamente poderia atingir com facilidade um menino correndo. Não havia outra coisa a fazer senão esperar que o caçador tivesse piedade dele. Mas, ao ficar de pé diante da figura encapuzada, deu uma olhada nos olhos cegos da menina e ficou pensando se haveria qualquer esperança de piedade por parte de quem tinha sido capaz de fazer aquilo.

— Deite-se no chão — mandou o caçador. — De bruços.

— Por favor, não me machuque — suplicou o menino.

— Deite-se!

David se ajoelhou e deitou-se bem colado ao chão. Ouviu o caçador se aproximar. E, então, seus braços foram presos atrás das costas e os punhos, amarrados com uma corda áspera. Sua espada lhe foi tomada. Com as pernas amarradas na altura do tornozelo, ele foi levantado no ar e jogado sobre o dorso do cavalo. Seu corpo foi colocado sobre o do veado, com o lado esquerdo apoiado dolorosamente contra a sela. Mas David não pensava na dor que sentia nem mesmo quando começaram a trotar e ela se tornou um latejar regular e ritmado, como se a lâmina de uma adaga estivesse forçando as costelas.

Tudo o que realmente o incomodava era a cabeça da menina enquanto cavalgavam, pois o rosto dela se esfregava contra o seu, o sangue quente sujava sua bochecha e ele viu a si próprio refletido nos espelhos verde-escuros dos olhos dela.

XVI

DOS TRÊS CIRURGIÕES

ELOS CÁLCULOS DE DAVID, CAVALGAVAM há uma hora e pouco. O caçador em silêncio. O menino sentia-se tonto por estar pendurado daquela maneira, e sua cabeça doía. O cheiro do sangue da menina-bambi era muito forte, e, à medida que a jornada se prolongava, o toque da pele dela contra a dele ficava cada vez mais frio.

Finalmente, chegaram a uma casa comprida, de pedra, na floresta. Era simples, sem enfeites, com janelas estreitas e teto alto. Em uma das laterais havia um grande estábulo, e foi lá que o caçador desceu do cavalo. Havia outros animais. Um veadinho, numa baia, mastigava um pouco de palha e piscava para os recém-chegados. Havia galinhas empoleiradas num fio de arame e coelhos em gaiolas. Perto dali, uma raposa prendia-se com as garras nas barras de sua jaula, dividindo a atenção entre o caçador e as saborosas presas colocadas fora do seu alcance.

O caçador tirou da sela a cabeça da menina-bambi. Com a outra mão, levantou David e colocou o menino sobre o ombro, levando-o para dentro da casa. A cabeça da menina fez um barulho macio contra a porta quando o caçador levantou o trinco. Entraram. David foi jogado no chão de pedra. Caiu de costas e ficou ali estendido, tonto e assustado, enquanto as lâmpadas eram acesas uma por uma. Pôde, então, conhecer a toca do caçador.

As paredes estavam tomadas de cabeças, cada qual montada sobre uma base de madeira e fixa na pedra. Muitas delas eram de animais — cervos, lobos, até um Loup, ao qual parecia ter sido atribuído um lugar de honra, no centro da mostra, numa das paredes. Mas outras cabeças eram humanas. Algumas de jovens, e três de homens muito velhos, mas a maioria parecia ser de crianças. Meninos e meninas, com os olhos substituídos por olhos de vidro que brilhavam à luz das lâmpadas. Em uma das extremidades da sala, havia uma lareira e, ao lado, uma cama de solteiro. Contra outra parede, uma pequena escrivaninha e uma única cadeira. David virou a cabeça e viu peças de carne seca dependuradas de ganchos, na outra extremidade do cômodo. Não pôde definir se eram de animais ou humanas.

Mas o cômodo estava dominado por duas grandes mesas de carvalho, tão pesadas que deveriam ter sido montadas dentro da própria casa, peça por peça. Estavam manchadas de sangue. De onde se encontrava, o menino podia ver correntes e algemas sobre elas, e restos de couro. De um dos lados das mesas havia um aparador para facas, lâminas e instrumentos cirúrgicos, todos nitidamente velhos, mas mantidos limpos e afiados. Acima das mesas pendia uma aparelhagem de tubos de metal e de vidro em molduras decoradas, metade deles tão finos como agulhas e outros tão grossos como os braços de David.

Nas prateleiras havia frascos de todos os formatos e tamanhos, alguns cheios de um líquido claro, enquanto o restante havia sido usado para guardar partes de corpos. Um frasco estava cheio de globos oculares até quase a borda. Pareciam vivos a David, como se o fato de terem sido arrancados de suas órbitas não os houvesse privado da capacidade de ver. Um outro frasco continha a mão de uma mulher, com um anel de ouro no anular e esmalte vermelho descascado nas unhas. Um terceiro tinha metade de um cérebro com sulcos expostos e marcados com alfinetes coloridos.

E havia coisas ainda piores do que aquelas, muito piores...

David ouviu passos que se aproximavam. O caçador estava agora debruçado sobre ele, e o lenço que cobria sua face fora abaixado para revelar o que havia por baixo. Era o rosto de uma mulher. Sua pele era áspera e maltratada, a boca fina e toda rachada. O cabelo estava preso de uma maneira desleixada no alto da cabeça. Era preto, branco e prateado, como o pelo de um texugo. Enquanto David observava, ela soltou as tranças, que caíram como uma avalanche pelos ombros e costas. Ela se ajoelhou e agarrou o rosto de David com a mão direita, fazendo a cabeça do menino girar para trás e para a frente enquanto examinava sua espinha dorsal. Soltou, então, o rosto dele e testou o pescoço e os músculos dos braços e das pernas.

— Serve — disse, mais para si mesma do que para ele, e então deixou-o estendido no chão enquanto trabalhava na cabeça da menina-bambi. Não disse mais palavra alguma para David até seu trabalho terminar, muitas horas mais tarde. Levantou, então, o menino e colocou-o sobre uma cadeira baixa, antes de lhe mostrar o resultado de suas macabras habilidades.

A cabeça da menina-bambi havia sido montada sobre uma base de madeira escura. O cabelo fora lavado e espalhado pelo bloco, e mantido no lugar por meio de uma camada fina de cola. Seus olhos haviam sido removidos e substituídos por peças ovais feitas de vidro verde e negro.

A pele fora recoberta com uma espécie de cera, para conservação. E a cabeça fez um som oco quando a caçadora bateu no crânio com os nós dos dedos.

— Bonita, não acha? — perguntou a caçadora.

David balançou a cabeça, mas não disse nada. A garota havia tido um nome antes. Tivera mãe e pai, talvez irmãs e irmãos. Teria brincado, amado e sido amada em troca. Poderia ter crescido e tido filhos. Agora, tudo estava perdido.

— Não concorda? — insistiu a mulher. — Talvez você esteja com pena dela. Mas pense um pouco: com o correr dos anos, ficaria velha e feia. Os homens a teriam usado. Crianças teriam feito maldades e vilanias. Os dentes teriam apodrecido, a pele teria ficado enrugada e envelhecida, e o cabelo, ralo e branco. Agora, ela será eternamente uma criança e permanecerá bela para sempre.

A caçadora inclinou-se para a frente. Tocou com a mão a bochecha de David e, pela primeira vez, sorriu. — E logo mais você também ficará como ela.

David torceu a cabeça, afastando-a.

— Quem é você? — perguntou. — Por que está fazendo isso?

— Eu sou uma caçadora — respondeu a mulher simplesmente. — Uma caçadora nasce para caçar.

— Mas ela era apenas uma menininha — argumentou David. — Uma menina com o corpo de um animal, mas ainda assim uma menina. Eu a ouvi falando. Estava aterrorizada. E, então, você a matou.

A caçadora acariciou o cabelo da menina-bambi.

— Sim — disse suavemente. — Ela durou mais do que eu pensava. Era mais esperta do que eu pensava. Talvez o corpo de uma raposa tivesse sido mais adequado, mas agora... é tarde demais.

— Foi *você* que fez isso com ela?!? — exclamou David. Embora estivesse apavorado, sua repulsa pelo que a caçadora fizera se expressava em cada palavra que dizia. A mulher parecia surpresa pela agressividade que percebia na voz dele e parecia sentir que ele exigia alguma justificativa para suas atitudes.

— Um caçador está sempre à procura de novas presas — concluiu. — Fiquei cansada de caçar animais, e não tem muita graça caçar humanos. Suas mentes são aguçadas, mas seus corpos são fracos. E, então, pensei como seria maravilhoso se fosse possível combinar o corpo de um animal com a inteligência de um ser humano. Que teste seria, para as minhas habilidades! Mas dá um trabalhão, e como dá, criar esses híbridos: tanto os animais quanto os humanos morriam antes que eu pudesse juntá-los. Eu não conseguia estancar a hemorragia por tempo suficiente para tornar a união possível. O cérebro morria, o coração parava, e todo o meu exaustivo trabalho dava em nada, gota vermelha a gota vermelha.

"E então, de repente, tive uma baita sorte. Três cirurgiões estavam atravessando a floresta e eu os encontrei, capturei e os trouxe até aqui. Eles me falaram sobre uma pomada que haviam criado, capaz de juntar uma mão decepada novamente ao braço ou uma perna ao dorso. Eu os fiz demonstrar do que eram capazes. Cortei o braço de um deles e os outros o consertaram, tal como haviam dito que era possível. Depois, cortei outro ao meio, e os seus amigos o fizeram ficar inteiro novamente. Finalmente, cortei a cabeça do terceiro e eles a recolocaram sobre o pescoço.

"E, assim, eles se tornaram minhas primeiras novas presas e logo me contaram como eu própria poderia fabricar a pomada — revelou, apontando para as cabeças dos três velhinhos na parede. — Agora, cada presa é diferente, pois cada criança traz algo de si própria para o animal com o qual eu a junto.

— Mas por que crianças? — perguntou David.

— Porque os adultos se desesperam — respondeu a mulher —, enquanto as crianças, não. Elas se adaptam ao novo corpo e à nova vida, pois qual é a criança que não sonha em ser um animal? E, na verdade, eu prefiro caçar crianças. A caçada é mais divertida, e elas são troféus melhores para as minhas paredes, pois são belas.

A caçadora deu um passo para trás e ficou olhando atentamente para David, como se somente agora se desse conta da natureza das suas perguntas.

— Qual é o seu nome e de onde veio? — perguntou. —Você não é desta terra. Posso ver pelo seu sotaque e pelo modo de falar.

— Meu nome é David. Eu venho de outro lugar.

— Que lugar?

— Da Inglaterra.

— *Ingla-terra* — repetiu a caçadora. — E como foi que chegou aqui?

— Havia uma passagem entre a minha terra e esta. Eu vim por ela, mas agora não consigo mais voltar.

— Ah, que tristeza, que pena — disse a caçadora. — E há muitas crianças na *Ingla-terra*?

David não respondeu nada. A caçadora agarrou seu rosto e enterrou as unhas na sua pele.

— Responda!

— Sim — respondeu o menino, com relutância.

A caçadora o soltou.

— Talvez eu faça você me mostrar o caminho para lá. Aqui há tão poucas crianças, agora! Elas não ficam andando por aí como outrora. Esta — e apontou para a cabeça da menina-bambi — era a última que eu tinha, e eu a vinha guardando. Agora, na verdade, tenho você. Então... Será que vou usá-lo como usei a menina, ou será que vou fazer você me levar para a *Ingla-terra*?

Afastou-se de David e ficou um pouco pensativa.

— Eu sou paciente — revelou, por fim. — Conheço este país e suportei todas as suas mudanças. As crianças virão novamente. Logo chegará o inverno, e alimento suficiente para me manter. Você será a minha última presa, antes de a neve chegar. Vou transformar você numa raposa, pois acho que é mesmo mais inteligente do que a minha querida bambi. Quem sabe, você consegue escapar de mim e vai viver sua vida em alguma parte escondida da floresta, embora ninguém tenha conseguido até hoje. Mas há sempre esperança, meu caro David, sempre. Agora, vá dormir, porque amanhã teremos muito trabalho pela frente.

Dito isso, ela limpou o rosto de David com um pano e beijou-o suavemente nos lábios. Depois o carregou até uma grande mesa e, antes de apagar todas as luzes, acorrentou-o lá, para o caso de ele pensar em escapar durante a noite. Perto da lareira, ela se despiu e depois caiu nua sobre seu colchão e dormiu.

Mas David não conseguia dormir. Ficou pensando na sua situação. Lembrava suas histórias e a maneira como o Lenhador contara sobre a casa feita de biscoitos de gengibre. Em cada história havia algo para se aprender.

Depois, começou a planejar a fuga.

XVII

DE CENTAUROS E DA VAIDADE DA CAÇADORA

EM CEDO NA MANHÃ SEGUINTE, a caçadora acordou e se vestiu. Assou um pouco de carne na brasa, comeu com um chá feito de ervas e especiarias, depois foi até David e o fez levantar. Com as costas e os membros doendo por causa da mesa dura e das restrições de movimentos causadas pelas correntes, ele só dormira um pouquinho; e agora tinha um desafio pela frente. Até aquele ponto, estivera, na maior parte do tempo, dependendo da boa vontade dos outros — do Lenhador, dos anões — no que se referia aos cuidados consigo e a sua segurança. Agora devia agir por conta própria, e a possibilidade de sobreviver estava inteirinha nas suas próprias mãos.

A caçadora deu-lhe um pouco de chá e depois tentou fazê-lo comer a carne, mas ele se recusou a abrir a boca, pois tinha um cheiro forte, de animal selvagem.

— É carne de veado — revelou. — Você tem que comer. Vai precisar de toda a sua energia.

Mas David mantinha a boca bem cerrada. Pensava somente na menina-bambi e no toque de sua pele contra a dele. Quem sabe que criança teria sido, outrora, parte do corpo daquele bicho, em que animal e ser humano haviam se tornado um só? Talvez fosse até a carne da menina-bambi, arrancada ainda sangrando do corpo para fornecer comida para o café da manhã da caçadora. Ele não podia e não queria provar aquela carne.

A caçadora desistiu e ofereceu um pão a David, em vez da carne. Até acabou liberando uma de suas mãos, para que pudesse se alimentar. Enquanto ele comia, ela trouxe a raposa engaiolada dos estábulos e a colocou sobre a mesa, ao lado de David. A raposa olhava o menino, quase como se soubesse o que estava para acontecer. Enquanto os dois se observavam, a caçadora começou a reunir tudo de que precisava — lâminas e serras, esponjas e bandagens, agulhas longas e muita linha preta, tubos e frascos, e uma jarra que continha uma pomada transparente e viscosa. Colocou foles em alguns dos tubos — "para manter o fluxo do sangue, se necessário" — e acertou as correias para que pudessem se ajustar às pernas finas da raposa.

— Então, o que acha do novo corpo que vai ter? — perguntou a David assim que os preparativos terminaram. — É uma bela raposa, jovem e ágil.

A raposa tentava morder as barras da gaiola, mostrando dentes brancos e pontiagudos.

— O que vai fazer com o meu corpo e com a cabeça dela? — perguntou David.

— Vou secar a carne do seu corpo e aumentar o meu estoque para o inverno. Já descobri que, apesar de ser possível juntar a cabeça de uma criança com o corpo de um animal, o contrário não funciona. O cérebro animal não é capaz de se ajustar a um novo corpo. A criação fica toda confusa e acaba se tornando uma presa fácil. No início, eu os deixava livres, só por divertimento e nada mais, mas agora nem perco tempo fazendo isso. Ainda restam alguns deles aí pela floresta, os que sobreviveram. São criaturas doentias. Às vezes, eu até mato um ou outro por piedade, quando cruzam o meu caminho.

— Eu estava pensando sobre o que me falou na noite passada — disse David, cautelosamente. — Que todas as crianças sonham com a possibilidade de se transformar em animais.

— E não é verdade? — perguntou a caçadora.

— Acho que sim. Eu sempre quis ser um cavalo.

A caçadora parecia interessada.

— E por que um cavalo?

— Nas histórias que eu lia quando era pequeno, descobri uma criatura chamada centauro. Metade homem e metade cavalo. Em vez de ter o pescoço de um cavalo, tinha o torso de um homem, e assim era capaz de segurar um arco com as mãos. Era bonito e forte, e era o perfeito caçador porque combinava toda a força e a velocidade de um cavalo com a habilidade e a inteligência de um homem. Você era bastante veloz, ontem, mas mesmo assim não se tornava uma só com o cavalo. Quer dizer: o seu cavalo não tropeça, às vezes, ou então faz movimentos inesperados? Meu pai costumava cavalgar quando era menino e me contou que até mesmo o melhor dos cavaleiros pode ser desmontado. Se eu fosse um centauro, então eu seria, ao mesmo tempo, o melhor dos cavalos e dos cavaleiros em um só, e, se eu fosse caçar, ah, com certeza ninguém conseguiria escapar de mim.

A caçadora olhava da raposa para David repetidamente. Virou as costas para o menino e foi para a sua escrivaninha. Pegou um pedaço de papel e uma pena de ave, e começou a desenhar. De onde estava, David viu diagramas, números e as formas de cavalos e de homens, desenhados com todo o esmero de um artista. Ele ficou quietinho, para não perturbá-la. Simplesmente observando com a maior paciência, e, quando olhou para a raposa, viu que ela também a observava. Raposa e menino permaneceram assim, unidos, à espera, até que finalmente o trabalho da caçadora terminou.

Ela se levantou, voltou para as grandes mesas cirúrgicas e, sem dizer qualquer palavra, amarrou novamente a mão de David, para que ele não pudesse se mexer. O menino viveu um momento de pânico. Parecia que seu plano não funcionara e que ela estava prestes a operá-lo, cortando sua cabeça e transplantando-a para o corpo de um animal selvagem, criando um novo ser feito de sangue, pomada e sofrimento. Será que ela o decapitaria com um único golpe de machado ou ficaria cortando e serrando através das cartilagens e dos ossos? Daria a ele algum remédio para fazê-lo dormir, e, assim, antes de fechar os olhos, ele seria uma coisa e ao acordar outra inteiramente diferente? Ou uma parte dela teria prazer ao infligir dor? Sentiu as mãos da mulher sobre ele, amarrando-o. Quis gritar, mas não o fez. Em vez disso, ficou quieto, engolindo seu medo, e sua autodisciplina foi recompensada.

Ao vê-lo amarrado, a caçadora vestiu um casaco com capuz e saiu da casa. Depois de alguns minutos, David ouviu o ruído dos cascos de um cavalo, que foi diminuindo conforme a mulher entrava na floresta, deixando David sozinho com a raposa, dois animais prestes a se transformarem em um só.

David deu uma cochilada e acordou com o barulho da caçadora que retornava. Dessa vez, o som dos cascos do cavalo parecia estar bem próximo. A porta da casa se abriu e a caçadora surgiu, conduzindo sua montaria pelas rédeas. No início, o cavalo relutava em entrar, mas ela murmurou algo baixinho em seu ouvido e ele acabou cedendo. David podia ver como as narinas do animal percebiam os cheiros da casa; notou que seus olhos pareciam temerosos, em pânico até. A mulher o amarrou numa argola que havia na parede e depois se aproximou de David.

—Vou fazer um acordo com você — disse ela. — Fiquei pensando nessa tal criatura, o *centauro*. Você tem razão: um animal assim seria o caçador perfeito. Eu quero me tornar um centauro. Se você me ajudar, dou-lhe a minha palavra de honra que o libertarei.

— Como poderei saber que você não vai me matar assim que se tornar um centauro? — perguntou o menino.

— Eu vou destruir meu arco e minhas flechas e vou desenhar um mapa que o guiará de volta até a estrada. Mesmo se eu me decidisse a perseguir você, como poderia ameaçá-lo sem um arco de caçador? Com o tempo, vou fabricar mais arcos, mas até lá você já estará longe. E, se algum dia, por acaso, passar pela minha floresta de novo, eu lhe darei passagem livre, em reconhecimento por tudo o que fez por mim.

A caçadora inclinou-se, então, e cochichou, bem no ouvido de David:

— Mas... se você não concordar em me ajudar... então, eu vou fundir você com a raposa e garanto que você não viverá nem mais um dia!!! Vou perseguir você por toda essa floresta, até você cair de exaustão, e, quando não puder mais correr, vou esfolá-lo vivo e usá-lo como casaco nos dias frios do inverno. Você pode viver ou morrer. A escolha é sua.

— Eu quero viver — decidiu David.

— Negócio fechado! — exclamou a caçadora. E, dizendo isso, ela alimentou o fogo com o seu arco e suas flechas, e desenhou um mapa detalhado da floresta, mostrando a David o caminho de volta para a estrada. Ele o guardou cuidadosamente dentro da camisa. A caçadora deu-lhe todas as instruções necessárias para o que teria que fazer. Trouxe do estábulo um par de lâminas grossas, pesadas e afiadas como as de uma guilhotina, depois as içou sobre as mesas cirúrgicas usando um sistema de cordas e polias. Ajustou uma das lâminas para que cortasse seu corpo em dois ao cair e depois mostrou a David como devia aplicar a pomada imediatamente, para que ela não sangrasse até a morte, antes que seu torso pudesse ser colado ao corpo do cavalo. Repassou várias vezes com o menino todos os passos do procedimento, até ele os decorar. Depois, a caçadora ficou completamente nua, pegou uma lâmina longa e pesada e, com dois golpes, separou a cabeça do cavalo. Uma quantidade enorme de sangue jorrou, mas David e a caçadora despejaram rapidamente a pomada sobre a carne vermelha e exposta do pescoço do animal, enquanto as feridas chiavam e fumegavam sob a mistura corrosiva. O corpo do cavalo tombou no chão, mas seu coração ainda pulsava, enquanto a cabeça jazia ao lado, os olhos rolando nas órbitas e a língua pendendo da boca.

— Não temos muito tempo — disse a mulher. — Depressa, depressa!

Ela se deitou sobre a mesa, debaixo da lâmina. David tentou não olhar para seu corpo nu, e, em vez disso, concentrou-se nos preparativos para deixar cair a grande guilhotina, como aprendera a fazer. Enquanto verificava as cordas mais uma vez, a caçadora agarrou o seu braço. Na mão direita ela segurava uma faca afiada.

— Se você tentar fugir, ou se me trair, esta faca deixará a minha mão e encontrará seu corpo antes mesmo que você possa se afastar de mim. Entendeu?!?

David balançou a cabeça afirmativamente. Um de seus tornozelos permanecia amarrado à perna da mesa. Não podia correr, mesmo que quisesse. A caçadora afrouxou o braço. Ao seu lado estava uma das jarras de vidro que continham a pomada miraculosa. A tarefa de David era despejar o líquido sobre o corpo ferido da mulher e depois baixá-la da mesa para o chão. Dali, ele a ajudaria a *montar* no cavalo. Assim que os dois ferimentos entrassem em contato, teria que despejar mais pomada, para que caçadora e cavalo se fundissem, criando uma única criatura vivente.

— Então, faça o que tem que ser feito, rápido!

David deu um passo para trás. A corda que segurava a guilhotina no alto estava retesada. Para evitar qualquer acidente, ele devia simplesmente cortá-la com a espada, fazendo com que a lâmina caísse sobre a caçadora e partisse seu corpo ao meio.

— Pronta? — perguntou David.

E colocou a lâmina da espada sobre a corda. A caçadora cerrou os dentes.

— Sim. Faça! Vai! Agora!

David levantou a espada sobre sua cabeça e desceu-a sobre a corda, com toda a força. A corda foi rompida e a lâmina da guilhotina caiu, cortando a caçadora. Ela gritou, agoniada, sacudindo-se sobre a mesa enquanto o sangue jorrava das duas metades do seu corpo.

— A pomada! — gritou. — Aplique depressa!

Mas, em vez disso, David levantou a espada novamente e cortou a mão direita da caçadora. A mão caiu no chão, ainda segurando a faca com firmeza. Finalmente, com um terceiro golpe, David cortou a corda que o mantinha amarrado à mesa. Saltou sobre o corpo do cavalo e correu para a porta, enquanto os gritos de ódio e dor da caçadora ainda inundavam o cômodo. A porta estava trancada, mas a chave se encontrava na fechadura. David tentou girá-la, mas ela nem se mexeu.

Atrás dele, os gritos da caçadora atingiam picos agudos, e, de repente, um cheiro de queimado espalhou-se pela sala. David voltou-se e pôde ver a grande ferida da parte superior do corpo da mulher fumegando e borbulhando, enquanto a pomada cicatrizava as feridas. O braço direito também estava recoberto pela pomada e ela despejava mais da substância no chão, para que escorresse sobre o punho de sua mão decepada, cicatrizando o ferimento. Usando o toco de braço e a força de sua mão esquerda toda besuntada de pomada, a mulher se esforçou para pular da mesa, caindo no chão.

— Volte já aqui! — sibilou. — Ainda não acabamos. Eu vou comer você vivo!

Com a mão esquerda, encostou a direita no toco do braço, depois mergulhou o corte na pomada. Instantaneamente, as duas partes se colaram, e ela levou a faca à boca, segurando-a com os dentes pela lâmina. Começou a se arrastar pelo chão, aproximando-se mais e mais de David. Sua mão já estava segurando a barra da calça do menino quando a chave virou na fechadura e a porta abriu. David libertou a perna das garras da caçadora e correu para fora.

Mas parou, estarrecido.

Ele não estava sozinho.

A clareira diante da casa abrigava uma multidão de criaturas com corpos de crianças e cabeças de animais. Havia raposas e cervos, coelhos e doninhas, e as cabeças dos animais menores se ajustavam mal sobre largos ombros humanos, pois seus pescoços haviam murchado pelo efeito da pomada. Os híbridos se movimentavam desajeitadamente, como se não pudessem controlar os membros. Tremiam e cambaleavam, refletindo confusão e dor nos focinhos. Começaram a se aproximar devagarzinho da casa, exatamente no momento em que a caçadora se arrastava pela porta em direção ao gramado. A faca caiu de sua boca e ela a agarrou com o punho.

— O que estão fazendo aqui, criaturas imbecis? Sumam! Voltem a se esconder nas trevas.

Mas as criaturas não respondiam. Continuavam apenas a se arrastar para a frente, com o olhar fixo na caçadora, que, por sua vez, encarou David. Ela estava apavorada.

— Me leve de volta para dentro — implorou. — Depressa, antes que me peguem. Eu perdoo tudo o que você me fez. Pode ir embora. Mas não me deixe aqui... com *eles*.

David balançou a cabeça negativamente. Afastou-se dela quando uma criatura com corpo de garoto e cabeça de esquilo franziu o nariz para ele.

— Não me abandone! — gritou a mulher. Agora ela estava quase totalmente cercada e, com a sua faca, tentava dar golpes toscos no ar, enquanto os seres que criara faziam um círculo ao seu redor.

— Me ajude! — suplicou a David. — Por favor, me ajude!

Então, os animais se precipitaram sobre ela, rasgando e mordendo, dilacerando e despedaçando, enquanto o menino dava as costas àquela cena sinistra e corria para a floresta.

XVIII

DE ROLANDO

AVID CAMINHOU durante horas a fio pela floresta, tentando fazer o possível para seguir o mapa da caçadora. Trilhas outrora marcadas tinham deixado de existir havia muito, ou talvez nem houvessem realmente existido. Marcos de pedra que haviam sido usados como sinalização durante gerações, agora, no mais das vezes, estavam debaixo da grama crescida, recobertos de limo, ou então haviam sido demolidos por animais de passagem ou viajantes irresponsáveis — o que forçava David a voltar muitas vezes pelos mesmos caminhos já percorridos ou então a ficar cavoucando o solo com sua espada para revelar a sinalização. De vez em quando, ele se perguntava se a caçadora não tinha tido a intenção de enganá-lo com um mapa falso, um estratagema que o deixaria perdido na floresta e o tornaria presa fácil para ela, uma vez que conseguisse se transformar em centauro.

Então, subitamente, vislumbrou através das árvores uma fina linha branca e, momentos mais tarde, já estava parado na beira da floresta, com a estrada à sua frente. Não tinha ideia de onde se encontrava. Mas nem se importava de saber se estava de volta ao lugar onde cruzara com os anões, ou se estava adiantado na direção do leste. Sentia-se muito feliz de estar fora da floresta e de volta à trilha que o levaria ao castelo do rei.

Caminhou até que a luz crepuscular começou a diminuir. Sentou-se, então, numa pedra e comeu um pedaço de pão dormido e um pouco das frutas secas que os anões haviam insistido que levasse. Lavou-se com a água fresca do riachinho que corria ao longo de todo o percurso da estrada.

Ficou matutando sobre o que seu pai e Rose estariam fazendo. Certamente preocupados com sua ausência, àquela altura, mas não tinha ideia do que aconteceria se dessem uma olhada no jardim rebaixado ou mesmo no que havia sobrado do próprio jardim. Lembrou-se do incêndio do bombardeiro abatido iluminando o céu noturno e do medonho rugido dos motores do avião enquanto caía. Devia ter destruído todo o jardim quando o atingira, espalhando tijolos e partes do avião no gramado e até mesmo incendiado as árvores que estavam mais além. Era possível que a fenda pela qual ele passara tivesse se fechado com o desabamento do muro, e, consequentemente, o caminho para voltar ao seu mundo decerto não existia mais. Não havia nenhum modo de seu pai ficar sabendo que ele estava no jardim quando o avião caíra, ou do que acontecera com ele por estar lá naquela hora. Ficou imaginando como homens e mulheres deviam ter remexido no que restara do avião, procurando corpos carbonizados e temendo encontrar um corpo menor do que os outros...

Aquela não fora a primeira vez que David se perguntara se estaria fazendo a coisa certa ao se afastar cada vez mais do portal através do qual penetrara aquele mundo. E se o seu pai, ou qualquer outra pessoa, descobrisse por acaso aquela entrada e viesse procurá-lo, não chegaria ao mesmo lugar? Entretanto, o Lenhador demonstrara total certeza de que a melhor coisa a fazer era viajar para procurar o rei. Mas a verdade era que o Lenhador já era. Ele não conseguira salvar a si próprio dos lobos e não pudera proteger David. O menino estava sozinho.

David deu uma olhada pela estrada. Não podia voltar agora. Os lobos provavelmente ainda estariam à sua espera, e, mesmo que conseguisse descobrir o caminho para o desfiladeiro, teria que encontrar alguma outra ponte. Não havia nada a fazer, senão continuar a andar, esperando que o rei pudesse ajudá-lo. Se o pai viesse procurar por ele, tudo bem. Esperava que o pai fosse esperto o bastante para se virar e se manter a salvo. Resolveu, então, pegar uma pedra achatada na beira do riacho e, usando outra afiada, gravou nela seu nome e uma seta que indicava a direção que seguiria — para o caso do pai, ou de alguma outra pessoa, passar por ali, procurando-o. Escreveu debaixo do nome: "Fui ver o rei." Fez um pequeno monte de pedras ao lado da estrada, parecido com os usados para se marcar trilhas na floresta. E colocou sua mensagem sobre elas. Era a única coisa que podia fazer.

Enquanto arrumava o que restara de seus alimentos, viu uma pessoa se aproximando, montada num cavalo branco. Teve a tentação de se esconder, mas sabia que, se era possível ver o cavaleiro, este também conseguia vê-lo. O vulto se aproximou, e David pôde observar que usava um peitoral prateado decorado com símbolos gêmeos do sol e um elmo prateado na cabeça. Uma espada pendia de um dos lados de sua cinta e, nas costas, trazia um arco e uma aljava cheia de flechas — parecia que essa era a arma predileta naquele mundo. Um escudo que também tinha o emblema dos sóis gêmeos pendia da sela do cavalo. Ao chegar perto de David, o cavaleiro refreou o animal e olhou para o menino. David lembrou-se do Lenhador, porque havia certa semelhança entre o rosto dos dois. E, como o Lenhador, ele parecia ser ao mesmo tempo sério e bondoso.

— E para onde está indo, meu jovem? — perguntou o cavaleiro.

— Estou indo ver o rei — respondeu David.

— O rei? — O cavaleiro não parecia muito impressionado. — Que serventia teria o rei para qualquer pessoa?

— Eu estou tentando voltar para casa. Me contaram que o rei tem um livro no qual talvez eu possa encontrar uma maneira de regressar ao lugar de onde vim.

— E que lugar seria esse?

— A Inglaterra — disse David.

— Acho que nunca ouvi esse nome antes — disse o cavaleiro. — A única coisa que posso deduzir é que deve ser muito longe daqui. Qualquer lugar é longe daqui — acrescentou, como se fosse um pensamento novo.

Moveu-se ligeiramente sobre o cavalo, lançando um olhar ao redor, examinando as árvores, as colinas que havia por detrás delas e a estrada, para trás e para diante.

— Este não é um lugar para um garoto ficar andando sozinho — alertou.

— Eu passei pelo desfiladeiro há dois dias — cortou David. — Havia lobos, e o homem que estava me ajudando, o Lenhador, acabou...

Parou de falar, de repente. Não queria dizer em voz alta o que acontecera com o Lenhador. Lembrou-se novamente do amigo caindo debaixo do peso da alcateia e do rastro de sangue que entrava floresta adentro.

— Você cruzou o desfiladeiro? Me diga uma coisa, foi você que cortou as cordas?

David tentava ler a expressão no rosto do homem. Não queria se meter em nenhuma encrenca e achava que não havia feito nada de mal destruindo a ponte. Ainda assim, não queria mentir, mas algo lhe dizia que, se dissesse a verdade, o cavaleiro o culparia pelo que fizera.

— Eu tive que cortar — informou. — Os lobos vinham me pegar. Eu não tinha outra escolha.

O cavaleiro sorriu.

— Os trolls ficaram bem chateados — disse. — Eles vão ter que reconstruir a ponte o quanto antes, se quiserem continuar com o seu jogo de enigmas, e as harpias farão de tudo para perturbá-los, ah isso farão.

David deu de ombros. Não tinha a menor pena dos trolls. Forçar os viajantes a arriscar a vida por causa de uma charada boba não era uma maneira decente de se comportar. Ele até esperava que as harpias se decidissem a comer alguns trolls no jantar, embora imaginasse que eles não teriam, por certo, um gosto lá muito bom.

— Eu vim do norte, e por isso as suas ações não interferiram nos meus planos — revelou o cavaleiro. — Mas acho que um jovem que consegue irritar os trolls e escapar ao mesmo tempo de harpias e de lobos deve ser uma boa companhia. Vou propor uma troca com você: eu o levo até o rei, se você me acompanhar durante algum tempo. Tenho que completar uma tarefa e preciso de um escudeiro para me ajudar na viagem. É um serviço de apenas alguns dias e, como recompensa, farei tudo para que tenha passagem livre até a corte real.

David pensou que não tinha muita escolha. Sabia que os lobos não o perdoariam pelas mortes que causara lá na ponte. E, naquela altura, certamente já teriam encontrado outra maneira de cruzar o abismo. Provavelmente já estavam no seu rastro. Tivera sorte, lá na ponte. Mas poderia não ser tão afortunado uma segunda vez. Viajando sozinho por aquela estrada estaria sempre à mercê dos que, como aquela caçadora, desejavam lhe fazer mal.

— Eu vou, então, com o senhor — decidiu. — Obrigado.

— Ótimo — disse o cavaleiro. — O meu nome é Rolando.

— E eu sou David. O senhor é um nobre?

— Não, sou apenas um soldado.

Rolando inclinou-se sobre a sela e estendeu a mão para David. Quando o garoto a apertou, foi instantaneamente levantado do solo e colocado sobre a garupa do cavalo.

— Você parece estar cansado, e eu posso deixar um pouco de lado a minha dignidade e partilhar meu cavalo.

Apertou os flancos do animal com os tornozelos, e os dois partiram num trote.

David não estava habituado a cavalgar daquela maneira. Custou para ajustar-se aos movimentos do animal, enquanto seu traseiro pulava sobre a sela com uma regularidade dolorosa. Foi somente quando Scylla — esse era o nome do cavalo — irrompeu num galope, que ele começou a gostar da experiência.

Era quase como se estivesse flutuando pela estrada. Mesmo com o acréscimo de peso do menino no dorso, os cascos de Scylla pareciam devorar o solo sob suas patas. Somente, então, o temor de David em relação aos lobos diminuiu um pouco.

Quando já estavam cavalgando há algum tempo, a paisagem ao redor começou a mudar. A grama estava chamuscada, o solo todo partido e remexido, como se tivesse sofrido grandes explosões. Havia árvores abatidas, troncos afiados em forma de ponta e fincados no solo. Parecia ser um esforço para criar defesas contra algum inimigo. Havia pedaços de armaduras espalhados sobre a terra, escudos amassados, espadas despedaçadas. Tudo levava a crer que estavam contemplando o dia após uma grande batalha, mas não observaram corpos, embora houvesse sangue no chão e as poças de lama que marcavam todo o campo estivessem mais vermelhas do que marrons.

E, no meio daquele inferno, havia algo que não parecia ser dali. Algo tão estranho que fez Scylla parar e cavoucar o solo com um de seus cascos. Até mesmo Rolando olhava para aquilo tudo com um medo indisfarçável. Somente David sabia o que era.

Era um tanque britânico Mark V, remanescente da Grande Guerra. Um grosso canhão ainda podia ser visto na pequena torre do flanco esquerdo, mas não tinha marca alguma. Na realidade, estava tão limpo e lustroso que parecia ter acabado de sair de uma fábrica próxima dali.

— O que é isso? — perguntou Rolando. — Você sabe?

— É um tanque de guerra — respondeu David.

Mas logo percebeu que o que dissera não poderia fazer Rolando entender do que se tratava, e acrescentou:

— É uma máquina, como um carro grande e todo fechado no qual os homens podem viajar. Isto (e apontou para a peça longa) é uma espécie de canhão.

David subiu no tanque usando os rebites como apoio para os pés e as mãos. A portinhola estava aberta. Pôde ver lá dentro o sistema de freios, a embreagem perto do assento do motorista e as peças do grande motor, mas não havia vestígio dos homens que o manobravam. Parecia, na verdade, que ninguém havia usado aquela máquina. Do topo do tanque, David lançou um olhar ao redor, mas não constatou nenhum sinal da sua passagem pelo campo enlameado. Era como se o Mark V houvesse simplesmente aparecido ali, caído de lugar algum.

Desceu dele num pulo, aterrissando no chão encharcado. Instantaneamente, o sangue e a lama sujaram sua calça, o que o fez lembrar que estavam num lugar onde homens haviam sido feridos e provavelmente mortos.

— Tem ideia do que aconteceu aqui? — perguntou a Rolando.

O cavaleiro mexeu-se na sela, ainda perturbado com a presença do tanque de guerra.

— Nenhuma — respondeu. — Pelos sinais, deve ter sido uma espécie de batalha. Recente. Ainda posso sentir o cheiro do sangue no ar, mas onde estão os cadáveres? E, se foram enterrados, onde, então, estão as covas?

Por trás deles ouviu-se uma voz. E ela dizia:

— Estão procurando no lugar errado, viajantes. Não há corpos no campo. Eles estão... em outro lugar.

Rolando virou Scylla, desembainhando a espada e ajudando David a pular novamente para a garupa do animal. Assim que se acomodou, o garoto procurou a sua espada, retirando-a da bainha.

Perto da estrada, ruínas de um velho muro eram tudo o que restava de uma estrutura mais antiga, havia muito desaparecida. Sobre as pedras, estava sentado um velho. Era completamente calvo; na careca exposta, veias grossas e azuis apareciam, como se fossem rios em algum mapa de uma região estéril e fria. Os olhos estavam congestionados de vasos sanguíneos, e as órbitas pareciam grandes demais para eles, o que fazia com que a carne vermelha por baixo da pele ficasse exposta sob cada órbita. O nariz era comprido e os lábios, pálidos e secos. Usava uma roupa marrom, velha, que mais parecia o hábito de um franciscano e que terminava um pouco acima dos tornozelos. Os pés estavam descalços e as unhas dos pés, bem amareladas.

— Quem lutou aqui? — perguntou Rolando.

— Nunca perguntei os seus nomes — disse o velho. — Eles vieram e aqui morreram.

— E por quê? Deviam estar lutando por alguma causa.

— Sem dúvida. Estou certo de que acreditavam que sua causa era justa. Mas *ela*, infelizmente, não acreditava.

O fedor do campo de batalha estava deixando David enjoado, o que reforçava sua impressão de que o velho não falava a verdade. O modo que ele usava para falar "dela", daquela que causara tudo aquilo, e seu jeito de sorrir quando a mencionava, tornava bem claro que os homens que tinham morrido ali realmente haviam sofrido uma morte horrível.

— E quem é "ela"? — perguntou Rolando.

— Ela é a Besta, a criatura que vive debaixo das ruínas de uma torre, lá no fundo da floresta. Ela ficou adormecida durante muito tempo, mas agora está acordada novamente. — E o velho fez um gesto, designando as árvores atrás dele. — Eles eram os homens do rei, que tentavam manter o controle sobre um reino moribundo, e pagaram um preço alto por isso. Montaram acampamento aqui e foram atacados. Bateram em retirada para o refúgio desse bosque aí atrás de mim, arrastando com eles mortos e feridos, e ali ela fez deles o que quis.

David limpou a garganta.

— Como foi que esse tanque veio parar aqui? — perguntou. — Não tem nada a ver...

O velho sorriu, revelando gengivas roxas salpicadas de dentes podres.

— Talvez da mesma maneira como você veio, menino — replicou. — Você também não é daqui.

Rolando fez Scylla rumar para a floresta, para se distanciar do velho. Scylla era um cavalo valente e, depois de apenas um momento de hesitação, obedeceu ao seu senhor.

O cheiro de sangue e podridão aumentou. Diante deles havia um grupo de árvores derrubadas e reduzidas a tocos, e David percebeu que era dali que vinha o fedor. Rolando mandou o menino desmontar e o fez encostar-se numa árvore, mantendo os olhos no velho, que permanecia sobre o pequeno muro, observando-os por cima do ombro.

David percebeu que Rolando não queria que ele visse o que havia atrás dos arbustos, mas o menino não resistiu à tentação de dar uma espiada quando o soldado adentrou, afastando os galhos. Vislumbrou corpos dependurados em árvores, reduzidos a pouco mais que alguns ossos ensanguentados. Teve que desviar o olhar imediatamente.

E olhou o velho, olho no olho. Não tinha ideia de como ele pudera ter vindo tão rápida e silenciosamente daquele seu ponto de observação no muro, mas a verdade era que agora estava ali, tão próximo que o menino podia até sentir o seu bafo, que recendia a frutinhas selvagens. David agarrou sua espada com toda a força, mas o velho nem piscou.

— Você está bem longe de casa, menino — disse ele. Levantando a mão direita, tocou com os dedos um fio solto do cabelo de David. O garoto balançou a cabeça, furioso, e empurrou o velho. Era como se estivesse empurrando um muro. O velho podia ter uma aparência frágil, mas era muito mais forte do que David.

— Você ainda ouve a sua mãe chamando? — quis saber o velho. E colocou a mão esquerda na orelha, como se estivesse tentando ouvir o som de uma voz no ar. — *Da-vid* — cantou, com uma voz aguda. — *Oh, Da-vid...*

— Pare com isso! — ordenou David. — Pare já com isso!

— Ou, então, o quê? — zombou o velho. — Um menininho, longe, bem longe de casa, chorando pela sua mãe morta. O que é que você vai fazer comigo?

— Eu vou machucar você. Vou mesmo — ameaçou David.

O velho cuspiu no chão. A grama chiou onde a cusparada aterrissou. O líquido, então, se expandiu, formando uma poça espumosa sobre o solo.

E, na poça, David viu seu pai, Rose e o bebê Georgie. Todos riam, até Georgie, que estava sendo lançado ao ar pelo pai, como acontecia com ele próprio, outrora.

— Eles nem sentem a sua falta, sabia? — alfinetou o velho, num tom rude. — Eles não sentem nem um pouquinho. Estão contentes por você ter ido embora. Você fazia seu pai sentir-se culpado porque o lembrava de sua mãe, mas agora ele tem uma nova família e, com você fora do caminho, ele não precisa mais se preocupar com você ou com os seus *sentimentos*. Ele já o esqueceu. Da mesma forma como esqueceu a sua mãe.

A imagem na poça de cuspe mudou e David viu o quarto de dormir que o pai partilhava com Rose. Ela e o pai estavam de pé perto da cama, se beijando. Então, enquanto David observava, deitaram-se bem juntinhos. David desviou o olhar. Seu rosto estava ardendo e sentia uma raiva devastadora crescendo dentro dele. Não queria acreditar naquilo, mas a prova estava ali, diante dele, numa poça de cuspe fumegante saída da boca de um velho maligno.

— Está vendo só? — continuou o velho. — Agora você não tem mais motivo algum para voltar.

Deu uma boa risada, e então David o golpeou com a espada. Nem sabia direito o que estava fazendo. Mas estava furioso e arrasado. Nunca se sentira tão traído. Agora até parecia que o controle do seu corpo havia sido assumido por alguma outra pessoa, ou algo que estivesse fora dele, e que ele não tinha mais vontade própria. O braço se ergueu involuntariamente e golpeou o velho, rasgando o roupão marrom e riscando uma linha sangrenta na pele.

O velho se afastou, colocando os dedos na ferida em seu peito. Voltaram vermelhos. O rosto começou a mudar. Distendeu-se, assumindo a forma de uma meia-lua, com o queixo fazendo uma curva tão aguda para cima que quase atingiu a ponta do seu nariz torto. Cachos de cabelo preto e áspero saíam da coluna dorsal. Jogou fora o roupão, e David viu um conjunto verde e dourado, preso por um cinto igualmente dourado e ornamentado, e uma adaga de ouro curva como o corpo de uma cobra. No tecido da roupa havia um corte, bem no lugar onde a espada de David penetrara. Finalmente, um disco achatado e negro apareceu na mão do homem. Ele deu um estalido com ele no ar, e o objeto se transformou num chapéu todo torto, que o homem colocou na cabeça.

— Você — disse David. — Você esteve no meu quarto.

O Homem Torto assoviou, e a adaga em seu colete começou a se mexer e se contorcer como se realmente fosse uma cobra. O rosto do homem parecia desfigurado de dor e fúria.

— Eu passeei pelos seus sonhos — revelou. — Eu sei tudo o que você pensa, tudo o que você sente, tudo o que você teme. Eu sei que criança você é, malcriada, ciumenta, odiosa. E, apesar disso tudo, eu ainda ia ajudar você. Eu ia ajudar você a encontrar sua mãe, mas então você me feriu. Sim, você é mesmo um menino horrível, e como é. Eu até podia fazer você se arrepender, ah se podia, se arrepender tanto que desejaria nunca ter nascido, mas...

Subitamente o tom de sua voz mudou. Tornou-se suave e ponderado, o que aterrorizou David ainda mais.

— Mas não vou fazer isso, porque você ainda precisa de mim. Eu posso levar você até aquela que você procura, e então posso levar os dois para casa. Sou o único que pode fazer isso, pode ter certeza. E, em troca, só vou pedir uma coisinha tão insignificante que você nem vai dar pela falta...

Mas, antes de poder prosseguir, o homem foi perturbado pelo barulho de Rolando, que voltava.

O Homem Torto sacudiu o indicador diante do rosto de David:

—Vamos conversar depois, e quero que mostre um pouco mais de consideração.

Começou a girar como um pião, e seus rodopios tornaram-se tão rápidos e fortes que furaram um buraco na terra e ele desapareceu de vista, deixando somente o roupão marrom para trás. Sua cusparada havia secado no chão, e as imagens do mundo de David não podiam mais ser vistas.

O menino sentiu Rolando se aproximar, e os dois ficaram olhando para o buraco escuro deixado pelo Homem Torto.

— Quem, ou o quê, foi isso? — perguntou Rolando.

— Ele se disfarçou como aquele velho — contou David. — Ele disse que poderia me ajudar a voltar para casa e que era o único que podia fazer isso. Acho que era dele que o Lenhador havia falado. Ele o chamava de malandro.

Rolando viu o sangue que escorria da espada de David.

—Você o feriu?

— Eu fiquei furioso — contou David. — Aconteceu, sem que eu pudesse me controlar.

Rolando pegou a espada das mãos de David, arrancou uma grande folha verde de um arbusto e usou-a para limpar a lâmina.

—Você deve aprender a controlar os seus impulsos — aconselhou. — Uma espada quer ser usada. Ela quer tirar sangue. Foi para isso que foi forjada, e não tem outro objetivo no mundo. Se você não a controlar, então ela controlará você.

E devolveu a espada ao menino.

— Da próxima vez que vir o homem, não o fira somente, mate-o — disse Rolando. — Não importa o que ele diga, não quer fazer bem algum a você.

Caminharam juntos até onde Scylla comia grama.

— O que foi que você viu, lá atrás? — perguntou David.

— A mesma coisa que você viu, acho eu — disse Rolando. Balançou a cabeça, manifestando um leve aborrecimento pelo fato de David ter desobedecido suas ordens. — Quem quer que tenha matado aqueles homens sugou toda a carne de seus ossos e deixou os restos pendendo das árvores. A floresta está repleta de cadáveres a perder de vista. O chão ainda está empapado de sangue, mas, antes de morrer, os homens feriram a "Besta" ou o quer que seja. No chão, há uma substância estranha, negra e podre, e as pontas de algumas de suas lanças e espadas derreteram com ela. Se pode ser ferida, então também poderá ser morta, mas será preciso mais do que um soldado e um menino para fazer isso. É uma coisa que não nos interessa. Vamos prosseguir no nosso caminho.

— Mas... — começou David, mas não sabia direito o que tinha a dizer. Nas histórias, as coisas não aconteciam assim. Soldados e cavaleiros matavam dragões e monstros. Não tinham medo e não fugiam das ameaças de morte.

Rolando já estava montado em Scylla e com a mão estendida, esperando David pegá-la.

— Se tem algo a dizer, então diga, David.

O menino tentava achar as palavras apropriadas. Não queria ofender Rolando.

— Esses homens morreram e aquele que os matou ainda está vivo, mesmo que esteja ferido — concluiu. — Ele vai matar de novo, não vai? Mais pessoas vão morrer.

— Talvez — disse Rolando.

— Então, não há nada a fazer?

— Qual é a sua sugestão? Que cacemos quem fez isso, dispondo apenas de uma espada e meia? Essa vida é cheia de ameaças e perigos, David. Temos de enfrentar aqueles que temos de enfrentar. Há momentos em que temos de escolher agir em nome de um bem maior, mesmo nos arriscando, mas não dispondo de nossas vidas desnecessariamente. Cada um de nós tem somente uma vida para viver e uma vida para dar. Não há glória em se jogar fora a vida quando não há esperança. Agora, venha. A luz do crepúsculo está desaparecendo. Temos de descobrir um lugar que nos sirva de abrigo durante a noite.

David hesitou um momento mais e então pegou a mão de Rolando e foi içado para a sela. Ficou pensando em todos aqueles homens mortos e na espécie de criatura que era capaz de fazer aquilo. O tanque permanecia no meio do campo de batalha, abandonado e estranho. De alguma forma, ele havia descoberto o caminho do seu mundo para este, mas sem contar com uma tripulação e sem ter sido sequer dirigido.

Ao deixá-lo, David lembrou-se das visões que havia tido na poça de cuspe do Homem Torto e das palavras que haviam sido ditas: "*Eles nem sentem a sua falta. Estão contentes por você ter ido embora.*"

Não podia ser verdade, podia? E, no entanto, David vira o jeito do seu pai brincando com Georgie, e como olhara para Rose e segurara a mão dela enquanto caminhavam, e imaginava as coisas que eles faziam juntos quando a porta do quarto se fechava, toda noite. E se, por acaso, descobrisse um jeito de voltar para casa e eles não o quisessem de volta? E se eles realmente estivessem mais felizes sem ele?

Mas o Homem Torto dissera que podia endireitar as coisas, que podia devolver sua mãe e levá-los de volta para casa, em troca apenas de um pequeno favor. E David ficou pensando que favor seria aquele, enquanto Rolando esporeava Scylla, fazendo o animal galopar.

Enquanto isso, lá bem longe, do lado do oeste, fora da vista e do ouvido deles, um coro de uivos triunfantes elevava-se no ar.

Os lobos haviam descoberto outra ponte sobre o abismo.

XIX

DO CONTO DE ROLANDO E DO LOBO ESPIÃO

OLANDO ESTAVA RELUTANTE em parar para descansar durante a noite, ansioso por continuar seu caminho, porém preocupado com os lobos que perseguiam David. Scylla aparentava cansaço, e David estava tão exausto que mal conseguia se segurar na cintura de Rolando. Quando passaram pelas ruínas do que parecia ter sido uma igreja, o soldado consentiu em descansar ali por umas poucas horas. Não autorizou que se acendesse uma fogueira, apesar do frio, mas deu a David um cobertor para que se enrolasse nele e permitiu que bebesse de uma garrafinha prateada que carregava. O líquido queimou a garganta do menino, antes de lhe dar uma sensação de calor. Ele se deitou e ficou olhando para o céu. O campanário da igreja pairava sobre ele, com suas janelas vazias como os olhos de um morto.

— A nova religião — disse Rolando com desprezo. — O rei tentou fazer o povo segui-la quando ainda tinha vontade de agir assim e poder para reforçar tal vontade. Agora que fica modorrando em seu castelo, as capelas estão vazias.

— No que você crê? — perguntou David.

— Eu acredito naqueles que amo e confio. Tudo o mais é tolice. Esse deus é tão vazio quanto a igreja dele. Seus seguidores costumam atribuir toda a boa sorte a ele, mas, quando ele ignora as súplicas ou permite que sofram, tudo o que dizem é que ele está acima do seu entendimento e abandonam-se à sua vontade. Que tipo de deus é esse?

Rolando falava com tal raiva e amargura que David ficou pensando que talvez ele, outrora, houvesse seguido a "nova religião", para voltar as costas a ela somente depois que algo ruim lhe acontecera. Às vezes, ele próprio havia se sentido assim, quando se sentava na igreja, semanas a fio e até meses, depois da morte de sua mãe, ouvindo o padre falar de Deus e do quanto Ele amava Seu povo. Tinha dificuldade em conciliar o Deus do padre àquele que deixara sua mãe morrer lenta e penosamente.

— E quem você ama? — perguntou a Rolando.

Mas o cavaleiro fingiu não ouvir.

— Conte-me sobre sua casa — pediu. — Fale-me de sua família. De qualquer coisa, menos de falsos deuses.

David, então, resolveu contar a Rolando sobre sua mãe e seu pai, sobre o jardim rebaixado, sobre Jonathan Tulvey e seus velhos livros, e sobre como ouvira a voz da mãe e a seguira até aquela terra estranha. E, finalmente, sobre Rose e a chegada de Georgie. Enquanto falava, não conseguia esconder o ressentimento contra Rose e o bebê. Uma coisa que o envergonhava e o tornava mais criança do que pretendia parecer, aos olhos de Rolando.

— Tudo isso é muito difícil, eu compreendo — disse Rolando. — Tanta coisa foi tirada de você. Mas creio que muita coisa também tenha sido dada a você.

Não disse mais nada, temendo que o menino pensasse que queria lhe passar um sermão. Em vez disso, Rolando deitou-se encostado na sela de Scylla e contou a David uma história.

A PRIMEIRA HISTÓRIA DE ROLANDO

Era uma vez um velho rei que prometera dar seu único filho em casamento a uma princesa de um país muito distante. Disse adeus ao filho, confiando-lhe uma taça de ouro que estivera na família durante muitas gerações. Essa taça, contou ele ao filho, era parte do dote que deveria dar à princesa, como símbolo da união entre as duas famílias. Mandou que um servo acompanhasse o príncipe, cuidando de todas as suas necessidades diárias, e assim os dois homens partiram juntos em direção ao país da princesa.

Depois de viajarem durante dias a fio, o servo, que tinha inveja do príncipe, roubou a taça de ouro enquanto ele dormia e vestiu-se com suas melhores roupas. Quando o príncipe acordou, seu servo o fez jurar — ameaçando-o de morte e também a todos aqueles a quem amava — que não diria nada a ninguém sobre o que havia acontecido, e que, no futuro, o serviria em tudo. E assim o príncipe se tornou servo e o servo, príncipe, e dessa forma partiram para o castelo da princesa.

Quando chegaram, o falso príncipe foi tratado com a maior cerimônia e o verdadeiro foi mandado para cuidar dos porcos, pois o falso príncipe disse à princesa que ele era um servo mau e indisciplinado, e indigno de confiança. O pai da princesa mandou o verdadeiro príncipe para o chiqueiro, onde dormiria na lama e sobre palha, enquanto o impostor comeu dos manjares mais finos e descansou sua cabeça no mais macio dos travesseiros.

Mas o rei local, que era um velho sábio, começou a prestar atenção às pessoas que falavam bem do tratador de porcos, de suas maneiras gentis, e de como era bondoso com os animais e com os outros servos com quem trabalhava. Resolveu, então, ir vê-lo e ordenou que contasse alguma coisa sobre si. Mas o verdadeiro príncipe, obrigado pelo juramento, disse ao rei que não poderia obedecer à ordem.

O rei ficou furioso, pois não estava habituado a ser desobedecido. E, então, o verdadeiro príncipe caiu de joelhos e revelou:

— Estou impedido, por um juramento de morte que fiz, de falar a qualquer pessoa a verdade sobre mim. Peço que me perdoe, pois não quero desrespeitar Vossa Majestade, mas a palavra de um homem é o que vale e, sem ela, ele não é melhor do que um animal.

O rei, então, pensou um pouco e depois disse ao verdadeiro príncipe:

— Vejo que o segredo que guardas está te perturbando e talvez te sintas melhor se o falares em voz alta. Por que não o contas diante da lareira apagada, no cômodo dos servos? Então poderás descansar melhor com o que fizeste.

O verdadeiro príncipe fez o que o rei pediu, mas este se escondeu no escuro, por detrás da lareira, e ouviu a história. Naquela noite, o rei deu um grande banquete, pois, no dia seguinte, a princesa se casaria com o impostor, e convidou o verdadeiro príncipe a sentar-se a seu lado como convidado mascarado, e do outro lado acomodou o farsante. E disse a este:

— Quero testar tua sabedoria, se concordas com isso.

O falso príncipe concordou prontamente, e o rei lhe contou a história de um impostor que assumira a identidade de outro homem e assim reivindicara toda a riqueza e os privilégios que eram devidos ao outro. Mas ele era tão arrogante, e tão certo estava de sua posição, que não reconheceu a história como sendo a própria.

— O que farias com semelhante homem? — perguntou o rei.

— Eu o despiria e o colocaria num barril todo forrado de pregos — disse o falso príncipe. — Depois, eu amarraria o barril em quatro cavalos e o arrastaria pelas ruas até que o homem fosse inteiramente despedaçado e morresse.

— Então esse será o teu castigo — disse o rei —, pois foi esse o teu crime.

E o verdadeiro príncipe recuperou sua posição, casou-se com a princesa e viveu feliz dali por diante, enquanto o farsante foi despedaçado dentro de um barril forrado de pregos. Ninguém chorou sua morte e ninguém mais pronunciou seu nome, depois que ele morreu.

Quando a história acabou, Rolando olhou para David.

— O que achou? — perguntou.

David franziu as sobrancelhas.

— Acho que já li algo parecido, uma vez — disse. — Só que a minha história era sobre uma princesa e não um príncipe. Mas o final era o mesmo.

— E você gostou do final?

— Gostava, quando eu era pequeno. Achava que era isso o que um farsante merecia. Eu gostava quando os maus eram castigados e mortos.

— E agora?

— Agora isso me parece cruel.

— Mas ele faria o mesmo com outra pessoa se tivesse poderes para tal.

— Acho que sim, mas não justifica o castigo.

—Você teria sido misericordioso, então?

— Se eu fosse o verdadeiro príncipe, acho que sim.

—Você o perdoaria?

David pensou um pouco.

— Não, ele agiu mal e merecia algum castigo. Eu o faria guardar os porcos e viver da maneira que o verdadeiro príncipe fora forçado a viver, e, se ele machucasse qualquer animal ou outras pessoas, então a mesma coisa seria feita com ele.

Rolando concordou.

— Esse é um castigo apropriado e misericordioso. Agora durma — disse. —Temos lobos cheirando nossos calcanhares, e você deve descansar enquanto pode.

David fez o que ele mandou. Descansando a cabeça na mochila, fechou os olhos e adormeceu imediatamente.

Não sonhou, e acordou somente uma vez antes da falsa aurora que anunciava a chegada do dia. Abriu os olhos e teve a impressão de ouvir Rolando falando baixinho com alguém. Quando se virou para o soldado, viu que ele estava olhando fixamente para um pequeno cofre prateado. Dentro dele, havia o retrato de um homem, mais jovem que Rolando e muito bonito. Era com essa imagem que Rolando sussurrava e, embora David não pudesse entender tudo o que ele dizia, a palavra "amor" fora nitidamente pronunciada, mais de uma vez.

Sem graça, David puxou o cobertor e cobriu a cabeça, tentando esquecer o que ouvira, até que o sono retornasse.

Quando finalmente acordou, Rolando já estava de pé e cuidando dos afazeres. David repartiu com ele sua comida, embora houvesse bem pouco. Depois, lavou-se num riacho e estava para iniciar uma de suas rotineiras contagens quando se controlou, lembrando-se do conselho que lhe dera o Lenhador, e, em vez disso, resolveu limpar sua espada e afiar a lâmina numa pedra. Verificou se o cinturão ainda estava apertado e se a fivela que mantinha a bainha da arma no lugar estava intacta, e pediu ao cavaleiro que lhe ensinasse como selar Scylla e apertar rédeas e freio. Rolando concordou e também lhe ensinou a verificar se, nas pernas do cavalo e nos cascos, não havia sinais de ferimentos ou de algo que o incomodasse.

David tinha vontade de perguntar ao soldado sobre o retrato que guardava no cofrezinho, mas não queria que ele pensasse que o estivera espionando durante a noite. Em vez disso, fez outra pergunta sobre algo que o vinha perturbando desde o momento em que haviam se encontrado e acabou conseguindo também uma resposta indireta para o mistério do homem do cofrezinho. Enquanto o soldado colocava novamente a sela em Scylla, perguntou:

— Rolando, qual é a tarefa que você se impôs?

Rolando apertou as tiras de couro bem firmes em volta da barriga do animal.

— Eu tinha um amigo — disse, sem olhar para David. — Seu nome era Rafael. Ele queria dar provas de sua coragem aos que duvidavam e falavam mal dele. Ouvira dizer que uma feiticeira mantinha uma mulher dormindo num aposento repleto de tesouros, e então fez a promessa de liberar a moça de sua maldição. Saiu do meu país para descobrir essa mulher, mas nunca mais voltou. Era mais do que um irmão para mim. Eu jurei que descobriria o que lhe acontecera e vingaria sua morte, se esse tivesse sido o seu destino. Dizem que o castelo onde está a mulher se move de acordo com os ciclos da lua. Neste momento, está num lugar que dista somente uns dois dias de onde estamos. Depois de descobrir a verdade encerrada dentro de seus muros, eu o levarei para ver o rei.

David montou na garupa de Scylla, e Rolando foi puxando o cavalo pelas rédeas até a estrada, experimentando o solo por onde andavam para que nenhum buraco escondido ferisse sua montaria. David estava se acostumando com o cavalo e com o ritmo de seus movimentos, embora ainda estivesse todo dolorido devido à longa cavalgada do dia anterior. Segurava-se bem na sela. Quando deixaram as ruínas da igreja, a primeira claridade esmaecida da manhã já aparecia no céu.

Entretanto, não partiram sem serem observados. Em uma moita espinhosa, por trás das ruínas, um par de olhos escuros os perseguia. O pelo do lobo era muito escuro e seu rosto tinha mais de homem do que de animal. Era o fruto da união entre um Loup e uma loba, mas tinha a aparência e os instintos da mãe. Era também o maior e o mais feroz de sua espécie, um mutante, grande como um pônei e com mandíbulas capazes de abocanhar o peito de um homem. O espião havia sido enviado pela alcateia para procurar sinais do menino. Sentira seu cheiro na estrada e o seguira até uma casinha escondida no fundo de um bosque. Lá, quase morrera, pois os anões haviam colocado armadilhas em torno da casa: poços profundos, e lá embaixo, estacas pontiagudas, disfarçadas com galhos e tufos de grama. Foram os reflexos de lobo que o impediram de cair e morrer, tornando-o mais cauteloso depois disso. Descobrira o cheiro do menino misturado com o dos anões e, então, o seguira até a estrada novamente, mas perdera o rastro durante algum tempo, até chegar a um riachinho, onde o cheiro forte de um cavalo substituiu o do menino no seu faro. O que informou ao lobo que o garoto não estava mais a pé e que provavelmente não estava sozinho. Ele marcou o lugar com urina, como fizera a cada passo da perseguição, para que a alcateia o pudesse seguir mais facilmente quando viesse.

O espião sabia de uma coisa que Rolando e David não sabiam: a alcateia parara de avançar logo após cruzar o desfiladeiro, pois mais lobos estavam chegando para se reunir à marcha em direção ao castelo do rei. Leroi lhe dera a missão de descobrir o menino. E, se possível, levá-lo de volta para que ele próprio, Leroi, cuidasse de David. Se isso não fosse possível, então deveria matá-lo e voltar somente com um troféu — a cabeça de David — para provar que a tarefa havia sido cumprida. O espião já decidira que a cabeça seria suficiente. Ele comeria o restante do corpo, pois já fazia muito tempo que não provava carne humana fresca.

O híbrido de lobo detectara novamente rastros do menino perto do campo de batalha, juntamente com o fedor de algo desconhecido, que não agradou seu olfato delicado e deixou seus olhos cheios d'água. Faminto, o espião se alimentara dos ossos de um dos soldados, sugando o tutano dentro deles, e agora sua barriga estava maior do que estivera nos últimos meses. Com a energia renovada, seguira o cheiro do cavalo novamente e chegara até as ruínas em tempo de assistir à partida do menino e do cavaleiro.

Com pernas musculosas, o espião era capaz de dar belos saltos, de grande extensão, e o seu corpo pesado já derrubara muitos cavaleiros da sela, jogando-os no chão para que dilacerasse a garganta da vítima com dentes afiados e compridos. Capturar o menino seria ainda mais fácil. Se calculasse bem o salto, poderia pegá-lo com sua mandíbula e despedaçá-lo antes mesmo de o cavaleiro tomar conhecimento do que estava se passando. Então ele fugiria, e, se o cavaleiro decidisse persegui-lo, bem, isso só o levaria direitinho para as mandíbulas da alcateia que o esperava.

O cavaleiro conduzia sua montaria a passo lento, tomando cuidado com os galhos baixos das árvores e com as sarças espinhosas. O lobo o seguia, esperando uma oportunidade para atacá-los. À frente do cavaleiro estava uma árvore caída, e o lobo adivinhou que o cavalo faria uma pausa ali, por um momento, decidindo qual seria a melhor maneira de transpor o obstáculo. O lobo pegaria o menino bem no momento em que o cavalo parasse. Sem fazer barulho, ele se antecipou ao cavalo para escolher a melhor posição para o ataque. Chegou até a árvore caída e descobriu na moita que havia à direita uma placa de pedra elevada, perfeita para o seu propósito. A saliva escorria pelas mandíbulas, pois já sentia o gosto do sangue de David na boca. O cavalo apareceu e o espião se preparou para dar o bote.

Ouviu um som atrás dele; um leve som de metal contra pedra. Voltou-se para ver de onde vinha a ameaça, mas não tão prontamente quanto devia. Viu o brilho de uma lâmina e teve uma sensação de queimação bem no fundo da garganta, tão profunda que não conseguiu nem articular som algum, fosse de dor ou de surpresa. E começou a sufocar com o próprio sangue, as pernas perdendo toda a força enquanto caía sobre a pedra, os olhos iluminados pelo pânico, agonizando. Então, aquele brilho começou a esmaecer, e o corpo do espião foi tomado por espasmos e tremores, até finalmente ficar imóvel.

Na pupila escura, o rosto do Homem Torto se refletia. Com a lâmina de sua adaga, o homem cortou o focinho do lobo e colocou-o numa bolsinha de couro, no cinto. Era mais um troféu para a sua coleção, e a ausência do focinho do animal daria para Leroi e a alcateia uma pausa para refletir, quando achassem os restos do irmão. Saberiam, então, com quem estavam lidando, sim, pois ninguém mais mutilava suas vítimas daquela forma. O menino era dele, e de mais ninguém. Nenhum lobo se alimentaria de seus ossos.

Então, o Homem Torto observou enquanto David e Rolando passavam por ali, e Scylla ficou parada por uns segundos diante da árvore caída, exatamente como o espião previra, transpondo depois o obstáculo com um salto e conduzindo o cavaleiro e o menino para a estrada, mais além. Então, o Homem Torto desceu de seu posto de observação, mergulhando por entre as sarças e os espinhos, e simplesmente desapareceu.

XX

DO POVOADO E DA SEGUNDA HISTÓRIA DE ROLANDO

AVID E ROLANDO não encontraram uma viva alma sequer na estrada, naquela manhã. David ainda estava admirado de que tão pouca gente a utilizasse. Afinal, era uma estrada bem-cuidada, e, sem dúvida, outras pessoas a usavam para ir de um ponto a outro.

— Por que tudo está tão quieto? — perguntou. — Por que não há gente por aqui?

— Os homens e as mulheres têm medo de viajar, pois este lugar se tornou muito estranho — contou Rolando. — Você viu o que restou daqueles homens ontem, e eu já lhe falei da mulher adormecida e da feiticeira que a mantém prisioneira. Sempre houve perigos por estas partes, e a vida aqui nunca foi fácil, mas agora há novas ameaças e ninguém sabe ao certo de onde elas vêm. Nem mesmo o rei tem certeza, se é que as histórias que correm sobre a sua corte são verdadeiras. Dizem que o tempo dele chegou ao fim.

Rolando levantou a mão direita e apontou na direção nordeste.

— Há um povoado por trás daqueles montes, onde passaremos nossa última noite antes de chegarmos ao castelo. Talvez os habitantes locais nos digam mais coisas sobre a mulher e sobre o que aconteceu ao meu companheiro.

Pouco mais de uma hora depois, encontraram um grupo de homens emergindo do bosque. Carregavam coelhos mortos e uma espécie de ratos silvestres amarrados a gravetos. Estavam armados com porretes, e suas espadas curtas, desembainhadas. Ao verem o cavalo se aproximando, levantaram suas armas em advertência.

— Quem são vocês? — perguntou um deles. — Não se aproximem antes de se identificarem.

Rolando freou Scylla enquanto ainda estavam distantes dos porretes daqueles homens.

— Eu sou Rolando e este é meu escudeiro, David. Estamos indo para o povoado, esperando encontrar comida e descanso por lá.

O homem que falara abaixou a espada.

— Descanso até poderão encontrar, mas pouquíssimo alimento.

E levantou um dos animais mortos.

— Os campos e a floresta já estão quase vazios. Isto é tudo o que conseguimos em dois dias de caçada, e ainda perdemos um homem.

— Perderam como? — perguntou Rolando.

— Ele estava vigiando nossa retaguarda. Ouvimos seus gritos, mas, quando chegamos ao local, já tinha sido arrastado.

— Não viram vestígio algum do que aconteceu com ele?

— Nada! A terra estava revolvida no lugar onde ele guardava sentinela, como se alguma criatura tivesse irrompido no subsolo, mas, na superfície, havia apenas sangue e uma sujeira que não parecia de nenhum animal que se conheça. Não foi o primeiro a morrer dessa forma; já perdemos outros, mas nunca vimos o responsável por essas mortes. Agora, só nos aventuramos em grupos, e sempre alertas, pois a maior parte dos nossos acredita que logo, logo essa criatura virá nos atacar até mesmo na nossa cama.

Rolando olhou para trás, na estrada, na direção de onde ele e David vieram.

— Encontramos restos de soldados mortos, há cerca de meio dia de cavalgada daqui — relatou. — Pelas insígnias, parece que eram homens do rei. Mas não tiveram sorte contra essa Besta, e eram homens bem-treinados e bem-armados. Se suas casas não forem altas e bem-fortificadas, será melhor que procurem um lugar seguro até que a ameaça tenha passado.

O homem balançou a cabeça.

— Temos plantações, temos gado. Vivemos onde nossos pais viveram, e também os pais deles. Não abandonaremos tudo que tanto nos esforçamos para construir.

Rolando não disse mais nada, mas David quase podia ouvir o que ele estava pensando: *Então vocês vão morrer.*

David e Rolando seguiram cavalgando junto com o grupo de homens, conversando e partilhando o que restava da bebida alcoólica na garrafinha do soldado. Os homens ficaram muito gratos pela generosidade e em troca confirmaram as mudanças ocorridas no país e a presença de novas criaturas nas florestas e nos bosques, todas hostis e famintas. Falaram também dos lobos, que ultimamente haviam se tornado muito mais agressivos. Os caçadores tinham feito uma armadilha e matado um deles, durante o tempo em que haviam estado na floresta: um Loup, um intruso que vinha de muito longe. Seu pelo era todo branco e ele usava calças feitas de pele de foca. Antes de morrer, contara que tinha vindo do distante norte e que outros viriam para vingar sua morte. Tudo exatamente como o Lenhador contara a David: os lobos queriam apossar-se do reino e estavam reunindo um exército para tomar o poder.

Numa das curvas da estrada, depararam com o povoado. Era todo rodeado por um espaço vazio onde o gado e as ovelhas pastavam. O pasto era cercado por uma muralha de troncos de árvores, em cujo topo havia pontas brancas afiadas, e também por plataformas elevadas que permitiam que os homens observassem todos os que chegavam. Das casas do povoado elevavam-se espirais finas de fumaça. O campanário de uma outra igreja podia ser visto sobre o cimo da muralha. Rolando não pareceu contente ao ver aquilo.

— Aqui, talvez, eles ainda pratiquem a nova religião — disse baixinho a David. — Para ter paz, prefiro não perturbá-los com a minha visão de mundo.

Enquanto se aproximavam do povoado, ouviu-se um grito vindo de dentro das muralhas, e os portões foram abertos para admiti-los. As crianças vieram correndo para dar boas-vindas aos pais, e também as mulheres, para beijarem os filhos e os maridos. Todos olhavam com curiosidade para Rolando e David, mas, antes que alguém pudesse perguntar qualquer coisa, uma mulher começou a gemer e a chorar, pois não conseguia encontrar aquele que procurava entre os caçadores. Era jovem e belíssima e, entre soluços, deixava escapar um nome insistentemente: "Ethan! Ethan!"

O líder dos caçadores, cujo nome era Fletcher, aproximou-se de David e de Rolando. Sua mulher o seguia, grata pelo marido ter voltado são e salvo para casa.

— Ethan era o homem que perdemos — sussurrou ele. — Eles iam se casar. Agora ela nem mesmo terá uma sepultura onde possa ir chorar o morto.

As demais mulheres cercaram a moça que pranteava, tentando consolá-la. Levaram-na até uma das pequenas casas vizinhas e fecharam a porta.

— Venham — disse Fletcher. — Eu tenho um estábulo atrás da minha casa. Podem dormir lá, se quiserem, e esta noite comerão à minha mesa. Depois disso, terei pouco até mesmo para alimentar minha própria família, e por isso terão que seguir viagem.

Rolando e David agradeceram e o acompanharam pelas ruas estreitas até uma cabana de madeira com paredes pintadas de branco. Fletcher levou-os até o estábulo e apontou para o lugar onde poderiam encontrar água, palha fresca e um pouco de aveia velha para Scylla. Rolando retirou a sela do cavalo e certificou-se de que o animal ficaria confortavelmente instalado. Depois, ele e David foram se lavar num cocho. Suas roupas fediam, e, embora Rolando tivesse outras peças de vestuário para trocar, David não tinha nenhuma. Ao perceber a situação, a mulher de Fletcher trouxe para o menino algumas das roupas que seu filho não usava mais, pois ele agora já tinha dezessete anos, uma mulher e um filho. Com uma sensação agradável que há muito não sentia, David foi com Rolando até a casa de Fletcher, onde a mesa estava posta e a família esperava por eles. O filho de Fletcher parecia-se muito com o pai, pois também tinha um cabelo comprido vermelho, embora a barba não fosse tão cerrada e não tivesse o tom cinzento que marcava a do velho. A esposa era pequena e morena, e falava pouco, pois toda a sua atenção estava concentrada no bebê em seu colo. Fletcher tinha duas outras filhas, mais novas do que David, embora não muito, que lançavam olhares tímidos e davam risadinhas.

Assim que Rolando e David se sentaram, Fletcher fechou os olhos, abaixou a cabeça e agradeceu pelo alimento — David notou que Rolando nem fechou os olhos, nem rezou —, antes de convidar todos da mesa para comerem.

Conversaram sobre assuntos do povoado, sobre a caçada e sobre o desaparecimento de Ethan antes de finalmente falarem de Rolando e David, e do propósito de sua viagem.

— Vocês não são os primeiros a passarem por aqui a caminho da Fortaleza de Espinhos — disse Fletcher assim que Rolando lhe contou que esse era o seu objetivo.

— Por que a chama assim? — perguntou Rolando.

— Porque é o que é: está completamente rodeada por trepadeiras espinhosas. Aproximar-se daqueles muros já é suficiente para correr o risco de ser dilacerado. Vocês precisam de mais do que um peitoral de ferro para passar por elas.

— Então, você já viu a tal fortaleza?

— Há uns quinze dias, uma sombra passou pelo nosso povoado. Quando olhamos para cima para ver o que era, o castelo viajou pelos ares, sem ruído e sem parecer apoiado em nada. Eu e alguns dos nossos o seguimos e vimos onde ele desceu, mas não tivemos coragem de chegar perto. É melhor deixar essas coisas para lá.

—Você contou que outras pessoas tentaram encontrá-lo — lembrou Rolando. — O que aconteceu com elas?

— Não voltaram — respondeu Fletcher.

Rolando tirou o pequeno cofre de sua camisa. Abriu-o e mostrou o retrato do jovem a Fletcher.

— Por acaso, esta pessoa era um dos que não voltaram?

Fletcher examinou o retrato.

— Sim, eu me lembro dele — disse. — Deu água ao cavalo e bebeu cerveja na taverna. Partiu antes de a noite cair. Foi a última vez que o vimos.

Rolando, então, fechou o cofrinho, colocando-o novamente perto do coração. Não falou mais nada até terminarem a refeição. Quando tiraram a mesa, Fletcher o convidou a sentar-se perto do fogo, e repartiram um pouco de tabaco.

— Conta uma história, pai — pediu uma das menininhas, que sentara aos pés de Fletcher.

— Sim, pai, por favor! — ecoou a outra.

Fletcher balançou a cabeça. — Não tenho mais nenhuma história pra contar. Vocês já ouviram todas. Mas quem sabe o nosso hóspede tem alguma?

Olhou interrogativamente para Rolando, e os rostinhos das meninas se voltaram para o estranho. O soldado pensou um pouco, depois largou seu cachimbo e começou a falar.

A SEGUNDA HISTÓRIA DE ROLANDO

Era uma vez um cavaleiro chamado Alexandre. Ele era tudo o que um cavaleiro devia ser. Corajoso e forte, leal e discreto, mas também jovem e ansioso de se provar em feitos ousados. O país em que vivia estivera em paz durante muito tempo, e Alexandre tivera poucas oportunidades para ganhar fama no campo de batalha. Mas, um dia, ele disse ao seu senhor e mestre que desejava viajar para terras novas e estrangeiras, para provar que seria realmente digno de figurar entre os maiores cavaleiros. O seu senhor, reconhecendo que o jovem não ficaria contente até que lhe fosse dada licença para partir, o abençoou. E, então, Alexandre preparou seu cavalo e suas armas e partiu, sozinho, à procura do seu destino, sem ao menos ter um escudeiro que cuidasse de suas necessidades.

Nos anos seguintes, ele encontrou todas as aventuras com as quais tanto sonhara. Reuniu-se a um exército de cavaleiros que viajavam a um reino situado no Extremo Oriente, onde investiram contra um grande feiticeiro chamado Abuchnezzar, o qual tinha o poder de transformar homens em poeira somente com o olhar, para que os restos mortais pudessem ser soprados como cinzas nos campos de suas vitórias. Diziam que o feiticeiro não poderia ser morto pelas armas dos homens e que todos os que haviam tentado tinham sucumbido. No entanto, os cavaleiros acreditavam que talvez houvesse ainda um meio de se acabar com tamanha tirania, e eram estimulados pela promessa de grandes recompensas feitas pelo verdadeiro rei daquele país, que vivia escondido.

O feiticeiro se defrontou com os cavaleiros à frente de seu exército de espíritos maus, numa planície despovoada, diante do seu castelo, e lá teve início uma luta feroz e sangrenta. À medida que os companheiros iam caindo nas garras e nas presas daqueles demônios ou eram transformados em cinzas pelo olhar do feiticeiro, Alexandre procurava um meio de penetrar as fileiras do inimigo, escondendo-se sempre por trás do seu escudo e nunca olhando na direção do feiticeiro, até que finalmente se encontrou a uma distância em que podia se fazer ouvir. Chamou Abuchnezzar pelo nome e, quando o feiticeiro voltou seu olhar para ele, o cavaleiro rapidamente girou o escudo para que o lado interno ficasse de frente para seu inimigo. Alexandre passara toda a noite anterior em vigília, polindo o escudo que agora resplandecia, brilhante, sob o sol ardente do meio-dia. Abuchnezzar olhou para o escudo, viu nele seu próprio rosto refletido e instantaneamente transformou-se em pó. Seu exército de espíritos maus desapareceu no ar e nunca mais foi visto naquele reino.

O rei cumpriu sua palavra e despejou ouro e joias sobre Alexandre, oferecendo-lhe, inclusive, a mão da filha em casamento, para que o jovem pudesse tornar-se o herdeiro do trono. Mas Alexandre declinou todas as coisas oferecidas e pediu somente que contassem a seu antigo senhor sobre o grande feito que executara. O rei prometeu que o faria, e assim Alexandre partiu, continuando suas viagens. Matou o mais antigo e mais terrível dragão do Ocidente e fez um manto com sua pele. Usou esse manto para proteger-se contra o calor do mundo subterrâneo, para onde viajou no intuito de resgatar o filho da Rainha Vermelha, que tinha sido abduzido por um demônio. Comunicava cada nova vitória ao antigo senhor, e assim a sua reputação foi aumentando cada vez mais.

Passados dez anos, Alexandre começou a sentir-se extremamente cansado de vagar pelo mundo. Tinha muitas cicatrizes que lembravam suas aventuras e a certeza de que estava agora assegurada a sua fama de ser o maior dos cavaleiros. Decidiu, então, voltar para seu país, empreendendo uma longa viagem de retorno. Mas, numa estrada escura, um bando de ladrões e bandidos o atacou e ele, debilitado pelas inúmeras batalhas, mal pôde lutar e acabou gravemente ferido. Continuou a viagem, mas sentia-se fraco e sofria com isso. No topo de uma colina, vislumbrou um castelo e cavalgou até os seus portões, pedindo ajuda, pois era costumeiro naquelas terras as pessoas cuidarem dos forasteiros necessitados. Um cavaleiro, principalmente, nunca deveria se despedir sem que lhe fosse dado tudo o que estivesse ao alcance de um homem.

Mas Alexandre não recebeu resposta alguma, apesar de haver uma luz brilhando na parte mais alta do castelo. Tornou a gritar, e dessa vez uma voz de mulher disse:

— Eu não posso te ajudar. Tens de ir embora e procurar ajuda noutro lugar.

— Estou ferido — suplicou Alexandre. — Se meus ferimentos não forem tratados, temo morrer.

Mas a mulher respondeu novamente:

— Vá embora. Não posso te ajudar. A um ou dois quilômetros daqui há um povoado e lá poderão cuidar dos teus ferimentos.

Sem outra alternativa, Alexandre afastou o cavalo dos portões do castelo e preparou-se para seguir a estrada que dava na aldeia. Mas, ao fazer isso, perdeu as forças. Caiu do cavalo e ficou estendido no chão frio e duro, e tudo ficou escuro ao seu redor.

Quando acordou, encontrava-se numa grande cama, entre lençóis limpos. O quarto onde estava era enorme, mas recoberto de poeira e teias de aranha, como se há muito não tivesse sido usado. Levantou-se e viu que seus ferimentos haviam sido limpos e tratados. Não conseguiu localizar suas armas nem sua armadura. Ao lado da cama, havia comida e uma jarra de vinho. Bebeu e comeu, depois vestiu um roupão que estava pendurado num gancho na parede. Sentia-se ainda fraco, e tudo doía quando caminhava, mas não corria mais risco de morte. Tentou deixar o aposento, mas encontrou a porta trancada. Ouviu, então, uma voz de mulher, novamente, que dizia:

— Já fiz mais do que podia por ti, porém não permitirei que andes pela minha casa. Há muitos anos que ninguém entra aqui. É o meu domínio. Quando estiveres bastante forte para viajar, então abrirei a porta e deverás partir e nunca mais voltar.

— Quem és tu? — perguntou Alexandre.

— Eu sou a Lady — respondeu. — Faz muito tempo que não tenho outro nome.

— Onde estás? — perguntou Alexandre, pois a voz dela parecia vir de algum lugar que ficava atrás de muitas paredes.

— Eu estou aqui — disse ela.

Naquele momento, o espelho da parede que estava à direita de Alexandre tremeluziu e ficou transparente, e, através dele, pôde distinguir a forma de uma mulher. Estava toda vestida de preto e sentada num grande trono numa sala que, a não ser pelo trono, parecia inteiramente vazia. O rosto estava velado e as mãos, cobertas com luvas de veludo.

— Será que não posso olhar para o rosto daquela que me salvou a vida? — perguntou Alexandre.

— Eu decidi não permitir isso — respondeu a Lady.

Alexandre fez uma reverência, pois se era essa a vontade dela, assim seria feito.

— Onde estão teus servos? — perguntou Alexandre. — Gostaria de ter certeza de que meu cavalo está sendo bem-cuidado.

— Não tenho servos — respondeu. — Eu mesma cuidei do teu cavalo. Ele está bem.

O cavaleiro tinha tantas perguntas a fazer que não sabia por onde começar. Abriu a boca, mas a Lady levantou a mão para silenciá-lo.

— Vou deixar-te agora — disse. — Durma, pois quero que te recuperes depressa e saias deste lugar assim que possível.

O espelho tremeluziu de novo e a imagem da Lady foi substituída pelo próprio reflexo de Alexandre. Como não havia mais nada a fazer, ele voltou para a cama e adormeceu.

Na manhã seguinte, acordou e, ao lado da cama, encontrou pão fresco e uma jarra de leite morno. Não ouvira ninguém entrar no quarto durante a noite. Bebeu um pouco e, enquanto comia o pão, foi até o espelho e ficou olhando para ele. Embora a sua própria imagem não mudasse, Alexandre estava certo de que, por trás do vidro, a Lady o observava.

Mas, como acontecia com muitos dos maiores cavaleiros, ele não era meramente um guerreiro. Tocava tanto o alaúde quanto a lira. Compunha poemas e até mesmo dava suas pinceladas. Amava os livros, pois neles estava registrado o saber de todos os que o haviam antecedido. Assim, quando, à noite, a Lady apareceu novamente no espelho, ele pediu que esses objetos lhe fossem trazidos, para poder passar melhor o tempo que necessitava para recuperar-se dos ferimentos. Quando acordou, na manhã seguinte, foi saudado por uma pilha de livros, um alaúde ligeiramente empoeirado, uma tela, pincéis e tintas. Tocou o instrumento, depois começou a folhear os livros. Havia volumes de história, filosofia, astronomia, ética, poesia e religião. À medida que, nos dias seguintes, ia lendo, a Lady começou a aparecer com mais frequência por detrás do espelho, para interrogá-lo sobre tudo o que lera. Estava claro para ele que, muitas vezes, ela também lera todos os livros e conhecia o conteúdo intimamente. O que foi uma surpresa para Alexandre, pois, no seu próprio país, as mulheres não tinham acesso a tais livros — mas ficou muito grato pela conversa com a Lady. Esta começou, então, a pedir que tocasse o alaúde para ela, o que ele fez, tendo a impressão de que os sons que produzia lhe eram agradáveis.

Dessa forma, os dias transformaram-se em semanas, e a Lady gastava cada vez mais tempo no outro lado do espelho, conversando com Alexandre sobre artes e livros, ouvindo-o tocar e interrogando-o sobre o tema do quadro que ele estava pintando — pois Alexandre recusava-se a lhe mostrar a obra. Obteve a promessa de que ela não olharia o quadro enquanto ele dormia, pois não queria que o visse antes de estar terminado. E, apesar de seus ferimentos já estarem quase curados, parecia que a Lady não queria mais deixá-lo partir. Ele próprio também não queria ir embora, pois estava se apaixonando por aquela mulher estranha e velada, que permanecia atrás do espelho. Falou das batalhas que havia ganhado e da fama que obtivera com suas conquistas. Queria que ela compreendesse que era um cavaleiro importante, digno de uma grande dama.

Dois meses se passaram dessa forma. A Lady veio e sentou-se no seu habitual lugar.

— Por que estás tão triste? — perguntou, pois era evidente que o cavaleiro sentia-se infeliz.

— Não consigo terminar meu quadro.

— Por quê? Não tens pincéis e tintas? Do que mais necessitas?

Alexandre, então, virou a tela que estava voltada para a parede, com o intuito de revelar seu trabalho. Era um retrato dela, mas o rosto estava pintado de branco, pois o artista ainda não o vira.

— Perdoe-me — disse. — Estou apaixonado pela senhora. Nestes meses que passamos juntos, aprendi tanto sobre ti. Nunca encontrei uma mulher

assim e tenho medo de nunca mais encontrar se eu sair daqui. Posso esperar ser correspondido?

A mulher abaixou a cabeça. Parecia prestes a dizer algo, mas então o espelho tremeluziu de novo e ela desapareceu.

Passaram-se alguns dias sem que ela reaparecesse. Alexandre foi deixado sozinho, imaginando se a ofendera pelo que fizera e dissera. Cada noite ele adormecia profundamente e cada manhã aparecia comida; entretanto, a dama não dava o ar da graça.

Depois de cinco dias, ouviu a chave girar na fechadura da porta, e a Lady entrou no quarto. Estava ainda vestida de preto e usando o véu no rosto, mas o cavaleiro sentiu que nela havia algo diferente.

— Tenho pensado sobre o que falaste — disse ela. — Também sinto o mesmo por ti. Mas quero saber a verdade: tu me amas? Me amarás sempre, não importa o que aconteça?

Bem dentro de Alexandre ainda pulsava a impetuosidade da juventude, pois ele respondeu, quase sem pensar:

— Sim, eu a amarei sempre.

Então, a Lady levantou o véu e Alexandre pôde ver seu rosto pela primeira vez. Era o rosto de uma mulher mesclado com a cara de um animal, um selvagem ser da floresta — tinha o focinho de uma pantera ou de uma tigresa. Alexandre abriu a boca para falar, mas não conseguiu, de tão chocado que estava com o que vira.

— Foi minha madrasta que me fez assim — revelou a Lady. — Eu era belíssima e ela invejava minha beleza, então me amaldiçoou dando-me a feição de um animal e dizendo-me que eu nunca seria amada. E eu acreditei nela e me escondi, envergonhada, até que tu vieste.

Ela avançou na direção de Alexandre, as mãos estendidas, os olhos cheios de esperança e amor, misturados a um toque de medo, pois se abrira com ele como nunca antes se abrira com qualquer outro ser humano, e agora seu coração estava exposto, como se diante de uma lâmina afiada.

Mas Alexandre não foi ao seu encontro. Afastou-se e, então, naquele momento, seu destino foi selado.

— Homem tolo! — gritou a Lady. — Criatura desprezível! Tu disseste que me amavas, mas amas somente a ti próprio!

Levantou a cabeça e mostrou seus dentes pontiagudos. As pontas dos dedos de suas luvas se abriram e longas garras emergiram. Rugiu para o cavaleiro e saltou sobre ele, mordendo-o, arranhando-o, rasgando-o com suas garras. Sentiu na boca o gosto morno do sangue, que pingava quente sobre o seu pelo.

Então, ela o dilacerou completamente naquele quarto, chorando enquanto o devorava.

As duas menininhas pareciam chocadas, quando Rolando acabou de contar a história. Ele se levantou, agradeceu a Fletcher e sua família pela refeição e depois fez um sinal a David para que saíssem. Perto da porta, Fletcher colocou gentilmente a mão no braço de Rolando.

— Preciso lhe dizer uma coisa, se me permite — começou. — Nossos anciãos estão preocupados. Acreditam que o povoado está no caminho da Besta da qual falou; certamente ela está próxima.

— Vocês têm armas?

— Temos, mas o senhor viu nossos melhores homens. Somos agricultores e caçadores, não soldados — disse Fletcher.

— Isso talvez seja uma vantagem — refletiu Rolando. — Os soldados não se saíram muito bem contra ela. Vocês podem ter mais sorte.

Fletcher olhou para ele meio intrigado, sem compreender direito se Rolando estava falando sério ou zombando. David também não entendera.

— Está brincando comigo? — reagiu Fletcher.

Rolando colocou a mão sobre o ombro dele.

— Só um pouquinho — disse. — Os soldados encararam a tarefa de destruir a Besta como se ela fosse outro exército. Tiveram que lutar num campo desconhecido, contra um inimigo que não entendiam. Tiveram tempo de construir algumas proteções, pois vimos o que sobrou delas, mas não tiveram força suficiente para mantê-las. Foram forçados a bater em retirada para a floresta e acabaram liquidados. Seja lá como for, essa criatura é muito grande e pesada, pois vi que conseguiu destruir árvores inteiras. Duvido que possa se mover depressa, mas é forte e pode aguentar os ferimentos causados por lanças e espadas. Em campo aberto, os soldados não eram adversários para ela.

"Mas o senhor e seus companheiros estão em posição diferente. Esta é sua terra e vocês a conhecem bem. Devem tratar essa coisa como um lobo ou uma raposa que estivesse atacando os seus animais. Devem atraí-la para um lugar específico, armar uma emboscada e matá-la.

— Está sugerindo que usemos uma isca? Gado, talvez?

Rolando fez um sinal afirmativo.

— Pode funcionar. A Besta está vindo porque gosta de carne, e há pouca entre o lugar onde fez sua última refeição e este povoado. Vocês podem entrincheirar-se aqui, esperando que suas muralhas resistam a ela, ou então planejar destruí-la, mas precisarão sacrificar mais do que algumas cabeças de gado.

— O que quer dizer com isso? — perguntou Fletcher. Ele parecia bastante assustado.

Rolando molhou o dedo numa vasilha de água, depois se ajoelhou e traçou um círculo no pavimento de pedra, deixando uma pequena abertura em vez de completar o desenho.

— Este é o seu povoado. As muralhas foram construídas para repelir um ataque externo. — Desenhou uma porção de flechas apontando para fora, de dentro do círculo. — Mas o que aconteceria se vocês permitissem que o inimigo entrasse e fechassem os portões atrás dele? — Rolando completou o círculo, e dessa vez desenhou flechas que apontavam para dentro. — Então, as suas muralhas se transformam numa armadilha.

Fletcher ficou olhando fixamente para o desenho, que já estava secando sobre a pedra e desaparecendo.

— E... o que faremos quando ela estiver do lado de dentro? — questionou.

— Então, vocês colocarão fogo no povoado e em tudo o que estiver dentro dele. Vocês queimarão a criatura viva.

Naquela noite, enquanto Rolando e David dormiam, uma grande nevasca caiu e todo o povoado foi cercado e coberto pela neve, que continuou a cair durante o dia inteiro, tão espessa que era quase impossível enxergar mais do que poucos metros adiante. Rolando decidiu que eles deveriam continuar no povoado até o tempo melhorar, mas nem ele nem David tinham alimento, e os habitantes mal tinham para eles próprios. Rolando pediu, então, para se encontrar com os anciãos do lugar e passou algum tempo com eles na igreja, pois era lá que costumavam se reunir para discutir assuntos de extrema importância. Ofereceu-lhes ajuda para matar a Besta em troca de abrigo. David ficou sentado no fundo enquanto Rolando falava ao conselho dos anciãos sobre seu plano, que foi debatido vivamente entre os que o aprovavam e os que se opunham. Alguns habitantes não estavam dispostos a sacrificar suas casas incendiando-as, e David realmente não podia julgá-los por isso. Tinham esperança de que as muralhas e as fortificações os salvariam, quando a Besta viesse.

— E se não conseguirem contê-la? — perguntou Rolando. — Hein? Quando vocês perceberem que as suas defesas fracassaram, será tarde demais para fazer qualquer outra coisa além de morrer.

No fim, alguém sugeriu uma solução intermediária. Assim que o tempo clareasse, as mulheres, as crianças e os velhos deixariam a aldeia e procurariam abrigo nas cavernas das montanhas vizinhas. Levariam consigo todos os seus objetos de valor, até mesmo peças de mobiliário, deixando somente os cômodos vazios das casas para trás. Barris de piche e de óleo seriam estocados nas cabanas próximas ao centro da aldeia. Se a Besta atacasse, os defensores, detrás das muralhas, tentariam repeli-la ou matá-la. Se ela passasse por eles e entrasse na aldeia, eles recuariam, conduzindo-a até o centro. Os estopins seriam acesos, e a Besta estaria encurralada e acabaria morta, mas esse seria um último recurso. Os habitantes votaram e todos concordaram que era o melhor plano.

Rolando saiu bastante irritado da igreja. David precisou correr para alcançá-lo.

— Mas por que está tão zangado? — perguntou David. — Eles concordaram com a maior parte do seu plano.

— A maior parte não será suficiente — disse Rolando. — Nós sequer sabemos com o que vamos nos confrontar. O que sabemos é que soldados treinados, com armas do aço mais duro, não conseguiram matar essa coisa. Qual é a esperança que esses agricultores podem ter? Se tivessem me ouvido, a Besta poderia ser derrotada sem nenhuma baixa. Agora, os homens morrerão desnecessariamente por causa de ninharias, por causa de umas choupanas que poderiam ser reconstruídas em algumas semanas.

— Mas é a aldeia deles — observou David. — A escolha é deles.

Rolando diminuiu o passo e depois parou. O cabelo estava branco com a neve que caía, fazendo-o parecer muito mais velho do que era.

— Sim — disse. — É a aldeia deles, mas agora nossa sorte está ligada à deles e, se o plano fracassar, há uma grande probabilidade de morrermos com eles, por culpa nossa.

A neve caía, o fogo crepitava nas cabanas e o vento levava o cheiro de fumaça para as mais sombrias profundezas da floresta.

Na sua toca, a Besta sentiu cheiro de fumaça no ar e começou a se mexer.

XXI

DA CHEGADA DA BESTA

URANTE TODO AQUELE DIA e no dia seguinte, foram feitos os preparativos para a evacuação da aldeia. Mulheres, crianças e idosos reuniram tudo o que conseguiam carregar, e cada carruagem e cada cavalo foram colocados para trabalhar, exceto Scylla, pois Rolando não queria perdê-la de vista. O soldado ficou cavalgando próximo à muralha, tanto do lado de dentro como fora, verificando todos os pontos vulneráveis. E não ficou muito contente com o que viu. A neve ainda caía, enregelando os dedos e congelando os pés. O clima tornava muito mais difícil a tarefa de blindar a aldeia, e os homens resmungavam entre si, perguntando se todos aqueles preparativos seriam realmente necessários e sugerindo que eles estariam muito melhor se pudessem também fugir com as mulheres e as crianças. Até mesmo Rolando parecia ter lá suas dúvidas.

— Precisamos também espalhar lenha e criar defesas farpadas contra essa criatura — foi o que David ouviu Rolando dizer a Fletcher. Não faziam a mínima ideia da direção de onde poderia vir o ataque, e por isso Rolando dava instruções e mais instruções aos defensores sobre prováveis rotas de retirada, no caso de a muralha ser rompida, e sobre as tarefas que teriam de executar assim que a Besta penetrasse o povoado. Não queria que os homens entrassem em pânico e fugissem como cegos, quando ela irrompesse — e tinha certeza de que irromperia —, pois então tudo estaria perdido. Mas não confiava muito na coragem dos homens para permanecerem firmes e se confrontarem com o monstro, se a sorte da batalha se voltasse contra eles.

— Eles não são um bando de covardes — disse Rolando a David enquanto estavam sentados perto do fogo, descansando e bebendo leite de vaca, ainda quente. Em volta deles, alguns homens afiavam pontas de estacas e lâminas de espadas, ou usavam bois e cavalos para arrastar troncos de árvore para dentro do povoado, com o intuito de reforçar as muralhas. A conversação era pouca naquele momento, pois o dia estava terminando e a noite se aproximava. Todo mundo estava tenso e aterrorizado.

— Cada um desses homens daria sua vida pela mulher e pelos filhos — continuou Rolando. — Se fossem desafiados por bandidos, lobos ou animais selvagens, aceitariam a luta e viveriam ou morreriam, fosse qual fosse seu destino. Mas agora é diferente: ignoram ou não entendem o que precisarão enfrentar e não são suficientemente disciplinados ou experientes para lutar como se fossem um exército. Embora todos fiquem unidos, cada qual terá que enfrentar essa coisa à sua própria maneira, sozinho. Estarão unidos até quando a coragem de algum deles fraquejar e ele começar a correr. Então, os outros o seguirão.

— Não acredita muito nas pessoas, não é? — perguntou David.

— Não acredito muito em nada — respondeu Rolando. — Nem mesmo em mim.

Bebeu o resto do seu leite e depois lavou a xícara num balde de água fria.

—Vamos? — pediu. — Temos estacas para afiar e espadas cegas para amolar.

Deu um sorriso meio vago, não correspondido por David.

Haviam decidido reunir a parte principal de sua pequena força perto dos portões, esperando que isso levasse a Besta até eles. Se ela rompesse as defesas, então seria atraída para o centro do povoado, onde a armadilha estaria pronta. Teriam uma oportunidade, uma única oportunidade para dominá-la e matá-la.

Quando já não havia nem mesmo um tiquinho de luar, um comboio de pessoas e animais deixou a aldeia silenciosamente, com uma pequena escolta de homens que iriam verificar se seria possível chegar à segurança das cavernas. Assim que a escolta voltou, sentinelas oficiais foram colocadas sobre as muralhas, revezando-se a cada poucas horas para vigiar todos os que se aproximavam. Ao todo, havia cerca de quarenta homens, além de David. Rolando perguntara ao menino se preferia ir para as cavernas com os outros, mas, embora estivesse com muito medo, o garoto respondera que queria ficar na aldeia. Nem sabia bem por quê. Em parte, sentia-se mais seguro perto de Rolando, a única pessoa em quem confiava naquele lugar, mas a verdade é que também estava curioso. Queria ver a tal da Besta, fosse lá como fosse. Rolando compreendeu, de forma que, quando os aldeões perguntaram por que permitira que David ficasse, respondeu que David era seu escudeiro e que valia para ele tanto quanto seu cavalo ou sua espada. Palavras que fizeram David enrubescer de orgulho.

Resolveram amarrar uma vaca velha na clareira que havia diante dos portões, esperando atrair a Besta. Mas nada aconteceu naquela primeira noite de vigília, nem na segunda, e os homens, muito cansados, começaram a resmungar. A neve continuava a cair, congelante. As sentinelas das muralhas tinham dificuldade em vigiar a floresta por causa da nevasca, e também começaram a reclamar.

— Isso é loucura!

— Essa criatura sente tanto frio quanto nós. Ela não nos atacará com esse tempo.

— Talvez nem exista essa Besta. Quem sabe Ethan foi atacado por um lobo, ou um urso? Temos somente a palavra desse vagabundo, que nos diz que viu os cadáveres dos soldados.

— O ferreiro tem razão. E se tudo isso for uma armação?

Fletcher tentava raciocinar com eles.

— E qual o propósito de uma armação assim? — perguntou. — Ele é um homem sozinho, com um menino. Ele não pode nos matar enquanto dormimos, e nós não temos nada que valha a pena roubar. Se estivesse fazendo isso por comida, bem, temos bem pouca comida por aqui. Tenham confiança, meus amigos, tenham paciência e continuem a vigiar.

As reclamações cessaram, mas os homens ainda sentiam muito frio, estavam aborrecidos e sofriam com a falta das esposas e da família.

David passava todo o tempo com Rolando, dormia ao seu lado durante os períodos de repouso e contornava as muralhas quando chegava o turno dele de montar guarda. Agora que as defesas haviam sido fortificadas da melhor maneira possível, Rolando tinha tempo para conversar e brincar com os aldeões, sacudindo-os quando cochilavam e encorajando-os quando o moral estava baixo. Sabia que aquela era a pior hora para eles, pois ficar de sentinela era, ao mesmo, tempo tedioso e extenuante para os nervos. Vendo-o passar entre eles, e observando a maneira que tinha de supervisionar as defesas da vila, David se perguntava se Rolando seria somente um soldado, como dizia. Parecia mais um líder, um capitão natural; no entanto, estava cavalgando sozinho.

Na segunda noite, sentaram-se à luz de uma grande fogueira, encolhidos em pesados casacos. Rolando dissera a David que poderia escolher dormir numa das cabanas vizinhas, mas nenhum dos outros homens havia feito isso e o menino não queria parecer mais fraco do que realmente era e aceitar a oferta, mesmo que sua recusa significasse ter de dormir ao relento, no frio e exposto. Assim, decidiu ficar perto de Rolando. As chamas iluminavam os traços do soldado e lançavam sombras sobre a pele dele, ressaltando os malares e aprofundando a escuridão nas órbitas dos olhos.

— O que acha que aconteceu com Rafael? — perguntou David.

Rolando não respondeu. Apenas balançou a cabeça.

O menino sabia que seria melhor talvez não dizer mais nada, entretanto, não queria ficar calado. Tinha suas próprias dúvidas e, de alguma forma, sabia que Rolando as partilhava. Não tinham sido aproximados por obra do acaso. Nada, naquele lugar, parecia obedecer meramente às leis do acaso. Havia um propósito único para tudo o que estava acontecendo, um padrão por trás de tudo — mesmo se David somente conseguisse vislumbrar, de passagem, alguns dos seus aspectos.

— Você acha que ele morreu, não é? — perguntou baixinho.

— Sim — respondeu Rolando. — Eu sinto isso no meu coração.

— Mas tem que descobrir o que aconteceu com ele.

— Não terei paz enquanto não fizer isso.

— Mas você pode morrer, também. Se seguir o caminho dele, pode bem terminar como ele. Não tem medo de morrer?

Rolando pegou um graveto e atiçou o fogo, espalhando faíscas na escuridão da noite. Elas sibilaram antes de irem para longe, como insetos que já estavam sendo consumidos pelas chamas mesmo enquanto lutavam para escapar delas.

— Tenho medo de sofrer na morte — disse Rolando. — Já fui ferido antes, e uma vez tão gravemente que chegaram a temer pela minha vida. Posso me lembrar da agonia que senti, e não quero passar por isso novamente. Mas tive mais medo da morte de outras pessoas. Eu não queria perdê-las e me preocupava com elas principalmente enquanto estavam vivas. Às vezes, acho que me preocupava tanto com a possibilidade de perdê-las que realmente não conseguia desfrutar o prazer da sua existência. Isso fazia parte do meu modo de ser, até mesmo com Rafael. E, no entanto, ele era o sangue nas minhas veias, o suor da minha fronte. Sem ele, eu sou menos do que fui outrora.

David olhava fixamente para as chamas. As palavras de Rolando encontravam ressonância nele. Era assim que se sentia em relação à mãe. Durante muito tempo, ficara tão aterrorizado com a ideia de perdê-la, que nunca realmente pudera aproveitar o tempo que passavam juntos, no final da sua vida.

— E você? — perguntou Rolando. — Você é apenas um menino. Mas não é daqui. Não sente medo?

— Sinto. Mas eu ouço a voz da minha mãe. Ela está aqui, em algum lugar. Eu tenho que encontrá-la. Tenho que levá-la de volta.

— David, sua mãe está morta — disse Rolando, gentilmente. — Você me disse isso.

— Então, como ela pode estar aqui? Como eu pude ouvir a voz dela tão claramente?

Mas Rolando não tinha uma resposta para isso, e a frustração de David aumentou.

— Que lugar é este? — perguntou. — É um lugar sem nome. Nem mesmo você sabe me dizer como se chama. Este lugar tem um rei, mas é possível que nem sequer exista. Há coisas aqui que não fazem sentido, aquele tanque de guerra, o avião alemão que me seguiu pelo buraco da árvore, as harpias. Tudo está errado. É apenas...

Sua voz foi diminuindo. As palavras se formavam no cérebro como uma nuvem escura se espessando num dia claro de verão, palavras cheias de calor, fúria e confusão. Uma pergunta estava prestes a se formular, e o menino ficou quase surpreso ao ouvir a própria voz dizer:

— Rolando, você está morto? Estamos todos mortos?

O soldado olhou para ele, através das chamas.

— Eu não sei — respondeu. — Acho que estou tão vivo quanto você. Sinto frio e calor, fome e sede, desejo e arrependimento. Tenho consciência do peso da espada em minha mão, e minha pele conserva as marcas da armadura que uso quando a removo à noite. Posso sentir o gosto do pão e da carne. Posso sentir o cheiro de Scylla em mim, depois de um dia de cavalgada. Se eu estivesse morto, não poderia ter essas sensações, não é?

— Acho que não — concordou David, que não tinha ideia alguma do que os mortos sentiam quando passavam deste mundo para o outro. Como poderia ter? Tudo o que sabia era que a pele de sua mãe estava muito fria quando ele a tocou, e que agora sentia o calor do próprio corpo. Como Rolando, podia sentir cheiros, gostos e toques. Sentia dor e desconforto. Podia sentir o calor do fogo e tinha a certeza de que, se colocasse a mão nele, sua pele ficaria queimada e enrugada.

E, no entanto, o mundo em que estava era uma curiosa mistura de tudo o que era estranho e de tudo o que era familiar, como se o fato de ter podido penetrá-lo houvesse de alguma forma alterado a natureza dessa nova realidade, infeccionando-a com aspectos de sua vida.

— Alguma vez já sonhou com este lugar? — perguntou a Rolando. — Já sonhou alguma vez comigo, ou com alguma coisa daqui?

— Quando eu o encontrei na estrada, você era um estranho para mim e, embora eu soubesse que havia uma aldeia aqui, eu nunca a vira até agora, pois nunca viajei por estas estradas antes. David, este país é tão real quanto você. Não comece a pensar que isto possa ser algum sonho vindo do que há de mais profundo em você. Eu vi o medo nos seus olhos quando falava dos lobos e das criaturas que os conduziam, e eu sei que vão devorar você, se o encontrarem. Senti o cheiro de podridão naqueles homens, no campo de batalha. Logo mais, vamos nos defrontar com seja lá o que for que os matou, e é possível que não sobrevivamos ao encontro. Todas essas coisas são reais. Você sofreu aqui. Você pode suportar a dor, então pode morrer... pode morrer aqui, e então o seu próprio mundo estará perdido para você, para sempre. Nunca se esqueça disso, nunca. Se esquecer, você estará perdido.

Talvez, pensou David.

Talvez.

A terceira noite já ia alta quando explodiu o grito de uma das sentinelas.

— Venham, venham! — berrava o rapaz que observava a estrada principal que dava no povoado. — Eu ouvi alguma coisa e vi um movimento no chão. Tenho certeza de que vi.

Os que estavam dormindo acordaram e juntaram-se a ele. Os que estavam longe dos portões ouviram o grito e se prepararam para a ação, mas Rolando mandou que permanecessem onde estavam. O cavaleiro se aproximou dos portões e começou a subir uma escada que ia dar na plataforma, no topo da muralha. Alguns dos outros homens já esperavam por ele, enquanto os demais permaneciam no chão e olhavam através dos buracos que tinham sido feitos nos troncos de árvores, à altura dos olhos de um homem. As tochas silvavam e estalavam por causa da neve que caía e imediatamente derretia.

— Não estou vendo nada — disse o ferreiro ao jovem vigia. — Você nos acordou à toa.

Ouviram, então, a vaca mugir, inquieta. Ela fora despertada e tentava se libertar das amarras.

— Esperem — disse Rolando. Pegou uma flecha de uma pilha encostada à muralha. Todas tinham na ponta um trapo encharcado de óleo. Aproximou a ponta da flecha de uma das tochas, fazendo-a entrar em combustão. Mirou cuidadosamente e atirou a flecha no lugar onde a sentinela havia percebido movimento. Quatro ou cinco dos outros homens fizeram o mesmo — as flechas pareciam estrelas cadentes atravessando a noite.

Durante um momento não se pôde ver nada a não ser a neve que caía e a sombra das árvores. Depois, algo se mexeu e perceberam um corpo amarelo maciço que emergia de debaixo da terra, cheio de sulcos, como um verme gigante, cada sulco repleto de pelos negros e grossos, o que fazia com que parecesse protegida por um emaranhado de arame farpado cortante. Uma das flechas atingira a criatura, e um cheiro ruim de carne queimada foi sentido, tão medonho que os homens tiveram de tapar o nariz e a boca. Um líquido negro jorrava do ferimento, esguichando com o calor da flecha incendiária. David podia ver flechas e lanças grudadas na pele do monstro, vestígios do confronto anterior, com os soldados. Era impossível dizer qual o comprimento da criatura, mas seu corpo tinha, pelo menos, três metros de diâmetro. Viram a Besta contorcer-se e revirar-se, conforme emergia da terra — então, um focinho medonho foi revelado. Tinha aglomerados de olhos negros como os de uma aranha, alguns menores, outros maiores, e uma bocarra por baixo deles, dotada de fileiras e mais fileiras de dentes afiados. Entre os olhos e a boca, aberturas como narinas tremiam ao farejar os homens do povoado e o sangue quente que corria em suas veias. Tinha dois braços de cada lado das mandíbulas, cada qual terminando numa série de três garras curvas, com as quais podia puxar a presa para encher o bucho. Parecia que não conseguia emitir som algum com a boca, mas um ruído úmido de sucção foi produzido quando começou a se arrastar pelo chão da floresta. E um muco transparente e pegajoso pingava da parte superior do corpo enquanto o monstro se levantava, parecendo uma enorme e horrível lagarta tentando alcançar alguma folha apetitosa. A cabeça, agora, estava a uns seis metros do solo, revelando a parte inferior do corpo e as fileiras duplas de pernas negras e espinhosas com as quais se arrastava pelo chão.

— É mais alta do que as muralhas! — gritou Fletcher. — Nem precisa derrubá-las, ela pode passar por cima.

Rolando não respondeu, apenas mandou que todos os homens acendessem suas flechas e tentassem alvejar a cabeça da Besta. Uma chuva de fogo foi disparada contra a criatura. Algumas flechas erraram o alvo, enquanto outras ricocheteavam contra os pelos grossos e espinhosos de sua pele. Mas muitas a atingiram em cheio. David viu uma delas perfurar um dos olhos da criatura, explodindo-o imediatamente. O fedor de carne assada e queimada aumentava. A Besta sacudiu a cabeça de dor e, então, partiu para cima das muralhas. Agora podiam ver nitidamente o quanto era grande: media uns dez metros, da mandíbula ao final do rabo. Movia-se muito mais rapidamente do que todos haviam calculado, e somente a neve espessa a impedia de andar ainda mais depressa. Logo estaria dentro do povoado.

— Continuem atirando enquanto aguentarem e, quando ela for atraída para as muralhas, fujam! — gritou Rolando, agarrando o braço de David. —Venha comigo. Preciso que me ajude.

Mas David não conseguia se mexer. Estava hipnotizado pelos olhos escuros da Besta, incapaz de abandoná-los. Era como se um fragmento de seus próprios pesadelos houvesse, de alguma maneira, adquirido vida, essa coisa que jazia nas sombras de sua imaginação e que agora, finalmente, tinha uma forma.

— David! — gritou Rolando. Sacudiu o braço do menino, rompendo o encantamento. —Venha, imediatamente. Temos pouco tempo.

Desceram da plataforma, correndo para os portões. Estes consistiam em duas pranchas grossas, trancadas na parte de dentro por meio tronco de árvore que podia ser levantado quando pressionado com força numa das extremidades. Ao alcançarem a tranca, Rolando e David começaram a empurrá-la para baixo com força máxima.

— O que estão fazendo?!? — gritou o ferreiro. —Vocês vão nos levar à morte!

Naquele momento, a enorme cabeça da Besta apareceu sobre o ferreiro, e um de seus membros providos de garras o atacou, agarrando o homem e levantando-o alto no ar, para jogá-lo diretamente nas mandíbulas. David afastou o olhar, incapaz de ficar observando a morte do pobre coitado. Os outros defensores agora estavam usando lanças e espadas. Fletcher, que era maior e mais forte do que os demais, levantou sua espada e tentou decepar um dos braços da Besta com um único golpe, mas ele era grosso e duro como o tronco de uma árvore e a espada mal penetrou a pele. Ainda assim, a dor distraiu o monstro por tempo suficiente para os aldeões começarem a fugir das muralhas, enquanto David e Rolando conseguiam levantar a barreira dos portões.

A Besta tentava transpor a muralha, mas Rolando havia dado instruções aos homens para que introduzissem estacas com ponta em forma de gancho, parecidas com anzóis, pelas seteiras, se ela se aproximasse. As estacas despedaçavam o couro da criatura e ela se contorcia e gemia. Os ganchos conseguiram retardar sua ação, mas ela continuava tentando pular sobre as linhas de defesa, mesmo que isso representasse grandes ferimentos. Então, naquele exato momento, Rolando abriu os portões e apareceu fora das muralhas. Preparou uma flecha e atirou, visando a parte lateral da cabeça da Besta.

— Eeei!!! — gritou Rolando. — Deste lado. Venha!

Sacudiu os braços e depois atirou uma nova flecha. A besta conseguiu se desvencilhar da muralha e desabou no chão, enquanto o líquido que jorrava de seus ferimentos ia manchando de negro a neve. Voltou-se para Rolando arrastando-se através dos portões, tentando agarrá-lo enquanto ele corria bem à sua frente, esticando a cabeça na tentativa de morder os tornozelos do soldado. Ao cruzar o umbral do portão, ela parou, avaliando as ruas tortuosas, os homens que fugiam.

Rolando sacudiu sua tocha e sua espada.

— Aqui! — gritou. — Aqui estou eu!

Disparou outra flecha, que por pouco não atingiu as mandíbulas da criatura — mas ela já não estava mais interessada nele. Suas narinas abriam-se e fechavam-se enquanto abaixava a cabeça, farejando e procurando. Do lado de fora da forja do ferreiro, David, escondido nas sombras, viu seu próprio rosto refletido nas profundezas dos olhos da Besta quando ela o descobriu. As mandíbulas se abriram, escorrendo sangue e saliva, e uma de suas garras afiadas varreu o teto da forja, procurando alcançar o menino. David mal teve tempo de atirar-se para trás e evitar ser agarrado. Ouviu a voz de Rolando, que vinha de longe:

— Corra, David! Você servirá de isca para nós!

O menino se levantou e disparou pelas estreitas ruelas da aldeia. A Besta o seguia, patas para o ar, esmagando paredes e tetos e dando botes com a cabeça para alcançar a pequena figura que corria diante dela. David tropeçou e as garras rasgaram suas roupas nas costas, mas ele conseguiu rolar pelo chão, libertando-se delas e colocando-se de pé novamente. Estava agora a uma pequena distância do centro da aldeia. Na praça da igreja, onde em tempos mais felizes se realizava o mercado de rua, os defensores do povoado haviam aberto valetas para que o óleo pudesse passar e rodear a criatura. David cruzou velozmente o espaço aberto, dirigindo-se para as portas da igreja, enquanto a Besta o seguia de perto. Rolando já estava no portão, fazendo sinais para o garoto se apressar.

Subitamente, a Besta parou. David voltou-se e ficou olhando para ela, olhos nos olhos. Nas casas vizinhas, os homens estavam se preparando para verter o óleo nos canais, mas também pararam o que estavam fazendo para observar a criatura monstruosa que começara a tremer e a sacudir-se. As mandíbulas escancararam-se de forma quase impossível, e ela foi tomada por espasmos, como se estivesse em sofrimento profundo. De repente, tombou sobre o solo, e a barriga começou a inchar. David podia ver algo se mover dentro dela. Algo pressionava a pele da Besta, vindo do seu interior.

Ela. O Homem Torto havia dito que a Besta era fêmea.

— Ela está tendo filhotes! — gritou David, tentando alertar os homens. — Vocês têm que matá-la agora!

Mas era tarde demais. O ventre da Besta abriu-se com um asqueroso som de tecido que se rasgava, e uma ninhada começou a surgir, miniaturas da Besta, cada qual do tamanho de David, com olhos nublados e cegos, mas já famintos e com as mandíbulas escancaradas. Alguns deles abriam caminho mastigando a própria mãe, comendo a carne do ventre enquanto saíam de seu corpo agonizante.

— Despejem o óleo! — gritou Rolando aos outros homens. — Despejem, depois acendam os estopins e corram!

Os monstrinhos já se arrastavam pela praça, com todos os seus malignos instintos de caça e de morte despertos. Rolando empurrou David para dentro da igreja e trancou a porta. Mas algo lá de fora fez pressão para entrar, e a porta tremeu nos batentes.

Rolando pegou David pela mão, levando-o para a torre da igreja. Foram galgando os degraus de pedra até chegarem ao topo, onde estava dependurado o sino, e dali olharam para a praça, lá embaixo.

A Besta seguia deitada de lado, e já não se mexia mais. Se não estava morta, muito em breve estaria. A maior parte dos filhotes continuava a alimentar-se dela, mastigando suas entranhas e roendo seus olhos. Outros se arrastavam pela praça ou procuravam alimento nas choupanas vizinhas. O óleo corria pelos canais abertos, mas os filhotes não pareciam incomodados com isso. Distantes dali, David viu os defensores sobreviventes correndo para os portões da vila, buscando desesperadamente escapar das criaturas.

— Não há fogo! — gritou David. — Eles não acenderam os estopins.

Rolando tirou uma das flechas embebidas de óleo de sua aljava. — Então, nós teremos que fazer esse serviço por eles.

Acendeu a flecha com sua tocha e depois mirou num dos canais cheios de óleo, lá embaixo. A flecha foi lançada e atingiu o riacho negro. Imediatamente, as chamas subiram e o fogo correu por toda a praça, seguindo o traçado que havia sido feito. Os monstrinhos na linha do fogo começaram a queimar, silvando e se contorcendo enquanto morriam. Rolando pegou uma segunda flecha e atirou-a através da janela de uma das choupanas, mas nada aconteceu. Contudo, David já podia ver alguns dos monstrinhos tentando escapar da praça e das chamas. Não podiam permitir que eles voltassem para a floresta.

Rolando fixou uma flecha final no seu arco, aproximou-o do rosto e disparou. Dessa vez, houve uma forte explosão vinda de dentro da choupana, e o telhado foi violentamente lançado para o ar. As labaredas elevaram-se e mais explosões foram ouvidas quando as fileiras de tonéis que Rolando reunira dentro das casas se incendiaram umas após as outras, fazendo chover o combustível líquido sobre a praça e aniquilando tudo o que estava ao seu alcance. Somente Rolando e David se salvaram, pois as labaredas não puderam chegar até a igreja. Eles ficaram ali, com o cheiro das criaturas queimadas e da fumaça acre enchendo o ar, até o silêncio da noite ser perturbado pelos estalos moribundos das chamas e pelo suave murmúrio da neve que derretia com o fogo.

XXII

DO HOMEM TORTO E DA SEMENTE DA DÚVIDA

AVID E ROLANDO deixaram a aldeia no dia seguinte. A neve finalmente parara de cair e, embora uma camada espessa ainda recobrisse a terra, era possível descobrir qual direção tomava a estrada, escondida entre as colinas tomadas de árvores. Mulheres, crianças e velhos já voltavam do esconderijo nas cavernas. David pôde ouvir muito choro e queixas quando os moradores se defrontaram com as ruínas fumegantes dos seus lares, ou então lamentos por aqueles que haviam perdido, além de três soldados que sucumbiram na luta contra a Besta. Outras pessoas haviam se reunido na praça, onde os cavalos e os bois foram atrelados novamente, dessa vez para arrastarem os pedaços queimados da carcaça da Besta e de seus filhotes monstruosos.

Rolando não perguntara a David se ele sabia por que a Besta o escolhera como objeto de perseguição na aldeia, mas o menino percebera o olhar intrigado do cavaleiro para ele, quando se preparavam para partir. Fletcher também vira o que ocorrera, e David, por sua vez, percebeu que ele estava curioso. O menino não sabia como teria respondido se realmente tivesse sido interrogado. Como poderia explicar a sensação de que a Besta lhe era de algum modo familiar, que havia um canto da sua imaginação onde a criatura encontrava morada? O que mais o aterrorizava agora era a sensação de que, de certa forma, ele havia, sim, sido responsável pela criação do monstro. Pesavam também na sua consciência as mortes dos soldados e dos aldeões.

Quando Scylla já estava selada e os restos da comida e um pouco da água fresca já haviam sido recolhidos, os dois atravessaram a aldeia, dirigindo-se aos portões. Poucos aldeões foram desejar-lhes boa viagem. A maioria preferiu voltar as costas ou lançar sobre eles um olhar de ódio, das ruínas da aldeia.

Somente Fletcher parecia realmente pesaroso com a partida.

— Peço desculpas pelo comportamento dos outros — disse. — Eles deveriam demonstrar mais gratidão pelo que vocês fizeram.

— Eles nos culpam pelo que aconteceu com a aldeia — concluiu Rolando. — Por que mostrariam gratidão aos que tiraram o telhado de cima de suas cabeças?

Fletcher pareceu perplexo.

— Alguns dizem que a Besta seguiu vocês e que, antes de mais nada, nunca deveriam ter sido autorizados a entrar na aldeia — disse, olhando furtivamente para David, sem querer fitá-lo. — Outros falaram do menino e de como a Besta o atacou, em vez de atacar você. Dizem que o garoto é amaldiçoado e que estão contentes por se livrarem dos dois.

— Será que estão zangados também com você, por ter nos trazido para cá? — perguntou David, e Fletcher pareceu ter ficado um pouco abalado pela solicitude do menino.

— Se estão, logo esquecerão. Já estamos planejando mandar alguns homens à floresta, para cortar árvores. Vamos reconstruir nossas casas.

O vento salvou a maioria delas do lado sul e do oeste, e repartiremos nosso espaço de moradia com os demais, até que a reconstrução termine. Com o tempo vão acabar percebendo que, não fosse por vocês dois, hoje não haveria mais aldeia alguma, e muitos outros teriam morrido nas mandíbulas da Besta e de seus filhotes.

Fletcher estendeu a Rolando um saco com comida.

— Não posso aceitar — agradeceu Rolando. — Vocês todos vão precisar de comida.

— Com a morte da Besta, os animais ressurgirão e voltaremos a ter caça abundante.

Rolando agradeceu e virou Scylla para o leste.

— Você é um jovem corajoso — disse Fletcher a David. — Eu queria ter algo a mais para lhe dar, mas tudo o que pude encontrar foi isto.

Na mão dele havia algo que parecia ser um gancho enegrecido. Deu o objeto ao garoto. Era pesado e tinha a textura de um osso.

— É uma das garras da Besta — contou Fletcher. — Se alguém, algum dia, duvidar da sua coragem, ou se você a sentir diminuir, pegue isso e lembre-se do que fez aqui.

David agradeceu e guardou a garra na mochila. Então, Rolando esporeou Scylla e os dois se afastaram das ruínas da aldeia.

Cavalgaram em silêncio durante o crepúsculo, naquele mundo cuja aparência estava ainda mais espectral por causa da neve. Tudo parecia brilhar com um tom azulado, e a terra parecia, ao mesmo tempo, mais brilhante e mais estranha. Fazia muito frio, e eles soltavam fumaça ao respirar. David sentia os pelos das narinas congelarem, e a umidade da respiração formava cristais de gelo nos cílios. Rolando cavalgava devagar, cuidando para que Scylla ficasse distante das valas e das elevações, temendo que ela pudesse se machucar.

— Rolando — chamou David finalmente. — Há uma coisa que está me perturbando. Você me disse que era apenas um cavaleiro, um soldado, mas eu acho que isso não é toda a verdade.

— Por que está dizendo isso?

— Eu vi como dava ordens aos aldeões e como eles o obedeciam, mesmo os que não pareciam gostar muito de você. Eu vi sua armadura e sua espada. Eu pensava que os enfeites delas eram apenas de bronze ou de metal polido, mas, quando olhei melhor, vi que eram de ouro maciço. O símbolo do sol do seu peitoral e do seu escudo também é feito de ouro, e também há ouro no seu alforje e no punho de sua espada. Como explica isso, se é apenas um soldado?

Rolando demorou um pouco para responder, mas depois disse:

— Em outros tempos, fui, de fato, mais do que um soldado. Meu pai era um nobre, tinha uma grande propriedade, e eu era o primogênito e herdeiro. Mas ele não aprovava meu modo de vida. Discutimos e, num acesso de ira, ele me baniu da sua presença e das suas terras. Pouco tempo depois da nossa briga, iniciei a minha busca pelo paradeiro de Rafael.

David queria perguntar mais coisas, contudo, percebeu que o que havia entre Rolando e Rafael era um assunto particular e muito pessoal. Seria mal-educado querer saber mais e Rolando ficaria magoado.

— E você? — perguntou Rolando. — Conte mais sobre você e sua casa.

E foi o que David fez. Tentou explicar a Rolando algumas das maravilhas do seu próprio mundo. Falou dos aviões e do rádio, do cinema e dos carros. Falou da guerra, da conquista das nações e do bombardeio de cidades. Se Rolando ficou pensando que algumas dessas coisas eram extraordinárias, não demonstrou. Seguiu ouvindo como um adulto ouve as histórias fabricadas pelas crianças, impressionado por uma mente tão jovem conseguir criar tais fantasias, mas relutante em partilhar a crença que o criador tem nelas. Parecia mais interessado no que o Lenhador dissera a David sobre o rei e sobre o livro que continha os seus segredos.

— Eu também ouvi dizer que o rei sabe muito sobre livros e histórias — disse Rolando. — O reino pode estar caindo aos pedaços ao seu redor, mas ele sempre encontra tempo para falar de histórias. Talvez o Lenhador tivesse razão de encaminhar você a ele.

— Se o rei é fraco como você mesmo diz, então, o que vai acontecer com o reino quando ele morrer? — perguntou David. — Ele tem um filho ou uma filha para sucedê-lo?

— O rei não tem filhos. Ele vem governando há muito tempo, desde antes do meu nascimento, mas nunca se casou.

— E antes dele? — perguntou David, que sempre tivera interesse por reis e rainhas, reinos e nobres. — O pai dele foi rei?

Rolando esforçava-se para lembrar.

— Houve uma rainha antes dele, eu acho. Era muito, mas muito velha mesmo e anunciou que um jovem, que nunca ninguém vira até então, mas que chegaria logo, reinaria em seu lugar. Foi isso o que aconteceu, segundo dizem os que viviam na época. Logo após sua chegada, o jovem tornou-se rei e a rainha foi dormir no aposento real e nunca mais acordou. Dizem que ela parecia quase... *grata* por morrer.

Chegaram a um riacho que estava congelado por causa da baixa temperatura e ali decidiram descansar um pouco. Rolando usou a lâmina da espada e quebrou o gelo para que Scylla pudesse beber água. Enquanto Rolando comia, David ficou vagando por perto, ao longo do riacho. Não estava com fome. A mulher de Fletcher havia lhe dado, naquela manhã, grandes fatias de pão feito em casa e presunto, e ele ainda estava de barriga cheia. Sentou-se numa rocha e cavou a neve, procurando pedras para atirar no gelo. A neve estava alta, e logo o seu braço ficou enterrado nela. Os dedos tocaram alguns pedregulhos...

E, de repente, uma mão surgiu da neve, ao seu lado, e o agarrou logo acima do tornozelo. Era pálida e magra, com unhas denteadas e, com uma força enorme, puxou o menino da rocha, arrastando-o para dentro da neve. David abriu a boca para gritar por socorro, mas uma segunda mão apareceu e tapou-a. Foi arrastado para baixo, e a neve tombou sobre ele, de modo que não deixasse que visse mais as árvores nem o céu.

As mãos o seguravam com firmeza, não havia como escapar. Sentiu o chão duro nas costas e foi tomado por uma terrível sensação de sufocamento. Então, a terra também caiu sobre ele, que deu por si num buraco sujo e cheio de pedras. As mãos o libertaram, por fim, e uma luz brilhou na escuridão. Raízes fininhas de árvores pendiam, acariciando gentilmente o seu rosto, e David viu três túneis, cujas saídas convergiam para o lugar onde estava. Em um canto havia ossos amarelados, pois a carne que os recobria há muito tinha sido consumida ou apodrecido. Havia vermes, besouros e aranhas correndo, lutando e morrendo na terra fria e úmida.

E lá estava o Homem Torto, agachado num canto, e uma daquelas mãos pálidas que haviam arrastado David para baixo agora segurava uma lamparina, enquanto a outra agarrava um grande besouro negro. David observava o Homem Torto colocar o inseto esperneante na boca, a cabeça primeiro, e depois mordê-lo ao meio. Mastigava, observando David todo o tempo. A metade inferior do besouro ficou se mexendo alguns segundos e depois morreu de vez. O Homem Torto o ofereceu a David, que podia ver parte das suas entranhas. Eram brancas. Sentiu vontade de vomitar.

— Socorro! — gritou. — Rolando, por favor, me ajude!

Mas não houve resposta alguma. Em vez disso, as vibrações de seus gritos apenas provocaram a queda de torrões de terra do teto do buraco na sua cabeça e boca. David cuspiu a terra e preparou-se para gritar novamente.

— Eu não faria isso — disse o Homem Torto, cavoucando os dentes e tirando uma comprida perna negra do besouro que ficara presa às suas gengivas.

— O chão aqui não é estável e, com toda a neve aí em cima, nem quero pensar o que aconteceria se ele desabasse em cima da gente. Você morreria, acho, e não de uma forma muito agradável.

David fechou a boca. Não queria ser enterrado vivo ali, com todos aqueles insetos e vermes, e com o Homem Torto, que se dedicava agora à metade inferior do besouro, removendo sua couraça para expor completamente os intestinos.

— Tem certeza de que não quer um pouco? — perguntou. — São muito bons, crocantes na parte de fora e moles por dentro. Às vezes, até acho que não quero a parte crocante, prefiro as moles.

Levantou o corpo do inseto até a boca, sugou a parte interna e depois atirou a carcaça num canto.

— Achei que você e eu precisávamos ter uma conversa — disse — sem o risco do seu... hum... "amigo" querer nos interromper. Acho que você ainda não compreendeu bem a natureza da complicação em que se meteu. Parece que ainda pensa que, aliando-se com qualquer estranho que passa, isso vai ajudar, mas não vai. Você sabe, não é... só está vivo até agora por minha causa, e não por causa de algum lenhador ignorante ou de um cavaleiro desonrado.

David não podia suportar ouvi-lo falar mal dos homens que o haviam ajudado.

— O Lenhador não é nenhum ignorante — retrucou. — E Rolando se desentendeu com o pai dele. Isso não é desonra para ninguém.

O Homem Torto deu uma risadinha desagradável.

— Foi isso o que ele contou, é?... Hum... Já viu o retrato que ele guarda num cofrinho? Rafael... não é esse o nome daquele que ele procura? Que nome mais bonito para um jovem. Eles eram íntimos, você sabe. Oh, sim *muuuito* íntimos.

David não entendia muito bem o que o Homem Torto insinuava, mas a maneira como ele falava o fez sentir-se sujo e aviltado.

— Talvez ele quisesse fazer de *você* o novo melhor amigo — continuou o Homem Torto. — Sabe de uma coisa? Quando você está dormindo, à noite, ele fica admirando você. Ele acha você bonito. Ele quer se aproximar de você, bem, bem próximo...

— Não fale assim dele! — advertiu David. — Não ouse falar assim.

O Homem Torto deu um pulo lá do seu canto, como se fosse um sapo, e caiu bem diante de David. Sua mão ossuda agarrou com força o rosto do garoto, enterrando as unhas na pele dele.

— Não me diga o que eu tenho que fazer, *criança* — irritou-se. — Se eu quisesse, poderia arrancar a sua cabeça e usá-la como enfeite na mesa de jantar. Eu poderia abrir um buraco na sua caveira e colocar uma vela dentro, depois de me fartar com o que quer que tenha dentro... o que não deve ser nada especial, creio. Você não é um rapaz muito inteligente, é? Você penetra um mundo que não entende, atrás da voz de alguém que sabe que está morto. Você não consegue achar seu caminho de volta e insulta a única pessoa que pode ajudá-lo... ou seja, eu. Você é um garoto muito mal-educado, ingrato e ignorante.

Com um estalar de dedos, o Homem Torto produziu uma agulha afiada e longa, na qual estava enfiada uma linha grossa e rudimentar, feita do que pareciam ser pernas emendadas de besouros mortos.

— Agora, por que não modera seus modos antes de me forçar a costurar seus lábios?

Soltou o rosto de David e deu um tapinha gentil na bochecha do garoto.

— Deixe eu lhe dar uma prova de minhas boas intenções — sussurrou. Procurou dentro da bolsinha de couro acima do seu cinto e tirou o focinho que decepara do lobo espião. Ficou brincando com ele diante de David.

— Ele estava seguindo você e o descobriu quando você saiu daquela igreja na floresta. Ele teria matado você se eu não interviesse. E os outros lobos o seguiam, e por todos os cantos. Eles todos estão no seu rastro e são cada vez mais numerosos. Um número cada vez maior deles vem sofrendo a mutação. E isso não pode ser interrompido. A era dos loups está chegando. Até o rei sabe disso e não tem força para barrar o domínio deles. Será melhor para você voltar para o seu próprio mundo antes que o descubram novamente, e eu posso ajudar nisso. Se você me contar o que eu quero saber, antes do cair da noite estará a salvo na sua cama novamente. Tudo vai ficar bem na sua casa e os seus problemas serão resolvidos. Seu pai vai voltar a amar você mais do que ninguém; você será o número um. Posso lhe garantir tudo isso se responder a apenas uma pergunta.

David estava decidido a não fazer acordo com o Homem Torto. Não tinha confiança alguma nele, e sim a certeza de que ele estava escondendo muita coisa. Qualquer negócio que fizesse com aquele sujeito teria alguma nefasta implicação ou um custo elevado. No entanto, David sabia que muito do que ele dizia era verdade: os lobos estavam vindo e não sossegariam antes de descobri-lo. Rolando não poderia matar todos eles. Além disso, havia a Besta: por mais terrível que tivesse sido, era somente um dos monstros que aquela terra parecia esconder. Haveria outros iguais a ela, ou talvez piores até do que os Loups e a Besta. Estivesse onde estivesse, naquele mundo ou em outro, a mãe de David agora parecia completamente fora de alcance. Ele não conseguia encontrá-la. Fora suficientemente tolo para pensar que poderia, pois desejava tanto que aquilo fosse verdade... Queria que ela estivesse viva novamente. Sentia demais a falta dela. Às vezes, ele a esquecia, mas logo depois a saudade vinha ainda mais intensa, assim como o desejo de vingança. A resposta para a sua solidão, porém, não estava naquele lugar. Era tempo de voltar para casa.

E, assim, David perguntou:

— O que você quer saber?

O Homem Torto inclinou-se para ele e sussurrou:

— Eu quero que você me diga qual é o nome daquela criança que mora na sua casa. Quero que me conte qual é o nome do seu meio-irmão.

O medo de David foi substituído pelo estupor.

— Mas por quê?!? — exclamou.

Se o Homem Torto era mesmo aquele vulto que avistara em seu quarto, não teria estado também em outras partes da casa? David se lembrou de como despertara um dia com a sensação desagradável de que algo ou alguém tocara seu rosto enquanto dormia. Um cheiro estranho pairava, às vezes, no quarto de Georgie (ainda mais estranho do que o cheiro habitual do bebê). Teria sido um sinal da presença do Homem Torto? Seria possível que ele não tivesse ouvido o nome de Georgie pronunciado nem uma vez, durante suas incursões pela casa? E por que era tão importante para ele saber esse nome?

— Eu quero ouvir da sua boca — pediu o Homem Torto. — É uma coisa tão insignificante, um favor, um favorzinho só. Diga para mim e tudo isso acabará.

David engoliu em seco. Desejava tanto voltar para casa. Tudo o que tinha a fazer era dizer o nome de Georgie. Que mal haveria nisso? Abriu a boca para falar, mas o nome que foi ouvido a seguir não foi o do bebê, mas o seu próprio.

— David! Onde você está?

Era Rolando. David ouviu o som de alguém cavando a terra, lá de cima. O Homem Torto deu um assobio, expressando seu aborrecimento pela intrusão.

— Depressa! — disse a David. — O nome! Diga o nome para mim!

Um pouco de terra suja caiu sobre a cabeça do garoto, e uma aranha correu pelo seu rosto.

— Diga agora!!! — gritou o Homem Torto, enquanto o teto de terra desabava sobre a cabeça de David, cegando-o e enterrando-o. Antes de sua vista escurecer de vez, viu o Homem Torto precipitando-se para um dos túneis e fugindo. David tinha terra na boca e no nariz. Tentava respirar, mas sua garganta estava cerrada. Estava se afogando na terra.

Nesse momento, sentiu que mãos fortes agarravam seus ombros, puxando-o do buraco para o ar fresco e limpo. Sua vista clareou, mas ele ainda estava engasgado com terra e insetos. As mãos de Rolando bateram em suas costas, forçando a saída de toda aquela sujeira da sua garganta. David pôs pó, sangue, bile e coisas que se arrastavam para fora, mas suas vias respiratórias se limparam. Depois, ficou deitado de lado na neve. As lágrimas congelavam-se nas bochechas e os dentes batiam.

Rolando ajoelhou-se ao seu lado.

— David — chamou. — Fale comigo. Diga o que aconteceu.

Diga agora. Diga agora.

Rolando tocou com a mão o rosto de David e o menino recuou. Reação que foi notada por Rolando, pois, no mesmo instante, ele retirou a mão e afastou-a do garoto.

— Eu quero ir para casa — sussurrou David. — É isso. Eu só quero voltar para casa.

Encolheu-se todo sobre a neve e chorou até não ter mais lágrimas para derramar.

XXIII

DA MARCHA DOS LOBOS

AVID ESTAVA MONTADO EM Scylla. Rolando não cavalgava, contudo, mais uma vez, conduzia o cavalo pelas rédeas. Havia uma tensão não expressa entre eles e, embora o menino conseguisse reconhecer em Rolando tanto o sofrimento em si quanto a origem, não conseguia descobrir um modo de ligar as duas coisas e pedir desculpas. O que o Homem Torto dissera sobre o relacionamento entre Rolando e o desaparecido Rafael devia ser verdade. Mas David não estava convicto de que agora Rolando manifestava um sentimento semelhante em relação a ele próprio. No fundo, tinha certeza de que essa parte não era verdadeira. Rolando não demonstrara para com ele senão bondade, e, se tivesse havido algum motivo diferente para suas ações, isso teria vindo à tona havia muito. O menino lamentava ter se encolhido e recusado o toque de solicitude do soldado, mas admitir isso seria forçá-lo a reconhecer que, ainda que por um breve momento, as palavras do Homem Torto haviam atingido seu propósito.

David levara muito tempo para se recuperar do desabamento. A garganta doía quando falava, e ainda sentia gosto de terra na boca mesmo após tê-la lavado com a água gelada do riacho. Somente depois de cavalgar em silêncio durante bastante tempo, conseguiu ter forças para contar a Rolando o que acontecera debaixo da terra.

— E foi só isso mesmo que ele lhe pediu? — perguntou Rolando, depois de David relatar quase tudo que o Homem Torto dissera. — Ele só queria que você contasse para ele qual é o nome do seu meio-irmão?

David fez um sinal afirmativo.

— Ele me disse que eu poderia voltar para casa, se fizesse isso.

— Você acredita nele?

David pensou um pouco.

— Acredito — respondeu. — Acho que ele poderia me mostrar o caminho se quisesse.

— Então você deve decidir sozinho o que fazer. Lembre-se, porém, de que nada nessa vida é de graça. Os aldeões aprenderam essa lição, quando tiveram que juntar os restos de suas casas. Devemos pagar um preço por tudo, e é uma boa ideia descobrir qual é o preço antes de fazer qualquer acordo. O seu amigo, o Lenhador, chamou esse cara de malandro mentiroso e, se ele é isso, então nada do que diz é digno de confiança. Tenha cuidado, se fizer um acordo com ele, e ouça atentamente suas palavras, pois ele dirá menos do que sabe e esconderá mais do que revela.

Rolando não retribuía o olhar de David ao falar, e essas foram as últimas palavras que trocaram, durante muitas léguas. Quando pararam para descansar, já de noite, sentaram-se em lados opostos da pequena fogueira que o soldado fizera e comeram em silêncio. Rolando tinha tirado a sela de Scylla e colocado contra uma árvore, afastada do lugar onde depositara o cobertor de David.

— Pode descansar sossegado — avisou. — Eu não estou cansado e vou ficar vigiando a floresta enquanto você dorme.

David agradeceu. Deitou-se e fechou os olhos, mas não conseguia dormir. Pensava nos lobos e nos Loups, no pai, em Rose e em Georgie, em sua mãe morta e no acordo que o Homem Torto propusera. Queria deixar logo aquele lugar. Se tudo o que tinha a fazer era dizer o nome de Georgie para o Homem Torto, então talvez devesse fazê-lo. Mas o Homem Torto não voltaria, agora que Rolando estava de sentinela, e David começou a sentir que aumentava a raiva pelo companheiro de viagem. O soldado o estava usando: sua promessa de proteção e guia até o castelo do rei exigia um preço muito caro. David estava sendo arrastado numa busca por um homem que nunca conhecera, um homem pelo qual apenas Rolando nutria sentimentos e que, dando crédito ao Homem Torto, não eram sentimentos naturais. Havia nomes para designar homens como Rolando lá na terra de onde vinha. Eram os nomes mais ofensivos que havia, para um homem. Fora sempre advertido a afastar-se de tais pessoas e agora ali estava ele, companheiro de um desses homens, num país estrangeiro. Bem, logo mais seus caminhos se separariam. Rolando calculava que poderiam chegar ao castelo no dia seguinte, e lá, finalmente, ficariam conhecendo a verdade sobre o paradeiro de Rafael. Depois disso, ele o levaria até o rei, e então a parceria terminaria.

Enquanto David dormia e Rolando se entregava às lembranças, o homem chamado Fletcher se ajoelhava nas muralhas de sua aldeia, com o arco em punho e uma aljava de flechas ao lado. Outros homens se agachavam perto dele, rostos iluminados por tochas, exatamente como haviam se posicionado quando se preparavam para enfrentar a Besta. Vigiavam a floresta que se estendia adiante, pois, mesmo na escuridão, tinham certeza de que ela não estava mais vazia e tranquila. Havia vultos movimentando-se por entre as árvores, milhares e milhares deles.

Andavam de quatro, eram cinzentos, brancos e negros, mas entre eles estavam também os que andavam sobre duas pernas, vestidos como homens, mas cujos focinhos traziam traços dos animais que haviam sido.

Fletcher ficou arrepiado. Este, então, era o exército de lobos de que ouvira falar. Nunca antes vira tantos animais se movendo como se fossem um só, nem mesmo quando costumava observar os céus, no fim do verão, para testemunhar a migração das aves. Contudo, esses de agora eram mais do que animais. Movimentavam-se com um propósito que excedia o mero desejo de caçar ou de acasalamento. Com os Loups liderando-os para impor disciplina e planejar a campanha, o grupo representava uma fusão de tudo o que havia de mais aterrorizante nos homens e nos lobos. As forças do rei não seriam suficientes para derrotá-los no campo de batalha.

Um dos Loups emergiu da alcateia e posicionou-se no limite da floresta, olhando para os homens agachados por detrás das linhas de defesa do pequeno povoado. Estava mais bem-vestido do que os outros, e, mesmo daquela distância, Fletcher podia ver que parecia mais humano do que os demais, muito embora não pudesse ser tomado por um homem.

Leroi: o lobo que seria rei.

Durante a longa espera pela Besta, Rolando partilhara com Fletcher o que sabia sobre os lobos e os Loups, e contara como David os havia derrotado. Embora Fletcher desejasse somente saúde e felicidade para o soldado e o menino, estava contente por eles não estarem mais dentro do recinto da aldeia.

Leroi sabe, pensou Fletcher. Sabe que estiveram aqui e, se suspeitasse de que ainda estavam conosco, atacaria a vila com toda a fúria do seu exército.

Levantou-se e olhou fixamente o lugar onde Leroi estava, do outro lado do espaço aberto.

— O que está fazendo? — sussurrou alguém perto dele.

— Não vou me acovardar diante de um animal — respondeu Fletcher. — Não vou dar a essa coisa tal satisfação.

Leroi fez um sinal afirmativo, como se houvesse entendido o gesto de Fletcher, e depois correu um de seus dedos com garras pela garganta. Voltaria assim que o rei tivesse sido liquidado e então veriam se Fletcher e seus conterrâneos eram realmente corajosos. Depois, Leroi afastou-se para juntar-se à alcateia, deixando que os homens observassem, de mãos atadas, o grande exército de lobos passar pelos bosques, a caminho de tomar o poder do reino.

XXIV

DA FORTALEZA DE ESPINHOS

UANDO DAVID ACORDOU, na manhã seguinte, Rolando havia desaparecido. A fogueira estava apagada e Scylla não se encontrava mais amarrada a uma árvore. O menino se levantou e viu que as pegadas do cavalo desapareciam na floresta. Ficou preocupado, no começo, mas depois sentiu uma espécie de alívio, seguido de um sentimento de raiva por Rolando tê-lo abandonado sem ao menos uma palavra de adeus, e, por fim, um primeiro arrepio de medo. De repente, a perspectiva de ter que se confrontar sozinho com o Homem Torto não lhe parecia tão agradável, e agora a possibilidade de os lobos irem atrás dele era ainda pior. Bebeu água do cantil. A mão tremia, o que o fez derramar água na camisa. Limpou-a e, no tecido rude, uma farpa de unha se prendeu e acabou soltando um fio. Ao tentar se libertar dele, arrancou o canto da unha de vez e soltou um grito de dor. Furioso, jogou o cantil na árvore mais próxima e depois sentou-se no chão, enterrando a cabeça nas mãos.

— Por que fez isso? — disse a voz de Rolando.

David olhou para cima. Rolando o observava na entrada da floresta, montado em Scylla.

— Pensei que você tinha me abandonado — disse David.

— Por que isso passou pela sua cabeça?

David sacudiu os ombros. Sentia-se envergonhado por ter sido petulante e demonstrado ao companheiro suas desconfianças. Tentou esconder tudo isso passando ao ataque.

— Eu acordei e você não estava. O que é que eu *podia* pensar?!?

— Que eu estava explorando o caminho. Você não ficou sozinho muito tempo e eu sabia que estaria seguro neste lugar. A pouca distância daqui o solo torna-se pedregoso e assim o nosso amigo não poderia usar seus túneis para pegar você. E todo o tempo eu estava a uma distância em que poderia ouvir, se gritasse. Nunca lhe dei motivos para duvidar de mim.

Rolando desmontou e aproximou-se de David, puxando Scylla.

— As coisas não estão bem entre nós desde quando aquele homenzinho sinistro o arrastou para debaixo da terra — refletiu o soldado. — Acho que posso adivinhar o que ele insinuou sobre mim. Os sentimentos que tenho por Rafael são meus, e só meus. Eu o amava, e isso é tudo o que qualquer pessoa precisa saber. O resto não é da conta de ninguém.

"Você... é meu amigo. É um garoto corajoso, mais forte do que parece e também do que você próprio acredita. Você caiu numa armadilha numa terra estranha e tem somente um estranho por companhia, mas, mesmo assim, desafiou lobos, trolls, uma criatura medonha que havia destruído um exército de homens armados e também as espúrias promessas daquele que você chama de Homem Torto. Durante todo esse tempo, eu nunca o vi desesperar. Quando concordei em levá-lo até o rei, pensei que seria um fardo para mim, mas, em vez disso, você provou ser digno de respeito e confiança. Espero que eu, por minha vez, também tenha provado que sou digno do *seu* respeito e da *sua* confiança, pois, sem isso, ambos estaremos perdidos. Agora, quer seguir comigo? Estamos quase chegando ao nosso destino.

Estendeu a mão a David. O menino aceitou e Rolando o ajudou a se levantar.

— Desculpe — disse David.

— Não tem por que se desculpar. Junte logo suas coisas porque o fim de tudo isto está próximo.

Cavalgaram durante pouco tempo, mas, à medida que iam avançando, a atmosfera ao redor mudava. David ficou com os cabelos e os pelos dos braços arrepiados. Podia sentir a estática quando os tocava. O vento trazia um estranho perfume do oeste, azedo e seco, como se estivessem no interior de uma cripta. O terreno ia se elevando e logo chegaram ao topo de um monte, onde pararam e olharam para baixo.

Diante deles, como se fosse uma mancha na neve, estava a forma escura de uma fortaleza. David pensou que parecia mais um desenho, e não propriamente uma fortaleza, pois havia algo de muito peculiar nela. Podia distinguir uma torre central, a muralha e pavilhões exteriores, mas tudo estava ligeiramente fora de foco, como uma aquarela pintada em papel úmido. A construção ficava no centro da floresta, mas todas as árvores ao redor haviam sido derrubadas pelo que parecia ter sido uma grande explosão. Aqui e ali, David viu brilho de metal sobre as ameias. Havia pássaros voando sobre ela, e o cheiro seco tornava-se mais forte.

— Aves de rapina, carniceiras — mostrou Rolando, apontando. — Elas se alimentam dos mortos.

David sabia o que ele estava pensando: Rafael entrara naquele lugar e nunca mais saíra.

— Seria melhor você ficar aqui — sugeriu Rolando. — É mais seguro.

David deu uma olhada em volta. As árvores eram diferentes das outras que já vira. Retorcidas e decadentes, com a cortiça estragada e cheias de buracos. Mais pareciam velhos e velhas congelados em agonia. Não queria ficar sozinho com elas.

— Mais seguro? — questionou. — Há lobos me seguindo, e quem sabe o que vive nesses bosques? Se me deixar aqui, eu vou segui-lo mesmo que seja a pé. Posso, sim, ser útil. Eu não abandonei você na aldeia, quando a Besta veio me procurar, e não vou abandoná-lo aqui — decidiu David, com determinação.

Rolando nem discutiu. Cavalgaram juntos até a fortaleza. Ao atravessarem a floresta, ouviram o murmúrio de vozes. Sons que pareciam vir das árvores, emergindo pelas aberturas dos troncos, mas, se eram as vozes das próprias árvores ou as de coisas invisíveis que moravam dentro delas, David não conseguiu saber. Por duas vezes, pensou ter visto algum movimento nos buracos, e uma vez teve certeza de que olhos o haviam fitado lá de dentro, mas ao dizer isso a Rolando, este respondeu:

— Não tenha medo. Seja lá o que forem, não têm nada a ver com a fortaleza. Não nos dizem respeito, a menos que eles próprios decidam de outra forma.

No entanto, lentamente, começou a desembainhar sua espada enquanto cavalgava, deixando dependurada na lateral de Scylla, pronta para ser usada.

A floresta era tão densa que, enquanto a atravessavam, não conseguiam avistar a fortaleza. Por isso, foi um choque para David quando, emergindo para a paisagem devastada dos troncos de árvores tombados, eles se depararam com ela. A força da explosão, ou do que quer que fosse, arrancara as árvores do solo, e suas raízes permaneciam expostas sobre os buracos profundos. No epicentro estava a fortaleza, e agora David podia ver por que ela aparecera meio desfocada, de longe — estava completamente recoberta por trepadeiras amarronzadas, enroladas em torno da torre central e que recobriam também as muralhas e as ameias. Delas emergiam espinhos escuros, alguns com mais de trinta centímetros e, além disso, grossos como o braço do menino. Teria sido possível tentar subir pelas muralhas usando as trepadeiras, mas, com apenas um passo em falso, corria-se o risco de perder um braço ou uma perna, ou, pior ainda, de ter a cabeça ou o coração empalado num espinho.

Rodearam a fortaleza até chegarem aos portões. Estavam abertos, mas as trepadeiras haviam formado uma barreira na entrada. Através das brechas que surgiam entre os espinhos, David podia ver um pátio e uma porta fechada, na base da torre central. Diante dela havia uma armadura no chão, mas nenhum elmo e nenhuma cabeça.

— Rolando — chamou David. — Aquele cavaleiro...

Mas Rolando não estava olhando para os portões, ou para o cavaleiro. A cabeça estava levantada e os olhos fixos nas ameias. David seguiu seu olhar e descobriu o que vira brilhar sobre as muralhas, de longe.

Cabeças de homens haviam sido empaladas nos espinhos mais elevados, voltadas para fora, por sobre os portões. Algumas ainda usavam elmos, embora a viseira tivesse sido levantada, ou arrancada, para que a expressão dos rostos pudesse ser vista. Outras cabeças não tinham nenhum vestígio da antiga armadura. A maioria delas parecia mais uma caveira. Embora três ou quatro ainda pudessem ser reconhecidas como humanas, era como se não tivessem nenhuma carne no rosto, apenas uma fina cobertura de pele acinzentada, feito uma película, sobre os ossos. Rolando examinou cada uma delas, uma por uma, fixando o olhar no rosto de cada um daqueles cadáveres. Ao terminar a inspeção, parecia aliviado.

— Rafael não está entre os que consigo identificar — disse. — Não vi nem seu rosto nem sua armadura.

Desmontou e aproximou-se da entrada. Empunhando sua espada, cortou um dos espinhos. Ele caiu no chão, mas instantaneamente cresceu outro no lugar, até mais comprido e mais grosso do que o que fora arrancado. Seu crescimento foi tão rápido que, por um triz, não trespassou Rolando no peito, antes deste conseguir dar um pulo para o lado. Em seguida, o cavaleiro tentou penetrar com a espada através do espinheiro, mas ela conseguiu apenas fazer alguns cortes pequenos que também foram imediatamente reparados, bem diante dos seus olhos.

Rolando recuou e embainhou novamente a espada.

— Deve haver um meio de se chegar lá dentro — disse. — Como foi que aquele cavaleiro conseguiu entrar, antes de morrer? Vamos esperar. Esperar e observar. Com o passar do tempo, talvez a fortaleza revele seu segredo para nós.

Depois de fazer uma pequena fogueira para espantar o frio, acamparam e mantiveram, em silêncio, uma árdua vigília defronte da Fortaleza dos Espinhos.

A noite caiu, ou melhor, caiu aquela escuridão maior, que meramente aprofundava as sombras do dia e servia de noite, naquele estranho mundo. Quando a lua despontou, o murmúrio da floresta, que continuara enquanto rodeavam a fortaleza, cessou abruptamente. As aves de rapina desapareceram. David e Rolando estavam sós.

Uma luz fraca apareceu numa janela no alto da torre e logo foi bloqueada por um vulto que passava diante da abertura. Ele parou e parecia estar olhando para baixo, para o menino e o soldado. Depois desapareceu.

— Eu vi! — gritou Rolando, antes que David pudesse abrir a boca.

— Parecia ser uma mulher — acrescentou David.

Pensou que poderia ser a feiticeira que estaria velando a mulher adormecida na torre. O luar brilhava sobre a armadura dos soldados mortos empalados nas ameias, lembrando a David do perigo que ele e Rolando corriam. Todos deviam estar fortemente armados ao se aproximarem da fortaleza, e, no entanto, todos haviam morrido. O corpo do cavaleiro que jazia no pátio era pesado, uns trinta centímetros mais alto do que Rolando, e tão corpulento como ele. Quem quer que estivesse guardando a torre devia ser forte, ágil e muito, muito cruel.

Então, enquanto observavam, as trepadeiras e os espinhos que bloqueavam os portões começaram a se mover devagar, criando um corredor através do qual um homem poderia passar. Parecia mais uma boca aberta, com os espinhos compridos funcionando como dentes, prontos para morder.

— É uma armadilha! — exclamou David. — Só pode ser.

Rolando se levantou.

— Que escolha temos? — ponderou. — Preciso descobrir o que aconteceu com Rafael. Não fiz toda esta viagem para ficar sentado no chão olhando para muralhas e espinhos.

Colocou seu escudo no braço esquerdo. Não parecia estar com medo. Na realidade, parecia a David muito mais feliz do que estivera desde que haviam se encontrado. Ele viajara lá de sua terra com o dever de descobrir a resposta para o desaparecimento do amigo, atormentado com o destino que poderia ter tido. O que quer que acontecesse dentro das muralhas da fortaleza, e o que quer que vivesse ou morresse como resultado de tudo isso, não os impediriam de descobrir a verdade sobre o fim da viagem de Rafael.

— Fique aqui e conserve a fogueira acesa — ordenou Rolando. — Se, ao amanhecer, eu não tiver voltado, pegue Scylla e afaste-se o mais rapidamente possível deste lugar. Scylla é tão sua quanto minha, pois acho que ela gosta tanto de você quanto de mim. Conserve-se sempre na estrada e chegará ao castelo do rei.

Deu um sorriso para David.

— Foi uma honra viajar por estas estradas com você. Se não nos virmos novamente, espero que encontre sua casa e todas as respostas que procura.

Apertaram as mãos um do outro. David não derramou uma só lágrima. Queria ser tão corajoso como achava que Rolando era. Somente mais tarde duvidou se Rolando teria sido realmente corajoso. Ele sabia que o soldado acreditava que Rafael estava morto e que queria se vingar de quem o matara. Mas sentia também, enquanto via Rolando partir em direção à fortaleza, que parte do cavaleiro não queria viver sem Rafael e que a morte, para ele, seria preferível a uma vida solitária.

Seguiram juntos até os portões. Ao se aproximarem, Rolando olhou com apreensão para os espinhos que o esperavam, como se temesse que se fechariam sobre ele assim que estivesse ao alcance deles. Mas os espinhos não se moveram, e o soldado atravessou a brecha sem maiores incidentes. Pulou a armadura do cavaleiro e empurrou a porta da torre, que se abriu. Lançou um olhar para David, levantou a espada num adeus final e penetrou a escuridão. As trepadeiras se retorceram sobre os portões e os espinhos se estenderam, restaurando a barreira que bloqueava a entrada do pátio — e tudo tornou a ficar quieto.

O Homem Torto observava a cena empoleirado no galho mais alto da maior árvore da floresta. As coisas que moravam dentro dos troncos das árvores não o preocupavam, pois tinham mais medo dele do que de qualquer outro ser que habitava aquela terra. A coisa que morava na fortaleza certamente era antiga e cruel, mas o Homem Torto era muito mais antigo e ainda mais cruel. Ele estava olhando fixamente para o menino sentado perto da fogueira, com o cavalo bem próximo, solto, pois era um animal corajoso e inteligente, e não se assustaria facilmente, nem abandonaria o seu cavaleiro. O Homem Torto estava tentado a se aproximar mais uma vez de David para perguntar o nome do bebê, mas pensou melhor. Uma noite sozinho na entrada da floresta, diante da Fortaleza de Espinhos e das cabeças dos cavaleiros mortos tornaria o garoto mais propenso a barganhar com ele, na manhã seguinte.

Pois o Homem Torto sabia que o cavaleiro Rolando nunca sairia vivo da fortaleza — David estava, mais uma vez, sozinho no mundo.

O tempo passava lentamente para David. Ele alimentava o fogo com gravetos, esperando pela volta de Rolando. Às vezes, sentia Scylla acariciar gentilmente o seu pescoço, lembrando-o de que continuava ali, bem próxima. David estava feliz com a presença do animal. Sua força e lealdade davam-no uma agradável sensação de segurança.

Mas o cansaço começou a dominá-lo, e sua mente, a criar ilusões. Quando adormecia, nem que fosse por alguns segundos, instantaneamente começava a sonhar. Tinha lampejos de lembranças de casa, e logo os incidentes dos últimos dias voltaram a ocupar sua mente, e suas histórias sobrepunham lobos e anões aos filhotes da Besta — tudo se confundia numa única história. Ouvia a voz da mãe, que chorava alto por ele, como acontecera nos últimos dias de vida dela, quando as dores se tornaram insuportáveis — e logo seu rosto era substituído pelo de Rose, da mesma forma como Georgie o substituíra no afeto do pai.

Mas o que era verdadeiro? Subitamente deu-se conta de que sentia a falta de Georgie, e o sentimento foi tão forte que ele quase acordou. Lembrou-se da maneira como o bebê sorria para ele, ou de como agarrava seu dedo com o pequeno punho gordinho. Verdade que ele era barulhento, fedido e exigente, mas todos os bebês eram iguais. Na verdade, não era culpa de Georgie.

Então, a imagem de Georgie se dissipou e David viu Rolando, espada na mão, avançando por um vestíbulo comprido e escuro. Estava dentro da torre, mas a própria torre era uma espécie de ilusão e escondia em seu interior muitos aposentos e corredores, cada qual contendo armadilhas para os incautos. Rolando penetrou um deles, grande e circular, e, em seu sonho, David viu os olhos do amigo se arregalarem de espanto, enquanto as paredes se tornavam vermelhas e algo vindo das trevas chamava o nome de David...

Acordou bruscamente. Ainda se encontrava perto do fogo, mas as chamas estavam quase extintas. Rolando não havia voltado. Levantou-se e partiu em direção à entrada. Scylla relinchou nervosamente enquanto o menino se afastava, mas permaneceu perto da fogueira. David parou em frente aos portões. Depois, estendeu a mão e tocou com o dedo, temeroso, um dos espinhos. Imediatamente as trepadeiras se retiraram, os espinhos encolheram e foi revelada uma abertura na barreira. David lançou um olhar para Scylla e para as brasas da fogueira. *Eu deveria ir embora já*, pensou. *Não deveria nem mesmo esperar pela aurora, Scylla me levaria até o rei, e este me diria o que tenho de fazer.*

Mas hesitava diante dos portões. Apesar do que Rolando lhe dissera, David não queria abandoná-lo. Enquanto estava parado ali, diante dos espinhos, incerto sobre qual atitude tomar, ouviu uma voz que o chamava.

"*David*", murmurava a voz. "*Venha até mim, por favor, venha até mim.*"

Era a voz de sua mãe.

"*Aqui é o lugar para onde fui trazida*", continuava a voz. "*Quando a doença me dominou, eu adormeci e passei do nosso mundo para este. Agora,* ela *me vigia. Não posso acordar nem posso fugir. Me ajude, David. Se você me ama, por favor, me ajude...*"

— Mamãe... — chamou o menino — Eu estou com medo.

"*Você veio até aqui e foi tão corajoso. Eu estive observando você em meus sonhos. Estou orgulhosa de você, David. Mais alguns passos apenas. Um pouco mais de coragem, é tudo o que eu lhe peço.*"

David procurou na sua mochila a garra da Besta. Segurou-a com firmeza, antes de guardá-la no bolso, e lembrou-se das palavras de Fletcher. Fora corajoso, e poderia ser mais uma vez, por causa da mãe. O Homem Torto, que ainda o observava lá da sua árvore, percebeu o que estava acontecendo e começou a se movimentar. Pulou de seu poleiro, descendo de galho em galho e aterrissando como um gato no chão, mas... era tarde demais. David entrara na fortaleza, e a barreira de espinhos se fechou novamente atrás dele.

O Homem Torto uivou de ódio, porém, David, já em poder da fortaleza, não o ouviu.

XXV

DA FEITICEIRA E DO QUE ACONTECEU COM RAFAEL E ROLANDO

PÁTIO ERA pavimentado com pedras brancas e pretas, manchado pelos excrementos das aves de rapina que de dia pairavam sobre a fortaleza. Escadas entalhadas levavam às ameias. Montes e mais montes de armas permaneciam ao lado delas, mas as lanças, as espadas e os escudos estavam enferrujados e não serviam para nada. Algumas armas tinham desenhos fantásticos, espirais intrincadas e correntes de prata e de bronze delicadamente entrelaçadas, também encontradas nos punhos das espadas e na frente dos escudos. David não podia combinar a beleza daquele artesanato com o lugar sinistro onde as armas estavam sendo exibidas. Isso sugeria que talvez o castelo não tivesse sido sempre o que era agora. Quem sabe tivesse sido tomado por uma entidade maligna, algum louco que o transformara num ninho cheio de espinhos e trepadeiras, e talvez os habitantes originais tivessem morrido, ou fugido, com a sua chegada.

David pôde reparar, no interior do castelo, sinais de batalhas: buracos, principalmente onde as muralhas e o pátio haviam absorvido a força do bombardeio. Percebia-se claramente que o castelo era muito antigo, no entanto, as árvores derrubadas que o rodeavam sugeriam que o que Rolando ouvira e Fletcher afirmara ter visto era verdade. O castelo podia voar, viajando para novos locais com as fases da lua.

Por trás das muralhas havia estábulos, mas estavam vazios de feno e não tinham vestígio algum daquele sadio odor animal que esses lugares costumam ter. Em vez disso, somente os ossos dos cavalos abandonados à fome, depois da morte de seus donos, e um fedor persistente que deixava adivinhar um lento apodrecimento. Do outro lado dos estábulos, e a cada lado da torre central, havia o que poderiam ter sido os alojamentos e cozinhas dos guardas. Cuidadosamente, David olhou pela janela de cada um desses alojamentos, mas estavam totalmente desprovidos de vida. No edifício dos guardas havia beliches e nas cozinhas, fogões vazios e frios. Sobre as mesas, pratos e canecas, como se uma refeição houvesse sido interrompida e os que estavam comendo nunca mais houvessem retornado aos seus alimentos.

David caminhou até a porta da torre. O cadáver de um cavaleiro jazia perto dela, e sua manzorra continuava agarrada à espada, que não estava enferrujada. A armadura do cavaleiro ainda brilhava. Além disso, ele tinha o botão de alguma flor branca enfiado num buraco, no ombro da armadura. Assim como a flor, o corpo ainda não apodrecera totalmente, e David concluiu que não devia estar ali havia muito tempo. Não havia sangue nem no pescoço nem no chão ao seu redor. David não conhecia muito a técnica que envolvia decepar a cabeça de um homem, mas imaginou que deveria haver, ao menos, um pouco de sangue. Ficou imaginando quem deveria ser aquele cavaleiro e se, como Rolando, teria alguma marca de identificação no peitoral. O morto era um grandalhão e estava virado de bruços, e David não tinha certeza se conseguiria desvirá-lo. Ainda assim, decidiu que a identidade do cadáver não poderia permanecer incógnita, para o caso de ele encontrar alguém a quem pudesse contar a respeito.

Ajoelhou-se e respirou fundo, depois fez força contra a armadura. Surpreendeu-se com a facilidade com que os despojos do cavaleiro se moveram, dentro da armadura. É verdade que esta era pesada, mas não tanto como deveria ser com o corpo de um homem no seu interior. Depois que conseguiu virá-la, David pôde ver no peitoral o emblema de uma águia que tinha uma serpente enrolada nos pés. Bateu com os nós dos dedos da mão direita na armadura. O som ecoou dentro dela — era como se ele estivesse batendo numa lata vazia. Parecia que a armadura do cavaleiro estava oca.

Mas não, não estava, pois o menino ouviu e sentiu, ao mesmo tempo, algo que se movia ali dentro, enquanto ele a desvirava. Quando examinou o buraco que havia no topo dela, onde a cabeça tinha sido separada do corpo, viu ossos e pele lá dentro. A parte superior da coluna dorsal era branca onde a cabeça fora decepada, mas, mesmo assim, não havia sangue. De alguma forma, os despojos do cavaleiro haviam sido reduzidos a uma casca, deixada para apodrecer tão rapidamente que a flor que carregava, talvez para lhe dar sorte, ainda não tivera tempo de fenecer.

David pensou em sair correndo da fortaleza, mas sabia que, mesmo que tentasse, os espinhos o despedaçariam. Aquele era um lugar onde se entrava, mas de onde não se saía, e, apesar das dúvidas, ele ouvira novamente a voz da mãe chamando por ele. Se ela estava realmente ali, então agora ele não poderia abandoná-la.

Saltou por cima do cavaleiro e entrou na torre. Um lance de degraus de pedra subia em espiral. Ficou à escuta atentamente, mas não conseguiu ouvir nenhum som vindo do alto. Queria gritar o nome da mãe, ou então o de Rolando, entretanto, tinha medo de alertar o dono da torre de sua aproximação. O que quer que fosse que esperava por ele na torre talvez já soubesse e fizera os espinhos se separarem justamente para permitir sua passagem. Ainda assim, era melhor ficar quieto. Lembrou-se da figura que vira através da janela iluminada e da história da feiticeira que mantinha uma mulher como escrava, condenada a um sono eterno num aposento cheio de tesouros — a não ser que pudesse ser acordada por um beijo. Aquela mulher... seria sua mãe? A resposta estava lá em cima.

Desembainhou a espada e começou a subir a escadaria. A cada dez degraus havia uma pequena e estreita janela que permitia que uma luz esmaecida filtrasse na torre, para iluminar o caminho. Contou doze janelinhas daquelas antes de chegar a um pavimento de pedra, no topo. Diante dele, revelou-se um enorme vestíbulo com portas abertas de ambos os lados. Do exterior, a torre parecia ter de seis a dez metros de largura, mas o corredor que se abria agora diante dele era tão comprido que o final perdia-se na escuridão. Devia ter centenas de metros de extensão, iluminado por tochas acesas fixadas às paredes, mas, de alguma forma, esse corredor estava contido dentro de uma torre que tinha apenas uma pequena fração do seu tamanho.

David foi andando lentamente pelo vestíbulo, olhando para dentro de cada cômodo ao avançar. Alguns eram quartos de dormir, opulentamente mobiliados com camas enormes e cortinas de veludo. Outros continham divãs e cadeiras. Em um deles havia apenas um grande piano. As paredes de um outro cômodo estavam decoradas com centenas de versões semelhantes de um único quadro: o de dois meninos, gêmeos idênticos, com um retrato deles próprios no fundo — uma réplica do próprio quadro — de modo que as crianças estavam olhando para infinitas versões delas próprias.

Mais ou menos na metade do vestíbulo havia uma grande sala de jantar, dominada por uma mesa de carvalho maciço com uma centena de cadeiras ao redor. Em toda a extensão havia velas acesas, e as chamas tremeluziam sobre um grande festim: havia perus, patos e gansos assados, e um grande porco com uma maçã na boca, no centro da mesa. Havia travessas cheias de peixe e carnes frias, e grandes caçarolas com verduras ensopadas. O cheiro era tão apetitoso que David foi atraído para aquele cômodo, incapaz de resistir às necessidades de seu estômago que roncava. Alguém começara a destrinchar um dos perus, pois uma perna havia sido removida e fatias de carne branca tinham sido cortadas do peito e agora jaziam, tenras e úmidas, num prato. David pegou uma dessas fatias e estava para dar uma grande mordida nela quando viu um inseto se arrastando sobre a mesa. Era um formigão vermelho que abria caminho em direção a um pedaço da pele da ave que caíra. O inseto pegou o bocado marrom e crocante em sua mandíbula e preparava-se para levá-lo embora quando subitamente pareceu tonto, como se a carga fosse mais pesada do que esperava. Deixou cair o pedaço, contorceu-se um pouco e depois cessou todo movimento. David o cutucou com o dedo, mas ele não reagiu. Estava morto.

David deixou cair a fatia de peru sobre a mesa e rapidamente limpou os dedos. Agora que podia ver a mesa mais de perto, percebeu que ela, na realidade, estava infestada de restos de insetos. As moscas, formigas e besouros mortos enchiam a madeira e os pratos, todos contaminados com algum veneno contido nos alimentos. O menino recuou num salto e voltou para o vestíbulo — seu apetite desaparecera completamente.

Mas, se a sala de jantar o repugnara, o aposento seguinte o perturbaria ainda mais. Era o seu próprio quarto de dormir na casa de Rose, perfeitamente recriado, até com os mesmos livros nas prateleiras, embora muito mais arrumado, muito mais. A cama estava feita, mas os travesseiros e os lençóis estavam ligeiramente amarelados e recobertos por uma fina camada de poeira. Havia poeira também nas estantes, e, quando David entrou, suas pegadas foram surgindo no chão. Diante dele estava a janela que dava para o jardim. Estava aberta e podiam-se ouvir os ruídos vindos de fora, risadas e cantorias. Foi até a janela e olhou para baixo. No jardim, três pessoas estavam dançando num círculo: o pai de David, Rose e um menino que David, a princípio, não reconheceu, mas que logo depois pensou que deveria ser Georgie. Estava mais velho, agora, talvez com quatro ou cinco anos, mas ainda era uma criança gordinha. Sorria satisfeito enquanto seus pais dançavam com ele, o pai segurando a mão direita e Rose a esquerda, e o sol brilhava, num céu perfeitamente azul. Os pais cantavam para ele:

Ciranda, cirandinha, vamos todos cirandar,
vamos dar a meia-volta, volta e meia vamos dar.*

E Georgie ria de alegria enquanto os besouros zumbiam e os passarinhos cantavam.

"*Eles esqueceram você*", dizia a voz da mãe. "*Este aqui foi o seu quarto, mas agora ninguém mais entra nele. Seu pai entrava, no começo, mas logo se resignou com o seu desaparecimento e descobriu a felicidade em seu outro filho e na nova mulher. Ela está grávida novamente, embora ainda não saiba. Georgie vai ter uma irmãzinha, e então seu pai terá novamente dois filhos e não precisará ficar se lembrando de você.*"

A voz parecia vir de todos os lugares e de nenhum lugar em particular — de dentro de David, do corredor, do assoalho debaixo de seus pés e do teto sobre sua cabeça, das pedras dos muros e dos livros nas estantes. Por um momento, David até chegou a ver refletida no vidro da janela uma imagem esmaecida da mãe ao seu lado, olhando por sobre seu ombro. Quando se voltou, não havia ninguém ali, mas a sua imagem continuava refletida no vidro.

"*E não tem de ser assim*", continuava a voz da mãe. Os lábios da imagem refletida na janela se mexiam, mas pareciam estar pronunciando outras palavras, os movimentos não combinavam com os sons que o

* Adaptação da canção infantil inglesa (Nursery Rhyme), "Georgia Porgie".

menino ouvia. "*Continue sendo corajoso e forte durante um pouco mais de tempo. Encontre-me aqui, e nós poderemos ter de volta nossa antiga vida. Rose e Georgie desaparecerão, e eu e você reassumiremos nossos lugares.*"

Agora, as vozes que vinham do jardim haviam mudado. Não estavam mais cantando e rindo. Quando olhou novamente para baixo, David viu o pai aparando a grama e a mãe cortando botões de uma roseira com uma tesoura de poda, sacudindo cuidadosamente cada galho e jogando as flores vermelhas num cesto perto de seus pés. Sentado num banco, entre eles, estava David, lendo um livro.

"*Está vendo só? Vê como poderia ser? Venha, agora. Estivemos separados durante muito tempo. Já é hora de nos reunirmos. Mas tenha cuidado: ela vai estar observando e esperando. Quando você me vir, não olhe para a esquerda nem para a direita, conserve os olhos no meu rosto e tudo ficará bem.*"

A imagem desapareceu do vidro, assim como as pessoas do jardim, lá embaixo. Um vento frio passou, levantando uma nuvem de poeira no quarto e obscurecendo tudo o que estava ali dentro. O pó fez David tossir, e seus olhos ficaram cheios de lágrimas. Ele se afastou do quarto e se debruçou no vestíbulo, tossindo e cuspindo.

Um ruído veio dali de perto: o som de uma porta que se fechava com força e que era trancada por dentro. David virou-se e uma segunda porta foi fechada e trancada, e depois mais outra. As portas de cada aposento pelos quais ele passara fechavam-se com estrondo. A porta do seu quarto foi subitamente fechada na cara dele, e também todas as portas que estavam à sua frente. Somente as tochas fixas nas paredes iluminavam o caminho e, de repente, também começaram a ser apagadas, começando pelas que estavam mais perto da escada. Escuridão total e avançando rapidamente na direção do garoto. Logo, todo o vestíbulo estaria imerso no breu.

David correu, tentando desesperadamente se antecipar à escuridão. Seus ouvidos ecoavam o som das portas estrondando. Movimentava-se o mais rápido possível, batendo os pés sobre o duro chão de pedra, mas as luzes se apagavam com mais rapidez do que a sua capacidade de correr. Viu as tochas logo atrás de si se apagarem, depois as que ficavam nas laterais, e finalmente as que estavam à sua frente. Quando as últimas se apagaram, a escuridão se tornou total.

— Não! Não! — gritava David. — Mamãe! Rolando! Eu não estou enxergando nada. Me ajudem!

Mas ninguém respondia. O menino, então, ficou quieto, sem saber o que fazer. Não sabia o que havia à sua frente, mas sabia que deixara as escadas para trás. Se desse a volta, seguindo a parede, poderia descobri-las novamente, mas estaria abandonando sua mãe e também Rolando, se é que ele ainda estava vivo. Se avançasse, tropeçaria cegamente em terreno desconhecido, presa fácil para "ela" ou para a entidade a quem sua mãe se referira, a tal feiticeira que guardava aquele lugar cheio de espinhos e de trepadeiras, e que reduzia os homens a trapos no interior das armaduras e abandonava cabeças sobre as ameias.

Então, David vislumbrou uma luzinha distante, como se fosse um vaga-lume voando na escuridão, e a voz de sua mãe disse: "*David, não tenha medo. Você está quase aqui. Não desista agora.*"

Obedeceu, e a luz tornou-se mais forte e brilhante, até que ele viu que era uma lâmpada suspensa sobre sua cabeça. Lentamente, a forma de uma abóbada tornou-se visível. David aproximou-se mais e mais, e finalmente parou na entrada de uma grande sala com teto em forma de cúpula, sustentado por quatro enormes pilares de pedra. As paredes e os pilares estavam recobertos por trepadeiras espinhosas muito mais espessas do que as que guardavam as muralhas e portões da fortaleza, e os espinhos pontiagudos eram tão compridos que alguns chegavam a ser maiores que David. Entre os pilares estavam dependurados, em armações de ferro forjado, lustres cuja luz brilhava sobre cofres de moedas e de joias, taças e molduras douradas, espadas e escudos, todos incrustados com ouro e pedras preciosas. Era um tesouro muito superior a tudo o que a maioria das pessoas poderia imaginar, mas o menino mal olhou para ele. Sua atenção estava focalizada num altar de pedra elevado no centro do aposento. Uma mulher jazia sobre ele, imóvel como um cadáver. Estava vestida de veludo vermelho, com as mãos cruzadas sobre o peito. Quando David a olhou mais atentamente, pôde ver que o seu tórax subia e descia com a respiração. Então, aquela era a mulher adormecida, a vítima da feiticeira.

David entrou no aposento, e a luz tremeluzente das lâmpadas recaiu sobre algo brilhante na parte de cima da parede coberta de espinhos, à sua direita. Ele se voltou, e seu estômago revirou de tal forma com o que viu que ele se dobrou, sentindo uma dor horrível.

O corpo de Rolando estava empalado num dos grandes espinhos, pendendo a uns três metros do solo. A ponta trespassara as costas e saíra pelo peitoral, destruindo a imagem dos sóis gêmeos. Havia sangue na armadura, mas não muito. O rosto de Rolando estava murcho e cinzento, as faces cavadas, e os ossos estavam visíveis sob a pele. Além do corpo de Rolando havia outro, também usando a armadura dos sóis gêmeos: Rafael. Finalmente, Rolando descobrira a verdade sobre o desaparecimento do rapaz.

E eles não estavam sozinhos. Aquele aposento abobadado abrigava também os despojos de outros homens, como se fossem moscas secas colocadas sobre uma teia de espinhos. Alguns deles encontravam-se ali há muito tempo, pois as armaduras estavam enferrujadas, e os que conservavam a cabeça não eram mais do que esqueletos.

A fúria de David superou o medo. Seu ódio era maior que qualquer pensamento de fuga. Naquele momento, era mais um homem do que um menino, e sua passagem para a idade adulta definitivamente teve início. Caminhou devagar até a mulher adormecida, virando-se continuamente para ver se haveria algum inimigo escondido, armando um ataque inesperado. Lembrou-se do aviso da mãe para não olhar nem para a direita nem para a esquerda, mas a visão de Rolando empalado sobre a parede fez com que desejasse se confrontar logo com a feiticeira e matá-la pelo que fizera ao seu amigo.

— Venha! — gritou. — Apareça!

Mas absolutamente nada se mexeu na sala e ninguém respondeu ao seu desafio. A única palavra que ouviu, meio real e meio imaginada, foi "*David*", na voz de sua mãe.

— Mamãe — chamou. — Estou aqui.

Estava perto do altar de pedra. Um lance de cinco degraus levava até a mulher adormecida. Subiu devagar, ainda consciente da ameaça invisível, o assassino de Rolando, de Rafael e de todos aqueles homens que pendiam, espetados e vazios, das paredes. Por fim, chegou ao altar e olhou para baixo, para o rosto da mulher adormecida. Era sua mãe. A pele estava muito pálida, mas havia um toque rosado no rosto e seus lábios eram viçosos e úmidos. O cabelo ruivo brilhava como fogo contra a pedra.

"*Beije-me*", foi o que David ouviu, embora a boca da mulher adormecida permanecesse imóvel. "*Beije-me, e estaremos juntos novamente.*"

David colocou sua espada perto dela e curvou-se para beijar sua face. Os lábios dele tocaram a pele da mulher. Estava muito fria, mais fria ainda do que quando jazia em seu caixão aberto, tão fria que o beijo foi penoso para David. Amorteceu seus lábios e paralisou sua língua, e seu hálito transformou-se em cristais de gelo que brilhavam como pequenos diamantes no ar parado. Quando cessou de ter contato com ela, seu nome foi chamado novamente, mas dessa vez a voz era a de um homem nu.

"*David!*"

O menino olhou ao redor, tentando descobrir de onde vinha aquele som. Algo se mexeu na parede. Era Rolando. Sua mão esquerda fez um aceno fraco, depois agarrou o espinho que saía pelo peito, como se assim pudesse concentrar o resto de suas forças e dizer o que precisava. A cabeça se mexeu e, com um grande esforço final, ele conseguiu pronunciar as palavras.

— David — murmurou. — Cuidado!

Rolando levantou a mão direita e, com o dedo, indicou a figura que estava no altar, antes de cair. Então, seu corpo tombou e ele finalmente morreu.

David olhou para baixo, para a mulher adormecida, e viu que os olhos dela se abriam. Mas não os olhos da mãe, que eram como esmeraldas, amorosos e bondosos. Aqueles eram negros, sem vida, como pedaços de carvão na neve. O rosto da mulher também mudara. Não era mais o da mãe de David, embora ele ainda a reconhecesse. Era o rosto de Rose, a atual mulher de seu pai. O cabelo era preto, e não ruivo, e estava molhado — parecia noite líquida. Os lábios se entreabriram e David viu que os dentes eram brancos e muito pontiagudos, os caninos maiores do que os demais. David deu um passo atrás, quase caindo da plataforma em que estava, enquanto a mulher se sentava sobre o leito de pedra. Ela se espreguiçou como uma gata, curvando a espinha e estendendo os braços. O xale que recobria seus ombros caiu, expondo um pescoço de alabastro e a parte de cima de seus seios. David viu gotas de sangue ao redor do pescoço, como se fossem um colar de rubis congelados sobre a pele. A mulher virou-se na pedra, permitindo que seu vestido se dobrasse do lado. Aqueles profundos olhos negros fixavam David, e sua língua lívida lambia as pontas dos dentes.

— Obrigada — agradeceu. Sua voz era macia e baixa, mas havia uma entonação sibilante nas palavras, como se uma serpente houvesse recebido o dom da fala. — Um rapazzz tão bonito. Tão audazzz.

David recuou, mas, a cada passo que dava, a mulher também avançava um passo, e a distância entre eles permanecia a mesma, sempre.

— Não me acha bonita? — perguntou a mulher. A cabeça estava meio inclinada, e a expressão parecia perturbada. — Não sou bonita o bassstante para você? Venha, beije-me novamente.

Era Rose, mas não era Rose. Era noite sem promessa de aurora, escuridão total. David procurou sua espada, mas logo se lembrou de que ela ficara perto do altar. Para pegá-la, teria de passar pela mulher, e instintivamente sabia que, se tentasse fugir, ela o mataria.

Ela parecia ter adivinhado o que o menino estava pensando, pois lançou um olhar para a espada dele.

— Você não precisa dela, agora — disse. — Nunca um homem tão jovem chegou asssim tão longe. Tão jovem e tão belo. — Ela tocou os próprios lábios com um dedo fino, a unha manchada de sangue.

— Aqui — murmurou. — Sssó me beije aqui.

David viu seu reflexo nos olhos escuros dela, afogando-se naquela profundidade, e sabia qual seria o seu destino. Girou sobre os calcanhares e, de um pulo, transpôs os últimos degraus, mas, ao aterrissar, torceu o tornozelo direito. A dor era grande, mas não deixaria que ela o atrapalhasse. No chão, à sua frente, estava a espada de um dos cavaleiros mortos. Se pudesse alcançá-la...

Um vulto deslizou sobre a sua cabeça e a barra de um vestido roçou seu cabelo — a mulher revelou-se diante dele. Os pés nus não tocavam o chão. Estava suspensa no ar, vermelha e negra, sangue e noite. Já não sorria. Abriu os lábios expondo as presas e, subitamente, a boca se mostrou maior do que antes, com fileiras e fileiras de dentes pontiagudos, como se fosse o interior da mandíbula de um tubarão.

As mãos tentavam alcançar David.

— Sssei que vou ganhar um beijo — dizia, enquanto enterrava as unhas no ombro do menino e sua cabeça se inclinava procurando os lábios dele.

David apalpou o bolso interno da jaqueta. A mão direita avançou e, com a garra da Besta, ele traçou uma linha vermelha no rosto da mulher. Do ferimento aberto, o sangue não corria, ela não tinha sangue nas veias. Mas soltou um grito agudo e pressionou a mão contra o ferimento, enquanto David atacava novamente, cortando da esquerda para a direita e cegando-a instantaneamente. A mulher o atacou a unhadas, agarrando sua mão e mandando a garra da Besta pelos ares. David correu em direção à porta da sala, pensando somente em voltar para o poço escuro do vestíbulo e achar a escada. Mas as trepadeiras se retorceram, bloqueando a saída e prendendo-o no quarto, com a falsa Rose.

Ela ainda pairava no ar, com as mãos estendidas e com os olhos e o rosto feridos. David se afastou da entrada, tentando recuperar sua espada caída. Os olhos cegos da mulher o perseguiam.

— Eu posso ssssentir o ssseu cheiro — grunhia ela. — Você vai pagar pelo que me fezzz.

Voou na direção de David, com os dentes mordendo o ar e os dedos querendo agarrá-lo. O menino desviou para a direita, depois recuou para a esquerda, esperando despistá-la e pegar a espada, mas ela era esperta demais e interrompeu a escapada. Movia-se para a frente e para trás diante dele, tão rapidamente que agora não era mais do que um vulto no ar, tentando encurralá-lo, bloqueando qualquer possibilidade de fuga e forçando-o contra os espinhos, até ficar a somente uns trinta centímetros de distância do menino. David sentiu dores agudas no pescoço e nas costas. Estava tocando as pontas dos espinhos, que eram como lanças longas e pontiagudas. Não podia fugir para nenhum outro lugar. A mão da mulher fechou-se no ar, errando o rosto de David por alguns centímetros.

— Agora — sibilava — você é meu. Vamos fazer amor e você vai morrer me amando.

A coluna dorsal da criatura distendeu-se e a boca escancarou-se de tal modo que a mandíbula quase se partiu ao meio, mostrando fileiras de dentes prontos a dilacerar a garganta de David. Atirou-se para a frente e David se jogou no chão, mas somente quando ela já estava quase sobre ele. O vestido dela cobriu o rosto do menino — ele pôde ouvir, mas não ver, o que então se passou. Ouviu apenas um som como o de uma fruta podre sendo esmagada, enquanto um pé acertava em cheio um chute na cabeça dele. Uma vez somente.

David rolou, então, pelo chão, libertando-se das pregas de veludo vermelho do vestido. Os espinhos haviam penetrado fundo o coração e as costelas da mulher. Sua mão direita também havia sido empalada, mas ainda tinha a esquerda livre. Tremia contra a trepadeira, e era a única parte da mulher que ainda se movia. David pôde ver seu rosto. Não se parecia mais com o de Rose. O cabelo ficara todo grisalho e a pele era velha e enrugada. Um cheiro úmido e bolorento saía das feridas. A mandíbula inferior pendia sobre o peito enrugado. As narinas fremiam ao farejar David, e ela tentava falar. Primeiro, a voz era tão fraca que o menino não conseguia entender o que ela dizia. Ele se aproximou, ainda temeroso, embora percebesse que ela estava morrendo. O hálito da mulher era podre, mas, dessa vez, ele conseguiu entender suas palavras.

— Obrigada — murmurou a feiticeira, e então seu corpo tombou contra os espinhos e se desfez em pó, diante dos olhos do menino.

Enquanto ela desaparecia, as trepadeiras começaram a murchar e a morrer, e os despojos dos cavaleiros mortos despencaram com estrondo sobre o chão. David correu até onde estava Rolando. O corpo do amigo estava quase exangue. O garoto queria chorar por ele, mas as lágrimas não vinham. Em vez de chorar, arrastou o corpo até os degraus da cama de pedra e, com algum esforço, conseguiu colocá-lo sobre ele. Fez o mesmo com Rafael, depositando seu corpo ao lado do de Rolando. Depois, colocou as espadas sobre o peito dos cadáveres e cruzou suas mãos sobre as empunhaduras, da maneira como sempre vira os cavaleiros mortos em seus livros. Recuperou a própria espada e colocou-a na bainha, depois pegou uma das tochas no suporte, para iluminar o caminho de volta às escadas da torre. O longo corredor com a sequência de quartos não existia mais — pedras empoeiradas e muros arruinados os haviam substituído. Ao sair da torre, viu que, do lado de fora do castelo, também as trepadeiras e os espinhos haviam murchado, e tudo o que restava era uma velha e apodrecida fortaleza em ruínas.

Além dos portões, Scylla esperava por ele perto das cinzas da fogueira e relinchou de alegria quando o viu. David colocou a mão na cabeça da égua e murmurou algo em seu ouvido, para que o animal pudesse saber qual destino seu amado dono havia encontrado. Depois, finalmente, pulou sobre a sela e virou-a para a floresta, na direção leste.

Tudo estava muito quieto enquanto passavam por entre as árvores, pois as coisas que moravam dentro delas ouviram que David se aproximava e agora o temiam. Até mesmo o Homem Torto, que voltara ao seu poleiro no topo das árvores, já olhava para o menino de um jeito diferente e tentava imaginar como poderia usar os últimos acontecimentos da melhor maneira possível para seu proveito.

XXVI

DE DOIS ASSASSINATOS E DOIS REIS

AVID E SCYLLA seguiram pela estrada, em direção ao leste. Os olhos do menino estavam fixos no horizonte, mas pouco notavam o que surgia à frente. A cabeça do cavalo pendia mais baixa do que antes, como se também estivesse lamentando com doçura e dignidade a morte do dono. A neve brilhava no eterno crepúsculo, e estalactites nasciam dependuradas de arbustos e árvores, como lágrimas congeladas.

Rolando estava morto. E a mãe de David também. Ele fora tolo ao imaginar que podia ser de outra forma. Agora, enquanto Scylla caminhava com dificuldade naquele mundo frio e sombrio, David precisava admitir, talvez pela primeira vez, que sempre soubera que a mãe se fora para sempre. Não queria acreditar naquilo. Assim como quisera acreditar que os rituais que empregara enquanto ela estava doente a manteriam viva. Falsas esperanças, sonhos sem fundamento, imateriais como a voz que seguira até aquele lugar. Ele não podia mudar o mundo que deixara nem o mundo onde agora estava, mesmo incitado pela possibilidade de que as coisas pudessem ser diferentes. Acabou irremediavelmente frustrado. Era tempo de voltar para casa. Se o rei não pudesse ajudá-lo, então talvez ele fosse obrigado a negociar com o Homem Torto. Tudo o que tinha a fazer era pronunciar para ele, em voz alta, o nome de Georgie.

Afinal, o Homem Torto não havia dito que tudo poderia voltar ao normal? Mentira! Sua mãe estava morta e o mundo do qual ela fizera parte se fora para sempre. Mesmo que agora ele conseguisse voltar para casa... um lugar onde ela seria somente uma lembrança. Seu lar agora era um ambiente partilhado com Rose e com Georgie, e teria de aceitar o fato da melhor maneira possível, tanto para seu próprio bem quanto para o deles. Se a promessa do Homem Torto não podia ser cumprida, então que outras ele seria capaz de descumprir?

Era como Rolando advertira: "*Ele dirá menos do que sabe e esconderá mais do que revela.*"

Qualquer trato com o Homem Torto estaria repleto de armadilhas e grandes perigos. David tinha a esperança de que o rei fosse capaz e tivesse vontade de ajudá-lo, permitindo assim que evitasse qualquer contato posterior com aquele trapaceiro. Mas tudo o que ouvira até então sobre o rei só o deixava cada vez mais confuso. Rolando definitivamente o tinha em pouca conta, e até mesmo o Lenhador admitira que o controle que o rei mantinha sobre o reino já não era o mesmo de antes. Agora, defrontado com as ameaças de Leroi e seu exército de lobos, talvez o rei fosse testado até o limite de sua capacidade. O reino seria tomado à força, e talvez ele morresse nas mandíbulas de Leroi. Com toda aquela carga nos ombros, será que ainda teria tempo para os problemas de um simples garoto perdido em seu mundo?

E quanto ao próprio livro, *O Livro das Coisas Perdidas*? O que haveria naquelas páginas capaz de ajudar David a voltar para casa — um mapa para alguma outra árvore oca, quem sabe, ou um encantamento que pudesse, por um passe de mágica, fazê-lo regressar? Mas se o livro tinha propriedades mágicas, então por que o rei não o usava para proteger o seu próprio reino? David esperava que o rei não fosse igual ao grande Mágico de Oz, feito de fumaça, espelhos e boas intenções, mas desprovido de um verdadeiro poder que o sustentasse.

Estava tão perdido em pensamentos e tão habituado àquela estrada deserta que não percebeu os homens até estarem praticamente em seu encalço. Dois homens vestidos quase totalmente com trapos e lenços cobrindo o rosto, onde somente os olhos eram visíveis. Um deles carregava uma espada curta, e o outro um arco com uma flecha preparada, pronta para disparar. Surgiram de debaixo da neve, atirando para o lado as peles brancas que os camuflavam, e ficaram diante de David, armas em punho.

— Alto lá! — gritou o homem com a espada, e David freou Scylla a apenas poucos metros de onde estavam.

O homem do arco olhou de soslaio o comprimento da flecha e depois afrouxou a pressão no arco, ao abaixar a arma.

— Ora, é apenas um menino — disse. Sua voz era rouca e ressoava ameaçadoramente. Abaixou o lenço do rosto, revelando uma boca distorcida por uma cicatriz vertical que se estendia sobre os lábios. Seu companheiro também abaixou o capuz que recobria o rosto. A maior parte do nariz fora decepada. Tudo o que restara era uma mistura de cartilagem cicatrizada, com dois buracos ao centro.

— Menino ou não, está cavalgando um bom cavalo — disse. — Muito estranho isso. Provavelmente o roubou, e por isso não é nenhum pecado aliviá-lo do que antes não era dele.

Gesticulou em direção às rédeas de Scylla, mas David a fez dar um passo atrás.

— Eu não o roubei — defendeu-se com educação.

— O quêêê?!? — ameaçou o ladrão. — O que foi que você disse, moleque? Não queremos que abra mais a boca, ou então você não vai viver o bastante para lamentar o dia em que nos encontrou.

Brandiu a espada para David. Era uma arma tosca e primitiva, e David podia ver na lâmina as marcas da pedra em que fora afiada. Scylla relinchou e recuou ainda mais, diante da ameaça.

— Eu já disse — insistiu David — que não roubei este cavalo e que ele não vai a lugar nenhum com vocês. Agora, afastem-se de nós.

— Olha aqui, seu pequeno...

O espadachim agarrou as rédeas de Scylla novamente, mas dessa vez David a empinou e depois a instigou a abaixar e avançar. Um de seus cascos bateu na testa do homem e ouviu-se um som oco de algo rachando quando ele tombou morto no chão. O outro bandido, seu comparsa, ficou tão chocado que acabou não conseguindo dizer nada. Estava ainda tentando levantar o arco quando David esporeou Scylla, agora com a própria espada desembainhada e estendida. Desferiu um golpe no arqueiro, e a pontinha da sua espada pegou bem na garganta do homem, furando os trapos até atingir a pele. O bandido vacilou e deixou o arco cair. Trouxe a mão para o pescoço e tentou falar, mas o que saiu foi somente um som molhado de gargarejo. O sangue jorrou feito uma fonte por entre seus dedos e espalhou-se sobre a neve. A frente de sua roupa já estava empapada de vermelho quando caiu de joelhos ao lado do companheiro morto. O jorro de sangue de sua garganta diminuía conforme o coração começava a falhar.

David virou Scylla de frente para o agonizante.

— Eu avisei! — gritou David. Ele agora estava chorando, chorando por Rolando e pela mãe, chorando até por Georgie e Rose, por todas as coisas que perdera, tanto as que podiam ser nomeadas como as que somente sentia. — Eu pedi para nos deixar em paz, mas você não quis. Agora olhe o que aconteceu. Seus idiotas! Homens idiotas!

A boca do arqueiro abria e fechava, e seus lábios formavam palavras, mas nenhum som saía. Os olhos estavam fixos no garoto. David viu quando se estreitaram, como se o homem não pudesse compreender o que estava sendo dito ou o que estava acontecendo com ele enquanto estava ali, ajoelhado na neve, com o sangue empoçando ao seu redor.

Então, lentamente, os olhos foram abrindo e ficando calmos — a morte lhe explicava o que se passara.

David desmontou de Scylla e verificou suas patas, para ver se ela não se machucara durante o confronto. Não parecia ferida. Havia sangue na espada de David. Ele pensou em limpá-la usando um dos homens mortos, mas não quis tocar nos cadáveres. Também não queria limpar o sangue da espada em suas próprias roupas, pois então o sangue do bandido recairia sobre ele próprio. Abriu a mochila, achou um pedaço velho de musselina no qual Fletcher embrulhara um pouco de queijo, e usou-o para limpar o sangue. Jogou o trapo ensanguentado na neve antes de chutar os corpos dos homens mortos para a valeta, ao lado da estrada. Estava cansado demais para tentar escondê-los melhor. Sentiu, de repente, a barriga roncar. Na boca, um gosto azedo, e a pele, melada de suor. Cambaleou afastando-se dos cadáveres e vomitou atrás de uma pedra, em espasmos sucessivos, até que a única coisa que restava no estômago eram gases.

Matara dois homens. Não quisera, realmente, fazer aquilo, mas agora estavam mortos por sua causa. As mortes dos Loups e dos lobos no cânion e até mesmo o que fizera à caçadora na cabana e à feiticeira na torre não o tinham afetado daquela maneira. Ele causara a morte de outros, é verdade, mas agora matara, pelo menos, um daqueles homens cortando sua carne com a ponta de uma espada. Os cascos de Scylla haviam sido responsáveis pela morte do outro, mas David estava montado nela quando isso ocorrera, ele a havia empinado e incitado ao ataque. Nem pensara sobre o que estava fazendo: uma reação natural para ele, e era a sua capacidade de ferir um outro homem que o aterrorizava mais do que qualquer outra coisa.

Limpou a boca com neve, depois voltou a montar em Scylla e a incitou a seguir em frente, deixando para trás o que fizera — seria difícil esquecer o feito. Quando reiniciou a cavalgada, espessos flocos de neve começaram a cair, recobrindo sua roupa, assim como a cabeça e o traseiro de Scylla. Não havia vento. A neve caía lenta e ininterruptamente, acrescentando mais uma nova camada e cobrindo estradas, árvores, moitas e corpos, os vivos e os mortos, como se fosse tudo uma coisa só, por detrás do seu véu. Os cadáveres dos ladrões logo ficariam envoltos em branco, e ali teriam ficado, escondidos e sem ninguém que lamentasse por eles, até a chegada da primavera, se não fosse um focinho úmido ter farejado o cheiro e revelado os restos mortais. O lobo uivou baixo, mas toda a floresta acordou enquanto a alcateia descia, dilacerando carnes e mordendo ossos, os mais fortes enchendo a pança e os mais fracos tendo de se contentar com as sobras. Mas eram realmente muitos os famintos e parca a refeição. A alcateia aumentara tanto que agora possuía alguns milhares de lobos: os brancos que vinham do longínquo norte e que se misturavam tão perfeitamente com a paisagem invernal que somente eram visíveis pela escuridão de seus olhos e pela vermelhidão de suas mandíbulas; os pretos do leste, que as anciãs diziam ser espíritos de feiticeiros e demônios em forma de animais; os cinzentos, que se mantinham à parte, pois não confiavam nos outros; e, finalmente, os Loups, que se vestiam como homens, tinham apetite de lobo e queriam reinar como reis. Eles se mantinham separados da maior parte da alcateia, observando da borda da floresta os seus irmãos primitivos lutarem e roubarem as entranhas dos bandidos mortos. Uma fêmea aproximou-se deles, vinda da estrada. Nas mandíbulas, segurava um trapo de musselina manchado de sangue seco. O gosto do sangue fizera sua boca salivar, e a custo ela tentava não engolir o pano enquanto andava. Jogou o trapo aos pés do líder e deu um passo atrás, obediente.

Leroi levantou o trapo até seu nariz e o cheirou. O cheiro do sangue dos defuntos era forte e penetrante, mas, mesmo assim, ele farejou o cheiro persistente do menino.

Leroi farejara David no pátio da fortaleza, para onde fora conduzido por seus espiões. Eles haviam se recusado a subir as escadas da torre, perturbados pelo que sentiam que se passava lá dentro, mas Leroi subira, mais para demonstrar coragem aos demais do que por um grande desejo de descobrir o que acontecera. Uma vez desfeito o feitiço, a torre era agora apenas uma concha vazia no coração de uma antiga fortaleza. Tudo o que restava de sua identidade antiga era uma sala de pedra no topo, entulhada com restos mortais e com montículos de pó de algo que outrora havia sido menos que humano. No centro estava o altar elevado de pedra, com os corpos de Rolando e de Rafael sobre ela. Leroi reconheceu o cheiro de Rolando, o protetor do menino agora estava morto. Ficara tentado a dilacerar os cadáveres dos dois cavaleiros, para execrar o seu lugar de descanso, mas sabia que isso era o que um animal faria, e ele já não era mais um animal. Deixou, então, os corpos como estavam e, embora nunca admitisse isso para seus lugares-tenentes, sentiu-se feliz de poder deixar aquela sala e a torre. Ainda havia ali coisas que ele não entendia e que o deixavam desconfortável.

Agora, com o trapo ensanguentado em suas garras, sentia uma ponta de admiração pelo menino a quem caçava. Pensava: *Como você cresceu rápido. Há bem pouco tempo, você era apenas uma criança atemorizada, e agora triunfa onde cavaleiros armados fracassam. Tira a vida de homens e limpa a sua lâmina para prepará-la para o próximo assassinato. É até uma pena que você tenha que morrer.*

A cada dia que passava, Leroi tornava-se um pouco mais homem do que animal — ou, pelo menos, tentava se convencer disso. Ainda tinha pelos crespos sobre todo o corpo, orelhas pontudas e dentes pontiagudos, mas o focinho era pouco mais do que um inchaço em torno da boca, e os ossos do rosto estavam se transformando, fazendo com que ele parecesse mais humano e menos lupino. Raramente andava de quatro, exceto quando precisava correr velozmente ou quando era momentaneamente tomado pela excitação ao detectar o cheiro do menino. Era essa a vantagem de ter tantos lobos ao seu serviço: o cheiro de cavalo era forte, muito mais forte do que o do menino ou de um humano, mas a nevasca recente fazia com que as pistas frequentemente fossem perdidas. No entanto, usando um grande número de espiões, o rastro sempre era recuperado rapidamente. Eles haviam seguido o menino até o povoado, e Leroi ficara tentado a atacá-lo com a força total da alcateia. Só que os espiões logo haviam detectado o cheiro do cavalo e do menino na direção leste e ficaram sabendo que o par não se encontrava mais entre os aldeões. Como a alcateia estava faminta, alguns dos Loups haviam ainda assim aconselhado um assalto à aldeia, mas Leroi sabia que isso somente desperdiçaria um tempo precioso. Tinha interesse também em manter os lobos famintos, pois a fome aumentaria a violência deles quando chegasse a hora de atacar o castelo do rei. Lembrou-se daquele homem que estava de pé sobre as defesas da vila, desafiando-o quando todos ao seu redor se acovardavam. Leroi admirara o gesto, assim como admirava muitos aspectos da natureza humana. Essa era uma das razões de ele se sentir tão confortável com a própria transformação. O que, porém, não o impediria de voltar àquele povoado e punir exemplarmente o homem que tentara humilhá-lo.

A alcateia perdera um pouco de terreno quando o menino e o cavaleiro deixaram a estrada, pois Leroi pensara que seguiriam diretamente ao castelo do rei e, até perceber o seu erro de cálculo, ele já desperdiçara meio dia de viagem. Somente a boa sorte de David fizera a alcateia perdê-lo ao deixar a Fortaleza dos Espinhos, pois os lobos estavam estranhando a floresta, incertos sobre as coisas escondidas que viviam dentro das árvores, e haviam evitado as suas profundezas ao se aproximarem da fortaleza. Assim que teve a certeza de que não havia mais ninguém vivo dentro dela, Leroi enviara uma dúzia dos seus espiões para seguir o rastro de David na floresta, enquanto o grosso da alcateia se dirigia para o castelo do rei, a leste, usando uma rota mais longa, porém mais segura. Quando os espiões voltaram a se unir à alcateia, somente três deles estavam vivos. Sete haviam sido mortos pelas criaturas que viviam dentro das árvores. Os outros dois — e isso interessava especialmente a Leroi — haviam sido descobertos com a garganta cortada e os focinhos arrancados.

— Aquele torto está protegendo o menino — rosnou o mais confiável dos ajudantes de Leroi, ao ouvir as novas. Ele também estava em processo de transformação, embora de forma mais lenta e menos evidente.

— Ele pensa que encontrou um novo rei — replicou Leroi. — Mas nós estamos aqui para dar um fim nos reis humanos. O menino nunca chegará a reivindicar o trono.

Rosnou uma ordem e seus Loups começaram a reunir a alcateia, rosnando e mordendo os que não obedeciam rapidamente. A hora estava chegando. O castelo se encontrava a menos de um de dia de viagem, e, assim que chegassem lá, haveria carne suficiente para todos e o maldito reinado do novo rei, Leroi, começaria.

Leroi estava se transformando numa coisa melhor do que um animal e pior do que um homem, mas, no fundo, bem no fundo mesmo, ele seria sempre um lobo.

XXVII

DO CASTELO, E DA ACOLHIDA DO REI

O DIA PASSOU, tão moroso e sem graça que se foi quase com gratidão, quando a noite o sucedeu. David estava com o moral baixo. As costas e as pernas doíam por causa das longas horas passadas na sela, mesmo tendo conseguido ajustar os estribos para que seus pés se encaixassem confortavelmente, e aprendido a segurar bem as rédeas de tanto observar Rolando. Graças a isso, agora se sentia mais à vontade do que nunca com Scylla, ainda que ela continuasse a ser grande demais para ele. A neve reduzia-se a alguns poucos flocos e logo cessaria completamente. A terra parecia se resfestelar em seu silêncio e em sua brancura, sabendo que a neve a tornara mais bela do que antes.

Chegaram a uma curva acentuada. À sua frente, o horizonte estava iluminado por um brilho suave e amarelado, e David percebeu que deviam estar perto do castelo do rei. Sentiu uma repentina onda de energia positiva e incitou Scylla, apesar de ambos estarem exaustos e famintos. O cavalo rompeu num trote, como se já sentisse tanto o cheiro do feno e da água fresca quanto a proximidade de um estábulo quentinho no qual poderia descansar. Mas, logo depois, David o freou e ficou à escuta. Atentamente. Ouvira algo, como se fosse o som do vento, embora a noite estivesse parada. Scylla parecia ter ouvido algo também, pois relinchou e escavou o chão. David deu um tapinha no seu flanco, tentando acalmá-la, apesar da própria tensão.

— Shhh... Scylla — murmurou.

O barulho voltou diferente. Era o uivo de um lobo. Não se podia saber se estava próximo ou não, pois a neve abafava todos os sons, mas certamente estava perto o suficiente para ser ouvido — perto demais, para o gosto de David. Alguma coisa se movia na floresta à sua direita, e ele desembainhou a espada, já imaginando dentes alvos, uma língua rósea e mandíbulas traiçoeiras. Mas, em vez disso, foi o Homem Torto que emergiu. Tinha uma lâmina fina e curva na mão. David apontou sua espada para a figura que se aproximava e fixou os olhos na ponta, dirigida para a garganta do Homem Torto.

— Baixe sua espada — pediu o Homem Torto. — Você não tem nada a temer.

Mas o menino conservou a espada exatamente no mesmo lugar. Estava satisfeito de ver que sua mão não tremia. O Homem Torto, pelo contrário, não se mostrava nada satisfeito com a coragem de David.

— Muito bem, então — disse. — Como queira. Os lobos estão vindo para cá. Não sei por quanto tempo poderei mantê-los afastados, quem sabe o bastante para você chegar ao castelo. Fique na estrada e não sucumba à tentação de pegar atalhos.

Mais uivos, dessa vez mais perto.

— Por que você está me ajudando? — perguntou David.

— Eu estive ajudando você todo o tempo — respondeu o Homem Torto. — Facilitei o seu caminho e salvei a sua vida, para que pudesse chegar ao castelo. Agora, vá logo encontrar o rei. Ele está esperando você. Vá!

Com isso, afastou-se de David e seguiu com sua lâmina cortando o ar, como se estivesse matando lobos. David ficou olhando até ele desaparecer. Então, não tendo outra escolha senão agir como ele o aconselhara, fez Scylla galopar em direção a uma luz que brilhava à sua frente. O Homem Torto ficou observando o conjunto, de um buraco na base de um velho carvalho. Tudo fora muito mais difícil do que ele esperava, mas, logo, o menino estaria onde realmente deveria estar, e ele mais perto de ganhar sua recompensa.

— Ciranda cirandinha, vamos todos cirandar — cantava enquanto lambia os beiços. — Vamos dar a meia-volta, volta e meia... — Soltou uma risadinha, mas logo tapou a boca para sufocar o riso. Não estava sozinho. Uma respiração arfante surgiu perto dele, e uma nuvenzinha cinzenta se formou no escuro. O Homem Torto enrolou-se todo, formando uma bola, e somente sua lâmina permanecia estendida, meio escondida sob a neve.

E, quando o lobo espião por ali passou, ele o dilacerou da garganta ao rabo, expondo suas entranhas ao ar gélido da noite.

À medida que David se aproximava do fim de sua jornada, a estrada ficava mais sinuosa e tortuosa, e também ia se estreitando. De cada lado, erguiam-se paredões rochosos, criando um cânion através do qual ecoavam as patadas dos cascos de Scylla, pois, naquele lugar, a neve não caíra com tanta intensidade — o chão estava protegido pelos rochedos. Quando David conseguiu atravessar o cânion, diante dele estendeu-se um vale cortado por um rio, nas margens do qual, a uma distância aproximada de um quilômetro e meio, estava um grande castelo cercado de muralhas imponentes e altas, e de muitas edificações e torres. Nas janelas brilhavam luzes, e sobre as ameias havia fogueiras acesas. David podia ver os soldados montando guarda. E enquanto os observava, um portão gradeado foi levantado e doze cavaleiros partiram do castelo. Cruzaram a ponte levadiça e tomaram a direção para onde estava o menino, cavalgando velozmente. Ainda temeroso dos lobos, David foi ao encontro dos homens. Assim que o viram, os cavaleiros esporearam suas montarias até chegarem bem perto e o rodearem, enquanto os da retaguarda viraram-se para o cânion, com suas lanças prontas para o caso de qualquer ameaça vir daquela direção.

— Estávamos esperando você — anunciou um dos homens. Era mais velho do que os outros e tinha o rosto marcado por cicatrizes resultantes de antigas batalhas. Seu cabelo castanho, já ficando grisalho, aparecia por baixo do elmo, e usava um peitoral de prata ornado de bronze sobre o manto escuro. — Devemos levá-lo em segurança até os aposentos do rei. Venha agora.

David o acompanhou, cercado de todos os lados por cavaleiros armados e sentindo-se ao mesmo tempo protegido e prisioneiro. Chegaram até a ponte levadiça sem incidentes e entraram no castelo, enquanto a grade de proteção era imediatamente baixada. Acorreram servos para ajudar David a desmontar. Ele foi enrolado num macio casaco de peles preto e deram-lhe para matar a sede uma bebida quente e doce, numa xícara de prata. Um dos servos tomou as rédeas de Scylla. David estava para impedi-lo de levar o cavalo quando o líder interveio.

— Eles cuidarão bem do seu cavalo; ficará alojado perto do lugar onde você vai dormir. Eu sou Duncan, Capitão da Guarda do Rei. Não tenha medo. Você está a salvo conosco e é um honorável hóspede de sua majestade.

Pediu a David que o seguisse. O menino obedeceu, caminhando atrás dele enquanto deixavam o pátio e entravam no castelo. Havia mais pessoas ali do que vira em toda a viagem, e ele era um objeto de interesse para elas. Jovens criadas paravam e ficavam conversando sobre ele, tapando a boca com as mãos. Os idosos faziam uma ligeira reverência quando ele passava, e os meninos o olhavam com uma expressão de admiração.

— Eles já ouviram falar muito de você — contou Duncan.

— Mas como... — questionou David.

Entretanto, tudo o que Duncan disse foi que o rei tinha seus meios pessoais de saber das coisas.

Passaram por corredores de pedra, tochas acesas e aposentos luxuosamente mobiliados. Os servos iam sendo substituídos por nobres, homens sérios com correntes de ouro no pescoço e papéis nas mãos. Todos fitavam David com uma mistura de emoções: felicidade, preocupação, suspeita e até mesmo temor. Finalmente, Duncan e David chegaram diante de uma grande porta de folha dupla, esculpida com imagens de dragões e pombas. De cada lado havia um soldado de guarda, armado com uma longa lança. Quando David e Duncan se aproximaram, os soldados abriram as portas, revelando uma enorme sala ornada com pilares de mármore e com o chão recoberto por belíssimos tapetes. As paredes tinham tapeçarias que davam ao aposento uma gostosa sensação de acolhimento. Nelas estavam tecidas batalhas e esponsais, funerais e coroações. Havia mais cortesãos ali e mais soldados, formando uma linha dupla entre as quais David e Duncan passaram até se encontrarem aos pés de um trono elevado sobre três degraus de pedra. No trono estava sentado um homem velho, muito velho. Portava uma coroa de ouro cravejada de joias vermelhas, mas ela parecia pesar muito sobre a sua cabeça, pois a pele se encontrava avermelhada e descascada onde o metal tocava a testa. Os olhos estavam meio fechados e a respiração, muito prejudicada.

Duncan dobrou um joelho e inclinou a cabeça. Deu um cutucão na perna de David, sugerindo que fizesse o mesmo. O menino, é claro, nunca vira um rei antes e não sabia bem como deveria se comportar. Seguiu o exemplo de Duncan, mas espreitando o rei por detrás de sua franja.

— Majestade — começou Duncan. — Ele está aqui

O rei se mexeu e abriu um pouco mais os olhos.

— Aproxime-se — pediu a David.

David não conhecia o protocolo, se era para se levantar ou se deveria arrastar-se de joelhos para chegar mais próximo do rei. Ele não queria ofender ninguém nem arranjar mais encrencas.

— Pode se levantar — ordenou o rei. —Venha, deixe-me ver você.

David se levantou e aproximou-se do trono. O rei fez um sinal para ele com o dedo enrugado, e o menino subiu os degraus, até ficar bem em frente ao velho. Com um grande esforço, o rei se inclinou para a frente e se apoiou no ombro de David. O peso de toda a parte superior de seu corpo parecia descansar sobre o menino. O rei mal dava impressão de respirar, e David se lembrou das carcaças secas dos cavaleiros, lá na Fortaleza dos Espinhos.

— Você vem de muito longe — disse o rei. — Poucos homens poderiam ter feito o que você conseguiu fazer.

O garoto não sabia ao certo o que responder. "Obrigado" não lhe parecia a resposta apropriada e, de qualquer forma, ele não se sentia particularmente satisfeito consigo próprio. Rolando e o Lenhador estavam mortos, e os corpos de dois ladrões jaziam em algum lugar da estrada, escondidos na neve. David se perguntava se o rei também sabia a respeito daquilo. Parecia saber muitíssimo para uma pessoa que supostamente estaria perdendo o controle do reino.

No fim, David conseguiu articular:

— Estou feliz de estar aqui, Majestade. — E ficou imaginando que o fantasma de Rolando deveria estar impressionado com a diplomacia que revelara.

O rei sorriu e fez um sinal afirmativo, como se não fosse possível a alguém ficar *infeliz* na sua companhia.

— Majestade — disse David. — Me disseram que o senhor poderia me ajudar a voltar para casa. Me disseram também que o senhor possui um livro e que nele...

O rei levantou a mão enrugada cujo dorso era um emaranhado de veias roxas e manchas escuras.

— Tudo a seu devido tempo — disse. — Tudo a seu tempo. Por agora, você deve comer e descansar. De manhã, falaremos novamente. Duncan vai mostrar seus aposentos. Não vai ficar longe daqui.

E assim terminou a primeira audiência de David com o rei. Ele se retirou, sempre se mantendo de frente para o trono, pois pensou que virar as costas poderia ser considerado falta de educação. Duncan fez um sinal de aprovação, depois levantou-se e curvou-se perante o rei. Guiou David até uma porta pequena que ficava do lado direito do trono. Dali, um lance de escadas levava até uma galeria que circundava o aposento, e David foi introduzido num dos quartos que saíam dela. Era um quarto enorme com uma cama imponente numa das extremidades, uma mesa e seis cadeiras no centro, uma lareira na outra extremidade e três janelas pequenas que davam para o rio e para a estrada. Uma muda de roupas estava sobre a cama, e havia comida na mesa: galinha assada, batatas, três espécies de vegetais e frutas frescas para a sobremesa. Havia também uma jarra de água e, num pote de pedra, algo que parecia a David ser vinho quente. Diante da lareira, havia sido colocada uma grande banheira sobre um travessão que continha carvão em brasa para esquentar a água.

— Coma tudo o que quiser e depois durma — orientou Duncan. — Eu venho procurar você de manhã. Se precisar de alguma coisa, toque o sino ao lado de sua cama. A porta não ficará trancada, mas, por favor, não saia deste quarto. Você não conhece o castelo, e não gostaríamos que se perdesse aqui dentro.

Duncan fez uma reverência e retirou-se. David descalçou os sapatos. Comeu quase toda a galinha e boa parte das frutas, e tentou beber o vinho quente, mas não gostou muito. Em um pequeno armário que havia ao lado da sua cama, encontrou um banco de madeira com um buraco no meio — uma espécie de privada. O cheiro era terrível, mesmo com os buquês de flores e ervas que haviam sido dependurados nas paredes. David fez o que precisava o mais rápido possível, segurando a respiração o tempo todo, depois se afastou num salto, fechando a porta com força antes de recuperar o fôlego. Tirou a roupa e a bainha da espada, tomou um banho de banheira e depois vestiu uma espécie de camisola de algodão engomada. Antes de subir na cama, foi até a porta do quarto e a abriu devagar. A sala do trono, lá embaixo, encontrava-se agora sem guardas e o rei não estava mais lá. Havia, no entanto, um soldado fazendo a guarda na galeria, as costas voltadas para David, e um outro do lado oposto. As paredes grossas bloqueavam qualquer som, o que fazia parecer que os guardas eram as únicas pessoas vivas no castelo. David fechou a porta do quarto de dormir e caiu, exausto, sobre a cama. Em alguns segundos, estava profundamente adormecido.

Acordou de repente, e durante um momento ficou sem saber ao certo onde estava. Pensou que estava de volta à própria cama e procurou seus livros e jogos ao redor, mas não conseguia encontrá-los. Então, rapidamente, tudo voltou à sua memória. Sentou-se e viu que haviam colocado lenha fresca na lareira enquanto ele dormia. Os restos de sua ceia e os pratos que usara também haviam sido levados. Até mesmo a banheira e a água quente haviam sido retiradas, tudo sem que ele acordasse de seu sono profundo.

Não tinha ideia da hora que poderia ser, achava que deveria estar ainda no meio da madrugada. O castelo parecia adormecido, e, quando deu uma olhada pela janela, viu uma lua baça envolta em fragmentos de nuvens. Algo o acordara. Estivera sonhando com sua casa, mas, no sonho, ouvira vozes que não pertenciam a ela. Primeiro, tentara simplesmente incorporá-las ao sonho, como acontecia algumas vezes com o toque do despertador que se tornava o de um telefone, se ele estivesse muito cansado e dormindo muito profundamente. Agora, ao sentar-se na cama, rodeado pelos travesseiros, o murmúrio baixo de dois homens conversando tornava-se claro para ele, e tinha a certeza de ter ouvido pronunciarem o seu nome. Empurrou a coberta para o lado e dirigiu-se devagarinho para a porta. Tentou ouvir, aproximando-se do buraco da fechadura, mas as vozes eram abafadas demais para que pudesse entender o que diziam. Abriu, então, a porta o mais silenciosamente possível e espreitou o que se passava na galeria.

Os guardas que estavam fazendo a ronda haviam desaparecido. As vozes vinham da sala do trono. Mantendo-se na sombra, David se escondeu detrás de um enorme vaso de prata cheio de samambaias e olhou para os dois homens lá embaixo. Um deles era o rei, mas não estava sentado no trono e sim nos degraus de pedra, usando um roupão roxo sobre uma camisola de dormir branca e dourada. O topo de sua cabeça era totalmente calvo e repleto de manchas escuras. Tufos de cabelos brancos pendiam soltos sobre suas orelhas e sobre a gola do roupão, e ele se tremia todo naquele gélido e enorme aposento.

O Homem Torto estava sentado no trono do rei, com as pernas cruzadas e os dedos estendidos à sua frente. Parecia insatisfeito com algo que o rei dissera, pois cuspiu com raiva no chão de pedra. David ouviu a cusparada sibilar e chiar no lugar onde caíra.

— Não devemos ter pressa — disse o Homem Torto. — Algumas horas a mais não vão matar você.

— Parece que nada vai me matar — devolveu o rei. — Você prometeu acabar logo com isto. Eu tenho necessidade de descansar, de dormir. Quero jazer na minha cripta e transformar-me em pó. Você me prometeu que eu finalmente teria permissão para morrer.

— Ele acha que o livro o ajudará — disse o Homem Torto. — Quando descobrir que o livro não tem valor algum, vai se mostrar mais razoável, e então nós dois receberemos a recompensa a que temos direito por ele.

O rei mudou de posição, e David viu que ele tinha um livro no colo. Era um volume encadernado em couro e parecia estar em mau estado e ser antiquíssimo. Os dedos do rei acariciavam a capa afetuosamente, e seu rosto era uma máscara de tristeza.

— Este livro tem valor para *mim* — disse.

— Então, pode levá-lo para seu túmulo — zombou o Homem Torto —, pois ele será inútil para qualquer outra pessoa. Até lá, deixe-o onde possa despertar o interesse do garoto.

O rei se levantou com dificuldade e cambaleou pelos degraus do trono abaixo. Foi até um pequeno cubículo cavado na parede e colocou o livro cuidadosamente sobre uma almofada dourada. David notara aquele buraco antes, porque as cortinas que o escondiam haviam permanecido abertas durante seu encontro com o rei.

— Não se preocupe, *Vossa Majestade* — disse com sarcasmo o Homem Torto. — Nosso acordo está quase concluído.

O rei franziu o cenho.

— Não foi um acordo — retificou. — Não para mim e nem para a pessoa com quem você se comprometeu a fazê-lo.

O Homem Torto pulou do trono e, com um único salto, colocou-se a centímetros do rei. Mas o velho não se amedrontou e nem se mexeu.

— Você não fez nenhum acordo que não quisesse — irritou-se o Homem Torto. — Eu lhe dei o que desejava e deixei bem claro o que esperava em troca.

— Eu era uma criança — disse o rei. — Eu estava com raiva. Não entendia o mal que estava fazendo.

— E acha que isso o desculpa? Criança tola, via as coisas somente em preto e branco, bom e ruim, o que lhe dava prazer e o que o fazia sofrer. Agora, vê tudo em diversos tons de cinza. Até mesmo o governo de seu próprio reino está fora de seu controle, porque se recusa a decidir o que é certo e o que é errado, até mesmo a admitir que sabe diferenciar uma coisa e outra. Sabia perfeitamente com o que estava concordando no dia em que selamos o negócio. Os remorsos prejudicaram sua memória, e agora você tenta pôr a culpa em mim pelas próprias fraquezas. Cuidado com a língua, velho, ou serei forçado a lembrá-lo do poder que ainda tenho sobre você.

— O que pode fazer contra mim que ainda não tenha feito? — perguntou o rei. — Tudo o que me resta é a morte, e você continua a impedir que eu morra.

O Homem Torto se inclinou tanto para o rei que os seus narizes chegaram a se tocar.

— Lembre-se, lembre-se muito bem disso: há mortes fáceis e mortes difíceis. Posso tornar sua passagem tão tranquila como uma soneca à tarde, ou tão dolorosa e prolongada quanto seu corpo gasto e seus ossos frágeis permitirem. Nunca se esqueça disso.

O Homem Torto se virou e seguiu para a parede que ficava por trás do trono. A tapeçaria de uma caçada ao unicórnio mexeu-se ligeiramente à luz da tocha, e pronto, ali estava somente o rei, sozinho na sala do trono. O velho foi até o cubículo, abriu o livro mais uma vez e ficou olhando durante certo tempo para o que as suas páginas revelavam. Depois fechou-o novamente e saiu por uma porta que ficava debaixo da galeria. David agora estava sozinho. Esperou os guardas voltarem, mas isso não aconteceu. Passados cinco minutos, tudo permanecia quieto. Ele desceu as escadas que levavam até a sala do trono e a atravessou sem fazer barulho até o lugar onde se encontrava o livro.

Então, aquele era o livro do qual o Lenhador e Rolando haviam falado. Aquele era O Livro das Coisas Perdidas. Mas o Homem Torto declarara que era um livro inútil, mesmo que o rei parecesse considerá-lo mais do que a própria coroa. Talvez o Homem Torto estivesse errado, pensou David. Talvez ele simplesmente não entendesse o que as páginas do livro continham.

Estendeu a mão, pegou o livro e o abriu.

XXVIII

DO LIVRO DAS COISAS PERDIDAS

AVID ABRIU O LIVRO numa página decorada com o desenho de um casarão, feito por uma criança: havia árvores e um jardim, e janelões. Um sol sorridente brilhava no céu e bonecos de palito representavam um homem, uma mulher e um menininho de mãos dadas diante da porta da frente da casa. David virou a página e descobriu um ingresso para um espetáculo teatral de Londres. No verso, escrito numa caligrafia infantil: “Minha primeira peça!” Na página ao lado, via-se um cartão-postal de um cais. Era um cartão muito antigo e estava mais para sépia do que para preto e branco. David foi virando mais páginas e viu flores secas coladas, um tufo de pelo canino (“Sortudo, um Bom Cão”), fotografias e desenhos, um retalho de vestido e uma corrente partida, pintada como se fosse de ouro, mas mostrando o prateado original. Havia uma página de um outro livro, com o desenho de um cavaleiro matando um dragão, e um poema sobre um gato e um rato, em garranchos. O poema não era muito bom, mas, pelo menos, era rimado.

David não entendia uma coisa: tudo aquilo pertencia ao seu mundo, e não àquele onde se encontrava. Havia fichinhas e suvenires de uma vida não muito diferente da dele. Continuou a ler o livro e chegou a uma série de anotações em forma de diário. A maioria era breve, descrevendo dias passados na escola, viagens à praia, até mesmo a descoberta de uma aranha particularmente grande e cabeluda numa teia no jardim. O tom das anotações mudava à medida que prosseguia a leitura, e elas se tornavam mais longas e detalhadas, e mais amarguradas e raivosas. Falavam da chegada de uma garotinha na família, uma irmã, e da raiva de um garoto pela atenção que davam à recém-chegada. Havia saudade de um tempo em que "éramos somente eu, minha mamãe e meu papai". David sentiu afinidade com o garoto, mas também antipatia. A raiva demonstrada contra a menina — e contra os pais por trazê-la para o seu mundo — era tão intensa que chegava ao ódio puro.

"Eu faria qualquer coisa para me livrar dela", dizia uma das páginas do diário. "Eu daria todos os meus brinquedos e todos os livros que possuo. Daria minhas economias. Varreria o chão todos os dias, durante o resto da minha vida. Eu venderia minha alma se ela pudesse SUMIR DE VEZ!!!"

Mas a última anotação era a mais curta de todas. Dizia simplesmente: "Já decidi. Vou fazer isso."

Na última página, estava colada uma fotografia da família, com os quatro membros de pé ao lado de um vaso de flores numa típica pose de estúdio. Havia um pai careca e uma mãe bonita, que usava um vestido branco rendado. Aos pés dela estava sentado um garoto vestido com um terninho de marinheiro, olhando carrancudo para a câmera, como se o fotógrafo o tivesse repreendido severamente. Ao seu lado,

David podia apenas distinguir a bainha de um vestido e um par de sapatinhos pretos, mas a imagem da menina havia sido rasgada.

Voltou para a primeira página do livro e viu o que estava escrito ali. Dizia:

Este Livro Pertence a Jonathan Tulvey.

David fechou o livro abruptamente e afastou-se de imediato dele. Jonathan Tulvey: o tio-avô de Rose que havia desaparecido juntamente com a irmãzinha adotiva e nunca mais fora visto. Aquele era o livro de Jonathan, a história da vida dele. Lembrou-se do velho rei e do seu jeito amoroso ao tocar aquele livro.

"*Este livro tem valor para* mim."

Jonathan era o rei. Fizera um acordo com o Homem Torto e, em troca, tornara-se o governante oficial daquela terra. Talvez houvesse passado através do mesmo portal que ele usara para ir até lá. Mas qual fora o acordo, e o que acontecera com a menininha? Qualquer que tivesse sido a transação que fizera com o Homem Torto, ela lhe custara caríssimo, no final. O velho rei suplicando permissão para morrer era uma prova viva disso.

Surgiu um som lá de cima. David encolheu-se contra a parede quando a figura de um guarda apareceu na galeria, retornando logo à sua posição anterior assim que viu que a sala do trono estava vazia. David não tinha como voltar ao seu quarto sem ser visto. Olhou em torno e tentou achar outra saída. Podia usar a porta por onde o rei passara, mas certamente isso significaria deparar-se com guardas. Havia também a saída pela tapeçaria da parede, por detrás do trono. O Homem Torto achara alguma maneira de passar por ali, e David duvidava de que houvesse guardas no lugar para onde ele fora. Ele também estava curioso. Pela primeira vez, sentia que sabia mais do que o Homem Torto ou o rei pensavam que soubesse. Era mais do que tempo de tentar usar tal conhecimento.

Silenciosamente, foi até a tapeçaria na parede e levantou uma das pontas. Achou uma porta. Girou a maçaneta e ela silenciosamente se abriu. Dava para uma passagem de teto baixo, iluminada por velas colocadas em buracos cavados na pedra. O teto era tão baixo que quase tocava no cabelo de David. Fechou a porta atrás de si e seguiu pelo corredor, avançando cada vez mais por lugares frios e escuros que estavam nas entranhas do castelo. Passou por masmorras e calabouços abandonados, alguns ainda atulhados de ossos, e por um aposento repleto de instrumentos de tortura: tábuas onde os prisioneiros eram esticados até a morte; alicates para quebrar ossos; espetos, lanças e lâminas dilaceradoras de carne; e, num canto escuro, uma donzela de ferro no formato daqueles sarcófagos que ele vira em museus, mas cheio de pregos no lado interno da tampa, para que qualquer pessoa trancada no seu interior tivesse uma morte horrorosa. Tudo isso fez David se sentir nauseado, e ele resolveu se apressar e deixar logo aquele lugar.

Chegou, por fim, a um quarto enorme, *decorado* com uma imensa ampulheta. Seus cones eram da altura de uma casa, e o superior estava quase vazio. Tanto a madeira como o vidro que haviam servido para a construção da ampulheta pareciam muito antigos. O tempo, para alguém ou para alguma coisa, estava se esgotando; na verdade, agora estava quase no fim.

Ao lado dessa ampulheta havia um pequeno quarto mobiliado com um único leito, um colchão manchado e um velho cobertor. Na parede ao lado do leito havia uma panóplia de armas brancas: adagas, espadas e facas, todas organizadas em ordem decrescente de tamanho. Em outra parede havia uma estante cheia de jarras de diversos tamanhos e formas. Uma delas parecia emitir um brilho bem fraquinho.

O nariz de David se franziu por causa de um cheiro ruim. Virou-se para descobrir de onde vinha, e sua cabeça quase se chocou com uma guirlanda feita com focinhos de lobos, dependurada por uma corda do teto — uns vinte ou trinta focinhos, alguns ainda com sangue fresco.

— Quem é você? — perguntou uma voz, e o coração de David quase parou de susto. Tentou descobrir de onde vinha o som, mas não havia ninguém por ali. — Ele sabe que você está aqui? — perguntou novamente a voz. Era a voz de uma menina.

— Eu não consigo ver você — disse David.

— Mas eu estou vendo você.

— Onde você está?

— Estou aqui em cima, na prateleira.

David olhou para a prateleira das jarras. Ali, numa jarra verde próxima da borda, viu uma minúscula menininha. O cabelo era longo e louro, os olhos, azuis. Brilhava com uma luz fraca e usava uma simplória camisola branca. Havia um buraco na camisola, do lado esquerdo do peito, rodeado por uma grande mancha cor de chocolate.

— Você não devia estar aqui — alertou a menininha. — Se ele descobrir, vai machucar você, como me machucou.

— O que foi que ele fez com você? — perguntou David.

A menina somente sacudiu a cabeça e fechou os lábios com força, como se estivesse segurando o choro.

— Qual é o seu nome? — perguntou David, tentando mudar de assunto.

— Meu nome é Anna — respondeu a menina.

Anna.

— Eu sou David. Como posso tirar você daqui?

— Você não pode — disse a menina. — Não está vendo? Eu estou morta.

David aproximou-se mais da jarra. Podia ver as mãozinhas da menina tocando o vidro, mas sem deixar marcas nele. O rosto era branco, os lábios, roxos, e as olheiras, escuras. O buraco na camisola estava mais nítido agora, e David pensou que a mancha talvez fosse de sangue seco.

— Há quanto tempo está aqui?

— Eu já perdi a conta dos anos — disse ela. — Eu era muito pequena quando cheguei aqui. Havia um outro menininho neste quarto quando cheguei. Às vezes, sonho com ele. Era parecido com o que sou agora, mas muito fraquinho. Ele desapareceu quando fui trazida para este quarto e nunca mais o vi. Mas estou ficando cada vez mais fraca. Eu tenho medo. Fico horrorizada de pensar que vai acontecer comigo o mesmo que aconteceu com ele. Eu vou desaparecer, e, então, ninguém vai saber o que foi feito de mim.

Ela começou a chorar, mas sem lágrimas, pois os mortos não podem mais verter lágrimas ou sangrar.

David colocou seu dedo contra o vidro da jarra, no lugar onde a mão da menina estava tocando, pelo lado de dentro — somente o vidro os separava.

— Alguém sabe que você está aqui? — perguntou David.

Ela fez um sinal afirmativo com a cabeça.

— Meu irmão, às vezes, vem, mas agora está muito velho. Bem, eu o chamo de irmão, mas ele nunca foi meu irmão, não de verdade. Eu queria tanto que ele fosse... Ele me diz que sente muito. Eu acredito nele. Acho que tem remorsos.

Subitamente, tudo aquilo começou a fazer um sentido terrível para David.

— Jonathan trouxe você aqui, e deu você para o Homem Torto — concluiu. — Foi essa a transação que ele fez.

Ele se sentou no leito frio e desconfortável.

— Tinha ciúmes — continuou ele, falando com mais suavidade agora, tanto para si próprio como para a garota que estava dentro da jarra. — E o Homem Torto ofereceu a ele um meio de se livrar de você. Jonathan se tornou rei, e a velha rainha que o precedera teve permissão para morrer. Talvez, muitos anos antes, ela tivesse feito um acordo semelhante com o Homem Torto, e o menino que você viu na jarra quando chegou talvez fosse o irmão dela, ou o primo, ou algum menininho da vizinhança que a aborrecia tanto que ela queria se livrar dele.

E o Homem Torto ouvira os sonhos dela, pois era por lá que ele ficava zanzando. A casa dele era a terra da imaginação, o mundo onde as histórias começavam. As histórias estavam sempre procurando um jeito de serem contadas, trazidas à vida por meio dos livros e da leitura. Era assim que passavam do seu mundo próprio para o nosso. Mas, com elas, vinha o Homem Torto, espreitando por ambos os mundos, procurando histórias para contá-las a seu modo, caçando crianças que sonham com maldades, ciumentas, agressivas e orgulhosas. E ele as transformava em reis e rainhas, dando-lhes um poder amaldiçoado; tal poder, na verdade, continuava sempre nas mãos dele. Em troca, eles traíam os objetos de seus ciúmes e os entregavam ao Homem Torto, e ele os levava para sua toca, nas profundezas do castelo...

David se levantou e voltou para a menina na jarra.

— Eu sei que é difícil para você falar, mas você tem que me contar o que aconteceu quando foi trazida para cá. É muito importante. Por favor, tente.

Anna fechou a cara e balançou a cabeça.

— Não — sussurrou. — Dói muito. Não quero me lembrar disso.

— Por favor, vamos! — insistiu David, e sua voz ganhara uma nova energia. Parecia mais profunda, como se o homem no qual ele se tornaria de repente estivesse se revelando antes do tempo. — Não pode acontecer de novo, e você tem que me contar o que ele fez.

Anna tremia. Os lábios estavam fechados, fininhos como papel, e seus pequenos punhos, tão apertados que os ossos pareciam prestes a furar a pele. Finalmente, ela deixou sair um gemido de sofrimento, de raiva e de ressentimento, e as palavras jorraram.

— Nós viemos através do jardim afundado — começou. — Jonathan era sempre tão mau comigo... Ele só me provocava, quando resolvia falar comigo. Ele me beliscava e puxava o meu cabelo. Me levava para a floresta e tentava se perder de mim de propósito, até que eu começava a chorar e então ele tinha que voltar para me procurar, no caso dos pais dele me ouvirem. Dizia que, se eu contasse alguma coisa para eles, ele me daria a um estranho. Dizia que os pais não acreditariam em mim porque eu não era filha verdadeira deles. Eu era somente uma menininha que eles haviam adotado por piedade, e que, se eu desaparecesse, eles não ficariam assim tão tristes.

"Mas, às vezes, ele também era muito bonzinho e carinhoso, como se tivesse esquecido que tinha que me odiar, como se o verdadeiro Jonathan conseguisse, por um breve momento, transparecer através dele. Talvez tenha sido por isso que eu o segui até o jardim naquela noite, porque ele se mostrara muito amável comigo naquele dia. Comprara doces para mim com o próprio dinheiro e repartira sua fatia de torta comigo depois que a minha caíra no chão. Ele me acordou no meio da noite e me disse que tinha que me mostrar uma coisa, algo especial e secreto. Todo mundo estava dormindo, e nós nos esgueiramos até o jardim rebaixado, de mãos dadas. Ele me mostrou um buraco. Eu estava com medo. Eu não queria entrar naquele buraco. Mas Jonathan disse que eu veria um país estranho, uma terra fabulosa, se entrasse lá. Ele foi na frente e eu o segui. No início, não dava para ver nada. Havia somente aranhas e escuridão. Depois surgiram as árvores e as flores, e senti o perfume de macieiras em flor e de pinheiros. Jonathan estava de pé numa clareira, dançando em círculos, rindo e me chamando para dançar com ele.

"E foi o que eu fiz."

A menina ficou calada por um momento. David esperou que ela continuasse a contar.

— Havia um homem esperando: o Homem Torto. Estava sentado numa pedra. Olhava fixamente para mim e lambia os beiços, e depois falou para Jonathan: 'Diga-me'.

"E Jonathan respondeu: 'O nome dela é Anna'. E o Homem Torto falou como se estivesse provando o meu nome para ver qual gosto tinha: 'Bem-vinda, Anna'. E, então, pulou da pedra e me envolveu em seus braços e começou a rodopiar comigo, exatamente como Jonathan fizera, mas girava tão rapidamente que cavou um buraco no chão e me arrastou para dentro com ele, em meio a raízes e terra, vermes e insetos, em direção aos túneis que há por baixo deste mundo. Ele me arrastou por quilômetros, embora eu gritasse sem parar, até que, por fim, chegamos a estes aposentos. E então..."

A menina parou de falar.

— E então... — estimulou David.

— Ele comeu o meu coração — sussurrou ela.

David sentiu que estava ficando lívido. Sentia-se tão mal que pensou que ia desmaiar.

— Ele colocou a mão dentro de mim, rasgando minha carne com suas unhas, depois puxou o coração para fora e o comeu, bem na minha frente. E doeu, doeu tanto, tanto... A dor foi tão grande que eu deixei meu corpo, para escapar dela. Eu podia me ver morrendo, no chão, e depois eu estava sendo erguida, e havia luzes e vozes. Então, o vidro se fechou ao meu redor, e eu fiquei presa nesta jarra e fui colocada nesta prateleira, e desde então estou aqui. Na outra vez que vi Jonathan, ele tinha uma coroa na cabeça e se dizia rei, mas não parecia feliz. Parecia aterrorizado e deprimido, e desde então continua assim. Quanto a mim, eu não durmo nunca, porque nunca me sinto cansada. Nunca como porque nunca tenho fome. Nunca bebo porque nunca tenho sede. Apenas permaneço aqui, não há jeito de eu saber quantos dias ou anos já se passaram, exceto quando Jonathan vem e posso constatar os danos do tempo no rosto dele. Na maioria das vezes, porém, *ele* vem. Parece mais velho agora, também. Está doente. Conforme eu vou desaparecendo, ele se torna mais fraco. Ouço ele falar, dormindo. Agora está procurando um outro que possa tomar o lugar de Jonathan e também alguma outra criança para tomar o meu lugar.

David olhou mais uma vez para a ampulheta lá no quarto contíguo, com o cone superior quase vazio de grãos de areia. Será que estava contando os dias, os minutos, as horas que faltavam para o fim da vida do Homem Torto? Se ele obtivesse permissão para pegar uma outra criança, será que a ampulheta seria virada para cima para renovar a contagem de seu prazo de vida? Quantas vezes ela já fora virada? Havia muitas jarras na prateleira, a maioria delas cheia de poeira e mofo. Será que cada uma delas, em algum ponto do tempo, guardara a alma de alguma criança perdida?

O acordo: ao dizer ao Homem Torto o nome de uma criança, a pessoa se desgraçava. Tornava-se um governante sem poder, sempre assombrado pela traição de alguém menor e mais fraco, um irmão, uma irmã, um amigo a quem deveria proteger, alguém que confiara nele, que o procurara e que, em troca, também estaria sempre perto dele enquanto os anos passavam e a infância se transformava em idade adulta. E, uma vez feita a transação, não havia caminho de volta, pois quem poderia voltar para sua vida anterior sabendo dessa coisa terrível que havia feito?

— Você vem comigo — decidiu David. — Eu não vou deixar você sozinha aqui nem mais um minuto.

Levantou a jarra da prateleira. Havia uma tampa de cortiça na parte de cima dela, e David não conseguiu removê-la, por mais que tentasse. Seu rosto ficou púrpura pelo esforço, mas em vão. Deu uma olhada em torno e descobriu um saco velho num canto.

— Vou colocar você aqui — avisou — para o caso de alguém nos ver.

— Está bem — disse Anna. — Eu não tenho medo.

David colocou a jarra cuidadosamente no saco, depois o jogou sobre o ombro. Mas, quando estava para ir embora, algo atraiu o seu olhar num canto do quarto: o seu pijama, o roupão e um único chinelo, toda a roupa que fora jogada fora pelo Lenhador antes de eles irem em busca do rei. Aquilo, naquele momento, parecia que acontecera havia tanto, mas eram vestígios da vida que deixara para trás. Ele não gostava nada de aquelas coisas estarem ali na toca do Homem Torto. Juntou-as, foi até a porta e ficou ouvindo atentamente. Silêncio absoluto. Inspirou profundamente para se acalmar e depois... começou a correr.

XXIX

DO REINO ESCONDIDO DO HOMEM TORTO E DOS TESOUROS NELE GUARDADOS

TOCA DO HOMEM TORTO era muito maior e mais profunda do que David jamais poderia ter imaginado. Estava situada bem debaixo do castelo e possuía aposentos que continham coisas muito mais aterrorizantes do que uma simples coleção de instrumentos enferrujados de tortura ou um fantasma engarrafado. Este era o coração do mundo do Homem Torto, o lugar onde todas as coisas nasciam e morriam. Ele estava ali quando os primeiros homens vieram ao mundo, trazido à vida juntamente com eles. De uma certa maneira, eles lhe davam vida e propósito, e, em troca, ele lhes dava histórias para contar, pois o Homem Torto lembrava-se de cada uma delas. Até mesmo tinha uma história própria, embora houvesse mudado os detalhes radicalmente antes de contá-la. Na sua história, era o nome do Homem Torto que tinha de ser adivinhado, mas essa era uma piadinha muito pessoal. Na verdade, o Homem Torto não tinha nome. Os outros o chamavam como queriam; entretanto, era um ser tão velho que os nomes dados pelos homens não tinham nenhum sentido para ele: Malandro, o Homem Torto, Trapaceiro...

Ora, mas qual era mesmo o nome dele? Deixa pra lá, deixa pra lá...

Somente os nomes das crianças importavam, pois havia uma verdade na história que ele espalhara pelo mundo a seu respeito: os nomes tinham poder, se fossem usados da maneira correta, e o Homem Torto, certamente, aprendera a usá-los muito bem. Um enorme aposento da toca testemunhava tudo o que ele sabia — era completamente tomado por pequenas caveiras, cada uma contendo o nome de uma criança perdida, pois ele fizera muitas trapaças com vidas de crianças. Podia lembrar-se do rosto e da voz de cada uma delas, e, às vezes, quando se encontrava entre os seus despojos, conjurava a memória delas para que o aposento se enchesse com suas sombras: um coro de meninos e meninas perdidos, chorando por mães e pais, uma reunião dos esquecidos e dos traídos.

O Homem Torto tinha tesouros e mais tesouros, restos de histórias contadas e histórias ainda por contar. Uma comprida cripta era usada para guardar um conjunto de jarras de vidro espesso, e, em cada uma delas, um corpo estava suspenso num líquido amarelado, para que não apodrecesse. Venha, vamos dar uma olhada? Olhe atentamente para esta jarra tão de perto que o seu hálito possa formar uma pequena nuvem de umidade no vidro e você possa mirar fixamente os olhos leitosos de um homem gorducho e careca que está lá dentro. É como se ele próprio estivesse respirando, embora não inspire nem expire há muito tempo. Vê como a pele está esticada e queimada? Como a boca e a garganta, a barriga e os pulmões estão inchados e distendidos? Quer conhecer a história dele? É uma das favoritas do Homem Torto. É uma história asquerosa, muito asquerosa...

Veja bem, o nome do gorducho era Manius e ele era muito ambicioso. Possuía tantas terras que um pássaro podia alçar voo no seu primeiro campo e voar durante um dia e uma noite sem atingir os limites das propriedades. Cobrava aluguéis pesados dos que trabalhavam em seus campos e viviam em suas aldeias. Até mesmo os que chegavam às suas terras tinham de pagar um tributo, e desta forma ele se tornou muito rico, embora nunca tivesse o suficiente e procurasse sempre aumentar suas riquezas. Teria cobrado de uma abelha que tirasse o pólen de uma flor, ou de uma árvore que tivesse raízes no seu solo, se pudesse.

Um dia, enquanto Manius caminhava pelo maior de seus pomares, viu o solo se mexer e... brotar o Homem Torto, que estava ampliando sua rede de túneis subterrâneos. Manius o desafiou, pois viu que as roupas do Homem Torto, embora sujas de terra, tinham botões de ouro e que a adaga no seu cinto estava enfeitada com rubis e diamantes.

— Esta é a minha terra — avisou. — Tudo que está acima e abaixo dela me pertence, e você deve me pagar pelo direito de transitar.

O Homem Torto coçou o queixo, pensativo.

— Nada mais justo — disse. — Eu vou pagar um preço razoável.

Manius sorriu e disse:

— Eu ordenei que fosse preparado um banquete para mim, hoje à noite. Vamos pesar todos os alimentos que estiverem na mesa antes de eu começar a comer e todos os que forem deixados quando eu estiver saciado. Você vai me pagar em ouro tudo o que eu tiver conseguido comer.

— Um barrigão de ouro — disse o Homem Torto. — Negócio fechado. Virei, então, esta noite e darei a você tudo o que puder comer, em ouro.

Apertaram as mãos para selar o acordo e se separaram. Naquela noite, então, o Homem Torto sentou-se e ficou observando Manius comer, comer e comer. Ele comeu dois perus inteiros e também um presunto inteirinho, tigelas e mais tigelas de batatas e de vegetais, terrinas transbordando de sopa, grandes pratos de frutas, bolos com creme, e taças e mais taças dos vinhos mais finos. O Homem Torto pesou cuidadosamente tudo antes da refeição começar e pesou também o pouco que restara quando ele já não aguentou mais. A diferença era de muitos e muitos quilos, ou ouro suficiente para se comprar mil campos.

Manius soltou um baita arroto. Sentia-se muito cansado, tanto que mal podia manter os olhos abertos.

— Agora, onde está o meu ouro? — perguntou, mas o Homem Torto estava ficando meio desfocado e a sala rodava, e, antes de ouvir a resposta, já estava dormindo.

Quando acordou, viu-se acorrentado a uma cadeira num subterrâneo escuro. A boca era mantida aberta por meio de um instrumento metálico, e um caldeirão fervente estava suspenso sobre a sua cabeça.

O Homem Torto apareceu ao seu lado.

— Sou um homem de palavra — disse. — Prepare-se para ficar com a pança cheia de ouro.

O caldeirão inclinou-se, e ouro derretido foi lançado na boca de Manius, garganta adentro, queimando carne e ossos. A dor estava além de qualquer imaginação, mas ele não morreu, não imediatamente pelo menos, pois o Homem Torto tinha mil formas de adiar a morte para levar a cabo sua tortura macabra. Derramara um pouco do ouro em ebulição, depois deixara que ele esfriasse, então despejara um pouco mais, e assim continuara até Manius ficar tão cheio de ouro que ele borbulhava por trás dos dentes. A essa altura, é claro, Manius estava bem morto, pois nem mesmo o Homem Torto podia conservá-lo vivo para sempre. Naturalmente, Manius assumiu seu devido lugar no aposento cheio de vasilhas de vidro e o Homem Torto passou a aparecer de vez em quando para dar uma olhada nele, sorrindo ao lembrar da mais esplendorosa de suas malandragens.

Havia muitas dessas histórias na toca do Homem Torto: mil aposentos e, em cada um deles, mil histórias. Um dos quartos abrigava uma coleção de aranhas telepáticas, antiquíssimas, muito sábias e muito, muito grandes, cada qual com quase um metro e meio de largura e com ferrões tão peçonhentos que uma única gota daquele veneno, pingada num poço, mataria a população de uma aldeia inteira. O Homem Torto as usava para caçar os que vadiavam pelos túneis, e, quando os invasores eram encontrados, as aranhas os enrolavam em seda e os carregavam para seus aposentos. Lá, eram condenados a morrer bem lentamente enquanto elas se alimentavam deles, sugando-os gota a gota.

Em um dos quartos, uma mulher estava sentada diante de uma parede vazia, penteando continuamente o cabelo longo e grisalho. Às vezes, o Homem Torto levava os que o haviam irritado para visitá-la, e, quando ela se voltava para olhá-los, eles se viam refletidos em seus olhos, que eram feitos de vidro espelhado. Naqueles olhos, cada qual testemunhava o momento da própria morte, antecipando exatamente quando e como. Você até poderia pensar que tal informação não é assim tão terrível, mas estaria redondamente enganado. Não devemos saber o tempo ou a natureza de nossa morte (pois todos nós, secretamente, desejamos ser imortais). Os que conheceram os detalhes não puderam mais dormir, comer ou gozar dos prazeres que a vida tem a oferecer, de tão atormentados que ficaram com a descoberta. A vida torna-se uma espécie de morte lenta, desprovida de alegria, e então tudo o que resta é temor e tristeza e, assim, quando o fim chega, quase nos sentimos gratos.

Um outro quarto continha uma mulher e um homem nus, e o Homem Torto costumava trazer crianças para eles (não as especiais que lhe davam vida, mas outras, as que ele roubava das aldeias ou que haviam se perdido na floresta), e o homem e a mulher ficavam sussurrando para elas na escuridão do quarto, contando coisas que as crianças não deviam saber, histórias maldosas sobre o que os adultos faziam à noite enquanto os filhos dormiam. Com isso, as crianças acabavam morrendo por dentro. Forçadas a se tornarem adultas antes de estarem prontas, tinham a inocência roubada e a mente entrava em parafuso sob o peso de pensamentos envenenados. Muitas se tornavam homens e mulheres maus, e assim a corrosão do caráter se espalhava.

Um quarto pequeno e bastante claro era decorado somente com um espelho, simples e sem moldura. O Homem Torto costumava raptar maridos ou esposas de suas camas de casal, deixando um deles só e forçando o cativo a se sentar diante do espelho que revelava todos os segredos do outro: todos os pecados que havia cometido e todos os que queria cometer; todas as traições que pesavam na consciência ou as que ainda gostaria de perpetrar. Depois o cativo era devolvido à cama, mas, quando acordava, não se lembrava do quarto, ou do espelho, ou de ter sido raptado pelo Homem Torto. Lembrava-se apenas de que aquele que havia amado, e que pensava também amá-lo, não era o que havia acreditado ser. Desta forma, sua vida era arruinada pelo ciúme e pelo medo da traição.

Havia um vestíbulo lotado de piscinas do que parecia ser água límpida, cada qual mostrando uma parte diferente do reino, de modo que tudo o que acontecia fora do castelo era do conhecimento do Homem Torto. Mergulhando numa delas, o Homem Torto se materializava no lugar refletido na água. O ar se ondulava, tremeluzia, e subitamente um braço aparecia, depois uma perna, e finalmente o rosto e a corcunda do trapaceiro, transportado instantaneamente das profundezas do seu castelo para um quarto ou um campo distante. A tortura predileta do Homem Torto era levar homens ou mulheres, de preferência os que tinham família grande, e dependurá-los com correntes no vestíbulo das piscinas. Depois, enquanto observavam, ele perseguia e matava os familiares, um a um. Após cada assassinato, voltava para o tal aposento e ficava ouvindo os lamentos de seus prisioneiros, e, por mais que gritassem, chorassem e suplicassem por misericórdia, ele não poupava vida alguma. Finalmente, quando todos estavam mortos, ele levava os homens e mulheres para a sua prisão mais profunda e sinistra e os deixava ali para enlouquecerem de tristeza e solidão.

Pequenas ruindades, grandes maldades, tudo era manteiga no pão do Homem Torto. Usando sua rede de túneis e o aposento das piscinas, ele conhecia aquele mundo mais do que qualquer outra pessoa, e tal conhecimento dava-lhe o poder necessário para governar secretamente o reino. Durante todo o tempo em que assombrava o outro mundo, isto é, o nosso, transformava meninos e meninas em reis e rainhas e os subjugava, destruindo seu espírito e forçando-os a traírem as crianças menores que deveriam proteger. Aos que ameaçavam se rebelar, prometia que algum dia libertaria a eles e às crianças que haviam sacrificado com seus acordos. Dizia também que, se quisesse, poderia reviver as frágeis figuras que estavam nas jarras (pois a maioria das crianças, como Jonathan Tulvey, logo percebiam o erro que haviam cometido ao negociar com o Homem Torto).

Mas havia coisas que estavam além da alçada do Homem Torto. Buscar pessoas de fora mudava o seu mundo. Elas traziam consigo seus medos, seus sonhos e pesadelos, e o mundo onde entravam os transformava em realidade. Os Loups haviam surgido assim. Eram o que Jonathan mais temia: desde a sua remota infância, ele sempre odiara histórias de lobos e de animais que andavam e falavam como homens. Quando, finalmente, o Homem Torto o transportou para seu reino, o temor do menino veio com ele, e os lobos começaram a se transformar. Somente eles não tinham medo do Homem Torto, como se o ódio secreto que Jonathan nutria pelo malandro houvesse encarnado neles. Agora representavam a maior ameaça ao reino, embora o Homem Torto esperasse ainda poder manipulá-los.

O menino chamado David era diferente dos outros que haviam sido provocados pelo Homem Torto. Ele ajudara a destruir a Besta e a mulher que morava na Fortaleza de Espinhos. David não percebia, mas, de um certo modo, essas coisas eram os *seus* medos, e ele, em parte, transformara em realidade alguns dos seus aspectos. O Homem Torto ficara surpreso com a maneira como o menino lidara com eles. A sua raiva e a sua dor haviam permitido que ele fizesse o que mesmo homens mais velhos não haviam conseguido fazer. O menino era forte, bastante forte para dominar os próprios temores. Estava também começando a controlar o seu ódio e o seu ciúme. Se pudesse ser dominado, talvez o menino desse um grande rei.

Mas o tempo do Homem Torto era escasso. Ele precisava sugar a vida de outra criança. Se comesse o coração de Georgie, o tempo de vida previsto para o pobrezinho se transformaria no do Homem Torto. Se Georgie tivesse que viver cem anos, então a vida do Homem Torto seria prolongada em cem anos, e o espírito de Georgie ficaria preso numa das jarras, para que o malandro fosse absorvendo sua luz enquanto dormia em sua cama dura e estreita. Para isso, seria preciso que David dissesse em voz alta o nome da criança, expressando assim todo o seu ódio e provocando a danação de ambos.

O Homem Torto tinha menos de um dia de vida segundo a sua ampulheta. Precisava que David traísse seu meio-irmão antes da meia-noite. Agora, sentado perto de suas piscinas, via sombras aparecendo nas colinas que cercavam o castelo e, pela primeira vez em muitas décadas, sentiu um temor verdadeiro, enquanto dava os retoques finais no seu último e desesperado plano.

Pois os lobos estavam se reunindo e logo invadiriam o castelo.

Enquanto o Homem Torto se ocupava com a aproximação do exército de lobos, David, carregando Anna engarrafada, tentava achar o caminho, através do emaranhado de túneis, até a sala do trono. Ao se aproximarem da porta escondida pela tapeçaria, David começou a ouvir homens gritando, pés correndo e o barulho de armas e armaduras. Ficou imaginando se o seu desaparecimento teria sido o motivo de todo aquele rebuliço, e tentou arranjar a melhor maneira de explicar a sua ausência. Espreitou por detrás da tapeçaria e viu Duncan parado, enviando homens para as ameias do castelo e certificando-se de que todas as entradas estavam bem-guarnecidas. Enquanto o capitão estava de costas, David aproveitou para entrar e correr o mais velozmente possível até as escadas que levavam à galeria. Se alguém o percebeu, não prestou atenção, e o menino concluiu, então, que não era a causa de toda aquela confusão. Uma vez de volta ao seu quarto, fechou a porta e tirou do saco a jarra que continha o fantasma de Anna. Parecia que a luz da menina diminuíra durante a breve viagem da toca do Homem Torto até o seu quarto. Ela estava agachada no fundo da jarra, com o rosto ainda mais lívido do que antes.

— O que foi? — perguntou David.

Anna levantou a mão direita e David viu que ela estava quase transparente.

— Estou me sentindo fraca — disse Anna. — Estou mudando. Parece que vou desmaiar.

David não sabia o que dizer para consolá-la. Tentava achar um lugar para escondê-la e acabou se decidindo por um canto sombrio de um enorme armário, povoado somente por uma multidão de insetos mortos, presos a uma antiga teia.

Mas Anna gritou quando ele estava para esconder a jarra naquele lugar:

— Não! Por favor, aqui não. Eu já fiquei sozinha escondida na escuridão durante tantos anos... e não acho que vou ficar muito tempo mais neste mundo. Coloque-me no peitoril da janela, onde eu possa ver árvores e pessoas. Vou ficar quietinha, e ninguém vai se lembrar de me procurar lá.

David abriu, então, uma das janelas e deparou-se com um pequeno balcão de ferro trabalhado. Estava enferrujado em alguns lugares e balançava ao ser tocado, mas suportaria com tranquilidade o peso da jarra. Ele a colocou com muito, muito cuidado num canto, e Anna deu um passo e se encostou no vidro.

Pela primeira vez desde que haviam se encontrado, ela sorriu e disse:

— É maravilhoso. Olhe só o rio, as árvores e todas essas pessoas. Obrigada, David. É tudo que eu queria ver.

Mas David não a escutava, pois, enquanto ela falava, chegavam uivos das montanhas e ele podia avistar formas pretas, brancas e cinzentas que se movimentavam na paisagem — milhares e milhares delas. Os lobos demonstravam disciplina e um firme propósito, quase como se fossem divisões de um exército preparando-se para uma batalha. No ponto mais alto das montanhas, viu figuras vestidas, erguendo-se nos membros inferiores, enquanto os outros lobos corriam de lá pra cá, levando mensagens para os Loups e para os animais que estavam na linha de frente.

— O que está acontecendo? — perguntou Anna.

— Os lobos chegaram. Eles querem matar o rei e assumir o controle do reino.

— Matar Jonathan?!? — exclamou Anna, e havia tanto horror naquela voz que David afastou o olhar dos lobos e concentrou sua atenção na figurinha da garota.

— Por que você está tão preocupada com ele, depois de tudo o que ele fez? — perguntou. — Ele traiu você e deixou que o Homem Torto comesse seu coração, depois deixou você para apodrecer numa jarra, dentro de uma masmorra. Como pode sentir por ele qualquer coisa que não seja ódio?

Anna balançou a cabeça e, durante um momento, parecia muito mais velha do que antes. Podia ter a forma de uma garota, mas existira durante muito mais tempo do que sua aparência sugeria e, naquele lugar escuro, ficara sábia e aprendera a ser tolerante e misericordiosa.

— Ele é meu irmão. Eu o amo, apesar de tudo o que me fez. Ele era muito jovem, tolo e estava morrendo de raiva quando selou o acordo. E, se ele pudesse fazer o tempo andar para trás e destruir tudo o que prometera, certamente o faria. Não quero que seja ferido. E o que aconteceria com todo esse povo se os lobos tivessem sucesso e conseguissem governá-lo em lugar dos humanos? Eles despedaçariam qualquer coisa vivente dentro desses muros e as poucas coisas boas deixariam de existir.

Enquanto a ouvia, David pensava em como Jonathan fora capaz de trair aquela garota. Ele deveria estar com muita raiva e também muito triste, e a raiva e a tristeza o haviam consumido.

David observava os lobos se reunindo, todos com um único propósito: tomar o castelo, matar o rei e todos que o defendiam. Mas as muralhas eram fortes e sólidas, e os portões estavam bem fechados. Havia guardas nos buracos fedidos por onde o lixo do castelo era descartado, além de homens armados em cada telhado e em cada janela. A quantidade de lobos era muito maior que a de soldados, mas eles estavam fora do castelo, e David não conseguia imaginar como poderiam entrar. Se aquela situação se prolongasse, os lobos poderiam continuar a uivar à vontade e os Loups poderiam continuar a enviar e receber todas as mensagens que quisessem. Isso não faria diferença alguma. O castelo continuaria inexpugnável.

XXX

DO ATO DE TRAIÇÃO DO HOMEM TORTO

AS PROFUNDEZAS do subsolo, o Homem Torto observava os grãos de areia de sua vida caírem, um a um. Estava ficando cada vez mais fraco. O organismo entrava em colapso. Os dentes estavam ficando frouxos na boca e nos lábios abriam-se fístulas. O sangue escorria das pontas feridas de seus dedos e os olhos estavam amarelados e remelentos. A pele era seca e escamada; cortes longos e profundos se abriam quando ele se coçava, revelando músculos e tendões. As juntas doíam e o cabelo caía aos punhados. Estava morrendo, mas não entrara em pânico. Durante sua longa e tenebrosa vida já havia estado mais perto da morte do que dessa vez, momentos em que parecia que escolhera a criança errada, que não haveria traição alguma e nem um novo rei ou rainha que ele pudesse manipular como um fantoche sobre o trono. Mas, no fim, sempre conseguia descobrir uma maneira de corromper as crianças ou, como queria crer, elas se autocorrompiam.

O Homem Torto acreditava que todo e qualquer tipo de mal habitava o ser humano desde o momento da concepção, e que só era preciso descobrir a natureza do mal específico em cada criança. O menino David tinha tanta raiva e ressentimento quanto qualquer outra criança, mas ainda resistia aos ataques do Homem Torto. Já era tempo de o trapaceiro tramar seu último golpe. Por mais que houvesse vencido batalhas e apesar de toda a bravura que demonstrara, David ainda era apenas um menino. Longe de casa, separado do pai e das coisas que lhe eram familiares. Bem no fundo, estava assustado e solitário. Se o Homem Torto conseguisse tornar esse temor insuportável, então David diria o nome do bebê e a criatura continuaria a viver e, com tempo de sobra, recomeçaria a procurar por um substituto. A palavra-chave era medo. O Homem Torto sabia que, defrontados com a morte, os homens faziam qualquer coisa para permanecerem vivos. Choravam, suplicavam, matavam ou atraiçoavam qualquer outro para salvar a própria pele. Se conseguisse fazer David temer pela vida, ele daria ao Homem Torto tudo o que este desejava.

Então, aquele ser estranho e corcunda, velho como a memória dos homens, deixou a sua toca de piscinas espelhadas e ampulhetas, de aranhas e olhos mortos, desaparecendo na grande rede de túneis que formavam uma espécie de colmeia debaixo de seu reino. Passou sob as edificações do castelo, por sob as muralhas e saiu no campo adiante.

E, quando escutou o uivar dos lobos, percebeu que chegara ao seu destino.

David relutava em deixar Anna, tão fraca ela parecia. Tinha medo que desaparecesse completamente assim que voltasse as costas. E a menina, que ficara sozinha no escuro durante tanto tempo, estava grata pela sua companhia. Falava das longas décadas que passara com o Homem Torto, do péssimo tratamento que ele lhe dera e das torturas terríveis que havia infligido aos que o contrariavam. David falava da morte da mãe e da casa que partilhava com Rose e Georgie, a mesma onde Anna morara outrora durante bem pouco tempo, após a morte dos pais. A aura da menina parecia ficar mais brilhante quando sua antiga casa era mencionada, e ela perguntava a David sobre a casa e o povoado próximo e sobre as mudanças que haviam ocorrido após a sua partida. Ele falou da guerra e dos grandes exércitos que cruzavam a Europa, destruindo tudo.

— Então, quer dizer que você escapou de uma guerra e acabou entrando em outra — dizia a menina.

David já podia observar as colunas de lobos que se movimentavam pelos vales e colinas. A quantidade de animais era absurda e parecia aumentar a cada minuto, e as fileiras de lobos pretos e cinzentos se posicionavam para cercar o castelo. Como Fletcher antes dele, David ficou perturbado ao ver a ordem e a disciplina dos lobos. Mas suspeitava de que fossem frágeis: sem os Loups, as hordas de lobos se dispersariam, lutando para voltar aos territórios de origem; entretanto, os Loups haviam corrompido a natureza dos animais, bem como a sua própria. Acreditavam-se maiores e mais evoluídos do que seus irmãos e irmãs que andavam de quatro — mas, na realidade, eram muito piores que eles. Eram impuros, mutantes que não chegavam a ser humanos nem animais. David se perguntava como seria a mente dos Loups, com a luta constante por supremacia que havia entre as duas partes. Uma espécie de loucura habitava os olhos de Leroi, disso David estava certo.

— Jonathan não vai se render — afirmou Anna. — Eles não podem entrar no castelo. Deveriam simplesmente se dispersar, mas não farão isso. O que estão esperando?

— Uma oportunidade — explicou David. — Talvez Leroi e seus Loups tenham um plano, ou talvez esperem que o rei cometa um erro. Já não há como retroceder. Nunca mais poderão reunir um exército como este, e não sobreviverão se fracassarem.

A porta do quarto de David foi aberta, e Duncan, o Capitão da Guarda, entrou. O menino fechou a janela imediatamente, para que ele não visse Anna no balcão.

— O rei deseja vê-lo — informou o Capitão.

O menino fez um sinal afirmativo. Mesmo sentindo-se seguro dentro das paredes do castelo e cercado por homens armados, retirou a espada e o cinto do gancho onde estavam dependurados e colocou-os na cintura. Isto tornara-se uma rotina para ele e agora não se sentia completamente vestido sem a sua arma. Tinha total consciência da necessidade de ter uma espada depois do que vira na toca do Homem Torto. Percebera como estaria vulnerável, desarmado. Sabia também que o Homem Torto notaria logo a falta de Anna e certamente viria buscá-la. Não levaria muito tempo para descobrir que David estava envolvido de alguma maneira, e o menino não queria se defrontar com a ira daquele homem sem uma espada na mão.

O Capitão não fez objeções à espada. Na verdade, orientou David a levar todos os seus pertences consigo.

—Você não vai voltar para este quarto — avisou.

David fazia o possível para não olhar a janela por trás da qual estava escondida Anna.

— Por quê? — perguntou.

— O rei vai lhe dizer — adiantou Duncan. —Viemos à sua procura antes, mas não achamos você.

— Fui dar um passeio — disse David.

— Mandaram que você ficasse aqui.

— Eu ouvi os lobos e queria saber o que estava acontecendo. Mas todo mundo estava correndo, então voltei para cá.

— Não precisa ter medo deles. Nossas muralhas nunca foram transpostas e nenhum grupo de animais fará o que homens não puderam fazer. Agora, venha. O rei está esperando.

David arrumou sua mochila, acrescentando as roupas que descobrira no quarto do Homem Torto, e seguiu o Capitão até a sala do trono, lançando apenas um olhar furtivo para a janela. Através do vidro, pensou ainda ver a luz de Anna brilhando fraco.

Ao longe, na floresta, por trás das fileiras dos lobos, uma rajada de neve espalhou-se pelo ar, seguida por redemoinhos de poeira e grama. Um buraco surgiu no chão e dele emergiu o Homem Torto. Segurava uma de suas adagas curvas, pois empreendia uma missão perigosa. De maneira alguma poderia fazer um acordo com os lobos. Seus líderes, os Loups, conheciam o poder do Homem Torto e nele confiavam muito pouco. Ele também fora responsável pela morte de lobos, muitos por sinal, e não seria perdoado facilmente. A alcateia sequer lhe deixaria tempo para implorar pela própria vida. Silenciosamente, o homem avançou até ver uma fileira à sua frente, todos usando uniformes militares, pilhados dos cadáveres dos soldados. Alguns dos Loups fumavam cachimbo e estavam reunidos examinando um mapa do castelo que havia sido feito na neve, tentando descobrir um meio de penetrá-lo. Já haviam despachado espiões para se aproximarem das muralhas com o intuito de descobrir se havia alguma brecha, buracos ou portões desguarnecidos que pudessem ser utilizados. Os cinzentos haviam sido usados como iscas e haviam morrido sob as flechas dos defensores. Os brancos se camuflavam melhor na neve e, embora muitos deles também houvessem morrido, outros haviam conseguido se aproximar das muralhas e examiná-las, farejando e cavando para encontrar uma entrada. Os que haviam sobrevivido confirmavam que o castelo era tão inexpugnável como parecia.

O Homem Torto se encontrava perto deles e podia ouvir as vozes dos Loups e sentir o cheiro do seu pelo. Criaturas tolas e vazias, pensava. Vocês se vestem como homens e imitam os seus jeitos e trejeitos, mas sempre federão como animais e sempre serão apenas animais fingindo ser o que não são. O Homem Torto odiava os lobos, assim como odiava Jonathan por tê-los trazido à existência pelo poder da imaginação, criando a própria versão da história da menininha que usava um chapeuzinho vermelho. O Homem Torto observara alarmado os lobos quando haviam começado a se transformar: primeiro lentamente, formando, às vezes, o que pareciam palavras com seus uivos e rosnados, levantando as patas dianteiras no ar ao tentarem andar como homens. No início, isso lhe parecera meio divertido, mas os focinhos haviam começado a mudar e a inteligência, que já era aguçada, aumentara muito mais. Tentara convencer Jonathan de que deveria eliminar os lobos, mas o rei demorara para agir. A primeira companhia de soldados que mandara havia sido dizimada e os aldeões temiam demais aquelas feras para fazer mais do que construir muralhas em torno de seus povoados e trancar portas e janelas à noite. Agora, a coisa estava preta: um exército de lobos liderado por criaturas que eram metade homem e metade animal e que tinha a intenção de se apoderar do reino.

— Venham, então — murmurou o Homem Torto para si próprio. — Se vocês querem o rei, venham pegá-lo. Eu já terminei de usá-lo.

Retirou-se até notar uma loba que fazia a sentinela. Certificou-se de estar contra o vento, estudando a direção tomada pelos flocos de neve que caíam. Estava quase em posição de atacar a loba quando ela percebeu a presença... tarde demais: o seu destino já estava traçado. O Homem Torto saltou e a lâmina da adaga iniciou um movimento descendente. Assim que atingiu a loba, a faca deslizou por seu pelo e rasgou a pele, enquanto os longos dedos do homem funcionavam como uma focinheira, impedindo-a de gritar.

É claro que ele poderia tê-la matado e levado o focinho para sua coleção, mas não o fez. O corte foi tão profundo que ela caiu no chão, ensanguentando a neve ao seu redor. O homem decepou, então, o focinho e a loba começou a uivar desesperadamente, alertando o resto da alcateia. Esta era a parte mais perigosa do plano, como o Homem Torto sabia, mais arriscada até mesmo do que atacar o grande lobo chefe. Ele queria que os lobos o vissem, mas não deveria aproximar-se muito deles. De repente, quatro grandes lobos cinzentos apareceram sobre uma colina e começaram a uivar, advertindo os demais. Por trás deles, apareceu um daqueles desprezíveis Loups, vestido em uniforme militar de gala: uma jaqueta vermelha com galões e botões dourados e calças brancas levemente manchadas com o sangue do antigo proprietário. Usava um sabre longo sobre um cinto preto de couro e já o estava desembainhando quando olhou para a loba agonizante e para aquele que fora responsável por aquilo.

Era Leroi, a besta que queria ser rei, o mais odiado e temido dos Loups. O Homem Torto parou, tentado pela proximidade do seu maior inimigo. Embora fosse muito velho e estivesse enfraquecido pela agonizante luz de Anna e pelo lento escoar dos grãos de areia — sua vida —, o Homem Torto ainda era ágil e forte. Tinha certeza de que poderia matar os quatro lobos cinzentos, deixando a Leroi apenas uma espada para se defender. Se matasse Leroi, os lobos se dispersariam, pois era ele, com sua determinação, que mantinha o exército unido. Até mesmo os outros Loups não estavam tão evoluídos como Leroi e poderiam mais tarde ser caçados pelas próprias forças do rei.

O novo rei! Lembrando-se dele, o Homem Torto voltou ao seu juízo, exatamente no momento em que mais lobos e Loups apareciam por trás de Leroi e também uma patrulha de lobos brancos vinha do sul. Tudo ficou parado por um instante enquanto os animais contemplavam seu mais desprezível inimigo, ao lado da loba agonizante. Então, com um grito de triunfo, o Homem Torto apontou sua lâmina ensanguentada no ar e correu. No mesmo instante, os lobos o seguiram, procurando-o por entre as árvores, os olhos brilhando com a excitação da caçada. Um lobo branco, mais ágil e veloz do que os demais, separou-se da alcateia, tentando impedir a fuga. Como o Homem Torto estava num declive, o lobo, três metros acima, deu um salto e catapultou-se no ar, mostrando as garras prontas a despedaçar a garganta da presa. Mas o Homem Torto era esperto demais para ele e deu um pulo em forma de redemoinho, mantendo a faca sobre a cabeça e abrindo o lobo por baixo. O animal caiu morto aos seus pés, e ele continuou a correr. Dez metros, sete metros, três metros. Logo adiante já era possível ver a entrada do túnel marcada por neve suja de terra. Estava quase alcançando-a quando viu um clarão vermelho à sua esquerda e ouviu o sibilar de uma espada cortando o ar. Levantou sua lâmina bem a tempo de bloquear o sabre de Leroi, mas o Loup era mais forte do que ele imaginou, e o Homem Torto tropeçou, quase caindo no chão. Se tivesse caído, teria sido liquidado rapidamente, pois Leroi já estava se preparando para desferir o golpe mortal. Em vez disso, a lâmina do sabre cortou as roupas dele e por pouco não atingiu o braço, mas o Homem Torto simulou um ferimento grave. Jogou a adaga e cambaleou para trás, e com a mão esquerda apertava um ferimento imaginário no braço direito. Os lobos, então, o circundaram, observando os dois combatentes, uivando em apoio a Leroi e desejando que o trabalho terminasse de vez. Leroi levantou a cabeça e rosnou, e todos os lobos silenciaram.

— Você cometeu um erro fatal — disse Leroi. — Devia ter ficado atrás das muralhas do castelo. Chegaremos lá também, dentro de pouco tempo, mas você teria vivido um pouco mais se tivesse permanecido dentro dos limites do castelo.

O Homem Torto soltou uma risada bem na cara de Leroi, que agora tinha uma aparência quase humana, exceto por alguns fios de cabelo desordenados e pelo pequeno focinho.

— Não, você é que está enganado — devolveu. — Olhe só para você. Não é nem homem nem animal, mas uma criatura idiota, tão idota quanto, qualquer um dos dois. Você odeia o que é e quer ser o que, na realidade, não pode se tornar. Sua aparência até pode mudar, e você pode usar todas as roupas bonitas que rouba dos corpos de suas vítimas, mas sempre será um lobo por dentro. E mais: o que acha que aconteceria quando a sua transformação se completasse, quando começasse realmente a se parecer com os que perseguiu? Ficará parecido com um homem, e a alcateia não o reconhecerá mais como um dos seus. O que você mais deseja é a coisa que será sua própria desgraça, pois eles o despedaçarão e você morrerá em meio a mandíbulas como outros morreram nas suas. Então, meia-raça, o que eu tenho a lhe dizer é... adeus!

E com isso... desapareceu, introduzindo os pés na boca do túnel e sumindo. Leroi levou uns dois segundos para perceber o fato. Abriu a boca para dar um uivo de ódio, mas o som que dela emergiu foi uma espécie de tosse estrangulada. Era o que o Homem Torto dissera: a transformação de Leroi parecia quase completa, e sua voz de lobo estava sendo substituída agora pela de um homem. Para ocultar a surpresa pela perda do próprio uivo, Leroi fez um gesto para dois de seus espiões, indicando que deviam esquadrinhar a entrada do túnel. Farejaram toda a terra revolta, depois um deles introduziu rapidamente a cabeça no buraco, mas a retirou de imediato com medo de que o Homem Torto estivesse esperando lá embaixo. Como nada aconteceu, tentou novamente, demorando-se mais. Farejou todo o ar do túnel. O cheiro do Homem Torto perdurava, mas já ia se perdendo. Ele estava em fuga.

Leroi ajoelhou-se e examinou o buraco, depois olhou para as colinas por detrás das quais estava o castelo. Considerou suas opções. Apesar de sua arrogância, parece que iam diminuindo as chances de descobrir um meio de adentrar o castelo. Se não atacassem logo, o seu exército de lobos ficaria cada vez mais inquieto e faminto. Os grupos rivais se voltariam uns contra os outros. Haveria luta e a canibalização dos mais fracos. Na fúria, eles se rebelariam contra Leroi e seus camaradas Loups. Não, tinha que agir, e rápido. Se conseguisse se apoderar do castelo, então seu exército poderia alimentar-se com os defensores, enquanto ele e seus

Loups traçariam os planos para uma nova ordem. Talvez o Homem Torto houvesse simplesmente supervalorizado suas próprias habilidades, usando um túnel para deixar o castelo e assumindo um risco desnecessário, na esperança de matar alguns lobos, ou até mesmo o próprio Leroi. Qualquer que fosse o motivo, Leroi tinha agora uma desesperada oportunidade final. O túnel era estreito, só daria para um Loup ou um lobo de cada vez. No entanto, permitiria que uma pequena força penetrasse o castelo, e, se alguns deles conseguissem chegar até os portões e abri-los pelo lado de dentro, então os defensores seriam rapidamente dominados.

Leroi virou-se para um de seus lugares-tenentes:

— Mande batedores até o castelo para distrair as tropas que estão nas muralhas — ordenou. — Comecem a avançar com as tropas principais e tragam até mim os melhores lobos cinzentos. Iniciem o ataque.

XXXI

DA BATALHA E DO DESTINO DOS QUE SERIAM REIS

O REI SE ENCONTRAVA AFUNDADO em seu trono com o queixo sobre o peito. Parecia estar dormindo, mas, quando David se aproximou, percebeu que os olhos do velho estavam abertos e fixos no chão. O Livro das Coisas Perdidas estava no seu colo, e uma das mãos descansava sobre a capa. Quatro guardas o rodeavam, um a cada canto do estrado, e havia mais soldados guardando as portas e a galeria. Quando o capitão se aproximou com David, o rei deu uma olhada em ambos. Ao ver o rosto do velho, o estômago de David se contraiu. Era a expressão de um homem a quem haviam contado que a única chance de evitar ser executado seria convencer alguém a assumir o seu lugar — o rei parecia ver em David essa pessoa. O capitão parou diante do trono, inclinou-se e os deixou. O rei ordenou aos guardas que se afastassem para não ouvirem o que seria dito, então tentou dar ao próprio rosto uma expressão de bondade. Mas seu olhar o traía: era desesperado, hostil e astucioso.

— Eu esperava poder falar com você em melhores circunstâncias. Estamos cercados, mas não há motivo para temer. São apenas animais, e seremos sempre superiores a eles.

Acenou com o dedo para David.

— Chegue mais perto, menino.

David subiu os degraus até o trono. Seu rosto agora estava na mesma altura do rosto do rei, que passava os dedos pelos braços do trono, detendo-se de vez em quando para examinar um detalhe particularmente belo da decoração ou para acariciar de leve um rubi ou uma esmeralda.

— É um trono maravilhoso, não é mesmo? — perguntou.

— É bem legal — disse David, e o rei lançou um olhar cortante a ele, como se não tivesse certeza de que estava sendo levado a sério. O rosto de David não revelava nada, e o rei decidiu simplesmente encerrar o assunto.

— Desde os tempos mais remotos, os reis e rainhas deste reino sentaram-se neste trono e daqui governaram. Sabe o que todos eles tinham em comum? Vou lhe contar: todos vieram do seu mundo, e não deste. O seu e o meu mundo. Quando um governante morre, um outro atravessa os limites entre os dois mundos e assume este trono. É assim que as coisas se passam aqui, e é uma grande honra ser escolhido. Esta honra agora é sua.

David não respondeu, e o rei continuou a falar.

— Eu sei que você se encontrou com o Homem Torto. Não se deixe levar pela aparência dele. Tem boas intenções, embora tenha um apreço especial por... *manipular* a verdade, digamos assim. Ele vem seguindo seu rastro desde que você chegou aqui, e muitas vezes você esteve perto da morte e foi salvo pela intervenção dele, sabia? No início, eu sei que ele se ofereceu para levá-lo de volta para casa, mas era mentira.

Ele não tem o dom ou o poder de fazer isso até que você reivindique o trono. Quando você tiver subido ao seu lugar de direito, poderá mandar nele à vontade. Se recusar o trono, ele o matará e procurará outra pessoa. Sempre foi assim. Aceite o que está sendo oferecido. Se não gostar, ou descobrir que não gosta de governar, pode ordenar ao Homem Torto que o devolva ao seu próprio mundo, e o acordo estará concluído. Afinal, você será o rei, e ele, apenas mais um súdito. Tudo o que ele pede é que seu irmão venha com você, para que você tenha companhia neste novo mundo ao começar a reinar. Com o tempo, ele poderá até trazer seu pai para cá, se você quiser. Imagine só como ele ficaria orgulhoso ao ver seu primogênito sentado num trono, reinando sobre um grande domínio! Bem, o que me diz disso?

Quando o rei terminou o discurso, qualquer piedade que David pudesse ter nutrido por ele desaparecera. Tudo o que o rei havia dito era mentira. Ele não sabia que David consultara o Livro das Coisas Perdidas, nem que entrara na toca do Homem Torto e encontrara Anna. David já sabia tudo sobre os corações consumidos na escuridão e sobre a essência das crianças que eram conservadas em jarras para prolongar a vida do Homem Torto. Esmagado pelo arrependimento e pela culpa, o rei queria ser libertado do acordo com o Homem Torto e inventaria qualquer coisa para que David assumisse o seu lugar.

— Esse livro na sua mão é o Livro das Coisas Perdidas? — perguntou David. — Dizem que ele contém tudo que é tipo de conhecimento, talvez até de magia. É verdade?

Os olhos do rei brilharam.

— Oh, sim. É verdade, é a mais pura verdade. Eu vou lhe dar este livro quando abdicar e a coroa for sua. Será o meu presente de coroação. Com ele, você vai poder ordenar ao Homem Torto tudo o que quiser, e ele terá que obedecê-lo. Quando você for o rei, eu não precisarei mais dele.

Durante um momento, o rei pareceu quase pesaroso. Uma vez mais, seus dedos deslizaram pela capa do livro, alisando alguns fios soltos, explorando os lugares em que a lombada havia começado a se separar do miolo. O livro era uma coisa viva para ele, como se o seu coração também tivesse sido removido do corpo quando viera para o país e tivesse assumido a forma de um livro.

— E o que acontecerá com você quando eu for rei? — perguntou David.

O rei olhou para o outro lado antes de responder.

— Eu vou sair daqui e descobrir algum lugar tranquilo para gozar a minha aposentadoria — respondeu. — Talvez eu até volte para o nosso mundo, para ver o que mudou por lá depois que eu parti.

Mas aquelas palavras pareciam vazias, e a voz parecia partir-se sobre o peso de sua culpa e de suas mentiras.

— Eu sei quem você é — disse David, baixinho.

O rei inclinou-se para a frente, ainda sentado no trono.

— O que foi que disse?

— Eu sei quem você é. Você é Jonathan Tulvey. O nome da sua irmã adotiva era Anna. Você ficou morrendo de ciúmes quando ela apareceu na sua casa, um ciúme que nunca morreu. O Homem Torto chegou e lhe mostrou como poderia ser sua vida sem ela, e você a traiu. Você a enganou e a fez passar pelo jardim rebaixado e vir para este lugar. O Homem Torto a matou e comeu o coração dela, e depois guardou a alma numa jarra. Esse livro aí no seu colo não tem magia nenhuma. Seus únicos segredos são os seus próprios. Você é um velho triste e mau, e pode ficar com o seu reino e com o seu trono. Eu não quero nenhum dos dois!

Um vulto emergiu das sombras.

— Então você vai morrer! — bradou o Homem Torto.

Ele parecia ter envelhecido muito desde que David o vira pela última vez; a pele estava ferida e doente. Havia hematomas e fístulas no rosto e nas mãos, e todo ele exalava o cheiro da decomposição.

— Vejo que andou ocupado — zombou o Homem Torto. — Esteve enfiando o nariz em lugares que não eram da sua conta. Você pegou algo que me pertence. Onde está ela?

— Ela já não pertence mais a você — disse David. — Ela não pertence a ninguém.

David desembainhou a espada. Dessa vez ela balançou, pois sua mão tremia.

O Homem Torto deu uma risada.

— Então... dane-se ela — devolveu. — Ela deixou de ser útil. Tome cuidado para isso não acontecer com você. Você vai acabar morrendo, e nenhuma espada impedirá isso de acontecer. Você acha que é corajoso, mas vamos ver a sua coragem quando chegar ao seu rosto o bafo quente e o cuspe dos lobos, e quando sua garganta estiver prestes a ser dilacerada. Então, você vai chorar e gemer, e poderá chamar por mim e... quem sabe, eu responda. Quem sabe...

"Diga o nome do seu irmão e eu o salvarei. Prometo que não vou machucar o menino. Estas terras precisam de um rei. Se você concordar em assumir o trono, então deixarei seu irmão viver quando o trouxer para cá. Acharei alguma outra criança para substituí-lo, pois ainda há bastante areia na minha ampulheta. Vocês dois poderão morar aqui juntos, sei que fará um reinado justo e bom. Tudo passará. Dou a minha palavra de honra. Apenas me diga o nome dele."

Os guardas observavam David agora, com as armas desembainhadas, prontos para atacá-lo se ele tentasse ferir o rei. Mas o rei levantou a mão dizendo que estava tudo bem, e os soldados relaxaram enquanto esperavam para ver o que aconteceria.

— Mas se você não me contar o nome dele, então vou voltar ao seu mundo e matar o bebê no próprio berço — ameaçou o Homem Torto. — Mesmo que seja a última coisa que eu faça, deixarei o sangue dele sobre o travesseiro e os lençóis. A sua escolha é simples: vocês dois poderão reinar juntos, ou então cada qual morrerá sozinho. Não tem alternativa.

David balançou a cabeça:

— Ãh-ãh. Não vou permitir que você faça isso.

— Permitir? *Permitir?*

O rosto do Homem Torto contorceu-se quando pronunciou essa palavra. Os lábios se partiram e timidamente sangraram, pois seu sangue já estava escasso.

— Ouça uma coisa. Vou lhe contar a verdade sobre o mundo para onde você quer tão desesperadamente voltar. É um lugar de dor e de sofrimento. Quando você partiu, as cidades estavam sendo atacadas. Mulheres e crianças foram despedaçadas ou queimadas vivas pelas bombas lançadas de aviões pilotados por homens que também tinham mulheres e crianças. As pessoas foram arrancadas de suas casas e fuziladas na rua. Seu mundo está se despedaçando, e a coisa mais divertida é que não era muito melhor antes de a guerra começar. A guerra apenas serve de pretexto para as pessoas poderem assassinar impunemente. Houve guerras antes desta e haverá guerras depois, e, no intervalo entre elas, as pessoas continuarão a brigar e a ferir umas às outras, a trair, pois isso é o que sempre fizeram.

"E mesmo que você consiga fugir da guerra e de uma morte violenta, rapazinho, o que mais você acha que a vida vai lhe dar? Você já viu o que ela é capaz de fazer. A vida tirou sua mãe, sugou a saúde e a beleza dela, e depois a jogou fora como se fosse apenas o bagaço de uma fruta podre e seca. A vida também vai lhe tirar outras pessoas, ouça o que estou dizendo. Aqueles que lhe são valiosos — esposas, filhos — tombarão a seu lado, e seu amor não será suficiente para salvá-los. Você vai acabar perdendo a saúde, vai ficar velho e doente. Suas pernas e braços vão doer, sua vista vai falhar, sua pele vai ficar enrugada e feia. Vai conviver com dores que nenhum médico poderá curar. As doenças descobrirão um lugar morno e úmido dentro de você e lá se desenvolverão, espalhando-se por todo o seu sistema, corroendo célula a célula até você suplicar aos médicos que o deixem morrer, que acabem com o seu sofrimento, mas eles não o farão. Em vez disso, você continuará a sofrer sem ter alguém que segure a sua mão ou alise a sua fronte enquanto a Morte vem e o chama para a escuridão. A vida que você deixou para trás não é uma vida. Aqui você pode ser rei, e eu permitirei que você envelheça dignamente e sem padecer, e, quando chegar a sua hora de morrer, eu farei com que durma e acorde no paraíso de sua escolha, pois cada homem sonha com o próprio paraíso. Tudo o que eu peço em troca é que diga o nome da criança que há na sua casa, para que ela venha lhe fazer companhia neste lugar. Diga o nome de seu irmão! Diga antes que seja tarde demais."

Enquanto ele falava, a tapeçaria por trás do rei balançou e um vulto se materializou e pulou no peito do guarda mais próximo. A cabeça do lobo desceu num movimento rápido e a garganta do guarda foi dilacerada. O lobo soltou um uivo enquanto as flechas atiradas pelos guardas que estavam na galeria atingiam o seu coração. Mais lobos passaram pela porta, e eram tantos que a tapeçaria foi arrancada da parede e caiu no chão envolta numa nuvem de poeira. Os lobos cinzentos, que eram os mais leais e ferozes da alcateia de Leroi, estavam invadindo a sala do trono. Ouviu-se um som de trombeta e guardas apareceram em todas as portas. Travou-se uma batalha feroz, os guardas cortando e lancetando os lobos, tentando refrear a invasão, enquanto os animais atacavam e rosnavam, procurando uma abertura qualquer para poderem matar mais homens. Mordiam pernas, barrigas e braços, dilaceravam e abriam gargantas. O solo logo ficou ensopado de sangue, canais vermelhos escorrendo por entre as bordas das pedras. Os guardas tinham formado um semicírculo em torno da porta aberta, mas estavam retrocedendo devido ao fluxo numeroso de lobos.

O Homem Torto apontou para aquela massa de homens e animais em luta.

— Veja! — gritou para David. — A sua espadinha não o salvará.

Somente eu posso salvar você. Diga o nome dele e, num instante, eu o farei desaparecer daqui. Fale e salve-se!

Agora, os lobos cinzentos haviam ganhado o reforço dos negros e brancos. A alcateia invadia salas e vestíbulos, matando todos em seu caminho. O rei pulou do trono e ficou olhando horrorizado para a fileira de guardas que lentamente era forçada a retroceder.

O Capitão da Guarda apareceu ao seu lado direito.

— Venha, Majestade — pediu. — Devemos conduzi-lo a um lugar seguro.

Mas o rei o empurrou e olhou furiosamente para o Homem Torto.

— Você nos traiu — disse. — Você traiu a todos nós.

O Homem Torto o ignorou. Sua atenção estava focalizada somente em David.

— O nome — implorou. — *Diga o nome do bebê.*

Atrás dele, os lobos conseguiram romper as fileiras de homens. Agora havia entre os intrusos outros que caminhavam sobre suas patas traseiras e usavam uniformes de soldados. Os Loups atacaram os guardas com suas espadas, forçando um caminho para as portas que levavam para fora da sala do trono. Dois deles desapareceram imediatamente por um vestíbulo, seguidos por seis lobos. Estavam procurando os portões do castelo.

Então, Leroi emergiu. Deu uma olhada para a carnificina diante dele e viu o trono, o *seu* trono, e descobriu dentro de si um último uivo lupino para assinalar seu triunfo. Ao ouvir esse som, o rei tremeu, enquanto os olhos de Leroi se fixaram nos seus e o Loup avançou para matá-lo. O Capitão da Guarda ainda tentava proteger o rei. Com sua espada, lutava para manter dois lobos cinzentos distantes, mas era evidente que já estava cansado.

— Vá embora, Majestade! — gritou. — Fuj...

Mas as palavras pararam na sua garganta quando uma flecha atirada por um dos Loups de Leroi atingiu-lhe peito. O capitão desabou no chão e os lobos deram cabo dele.

O rei tirou das dobras do seu manto uma adaga de ouro toda trabalhada e avançou para o Homem Torto.

— Coisa horrenda! — gritou. — Depois de tudo o que eu fiz, depois de tudo a que você me obrigou, acabou por me trair.

— Eu não obriguei você a nada, Jonathan — replicou o Homem Torto. — Você fez o que fez porque quis. Ninguém pode forçar ninguém a fazer um mal. Você tinha o mal dentro de si e o praticou. Os homens sempre praticarão o mal.

Golpeou, então, o rei com a própria espada. O velho vacilou e quase caiu. Rápido como um relâmpago, o Homem Torto virou-se para agarrar David, mas o menino o golpeou primeiro com a espada, causando um ferimento que não sangrou, bem no peito.

— Você vai morrer! — gritou o Homem Torto. — Ou diga o nome dele e viverá!

Avançou sobre David, esquecendo o seu próprio ferimento. David tentou dar outro golpe de espada, mas o Homem Torto o evitou e avançou, enterrando as unhas no braço do menino. David teve a sensação de ter sido envenenado, pois a dor penetrou seu braço, fluiu pelas veias e gelou o sangue até atingir sua mão, fazendo a espada cair de seus dedos dormentes. Estava agora contra uma parede, rodeado por homens que lutavam e lobos que rosnavam. Sobre o ombro do Homem Torto, David viu Leroi avançando contra o rei. Este tentava esfaqueá-lo com a adaga, mas Leroi desviou e conseguiu fazê-la deslizar pelas pedras.

— O nome! — grunhia o Homem Torto. — O nome, senão vou entregar você aos lobos.

Leroi pegou o rei como se fosse um boneco, colocou sua mão debaixo do queixo do velho e inclinou-lhe a cabeça, expondo o pescoço. Parou por um instante e olhou para David.

— Você será o próximo — vangloriou-se; depois, abriu a boca e revelou dentes brancos e pontiagudos. Mordendo a garganta do rei, sacudiu-o de um lado para o outro até ele morrer. Os olhos do Homem Torto arregalaram-se horrorizados enquanto a vida do rei se extinguia. Um grande pedaço de pele soltou-se do rosto do trapaceiro como se fosse papel de parede, expondo a carne cinzenta e já podre.

— Não! — gritou, depois estendeu a mão e agarrou David pela garganta. — O nome. Você tem que me dizer o nome, ou então nós dois estaremos perdidos.

David, aterrorizado, sabia que estava prestes a morrer.

— O nome dele é... — começou a dizer.

— Sim! — disse o Homem Torto. — Diga! — incitou, enquanto na garganta do rei borbulhava sua última expiração e Leroi jogava longe o corpo agonizante e avançava para David, limpando o sangue do velho da própria boca.

— É...

— Diga!!! — gritou o Homem Torto.

— O nome dele é "IRMÃO" — disse David, finalmente.

O corpo do Homem Torto tombou, em aflição.

— Não — gemeu. — Não pode ser...

Nas profundezas do castelo, os últimos grãos de areia escoaram pela ampulheta, e, num balcão longe dali, o fantasma de uma menina brilhou durante um segundo para desaparecer completamente no momento seguinte. Se houvesse alguém ali para testemunhar o ocorrido, ouviria a menina dar um pequeno suspiro cheio de alegria e paz, pois seu tormento acabara.

— Não — uivou o Homem Torto enquanto toda a sua pele se partia e todos os gases que havia dentro dele se soltavam. Tudo estava perdido, tudo. Depois de um tempo infindo e de incontáveis histórias, sua vida chegava ao fim. Estava tão furioso que enterrou as unhas na própria cabeça e começou a despedaçá-la, puxando a pele e a carne. Um corte profundo abriu-se em sua testa e se estendeu rapidamente pelo nariz, enquanto o puxava para baixo, dividindo ao meio a própria boca. Cada metade de sua cabeça estava agora em uma de suas mãos, e seus olhos rolavam de um lado para o outro, mas ele continuava a puxar para baixo o grande ferimento, através da garganta, do peito e da barriga, até chegar às coxas, ponto em que finalmente seu corpo se separou em duas metades e desabou por inteiro. Das duas metades do Homem Torto saía tudo quanto é tipo de invertebrado, uma nojeira absurda: baratas e besouros, centopeias, aranhas e lombrigas brancas, todas se retorcendo e correndo pelo chão, até que, quando o grão final de areia passou pelo gargalo da ampulheta, eles também ficaram imóveis e o Homem Torto finalmente morreu.

Leroi olhava aquela coisa toda, sorrindo. David começara a fechar os olhos, preparando-se para morrer, quando Leroi subitamente estremeceu. Abriu a boca para falar, mas a mandíbula desabou e foi parar nas pedras, aos seus pés. Sua pele começou a se contrair e a descascar como se fosse reboco velho. Tentou mover-se, mas as pernas já não o sustentavam mais. Em vez disso, quebraram na altura dos joelhos e ele caiu no chão enquanto o rosto e o dorso das mãos rachavam. Tentou agarrar-se no solo, mas os dedos quebravam como vidro. Somente os olhos permaneciam os mesmos; contudo, agora estavam cheios de confusão e dor.

David observou Leroi morrer. Somente ele compreendia o que estava se passando.

— Você era o pesadelo do rei, não o meu — disse o garoto. — Quando você matou o rei, matou a si próprio.

Os olhos de Leroi piscaram, fracos, e depois ficaram completamente imóveis. Ele se transformou apenas na estátua quebrada de um animal, já não representava o medo de qualquer outra pessoa — sua fonte de vida. Todo o seu corpo estava recoberto de fissuras e finalmente se esfacelou em mil pedaços, e Leroi desapareceu para sempre.

Em toda a sala do trono, os outros Loups estavam se transformando em poeira, e os lobos comuns, privados de seus líderes, começaram a fugir de volta pelo túnel. Enquanto isso, mais guardas entravam na sala, formando com os escudos uma muralha de aço através da qual as pontas de suas lanças apareciam, como os espinhos de um ouriço. Ignoraram David enquanto ele apanhava sua espada e disparava pelos corredores do castelo, passando por servos espantados e cortesãos desorientados, até se encontrar a céu aberto. Subiu na ameia mais alta do castelo e contemplou a paisagem. O exército dos lobos estava confuso. Os aliados voltavam-se uns contra os outros, lutando, mordendo, os mais rápidos derrubando os mais lentos na sua ânsia de fugir e voltar para seus antigos territórios. Colunas e mais colunas de lobos já podiam ser vistas, fugindo em direção às montanhas. E tudo o que restava dos Loups eram montículos de pó que redemoinhavam durante um momento e depois dispersavam-se aos quatro ventos.

David sentiu a mão de alguém pousar em seu ombro e voltou-se para dar com um rosto familiar.

Era o Lenhador. Havia sangue de lobo em suas roupas e pele. E também escorria sangue da lâmina de seu machado, formando uma poça escura no chão.

David não conseguia falar. Deixou cair a espada e a mochila, e deu um abraço apertado no Lenhador. O homem colocou a mão sobre a do menino e acariciou seu cabelo com suavidade.

— Pensei que você estivesse morto — suspirou David. — Vi os lobos arrastarem você.

— Nenhum lobo me matará — disse. — Eu consegui descobrir um jeito de voltar para a cabana do criador de cavalos. Fiz uma barricada na porta e depois caí inconsciente por causa dos ferimentos. Passaram-se muitos dias antes de eu poder seguir o seu rastro, e até agora eu não havia conseguido ultrapassar as fileiras dos lobos. Mas devemos deixar este lugar o quanto antes. O castelo não vai resistir por muito tempo.

David sentiu que as muralhas tremiam sob seus pés. Um buraco abriu-se nelas e outros apareceram no edifícios principais, enquanto tijolos e cimento começavam a se amontoar lá embaixo sobre o pavimento de pedregulhos. O labirinto de túneis que havia debaixo do castelo começou a desabar, e aquele mundo de reis e de homens tortos estava se desfazendo.

O Lenhador conduziu David para o pátio, onde havia um cavalo esperando por ele, e pediu-lhe que montasse, mas David preferiu procurar Scylla em sua baia. Assustada com o ruído da batalha e os uivos dos lobos, ela relinchou aliviada ao ver o menino. David deu um tapinha na sua cabeça e sussurrou palavras tranquilizadoras na sua orelha, depois montou e seguiu o Lenhador, saindo do castelo. Guardas a cavalo já estavam perseguindo os lobos em fuga, forçando-os a se afastarem cada vez mais do local da batalha. Um fluxo constante de pessoas passava pelos portões do castelo, servos e cortesãos que carregavam alimentos ou todas as coisas de valor que podiam, abandonando o local antes que o castelo ruísse. David e o Lenhador tomaram uma estrada que os levaria para longe daquela confusão. Só pararam quando se sentiram a salvo dos lobos e dos homens e ficaram no topo de uma colina que dava para o castelo. Dali assistiram ao desabamento, até o castelo não passar de um buraco no solo cheio de pedaços de madeira e tijolos, e de uma nuvem de poeira suja sufocante. Então, viraram as costas e foram cavalgando juntos durante muitos dias, até chegarem finalmente à floresta por onde David penetrara naquele mundo. Agora havia apenas uma árvore marcada, pois toda a perversa magia que o Homem Torto fizera havia sido desfeita com a sua morte.

O Lenhador e David desmontaram diante da grande árvore.

— Chegou a hora — disse o Lenhador. — Agora você deve voltar para casa.

XXXII

DE ROSE

AVID ESTAVA ALI PARADO, no meio da floresta, olhando para todo aquele emaranhado de plantas e árvores. Concentrou-se, então, no velho buraco que havia no tronco da árvore que o trouxera àquele mundo e que se revelava novamente. Uma das árvores vizinhas fora recentemente arranhada pelas garras de um animal, e agora uma seiva sangrenta escorria da ferida, manchando a neve no chão. Uma brisa fazia mexer as árvores vizinhas que, com seus ramos, acariciavam a copa da irmã ferida, acalmando-a, confortando-a e fazendo com que tomasse conhecimento de suas presenças. Lá em cima, as nuvens começavam a se dissipar e o sol brilhava pelas aberturas. O mundo estava mudando, transformado pelo fim do Homem Torto.

— Agora que chegou a hora de partir, já não tenho certeza de que quero — disse David. — Sinto que ainda há coisas para ver. Não quero que tudo volte a ser como antes.

— Há pessoas esperando por você do outro lado — lembrou-lhe o Lenhador. — Você deve voltar para casa. Elas amam você, e sem você as vidas delas seriam mais pobres. Você tem um pai e um irmão, e uma mulher que poderia ser uma mãe para você, se você deixasse. Deve voltar, caso contrário as vidas deles ficariam para sempre obscurecidas pela sua ausência. De certa forma, você já tomou sua decisão. Rejeitou o acordo com o Homem Torto. Escolheu viver, não aqui, mas no seu próprio mundo.

David concordou. Ele sabia que o Lenhador estava certo.

— Vão acabar lhe fazendo muitas perguntas se você voltar assim como está — avisou o Lenhador. — Deixe aqui tudo que está usando, até mesmo sua espada. Não vai precisar dela no seu mundo.

David abriu a mochila, pegou a trouxa que tinha feito com seu pijama esfiapado e seu roupão e a colocou atrás de uma moita. Suas velhas roupas lhe pareciam estranhas. Mudara tanto que agora pareciam pertencer a uma pessoa diferente, vagamente familiar, porém mais jovem e mais tola. Eram as roupas de uma criança, e ele já não era mais uma criança.

— Diga-me uma coisa, por favor — pediu o menino.

— Tudo o que quiser — respondeu o Lenhador.

— Você me deu umas roupas quando eu cheguei aqui, as roupas de um menino. Você teve filhos?

O Lenhador sorriu.

— Eram todos meus filhos — contou. — Cada criança perdida, cada criança encontrada, todos os que viviam e todos os que morreram: de certa forma, todos eles, todos, eram meus filhos.

— Você sabia que o rei era um impostor quando começou a me ajudar a procurá-lo?

Essa era uma pergunta que estava incomodando David desde que o Lenhador reaparecera. Não podia acreditar que aquele homem poderia tê-lo impelido propositadamente para o perigo.

— E o que você teria feito se eu contasse o que sabia, ou o que eu suspeitava, sobre o rei e o trapaceiro? Quando você chegou aqui, estava consumido pela raiva e pelo ressentimento. Você teria cedido à persuasão do Homem Torto, e tudo estaria perdido. Eu esperava poder guiá-lo pessoalmente até o rei, e durante a viagem tentaria fazê-lo ver o perigo que lá havia, mas não era para ser assim. Em vez disso, enquanto outros o ajudavam pelo caminho, a sua coragem e a sua força finalmente o levaram a compreender o seu lugar nos dois mundos. Você era uma criança quando o encontrei, e agora está se tornando um homem.

Estendeu a mão para o menino. David a apertou e, em seguida, deu um forte abraço no Lenhador. Depois de um momento, o homem devolveu o abraço e ficaram assim, coroados pelos raios do sol, até o menino se soltar.

David, então, foi até Scylla e beijou-lhe a fronte.

— Vou sentir sua falta — sussurrou para a égua, que relinchou baixinho e acariciou com o focinho o pescoço do menino.

David seguiu para a velha árvore e olhou pela última vez para o Lenhador.

— Será que poderei voltar para cá algum dia? — perguntou, e o Lenhador respondeu de uma maneira muito estranha.

— A maioria das pessoas acaba voltando para cá — respondeu. — No fim.

Levantou a mão num aceno de despedida. David respirou fundo e entrou buraco adentro, no tronco da árvore.

No início, pôde sentir somente o cheiro de mofo, de terra e de folhas em decomposição. Tocou o interior da árvore e sentiu a rudeza daquela cortiça nos dedos. Embora fosse uma árvore grande, ele não teve que dar muitos passos até chegar bem lá dentro dela. O braço ainda doía no lugar onde as unhas do Homem Torto haviam se cravado. Teve uma sensação de claustrofobia. Pensou que talvez não houvesse uma saída dali, mas sabia que o Lenhador não teria mentido para ele. Não, alguma coisa devia estar errada. Decidiu voltar, mas, ao virar-se, verificou que a entrada desaparecera. A árvore havia se fechado de novo, inteiramente, e agora ele estava preso ali dentro. Começou a gritar pedindo socorro e a bater na madeira com os punhos, mas as palavras simplesmente ecoavam ao seu redor e pareciam repercutir em seu rosto, zombando dele enquanto se dissolviam.

Até que, de repente, fez-se uma luz. A árvore permanecia fechada, mas uma luz vinha do alto. David olhou para cima e viu algo brilhante como uma estrela. Enquanto olhava, a luz foi aumentando e descendo até onde ele se encontrava. Ou, então, talvez ele estivesse ascendendo, indo ao encontro dela, pois todos os seus sentidos estavam confusos. Ouviu alguns sons nada familiares — metal contra metal, o ranger de rodas —, e sentiu perto um cheiro forte de produtos químicos. Estava vendo coisas — a luz, as ranhuras e fissuras do tronco da árvore —, enquanto gradualmente tornava-se consciente de que seus olhos estavam fechados. Nesse caso, o quanto mais não poderia ver se estivessem abertos?

Abriu os olhos.

Estava deitado numa cama de metal, num quarto que não conhecia. Dois janelões davam para um gramado onde crianças andavam com a ajuda de enfermeiras ou em cadeiras de rodas empurradas por ajudantes vestidos de branco. Havia flores ao lado de sua cama. No braço direito, uma agulha na veia, conectada por meio de um tubo a um frasco preso a uma armação de aço. Havia algo pressionando sua cabeça. Apalpou-a com os dedos e sentiu ataduras, e não cabelos. Virou-se devagarinho para a esquerda. O movimento fez o pescoço doer, e a cabeça começou a latejar. Ao seu lado, adormecida numa cadeira, encontrava-se Rose. Suas roupas estavam amassadas e o cabelo, oleoso e sujo. No colo havia um livro com as páginas marcadas por uma tira de fita vermelha.

David tentou falar, mas a garganta estava seca demais. Tentou novamente e emitiu um grasnar rouco. Rose abriu lentamente os olhos e ficou olhando para ele, sem acreditar no que via.

— David? — perguntou.

Ele ainda não conseguia falar direito. Rose despejou um pouco de água de uma jarra num copo e o levou aos lábios do menino, segurando sua cabeça para que pudesse beber com mais facilidade. David percebeu que ela estava chorando. Algumas de suas lágrimas pingavam no rosto dele enquanto ela manipulava o copo, e assim ele pôde sentir o gosto delas.

— Oh, David — sussurrou ela. — Estávamos tão preocupados.

Ela colocou a palma da mão na bochecha dele, acariciando-o suavemente. Não conseguia parar de chorar, mas o menino percebeu que, apesar das lágrimas, ela estava feliz.

— Rose — murmurou David.

Ela se inclinou para a frente.

— Sim, David, o que é?

Ele tomou a mão dela nas suas.

— Desculpa.

E mais uma vez caiu num sono sem sonhos.

XXXIII

DE TUDO QUE FOI PERDIDO E DE TUDO QUE FOI DESCOBERTO

OS DIAS QUE SE SEGUIRAM, o pai de David falaria bastante sobre como quase haviam perdido o menino: sobre como não haviam descoberto o paradeiro após o desastre e de como estavam convencidos de que tinha sido queimado vivo quando o avião se espatifara. Depois, sem conseguirem descobrir qualquer pista, temerosos de que tivesse sido raptado, haviam começado uma busca por toda a casa, jardins e floresta, e finalmente haviam esquadrinhado os campos, ajudados pelos amigos, pela polícia, e até mesmo por estranhos que passavam, solidários ao sofrimento da família. E haviam voltado ao quarto dele, esperando encontrar algum indício de onde poderia ter se metido. Finalmente, haviam descoberto um pequeno espaço por trás do muro do jardim rebaixado — e lá estava David, jogado na poeira, pois, de alguma maneira, tinha conseguido deslizar por um buraco que havia entre os tijolos, e lá ficara, preso pelos destroços.

Os médicos contaram que ele havia tido mais um daqueles ataques, talvez como resultado do trauma do desastre, o que o fizera entrar em coma. David dormira profundamente durante muitos dias, até a manhã em que despertou e falou o nome de Rose. Mesmo assim, havia aspectos do seu desaparecimento que não podiam ser totalmente explicados — antes de mais nada, o que fazia no jardim e as marcas em seu corpo. Mas todos estavam muito contentes de tê-lo de volta e ninguém disse uma vírgula sequer para culpá-lo ou repreendê-lo. Somente muito mais tarde, quando o menino estava fora de perigo e já voltara para o seu quarto, Rose e o pai, sozinhos na cama, de noite, comentaram sobre como o incidente mudara David, tornando-o mais quieto e compreensivo, mais afeiçoado a Rose e capaz de compreender as dificuldades que ela tivera de enfrentar para encontrar um lugar próprio na vida daqueles dois homens. E também como se mostrava mais sensível a ruídos súbitos e perigos potenciais, e mais capaz de proteger os mais fracos, principalmente Georgie, seu meio-irmão.

Os anos foram passando e David se transformava num homem, de uma maneira simultaneamente lenta e rápida demais: lenta para ele próprio e rápida para seu pai e Rose. Georgie também crescia, e ambos ficaram muito ligados como irmãos que eram, mesmo quando Rose e seu pai se separaram, como os adultos às vezes fazem. Divorciaram-se amigavelmente e não voltaram a se casar. David foi para a universidade e seu pai comprou uma pequena cabana perto de um riacho onde poderia pescar depois de aposentado. Rose e Georgie viviam juntos na grande e velha casa, e David os visitava sempre que podia, ora sozinho, ora com o pai. Quando tinha tempo, ia até o seu antigo quarto e procurava ouvir o murmúrio dos livros, mas eles permaneciam em silêncio. Quando fazia tempo bom, descia até as ruínas do jardim rebaixado, que, embora tenha sido consertado rapidamente depois do acidente com o avião, nunca mais voltou a ser o que era antes. Lá, ficava olhando em silêncio para as rachaduras nos muros; entretanto, nunca mais tentou penetrar ali, e ninguém mais fez isso.

Com o passar do tempo, David descobriu que, pelo menos, numa coisa o Homem Torto não mentira: sua vida seria feita de muitos pesares, mas também de grandes felicidades, de sofrimento e de remorso, bem como de triunfos e de contentamento. Perdeu o pai quando tinha trinta e dois anos. O coração do velho parou enquanto estava sentado na beira do riacho, com um caniço nas mãos e o sol brilhando no rosto, de modo que, quando foi encontrado por um passante horas depois, a pele ainda estava morna. Georgie assistiu ao velório vestido com o uniforme do exército, pois outra guerra havia começado no leste e ele estava ansioso para cumprir seu dever. Viajou para uma terra distante e lá morreu com outros jovens cujos sonhos de honra e glória terminaram num campo de batalha enlameado. O corpo foi mandado de volta para casa e enterrado numa igreja rural, debaixo de uma pequena cruz de pedra contendo seu nome, as datas de nascimento e de morte, e as palavras "Amado Filho e Irmão."

David se casou com uma mulher de cabelos escuros e olhos verdes. Chamava-se Alyson. Planejavam ter muitos filhos e chegou a época em que Alyson devia dar à luz o seu primeiro bebê. David estava ansioso por ambos, pois não conseguia esquecer as palavras do Homem Torto: "*Aqueles que lhe são valiosos — esposas, filhos — tombarão a seu lado, e seu amor não será suficiente para salvá-los...*"

Houve complicações durante o parto. O filho, que recebeu o nome de George em homenagem ao tio, não foi forte o bastante para sobreviver. E, ao lhe dar uma vida breve, Alyson perdeu a sua, e assim se realizou a profecia do Homem Torto. David não se casou novamente e nunca mais teve filhos, mas tornou-se escritor e escreveu um livro. Ele o chamou de *O Livro das Coisas Perdidas* — o livro que você está segurando neste exato momento. Quando as crianças perguntavam se tudo aquilo era verdade, ele respondia que sim, era verdade, ou tão verdadeiro quanto qualquer coisa deste mundo possa ser, pois aquilo era do que se lembrava.

De certa maneira, todas as crianças se tornaram seus filhos.

Rose estava ficando mais velha e mais fraca, e David cuidou dela. Quando morreu, deixou a casa para ele. Até poderia tê-la vendido, pois valia muito na época, mas ele não quis. Em vez disso, mudou-se para lá, instalou seu pequeno escritório no andar de baixo e viveu feliz durante muitos anos, sempre atendendo a todas as crianças que vinham bater à sua porta — às vezes com os pais, às vezes sozinhas, pois a casa se tornou muito famosa e um grande número de meninos e meninas queria visitá-la. Se eram bem-comportados, David os levava até o jardim rebaixado, onde todos os buracos dos muros haviam sido consertados havia muito tempo, pois ele não queria que alguma criança inventasse de se meter por um deles e arranjasse encrenca. Ele contava histórias e falava de livros, explicando como as histórias querem ser contadas e os livros querem ser lidos, e como tudo o que eles precisavam saber sobre a vida e sobre o país que ele descrevia, ou sobre qualquer outro lugar que pudessem imaginar, estava contido nos livros.

Algumas entendiam, outras não.

Com o tempo, David começou a ficar frágil e doente. Não conseguia mais escrever, pois a memória e a vista falhavam, e nem mesmo podia caminhar muito para ir ao encontro das crianças, como antes fazia. (E isso também o Homem Torto previra, quando David o confrontava na presença do rei.) Não havia nada que os médicos pudessem fazer por ele, exceto tentar minorar um pouco seu sofrimento. Contratou uma enfermeira para ajudá-lo, e seus amigos, de vez em quando, vinham vê-lo. Quando o final de sua vida se aproximou, pediu que colocassem uma cama na grande biblioteca do térreo, onde dormia rodeado pelos livros que amara quando menino e quando homem. Pediu também ao seu jardineiro para fazer uma coisa simples por ele. O jardineiro acatou o pedido, pois gostava muito daquele velho.

E, nas horas mais escuras da noite, David ficava acordado e à escuta. Os livros haviam recomeçado a sussurrar; entretanto, ele não sentia medo. Falavam baixinho, oferecendo palavras carinhosas, de conforto. Às vezes, contavam as histórias que ele sempre amara, mas agora seu próprio nome aparecia em muitas delas.

Uma noite, quando sua respiração já estava bem fraquinha e a luz em seus olhos já começara a diminuir, David levantou-se da cama, na biblioteca, e caminhou lentamente para a porta, parando somente no meio do caminho para pegar um livro. Era um velho álbum encadernado em couro, e nele havia fotografias e cartas, cartões e bijuterias, desenhos e poemas, mechas de cabelo e um par de alianças, todas as relíquias de uma vida longa — só que dessa vez a vida que contavam era a sua. O sussurro dos livros tornou-se mais alto, as vozes dos tomos se erguendo num grande coro de alegria, pois uma história estava para terminar e, logo, uma nova história seria iniciada. O velho acariciou as lombadas dos livros antes de recomeçar a caminhada. Deixou a biblioteca e a casa pela última vez e cruzou o gramado úmido, dirigindo-se ao lugar onde ficava o jardim rebaixado.

Em um canto, o jardineiro abrira um buraco grande o suficiente para permitir que um homem passasse. David abaixou-se dobrando as pernas e os braços, e, com dificuldade, se arrastou por aquele espaço, até dar por si na cavidade que ficava atrás do muro de tijolos. Sentou-se ali, no escuro, e ficou esperando. No início, não aconteceu nada e ele teve de lutar para que os olhos não se fechassem, mas, depois de um certo tempo, viu surgir uma luz que ia aumentando e recebeu no rosto uma brisa fresca. Sentiu o cheiro da cortiça da árvore, da grama fresca e das flores que desabrochavam. Uma passagem abriu-se à sua frente, e ele penetrou por ela, logo saindo bem no coração de uma grande floresta. Aquele país havia mudado para sempre. Não havia mais bestas que agiam como homens, nem pesadelos disformes à espera de uma oportunidade para armar uma cilada aos incautos. Não havia mais medo, e nem mais aquele crepúsculo infinito. Até as flores que pareciam crianças haviam desaparecido, pois o sangue delas não era mais derramado em lugares sombrios e suas almas descansavam em paz. O sol já estava se pondo, proporcionando um belíssimo visual, com o céu se iluminando de tons de roxo, laranja e vermelho à medida que o longo dia se encaminhava para um fim tranquilo e em paz.

Um homem estava parado atrás de David. Carregava um machado numa das mãos e, na outra, uma guirlanda de flores, colhidas por ele próprio enquanto caminhava pela floresta, amarradas com longos pedaços de mato.

— Estou de volta — disse David, e o Lenhador sorriu.

— Como acontece com a maioria das pessoas, no fim — respondeu o homem, e David ficou admirado de ver como o Lenhador se parecia com seu pai, e estranhou nunca ter notado isso antes.

— Venha comigo — pediu o Lenhador. — Estávamos esperando por você.

E David se viu refletido nos olhos do Lenhador, onde não era mais um velho, mas apenas um jovem, pois um homem, para seu pai, será sempre apenas uma criança por mais velho que seja e por mais que os dois tenham permanecido separados.

David foi seguindo o Lenhador pelos caminhos da floresta, através de clareiras e riachos, até chegarem a uma cabana cuja chaminé deixava sair fumaça lentamente. Um cavalo pastava num campo, ali perto, mordiscando felicíssimo a grama, e, quando David se aproximou, o animal levantou a cabeça e relinchou de contentamento, sacudindo a crina e trotando para ir ao seu encontro. David foi até uma cerca e inclinou a cabeça para tocar a de Scylla. Ela fechou os olhos quando David lhe beijou a fronte, depois seguiu suas passadas até ele se aproximar da casa, cutucando-lhe de vez em quando o ombro, como se quisesse lembrá-lo de sua presença.

A porta da cabana se abriu e uma mulher apareceu. Tinha cabelo escuro e olhos verdes. Em seus braços, trazia um menino recém-nascido, que segurava sua blusa enquanto ela caminhava, pois toda a duração de uma vida não era, naquele lugar, mais do que um momento, e cada homem sonha com o próprio paraíso.

E, na escuridão, David fechou os olhos, e tudo o que estivera perdido foi descoberto novamente.

AGRADECIMENTOS

O autor agradece a permissão para usar trechos do livro *Of Fairy Tales, Dark Towers, and Other Such Matters: Some Notes on The Book of Lost Things*, sem tradução no Brasil.

The Greek Myths © 2001 Robert Graves. Trecho extraído de *The Greek Myths* usado sob permissão de Carcanet Press Ltd.

Este livro foi composto na tipografia
Bembo, em corpo 12/15, e impresso em
papel off-white no Sistema Digital Instant Duplex
da Divisão Gráfica da Distribuidora Record.